ଶରଶଯ୍ୟା

ଶରଶଯ୍ୟା

ମୂଳ ଗୁଜୁରାଟୀ:

ହୀନା ମୋଦୀ

ଅନୁସୃଜନ:

ବିଜୟଲକ୍ଷ୍ମୀ ମହାନ୍ତି ପଟ୍ଟନାୟକ

ବ୍ଲାକ୍ ଈଗଲ୍ ବୁକ୍ସ
ଭୁବନେଶ୍ୱର, ଓଡ଼ିଶା

BLACK EAGLE BOOKS
Dublin, USA

ଶରଶଯ୍ୟା / ମୂଳ ଗୁଜୁରାଟୀ: **ହୀନା ମୋଦୀ**

ଅନୁସୃଜନ : **ବିଜୟଲକ୍ଷ୍ମୀ ମହାନ୍ତି ପଟ୍ଟନାୟକ**

ବ୍ଲାକ୍ ଈଗଲ୍ ବୁକ୍ସ : ଭୁବନେଶ୍ୱର, ଓଡ଼ିଶା • ଡବ୍‌ଲିନ୍, ଯୁକ୍ତରାଷ୍ଟ୍ର ଆମେରିକା

BLACK EAGLE BOOKS

USA address:
7464 Wisdom Lane
Dublin, OH 43016

India address:
E/312, Trident Galaxy, Kalinga Nagar,
Bhubaneswar-751003, Odisha, India

E-mail: info@blackeaglebooks.org
Website: www.blackeaglebooks.org

First International Edition Published by
BLACK EAGLE BOOKS, 2023

SHARASAJYA
Gujurati : **Heena Modi**
Odia Transalated by : **Bijayalaxmi Mohanty Pattnaik**

Cover & Interior Design: Ezy's Publication

ISBN- 978-1-64560-387-0 (Paperback)

Printed in the United States of America

ଉ ତ୍ସ ର୍ଗ

ମୋ ଅନ୍ତରରେ ଥିବା ଭଗବାନଙ୍କୁ

କୃତଜ୍ଞତା।

ସମସ୍ତ ଜୀବନ୍ତ ପ୍ରାଣୀଙ୍କଠାରେ କୃତଜ୍ଞତା
ଜଣାଉଛି।

କଣ୍ଟକିତ ଶଯ୍ୟାର କାହାଣୀ

ସାଧାରଣତଃ ଅନୁମାନ କରାଯାଏ ଯେ ଗୋଟିଏ ଉପକ୍ରମ ଅଥବା ମୁଖବନ୍ଧ ଦେବା ସହଜ। କିନ୍ତୁ ମୋ ଟେବୁଲ ଉପରେ ଦୀର୍ଘଦିନ ଧରି ଲମ୍ବା ଅପେକ୍ଷାରତ ପୁସ୍ତକର ମୁଖବନ୍ଧ ଲେଖିବା ପାଇଁ ମୁଁ ଶବ୍ଦ ଖୋଜି ପାଉନାହିଁ।

ବହୁତ କାର୍ଯ୍ୟବ୍ୟସ୍ତ ରହିଛି ବୋଲି କହିବା ଏକ ବାହାନା ମାତ୍ର। କିନ୍ତୁ ଏହି କଳାକୃତି ମୋତେ ଅବସର ଦେଲାନାହିଁ। ଏହା ସତ୍ୟ ଯେ ଗୁଜୁରାଟୀ ସାହିତ୍ୟରେ ଝଟକୁଥିବା ତାରକା ଲେଖକମାନଙ୍କ ମଧ୍ୟରେ ହୀନା ମୋଦୀ ଗୋଟିଏ ନୂତନ ନାମ ହୋଇପାରେ। କିନ୍ତୁ ତାଙ୍କର ସ୍ପର୍ଶକାତର କାହାଣୀ 'ବାଣଶଯ୍ୟା' ପଢ଼ିଲା ପରେ ପ୍ରତ୍ୟେକ ସାହିତ୍ୟ ପ୍ରେମୀ ଗ୍ରହଣ କରିବାକୁ ବାଧ୍ୟ ହେବେ ଯେ ଏପରି ଗୋଟିଏ ସ୍ୱୀକାରୋକ୍ତି ଗୁଜୁରାଟୀ ସାହିତ୍ୟରେ ଅନନ୍ୟ। କାରଣ ମଧ୍ୟ ସୁସ୍ପଷ୍ଟ : ଏହି 'ମାଷ୍ଟରପିସ୍' ଗୋଟିଏ ଇଜିଚେୟାର ଉପରେ ବସି ସହଜ ଭାବରେ ଝରକା ବାହାରକୁ ଚାହିଁ ଚାହିଁ ଲେଖାଯାଇ ନାହିଁ। ଗୋଟେ ଭୟଙ୍କର ଆକ୍ସିଡ଼େଣ୍ଟ ପରେ, ଦଶମାସ ମଧ୍ୟରେ ୧୬ଟି ଅପରେସନ ହୋଇଛି ଏବଂ ଆହୁରି ଅପରେସନ ହେବାପାଇଁ ଅପେକ୍ଷାରେ ଅଛି। ଯଦି ଜୀବନର ଦୟାରୁ ଗୋଟେ ଅନିଶ୍ଚିତ କରୁଣାରୁ, ବିଛଣାରେ ଶୋଇବାକୁ ମିଳିଛି, ଏହାହିଁ ଲେଖିକାଙ୍କର ଗୋଟିଏ ଉତ୍ସାହଜନକ କାହାଣୀ ଯିଏକି 'ଅତି ସାହସର ସହିତ ଦୁର୍ଘଟଣାରୁ ବର୍ତ୍ତିଯାଇ ବଞ୍ଚି ରହିଛନ୍ତି।' କିନ୍ତୁ କେବଳ ତାହା ନୁହେଁ ଏହା ତାହାଠାରୁ ଯଥେଷ୍ଟ ଅଧିକ। ଏହି 'ଅତି ଉତ୍ତମ ରଚନା' ଜୀବନ ଜୀଇଁବାର କଳା ଅନୁଭୂତ କରାଏ, 'ଆମକୁ ଆହୁରି ବେଶୀ ଯନ୍ତ୍ରଣା ଦିଅ ତାହାହିଁ ତୁମର ପ୍ରେମ' କହେ। ଆହୁରି ମଧ୍ୟ ଏହା ଜୀବନର ଅସମାନତା ଏବଂ ସୁନ୍ଦରତା, ଭାଙ୍ଗିଯାଉଥିବା ବିଶ୍ୱାସ ଏବଂ ପ୍ରକୃତି ଉପରେ ସାର୍ବଭୌମ ବିଶ୍ୱାସ ଉପରେ ଆଧାରିତ। ଏଠାରେ ସବୁ ଭାବାତ୍ମକତା ଏକତ୍ର ରୂପାୟିତ ହୋଇଛି। ବରଂ ମୁଁ କହିବି ଯେ ଏହା ଏକ ଆତ୍ମ-ଅଭିବ୍ୟକ୍ତି, ଯାହା ସାଧାରଣରୁ ଅସାଧାରଣକୁ ରୂପାନ୍ତରିତ ହୋଇଯାଇଛି।

ସେଇଥିପାଇଁ କେବଳ ଏହା ସମର୍ପିତ ହୋଇଛି, "ମୋ ଭିତରେ ଥିବା ଭଗବାନଙ୍କୁ" । ଏହାଠାରୁ କିଛି ଅଧିକ ଉତ୍ତମ ତ୍ୟାଗ ଜୀବନରେ ଅଛିକି ? ଯଦିଓ ଦେହର ପ୍ରତ୍ୟେକ ଅଙ୍ଗପ୍ରତ୍ୟଙ୍ଗ ପଡ଼ିଯାଉଥିଲା, ବସନ୍ତରୁ ଶୁଷ୍କ ଶୀତ ଆଡ଼କୁ ଗତି କରୁଥିଲା, ତଥାପି ପୃଥିବୀରେ ଲମ୍ବା ଜୀବନ ଜୀଇଁବାର ସବୁ ଲକ୍ଷ୍ୟ ସେହିପରି ପୂର୍ଣ୍ଣ ଭାବରେ ରହିଥିଲା । ଏତେ ବିରକ୍ତି କର ଭାବକୁ ଶବ୍ଦ ସାହାଯ୍ୟରେ ଏହି ଭାବାତ୍ମକ ପୃଥିବୀରେ ସକାରାତ୍ମକ ଆକାର ଦେଇ ସଜେଇବା ଏକ ମନୋରମ ଘଟଣା ନୁହେଁ କି ?

'ବାଣ ଶଯ୍ୟା'ର ଲେଖିକା ନିଜେ ନିଜର ଶବ୍ଦରେ ଏହାର ଚକ୍ରବାଳକୁ ବିସ୍ତାରିତ କରିଛନ୍ତି ତାଙ୍କର ଉପକ୍ରମରେ : ଏଥିରେ ପ୍ରକାଶିତ ହୋଇଥିବା ଭାବ କେବଳ ମୋର । ଜୀବନର ଅଧିକାଂଶ ସମୟ ସଚେତନତାର ଲୁହାକାନ୍ଥ ଭିତରେ ଜୀଇଁଛି । ଏହା ମୋର ଅନ୍ତଃସ୍ଥଳରେ ଥିବା ଈଶ୍ୱରଙ୍କ ସମ୍ବନ୍ଧୀୟ ବିଷୟ । ଏହା ଏକ ଧୈର୍ଯ୍ୟଶୀଳତାର କଥା ଓ ଗାଥା । ଏହା ସେହିପରି ଏକ କଥା, ଯେତେବେଳେ ସାଧାରଣ ଭାବରେ ସ୍ଥିର ଜଳ ପରି ଗତି କରୁଥିବା ଜୀବନରେ ଅବାଞ୍ଛିତ ଏବଂ କଳ୍ପନାତୀତ ଭୀଷଣ ଆଘାତ ହଠାତ୍ ଆସେ, ସେତେବେଳେ ମଣିଷ କେତେ ଅସହାୟ ଏବଂ ଶକ୍ତିହୀନ ହୋଇଯାଏ ସତେ !

କିନ୍ତୁ 'ବାଣଶଯ୍ୟା' ଏହିସବୁ କଠୋର ଆଘାତକୁ ଗଣନା ଭିତରକୁ ନେଇ ନାହିଁ ବା ଗୁରୁତ୍ୱ ଦେଇନାହିଁ, ସକରାତ୍ମକ ଭାବରେ ନେଇଛି । ଏହା ମଧ୍ୟ ଶୋକର, ଯନ୍ତ୍ରଣାର ଏବଂ ଦୁର୍ଭୋଗର ରଙ୍ଗକୁ ଚିତ୍ରଣ କରିଛି ଯେଉଁଠି କୁହାଯାଇଛି, "ମନୁଷ୍ୟ ତୁ ବଡ଼ ମହାନ ଅଟୁ" । 'ମନୁଷ୍ୟ ମହାନ୍' ସେ ନୈସର୍ଗିକ ଚିନ୍ତାଧାରାରେ ଗଢ଼ା ଯାଇଛି ।

ଯାହା ସ୍ୱତଃପ୍ରବୃତ୍ତ ଭାବରେ ଲେଖିକା କହିଛନ୍ତି, "ମୁଁ ଏ କାହାଣୀକୁ ଏଇଠି ଶେଷ କରୁଛି, କିନ୍ତୁ ମୋର ଯନ୍ତ୍ରଣାର ଏବେବି ଶେଷ ହୋଇନି । ଦୁଇଟିଯାକ ପାଦରେ ପ୍ଲେଟ ଲାଗିଛି, ତତ୍ ସହିତ ଡାହାଣ ହାତରେ ମଧ୍ୟ, ପରିସ୍ଥିତି ଦେଖି ସେ ସବୁ ବାହାର କରାଯିବ ।

XXX

ଡାହାଣ ହାତ ବୁଢ଼ା ଆଙ୍ଗୁଳି ଅପରେସନ ଆହୁରି ହେବାକୁ ଅଛି । ବାମ ଛୋଟା ଗୋଡ଼ର ଅପରେସନ ମଧ୍ୟ ଏବେବି ହୋଇନାହିଁ । କିନ୍ତୁ ଏସବୁ ସମ୍ଭାବନା ସତ୍ତ୍ୱେ ମୁଁ ବଞ୍ଚିବାକୁ ଚାହେଁ । ଜୀବନର ଗୋଟିଏ ଦୀପ୍ତିମାନ ଅର୍ଥ ଅବଶ୍ୟ ଅଛି, ଏହା ଏହି କାହାଣୀର ପ୍ରତିଟି ପରିଚ୍ଛେଦରେ ଆମର ହାତଧରି ଟାଣି ରଖିଛି । ପ୍ରଥମ ପରିଚ୍ଛେଦ ଅଙ୍ଗୁଠି ଅଗ୍ରଭାଗରେ ଭାବଗୁଡ଼ିକୁ କଲମ ଧରି ଲେଖିବାର ବୃହତ୍ ପ୍ରଚେଷ୍ଟାକୁ ବର୍ଣ୍ଣନା କରିଛି । ୨୭ ଏପ୍ରିଲ, ୨୦୨୦ରେ ଦ୍ୱିପ୍ରହରେ ଆଙ୍ଗୁଠିର ଅଗ୍ରଭାଗ ଅତ୍ୟନ୍ତ ଆବେଗରେ କିଛି ଲେଖିବାକୁ ଉତ୍ସାହିତ ହେଲାବେଳେ କିନ୍ତୁ ଡାହାଣ ବୃଦ୍ଧାଙ୍ଗୁଷ୍ଠିର ଟେଣ୍ଡରଗୁଡ଼ିକ ଫାଟି ଯାଇଥିଲା ।

କିପରି ଲେଖିବି ? ? ? ଜୀବନର ଏହି ଆବେଗକୁ, ଲେଖିକା କାଗଜ ଉପରେ ବର୍ଷିଯିବାକୁ ଚାହୁଁଥିଲେ, ଏପରିକି କଲମ ମଧ୍ୟ ଏହିପରି ଭାବି ପାରୁଥିଲା ବୁଝିପାରୁଥିଲା ।

ଏହା ଗୋଟିଏ ସମୟର ଆହ୍ୱାନ ତୀଖ ପାହାଚଗୁଡ଼ିକୁ ଅତିକ୍ରମ କରିଯିବାର ଏବଂ ଛାତ ଉପରେ ପହଞ୍ଚି ଆକାଶକୁ ବାହୁମେଲି ଆମନ୍ତ୍ରଣ କରିବାର । ଆକାଶକୁ ବାହୁମେଲି ଚୁମା ଦେବାର ପିପାସା, ତାହା ସେଇ ସମୟର ସୁନ୍ଦରତା ଥିଲା ଏବଂ ଦିନେ ଗୋଟିଏ ଝଟ୍‌କାରେ ଖସିପଡ଼ିବା ମଧ୍ୟ ଗୋଟିଏ ଅଦୃଶ୍ୟ, ଅପ୍ରତ୍ୟାଶିତ, ଅବାଞ୍ଛିତ ସମୟର କଠୋରତା । ଏହା ମଧ୍ୟ ସେହି ସମୟ ଯେତେବେଳେ ଗୋଟିଏ ଗୁଡ଼ି ଆକାଶକୁ ପବନ ସାହାଯ୍ୟରେ ଭାସି ଛୁଇଁଯାଏ ଏବଂ ଗୋଟିଏ ମୁହୂର୍ତ୍ତରେ କଟିଯାଏ ସେଇ ପବନ ଦ୍ୱାରା ଏବଂ କଟିଗଲା ପରେ ନିଜକୁ ରକ୍ଷା କରିବାର କୌଶଳ ଜଣାଥିଲେ ମଧ୍ୟ ବର୍ତ୍ତିପାରେ ନାହିଁ ସେଥିରୁ ।

'କାଳାୟ ତସ୍ମୈ ନମଃ' ଏହା ସମୟ ପାଇଁ କୁହାଯାଇଛି ଏବଂ ଆଉ ଗୋଟିଏ ଅତି ଲୋକପ୍ରିୟ ପ୍ରବାଦ ହେଉଛି...

ଭଗବାନ ମଧ୍ୟ ଜାଣନ୍ତି ନାହିଁ, ପର ମୁହୂର୍ତ୍ତରେ କ'ଣ ଘଟିବାକୁ ଯାଉଛି । ଏହା ମଣିଷ ଜୀବନ ସଂଘର୍ଷର କାହାଣୀ । ଏକ ଅନିଶ୍ଚିତ ବିଶ୍ୱାସରେ ଜୀବନ ବଞ୍ଚିବା ଯାହା, ତାହା ହୁଏତ ପରଦିନ ସକାଳରେ ବଦଳି ଯାଇଥିବ । କିଛି ଲୋକ ହୁଏତ ଆରମ୍ଭରେ ଏପରି ଜୀବନ ସହିତ ଖାପ୍ ଖୁଆଇ ପାରିବେ ନାହିଁ, କିଛି ଲୋକ ଯାତ୍ରା ମଝିରୁ ଓହରିଯିବେ ଏବଂ କିଛି ଲୋକ ସାହସର ସହିତ ଏହାକୁ ସାମ୍ନା କରି ବଞ୍ଚି ରହିବେ । 'ବଞ୍ଚିବା' କେବଳ ହେଉଛି 'ଶରଶଯ୍ୟା'ର ସର୍ବଶେଷ ଗୋପନୀୟ କଥା ।

"ଏବେ ମୋତେ ଜୀବନକୁ ବିଶ୍ୱାସ କରିବାକୁ ହେବ ।" ଏହାହିଁ ଥିଲା ମୋର ସ୍ୱପ୍ନ ଏବଂ ସେହି ସ୍ୱପ୍ନ ଛିନ୍ନବିଚ୍ଛିନ୍ନ ହୋଇଗଲା ୨୭ ଏପ୍ରିଲ ୨୦୧୯ର ଗୋଟିଏ ଭୟଙ୍କର ଦୁର୍ଘଟଣା ପରେ । ମୁଁ ଗୋଟିଏ ଫୁଟ୍‌ବଲ୍ ପରି ଗୋଇଠା ଖାଇଲି ଏଠୁ ସେଠିକୁ ତା ପରେ କ'ଣ ?

ପର ଅଧ୍ୟାୟରେ 'ବିଧିନାଂବିଧି' 'ଦୁର୍ଭାଗ୍ୟ'କୁ ବର୍ଣ୍ଣନା କରିଛନ୍ତି । ତାଙ୍କର ଅତ୍ୟନ୍ତ ଆନନ୍ଦର ସମୟ ପୁତ୍ର ପ୍ରଜ୍ଞାନର ଜନ୍ମ, କିପରି କୋଟାକୁ କାରରେ ଯାତ୍ରା, ତାଙ୍କର ସ୍ୱାମୀ ଓ ପୁତ୍ର ସହିତ, କିପରି ଗୋଟାଏ ଦୁର୍ଭାଗ୍ୟପୂର୍ଣ୍ଣ ଦୁର୍ଘଟଣାରେ ଯାତ୍ରା ପରିଣତ ହୋଇଗଲା ବିଷାଦରେ, ଏବଂ ତାଙ୍କର 'କନ୍ୟା ଏବଂ ଜ୍ୱାଇଁ'ଙ୍କ ଦ୍ୱାରା ଚିକିତ୍ସାର ସୋପାନ ଆରମ୍ଭ ହୋଇଗଲା ।

ତାପରେ ତାହା ସୀମାହୀନ ଅସ୍ତ୍ରୋପଚାରରେ ପରିଣତ ହୋଇଗଲା । ଅନ୍ତ୍ରଛିଦ୍ର ପାଇଁ ଜୀବନ୍ତ ଏକ ଦେହ ଉପରେ ଆଠ ଘଣ୍ଟାର ଅପରେସନ, ପ୍ରଥମ ଅପରେସନରେ

ଭୟଙ୍କର ପରୀକ୍ଷା ନିରୀକ୍ଷା, ତାପରେ ରକ୍ତ ସଂକ୍ରମଣ, ଜୀବନ୍ତ ଭେଣ୍ଟିଲେଟର, ୬ଟି ପ୍ରକାର ବ୍ୟାକ୍ଟେରିଆ, ଗୋଟେ ଫଙ୍ଗସ୍ (ସେରାଟିଆ ଫିକାରିଆ), ନେଗେଟିଭ୍ ବ୍ୟାକ୍ଟେରରିଆ ପୃଥିବୀରେ ୧୦୦ ଜଣଙ୍କୁ ପ୍ରଭାବିତ କରିପାରେ ଏବଂ ଏହା ଚିକିତ୍ସା ବିଜ୍ଞାନର ଅନୁମାନର ବାହାରେ) ତିନୋଟି ଭୟଙ୍କର ମୃତ୍ୟୁ ପରି ଆଶୁ ଚିକିତ୍ସା ଭେଣ୍ଟିଲେଟର ମଧ୍ୟରେ, ଅପରେସନ ପରେ ପୁଣି ଭଦୋଦରା, ଚିକିତ୍ସା ପରେ ସୁରଟରେ ଇନ୍‌ଫେକ୍‌ସନ୍ ବାହାର କରିବା ପାଇଁ ସାତ ସେଣ୍ଟିମିଟର ବାମ ଗୋଡ଼ରୁ ହାଡ଼ କାଟିଲେ, ପିଚ୍ଛ ଅପରେସନ, ଦୁଇଗୋଡ଼ରେ ଗ୍ରାଫ୍‌ଟିଙ୍ଗ୍ ଚିକିତ୍ସା ଦ୍ୱାରା ବାହ୍ୟ ଫିକ୍ସେସର ଲଗାଗଲା ।

ଏହି ପ୍ରକ୍ରିୟା ସାତମାସ ଧରି ଚାଲିଲା... । ସବୁବେଳେ ବର୍ଷଣମୁଖୀ ଆକାଶକୁ ବାହାରେ ଦେଖିବାର ଅଦମ୍ୟ ଇଚ୍ଛା, କିନ୍ତୁ... ଲେଖିକା ନିଜକୁ ଜଣେ ଯୋଦ୍ଧା, ଯିଏକି ଦୈହିକ ଯୁଦ୍ଧକ୍ଷେତ୍ରରେ ଯୁଦ୍ଧ କରିଚାଲିଥିଲେ ବୋଲି ବର୍ଣ୍ଣନା କରିଛନ୍ତି । କିନ୍ତୁ ଘଟଣାକ୍ରମେ ସେ ସେହି ବ୍ୟକ୍ତିଗତ ଗୃହକୁ ତାଙ୍କ ଭାବାବେଗର ଶେଷ ଠିକଣା ବୋଲି ଗ୍ରହଣ କରିନେଇଛନ୍ତି ।

ମୁଁ ଅଭିନନ୍ଦିତ ହେଉଥିଲି ଆନନ୍ଦରେ ଭିନ୍ନଭିନ୍ନ ଫୁଲକୁଣ୍ଡର ଗଭୀର ହସରେ, ଉପରକୁ ଚଢ଼ିଥିବା ଲତା ତାଙ୍କୁ କୁଣ୍ଡେଇ ପକେଇଲା ଆନନ୍ଦରେ । ଏପରିକି ମୋର ନିରବ ସିଲେଇଗୁଡ଼ିକ ଭାବପ୍ରବଣତାରେ କାନ୍ଦି ପକାଇଲେ ।

ଏହିଗୁଡ଼ିକ ହିଁ ମୋର ଦୂରଦୃଷ୍ଟିର ଆଶ୍ଚର୍ଯ୍ୟ ଘଟଣା ସତ, କିନ୍ତୁ ଜୀବନ ସହଜ ଥିଲା କି ? ଚିକିତ୍ସାଳୟର ଚିକିତ୍ସା ଚାଲୁ ରହିଥିଲା, ପ୍ରତ୍ୟେକ ଅପରେସନର ସମୟସୀମା ଦୁଇମାସ ବ୍ୟବଧାନରେ ହେଉଥିଲା । ସ୍ୱାସ୍ଥ୍ୟ ଉପରେ ଅନ୍ଧାର ଆଲୁଅର ଖେଳ ଚାଲିଥିଲା ।

ଷୋହଳଟି ଅପରେସନ ସହିଥିଲେ ଲେଖିକା କଟାକଟି, ବଡ଼ କଣାସବୁ ଫିକ୍ସେଟର, ଆଣ୍ଟିବାୟୋଟିକ୍ସ, ପ୍ରତିଦିନ ଷୋହଳଟି ଅପରେସନର ଡ୍ରେସିଂ... ସେଇଥିପାଇଁ କେବଳ ଲେଖିକା ଜୀବନର ସତ୍ୟ ଉଦ୍‌ଘାଟନ କରୁଥିଲେ ପ୍ରତି ମୁହୂର୍ତ୍ତରେ । ଲୋକେ ତାଙ୍କର କାନ୍ଧଟିକୁ ବଢ଼େଇ ଦେଇ ପାରିବେ ତା'ଉପରେ ମୁଣ୍ଡ ରଖିବା ପାଇଁ, ଲୁହ ପୋଛିବା ପାଇଁ ସାହାଯ୍ୟର ହାତ ବଢ଼ାଇ ଦେଇପାରନ୍ତି, କିନ୍ତୁ ଅନ୍ତରର ଯନ୍ତ୍ରଣାକୁ ନିଜକୁ ହିଁ ଶୁଖାଇବାକୁ ପଡ଼ିଥାଏ ।

'ସମ୍ଭବାମି ଯୁଗେ ଯୁଗେ' ଗୋଟିଏ ଭିନ୍ନ ଅର୍ଥ ଅନୁଭବରେ ଆଣିଥାଏ । ଏହା ତର୍କ ସଙ୍ଗତ ଭାବରେ ଅସମ୍ଭବ ଲାଗିପାରେ, କିନ୍ତୁ ଉଭୟ ତର୍କ ଏବଂ ବିଶ୍ୱାସ ତୁମ ଭିତରେ ଗୋଟିଏ ଅଗ୍ନିର ସ୍ଫୁଲିଙ୍ଗ ଜଳାଏ, ଯାହା ସାଧାରଣ ଲୋକଙ୍କ ଦୃଷ୍ଟିରେ ଗୋଟିଏ 'ରହସ୍ୟ' ଏଠାରେ ସମ୍ଭବ ହୋଇଥାଏ । "କିଏ ଏପରି ଶ୍ରୁତି ମଧୁର ବଂଶୀରେ ସ୍ୱର ତୋଳୁଛି ଯେତେବେଳେ କି ମୃତ୍ୟୁର ଘଣ୍ଟି କର୍ଣ୍ଣ ଗହ୍ୱରରେ ବାଜି ଚାଲିଛି ?"

ଲେଖିକା ସେହି ହଠାତ୍ ମୃତ୍ୟୁର ମୁହୂର୍ତ୍ତ ବିଷୟରେ ତାଙ୍କର ଆଶ୍ଚର୍ଯ୍ୟ ବ୍ୟକ୍ତ କରି ଲେଖିଛନ୍ତି । ଏହି ବର୍ଣ୍ଣନା ଗୋଟେ ସମ୍ବେଦନଶୀଳା ମହିଳା ଭାବରେ ସେ ବ୍ୟକ୍ତ କରିଛନ୍ତି, "ମୋର ପିଞ୍ଜରା ଭିତରେ ତିନି ତିନି ଥର କିଏ ପବନ ଫୁଙ୍କିଲା ?" ଏହା ହଜାରେ ହସ୍ତର ରହସ୍ୟମୟତା ନୁହେଁ କି ?

ଆମେ ନିଶ୍ଚୟ କହିବା : ହଁ ହୀନାଜୀ, ଏହା ଏକ ରହସ୍ୟ । ସମ୍ପର୍କୀୟ ଏବଂ ଡାକ୍ତର ମାନଙ୍କର ଅକ୍ଲାନ୍ତ ଯତ୍ନ ଯୋଗୁଁ, "ଅର୍ଜୁନ ମୁଁ, ଦେହ ରଥ ଭିତରର ଆତ୍ମା ଥରିଉଠି ଥିଲା ଏବଂ ଯେତେବେଳେ ଭଗବାନ ମୋର ଜୀବନ-ରଥକୁ ତାଙ୍କ ସୁଗନ୍ଧରେ ବାହିନେଲେ ।" ଜଣେ ଦୟାର୍ଦ୍ର 'ଫିଜିକ୍ସ ଏକ୍ସପାର୍ଟ' ମୋ ସ୍ୱାମୀଙ୍କର ବର୍ଣ୍ଣନା ଶୁଣିଲା ପରେ, ଲାଗିଲା ଯେ କୌଣସି ସ୍ତ୍ରୀ ସାବିତ୍ରୀ ବ୍ରତର ସଂକଳ୍ପ କରି ଏପରି ଜଣେ ସ୍ୱାମୀଙ୍କୁ ନିଶ୍ଚୟ ଜୀବନସାଥୀ ଭାବରେ ବାଛିବ । ଭଦୋଦରା ହସ୍‌ପିଟାଲରେ, ପ୍ରାୟ ଦେଢ଼ମାସ ପରେ, ଲେଖିକା ଅଧାଚାମଚ ପାଣି ପିଇବା ନିମନ୍ତେ ଅନୁମତି ପାଇଲେ, କିନ୍ତୁ ଲେଖିକାଙ୍କୁ ଭଦୋଦରାର ପାଣି ସୁସ୍ୱାଦୁ ଲାଗିଲା ନାହିଁ, ତାପରେ ତାଙ୍କ ସ୍ୱାମୀ ସୁରଟର ପାଣି ମଗେଇବାର ବ୍ୟବସ୍ଥା କରିଦେଲେ ! ଝିଅ କାନୁ ରାଗିଗଲା ଯେତେବେଳେ ସେ ଜାଣିଲା ଯେ ତାଙ୍କ ବାପା ଲୁଚେଇକି ଚାମୁଚେ ଲେଖା ଜୁସ୍ ମା'ଙ୍କୁ ପିଆଇ ଦେଉଥିଲେ ଏବଂ ସେହି ଫିଜିକ୍ସ ଏକ୍ସପାର୍ଟ ସ୍ୱାମୀ ସେତେବେଳେ ପ୍ରେମିକ ପାଲଟି ଯାଉଥିଲେ, ତାଙ୍କୁ ଯେପରି ଆସୁଥିଲା ସେପରି ପାସ୍ତା ରାନ୍ଧି ଦେଉଥିଲେ, କାରଣ ସେମାନେ ଏକ୍‌ସିଡ଼େଣ୍ଟ ପୂର୍ବରୁ ଏକାଠି ଖାଇଥିଲେ, ତାକୁ ସେ ରୋଗୀଙ୍କୁ (ସ୍ତ୍ରୀଙ୍କୁ) ଦେଉଥିଲେ ଡାକ୍ତରଙ୍କ ଅନୁମତି ବିନା । ଝିଅ କହିଲା 'ଡାଡ଼ି ଆପଣ ଜଣେ ବିସ୍ମୟ ପ୍ରେମିକ ! କେତେ ଅନୁନୟପୂର୍ଣ୍ଣ ଭାବରେ ଗୋଟିଏ ଲେଖିକାଙ୍କର ଅଭିବ୍ୟକ୍ତି ସେ ଉପସ୍ଥାପନ କରିଛନ୍ତି : "ମୁଁ ଯେତେବେଳେ ଜିରୋ ବୋଲି ପ୍ରମାଣିତ ହେଇଗଲି, ସେ ମୋ ଆଗରେ ଠିଆ ହୋଇ ମୋତେ ରକ୍ଷା କରିଦେଲେ ଏବଂ ମୋତେ ମୂଲ୍ୟହୀନ ହେବାରୁ ମଧ୍ୟ ରକ୍ଷା କରିଦେଲେ । ଆଉ ଚାରି ପାହାଚ ଆଗକୁ ଯାଇ ସେ 'ପତି ପରମେଶ୍ୱରରୁ' 'ପତି ପ୍ରେମେଶ୍ୱର' ହେଇଗଲେ । ସବୁ ଯତ୍ନ ସତ୍ତ୍ୱେ, ଗୋଟେ ଆକର୍ମଣ୍ୟ ଜୀବନ ସାଥୀ ଯିଏ ବହୁତ ମାନସିକ ଯନ୍ତ୍ରଣା ଭୋଗୁଥିଲା ତାଙ୍କର ରୋଗ ନିମନ୍ତେ, ସେ ଲାଇବ୍ରେରୀରୁ ବହି ଆଣି ପଢୁଥିଲେ ।

ପତିଦେବ କହୁଥିଲେ ଯେତେବେଳେ ତା'ର ଝାଉଁଳା କ୍ଲାନ୍ତ ମୁହଁରେ ପୁସ୍ତକଗୁଡ଼ିକୁ ଦେଖି ଜୋର୍‌ରେ ମନଖୋଲା ହସ ଫୁଟିଉଠେ : "ଯଦି ମୁଁ ଗୋଟେ ଚିତ୍ରକର ହୋଇଥାନ୍ତି ତେବେ ମୁଁ ତୁମକୁ ତାହା ଦେଖେଇ ପାରନ୍ତି । ଝିଅ କଥକ ନିଜେ ଜଣେ ଡାକ୍ତର ସେ ତା 'ମାର ମା' ହୋଇଗଲା । ଜ୍ୱାଇଁ କୌଶଲ, ପୁଅ ପରଜନ୍ୟ... ଏହି ଶବ୍ଦରେ, ଯତ୍ନନେବା ଏବଂ ଭଲ ପାଇବାର କାହାଣୀ ଫେଣ୍ଟାଫେଣ୍ଟି ହୋଇ ମିଶିଯାଇଛି । ଝିଅ ନୂଆ ଉଡ଼ାଣ

ଭରିବାକୁ ପ୍ରସ୍ତୁତ ହେଉଥିଲା, ହତାଶ ମାଆ ପ୍ରେମପୂର୍ଣ୍ଣଭାବରେ କହୁଥିଲେ ଯେ ଦୁଇଟି କବିତାର ପଂକ୍ତି ମୋ ହୃଦୟରୁ ଝରି ପଡୁଥିଲା", ସେମାନେ ଦୁହେଁ ମିଶି ସ୍ୱରରେ ସ୍ୱର ମିଶେଇ ଗାଉଥିଲେ ତାଙ୍କ ପୁଅ ଓ ଝିଅ।

ସେ ଏପରି ଡାକ୍ତରମାନଙ୍କୁ ଭେଟୁଥିଲେ, ଡ.ଚନ୍ଦନ (ସୁନ୍ଦର ଚରିତ୍ର), ସତେ ଯେପରି ଜଣେ ଦେବଦୂତଙ୍କୁ ଭେଟିବାକୁ ଉତ୍କଣ୍ଠିତ ହେଉଥିଲେ। ଲେଖିକାଙ୍କ ପାଇଁ, ତାଙ୍କର ଡ. ଚିନ୍ତନଙ୍କ ସହିତ ଘନିଷ୍ଠ ସମ୍ପର୍କ ଥିଲା- 'ରୋଗୀ-ଡାକ୍ତର' 'ଶିକ୍ଷକ-ଶିଷ୍ୟ' 'ଖୁଡ଼ୀ-ପୁତୁରା' 'ମା-ପୁଅ'ର।

ତଥାପି ସେ ଦୁଃଖ ବେଳେବେଳେ ଚରମ ସୀମାରେ ପହଞ୍ଚି ଯାଏ। ଏହି ଲେଖକର ମଧ୍ୟ 'ସେପଟି ସେମିଆଁ' କେତେ ଭୟଙ୍କର ସେ ଅନୁଭବ ଥିଲା, ହୀନା ମଧ୍ୟ ତାହା ଅନୁଭବ କରିଥିଲେ। ପେଟ ପାଖରେ ଗୋଟେ କଲୋଷ୍ଟାମୀ ବ୍ୟାଗ୍ ଥିଲାବେଳେ ମୁଁ ଅତିବ୍ୟସ୍ତ ହୋଇଯାଏ। ବହୁତ ସମୟରେ ମୁଁ ଭାବେ ଏମାନେ ସମସ୍ତେ ମୋର, ଯଦିଓ ସେମାନେ ମୋର କେହି ନୁହନ୍ତି। ଏପରିକି ସେଠାରେ ମୁଁ ମୋ ନିଜ ପାଇଁ ରହି ନ ଥିଲି। ତେଣୁ ଗୋଇଠି ଲୋପୋଗ୍ରାମ, ପରିସ୍ରାନଳୀ, ବୃହଦାନ୍ତ ହୀନା ମୋଦୀ ପୁନର୍ଜନ୍ମର କାହାଣୀ ଲେଖିଲେ ଯନ୍ତ୍ରଣାର ଶେଷ ଠାରୁ ମାତୃଗୃହରେ ଉତ୍ସାହଜନକ ଗଭୀର ସ୍ୱାଗତ ପର୍ଯ୍ୟନ୍ତ।

ଲେଖିକା ଆହୁରି ଅନେକ ବନ୍ଧୁବାନ୍ଧବ, କୁଟୁମ୍ବଙ୍କୁ ମନେ ପକାଉଥିଲେ ଏପରିକି କବି, ଜ୍ୟୋତିଷ, ସାଙ୍ଗ, ଖେଳସାଥୀ, ସାମ୍ବାଦିକଙ୍କୁ ମଧ୍ୟ। ଏହି ପୁସ୍ତକ ଏକ ଭୟଙ୍କର ଯାତ୍ରାରୁ ଆରମ୍ଭ ଓ ଶେଷ ହୋଇଛି। ଏହି ପୁସ୍ତକ ଜୀବନର ସର୍ବୋତ୍ତମ ଗୋପନ ରହସ୍ୟର ଅନୁଭବ ଦେଇଛି 'ଅନ୍ତଃ ପ୍ରାଚୀର ସହଯୋଗ ବିନା', 'ବାସ୍ତୁପ୍ରୀୟା' ଯାତ୍ରାରୁ 'ପ୍ରଭୁପ୍ରୀୟା' ଏବଂ ଏ ବହି ପୂର୍ଣ୍ଣ ହୋଇଛି "ଭଗବାନଙ୍କୁ ଗୋଟେ ଖୋଲା ଚିଠି"ରେ "ଓଃ! ଜୀବନ..." ଦୁଇଟି ଅଧ୍ୟାୟ। ଯଦି ମୁଁ ତାକୁ ସମୀକ୍ଷା କରିବି ବା ନିରୀକ୍ଷଣ କରିବି ତେବେ ସଫଳ ହେବିନାହିଁ। ବେଳେବେଳେ ଗୋଟେ ନିରବ ଅଭିବ୍ୟକ୍ତି ବହୁତ ପ୍ରଭାବଶାଳୀ ହୋଇଥାଏ। ଆମର କୌଣସି ଗୁରୁତ୍ୱପୂର୍ଣ୍ଣ ସାକ୍ଷାତ ହୋଇ ନ ଥିଲା। ଆମେ ଏକାଡ଼େମୀକୁ ଥରେ ବୁଲି ଯାଇଥିଲୁ। ସେ ଯାହାହେଉ, ସମାଲୋଚକଙ୍କର ହୃଦୟସ୍ପର୍ଶୀ କଥା ବଦଳରେ, ମୁଁ ଦୟାର୍ଦ୍ର ଭାବରେ କହିବାକୁ ଚାହେଁ ଯେ; ସଲାମ ହୀନା! ସାଲ୍ୟୁଟ୍ ହୀନା! ତୁମ ଶବ୍ଦରେ ତୁମେ ଅଧିକ ପ୍ରଭାବଶାଳୀ ହୁଅ।

ଡ. ବିଷ୍ଣୁ ପାଣ୍ଡ୍ୟା, ଚେୟାରମ୍ୟାନ
ଗୁଜୁରାଟ ସାହିତ୍ୟ ଏକାଡ଼େମୀ

ଅନୁବାଦିକାଙ୍କ କଲମରୁ

ଶରଶଯ୍ୟାର କଣ୍ଟକିତ କାହାଣୀ

ହୃଦୟରୁ ଝରୁଥିବା ରକ୍ତରେ ଲେଖାଯାଇଛି ଶରଶଯ୍ୟା, ଜୀବନ ଯନ୍ତ୍ରଣାର ଭୟଙ୍କର ଅନୁଭବ। ପଢ଼ିଲା ବେଳେ ଆଖିରୁ ଝରିଆସୁଥିବା ଲୁହକୁ ଅଟକାଇ ପାରିଲିନି। ଆଉ ଏ ବହିର 'ମାଷ୍ଟର ପିସ୍' ତ୍ରୟୋଦଶ ଅଧ୍ୟାୟ 'ଭଗବାନଙ୍କୁ ଗୋଟେ ଖୋଲାଚିଠି' ମୋ ଅନ୍ତରକୁ ଦୋହଲାଇ ଦେଇଥିଲା। କଷ୍ଟ ଯନ୍ତ୍ରଣା ସମୁଦ୍ରରେ ବୁଡ଼ି ବୁଡ଼ି ଜଣେ ଏତେ ସକାରାତ୍ମକ ଭାବରେ ଭଗବାନଙ୍କୁ ନିଜର କରିବାରେ କାର୍ପଣ୍ୟ କରିନାହାଁନ୍ତି। "ଆପଣ ଏହି ଲୁଚକାଳି ଖେଳ ଛାଡନ୍ତୁ ଏବଂ ମୋ ସାମନାକୁ ଆସନ୍ତୁ। ମୁଁ ମୋ ବାଳ ଧୋଇଦେବି ଏବଂ ସେଗୁଡ଼ିକୁ ଏକାଠି କରି ବାନ୍ଧି ଦେବି। ମୁଁ ମୋର ଅତିପ୍ରିୟ ମୟୁରକଣ୍ଠୀ ନୀଳ ଶାଢ଼ୀରେ ସଜେଇ ହେବି। ଆପଣ ମୋର ଟର୍କିସ୍ କାନଫୁଲ ଏବଂ କଙ୍କଣ ଦେଖି ମୋତେ ଚହ୍ନିପାରିବେ। ମୁଁ ମୋ ବାରଣ୍ଡାରେ ଆପଣଙ୍କ ସହିତ ବସିବି କାଡ଼ାମନ ବାସ୍ନାର କଫି ସହିତ। ମୁଁ କିଛି ବି ପ୍ରଶ୍ନ ପଚାରିବି ନାହିଁ। ଆମେ ଉଭୟେ ଉଭୟଙ୍କର ସୌହାର୍ଦ୍ଦ୍ୟ ଅନୁଭବ କରିବା ମୋ ବାରଣ୍ଡାରେ ଲାଗିଥିବା ଦୋଳି ଉପରେ ବସି। ମୁଁ ଆପଣଙ୍କ କାନ୍ଧ ଉପରେ ମୁଣ୍ଡ ରଖିବି। ମୁଁ ଚାହେଁ ଆପଣ ଆପଣଙ୍କ ରୁମାଲରେ ମୋ ଲୁହ ପୋଛି ଦିଅନ୍ତୁ। ମୁଁ ବହୁତ ଥକି ଯାଇଛି କିନ୍ତୁ ହାରି ଯାଇନି।"

ସତରେ ହୀନା ମୋଦୀ ଜୀ, ଆପଣ ବାହାଦୂର ମଣିଷ। ଆପଣ ସହି ଯାଇଛନ୍ତି କିନ୍ତୁ ହାରିଯାଇ ନାହାଁନ୍ତି। ମୁଁ ଆଶ୍ଚର୍ଯ୍ୟ ହେଉଛି ଏତେ ମୃତ୍ୟୁ ଯନ୍ତ୍ରଣା ପରେ ତିନି ତିନିଥର ମୃତ୍ୟୁ ମୁଖରୁ ଫେରିବା ପରେ ମଧ୍ୟ ଆପଣ ବଞ୍ଚିଛନ୍ତି ଏବଂ ଜୀବନକୁ ପୁଣିଥରେ ବଞ୍ଚିବାକୁ ପ୍ରାଣଭରି ଇଚ୍ଛା କରୁଛନ୍ତି। ଭୀଷ୍ମ ମଧ୍ୟ ବିନା ଦୋଷରେ ଶରଶଯ୍ୟାରେ ଶୋଇଥିଲେ ଆଉ ଆପଣ ବି।

ପୁସ୍ତକଟିରେ ଅନେକ ସ୍ଥାନରେ ପୁନଃ କଥନ ଓ ଅତିକଥନ ବେଳେବେଳେ ଅପ୍ରୀତିକର ଲାଗିପାରେ କିନ୍ତୁ ଯନ୍ତ୍ରଣାର ଅନୁଭବ, ଆକସିଡେଣ୍ଟାଲ, ଡାକ୍ତରଖାନାର ୧୧

ମାସର କଷ୍ଟ, ୧୬ରୁ ଅଧିକ ଅପରେସନ ବିରଳ ବ୍ୟାକ୍ଟେରିଆ ଇନ୍‌ଫେକ୍ସନ, ଆତ୍ମୀୟ, ପୁଅ, ଝିଅ, ସ୍ୱାମୀ, ସାଙ୍ଗସାଥୀ ମାନଙ୍କର ଭୂମିକା ଡାକ୍ତର ଓ ଥେରାପିଷ୍ଟ ମାନଙ୍କର ସାହାଯ୍ୟ ୧୪ଟି ଅଧ୍ୟାୟରେ ଲିପିବଦ୍ଧ ହୋଇଛି । ଶେଷ ଅଧ୍ୟାୟ ଜୀବନକୁ ଏସବୁ ପରେ ବି ସେ ଅତିମାତ୍ରାରେ ଭଲ ପାଆନ୍ତି ।

ସର୍ବଶେଷ ଉପଲବ୍ଧି ହେଲା,

"ତୁମେ ଯେତେବେଳେ ହସୁଛ, ପୃଥିବୀ ତୁମ ସହିତ ହସେ, କିନ୍ତୁ ତୁମେ ଯେତେବେଳେ କାନ୍ଦୁଛ, ତୁମକୁ ଏକାହିଁ ସବୁ ଯନ୍ତ୍ରଣା ପିଇ କାନ୍ଦିବାକୁ ପଡ଼େ ।

ହୀନା ମୋଦୀଙ୍କ ସହିତ ଓଡ଼ିଶା ଜୟଦେବ ଭବନରେ ଦେଖା ହେଲା ହୁଇଲ ଚେଆରରେ । ସାହିତ୍ୟ ସଂସ୍କୃତି ସମାବେଶରେ ବହୁଭାଷୀ କବିତା ଆସରରେ ଏବଂ ସେ ଏ ପୁସ୍ତକ ମୋତେ ପଢ଼ିବାକୁ ଦେଲେ । ପଢ଼ିଲା ପରେ ମୁଁ ଅନୁବାଦ କରିବାକୁ ଅନୁମତି ମାଗିଲି ଓ ସେ ଦେଲେ ଖୁସିରେ । ଜୀବନ ତାଙ୍କର ଆଗପରି ସରଳ ସ୍ୱଚ୍ଛନ୍ଦ ନୁହେଁ ସତ ତଥାପି ସେ ଆଶାବାଦୀ ।

ଗୁଜୁରାଟୀ ପୁସ୍ତକକୁ ଇଂରାଜୀ କରାଯାଇଛି ଯାହା ମୁଁ ଅନୁସୃଜନ କରିବାକୁ ଚେଷ୍ଟା କରିଛି । ଆଶାକରେ ବିପୁଳ ପାଠକୀୟ ଆଦୃତି ଲାଭ କରିବ ।

ବିଜୟଲକ୍ଷ୍ମୀ ମହାନ୍ତି ପଟ୍ଟନାୟକ

ଓଡ଼ିଆ ଅନୁବାଦ ସମ୍ପର୍କରେ

ବୈଷ୍ଣବ ଜନ ତୋ ତେନେ କହିୟେ
ଜୋ ପୀଡ଼ ପରାୟୀ ଜାନେରେ

ବହୁତ ବହୁତ ଧନ୍ୟବାଦ ଶ୍ରୀମତୀ ବିଜୟଲକ୍ଷ୍ମୀ ପଟ୍ଟନାୟକ !

ଦରଦ ହଜମ କରିବା ବହୁତ କଷ୍ଟକର। ମା କ୍ଷୀରକୁ ମନେ ପକେଇ ଦିଏ ଦରଦ। ମଣିଷକୁ ଶାରିରୀକ, ମାନସିକ ଆର୍ଥିକ ସବୁ ଦିଗରୁ ବରବାଦ କରିଦେଉଥାଏ। ତଥାପି କେତେବେଳେ କେତେବେଳେ ବିଶ୍ୱନିୟନ୍ତା ଜଗନ୍ନାଥ ନିଜର ପ୍ରିୟ ପିଲାକୁ ନିମିତ୍ତ ମାଧ୍ୟମ କରି ଦୁନିଆଁର ଲୋକମାନଙ୍କ ଆଗରେ ଗୋଟେ ଉଦାହରଣ ରଖନ୍ତି ଯେ ଦରଦକୁ କିପରି ପିଇଯାଇ ହେବ।

ମୋ ସହିତ ଏପରି କିଛି ହୋଇଛି। ଗୋଟେ ଘାତକ ଦୁର୍ଘଟଣା ପରେ, ମୁଁ ଯନ୍ତ୍ରଣାର ଘୂର୍ଣ୍ଣିଝଡ଼ ଭିତରେ ଫସି ଯାଇଥିଲି ଯାହାକି ଚିକିତ୍ସା ବିଜ୍ଞାନ ସହିତ ମୋର ଆତ୍ମୀୟମାନଙ୍କ ନିମନ୍ତେ ଗୋଟେ ଆହ୍ୱାନ ଥିଲା। କିନ୍ତୁ ମୋ ଭିତରେ ଆସନ ପାତିଥିବା ଜଗନ୍ନାଥ ପ୍ରଭୁ ମୋତେ ସେଠାରୁ ବାହାରକୁ ଟାଣି ଆଣିଲେ। ଯୋଉଠି ମୁଁ ସାଂସାରୀକ ସବୁ ସମ୍ପର୍କୀୟଙ୍କ ଠୁ ଦୂରକୁ ଚାଲି ଯାଉଥିଲି।

ପ୍ରଭୁ ଜଗନ୍ନାଥ ସବୁବେଳେ ମୋ ହାତଟାଣି ଧରି ରଖିଲେ ଯାହାଦ୍ୱାରା କି ମୁଁ ଏ ଭବସାଗରକୁ ପାରି ହେଉଛି।

ମୋର ଯନ୍ତ୍ରଣା ଏବଂ କଷ୍ଟ ପ୍ରେରଣା ଦାୟକ ହୋଇଗଲା ଅନ୍ୟମାନଙ୍କ ପାଇଁ। ଭଉଣୀ ବିଜୟଲକ୍ଷ୍ମୀ ମହାନ୍ତି ପଟ୍ଟନାୟକଙ୍କୁ ଅଜସ୍ର ଧନ୍ୟବାଦ। ଯିଏକି ଓଡ଼ିଆରେ ମୋ ଲେଖାକୁ ତାଙ୍କ କଲମରେ ରୂପାୟିତ କରିଛନ୍ତି। ମୁଁ ମାସ ମାସ ଧରି ଅନେକ କଷ୍ଟ

ସ୍ୱୀକାର କରି ଲେଖିଥିବା 'ବାଣଶଯ୍ୟା' ଓଡ଼ିଆ ଅନୁବାଦ କରିବାକୁ ଏଇଥିପାଇଁ ଚାହିଁଲି ଯେ ମୋ ଯନ୍ତ୍ରଣା କେବଳ ମୋର କଷ୍ଟ ନୁହେଁ ବରଂ ତାହା ହଜାର ହଜାର ଓଡ଼ିଶାବାସୀଙ୍କୁ ପ୍ରେରଣା ଯୋଗାଇବ ।

ସେ ମୋର ଭାବନାକୁ ହୃଦୟରେ ଅନୁଭବ କରିଛନ୍ତି ଏବଂ ତାହାକୁ ଫଳଦାୟକ ଭାବାତ୍ମକ ରୂପରେ ବ୍ୟକ୍ତ କରିଥିଲେ ଏବଂ ଶେଷରେ ତାକୁ ଏକ ପୁସ୍ତକ ଅନୁବାଦ କରିବାର ରୂପ ଦେଇଛନ୍ତି ।

ଆଶା କରୁଛି ଏହା ମୋର ପ୍ରିୟ ଓଡ଼ିଶାବାସୀଙ୍କୁ ବଡ଼ ପ୍ରେରଣା ପ୍ରଦାନ କରିବ ।

ଜୟ ଜଗନ୍ନାଥ

ହୀନା ମୋଦୀ

ଅନୁବାଦକଙ୍କ କଲମରୁ

ଏହି ପୁସ୍ତକ 'ବାଣଶଯ୍ୟା' (ମୂଳଗୁଜୁରାଟୀ) ମୋ ଦ୍ୱାରା ଅନୁଦିତ ହୋଇଛି 'The Bed of Arrows' ନାମରେ। ଏହା ଏକ ଦୁଃସହ ଯନ୍ତ୍ରଣାର କାହାଣୀ, ଦୃଢ଼ ଇଚ୍ଛା ଶକ୍ତି ଏବଂ ମୃତ୍ୟୁକୁ ଅତିକ୍ରମ କରି ବଞ୍ଚି ରହିବାର କାହାଣୀ। ମୂଳ ଲେଖିକା ଏପରି ଜଣେ ବ୍ୟକ୍ତି ଯିଏ ହଜାରେ ଯନ୍ତ୍ରଣାକୁ ପାରିକରି ଆସିଛନ୍ତି ଏବଂ ଘଟଣାକ୍ରମେ ମୃତ୍ୟୁକୁ ଅତିକ୍ରମ କରି ବଞ୍ଚି ଯାଇଛନ୍ତି ସବୁ ଦୈବ ଦୁର୍ବିପାକ ସତ୍ତ୍ୱେ। ସେ ସାହସୀ ଯୋଦ୍ଧା ଭାବରେ ଲଢ଼ିଛନ୍ତି ଏବଂ ସବୁ ବାଧାବିଘ୍ନକୁ ପାର କରି ଆଗକୁ ଆସିଛନ୍ତି।

ସେ ତାଙ୍କ ଦୁର୍ଘଟଣାର କ୍ଷୁଦ୍ରାତିକ୍ଷୁଦ୍ର ବିଷୟକୁ ବର୍ଣ୍ଣନା କରିଛନ୍ତି, ଡାକ୍ତରଖାନାରେ ଅସରନ୍ତି ସମୟ, ଅସ୍ତ୍ରୋପଚାର, ଇନ୍‌ଫେକ୍‌ସନ, ତାଙ୍କର କଷ୍ଟଦାୟକ ସମୟ ଏବଂ ସେ ସମୟକୁ ଅତିକ୍ରମ କରିଯିବା, ତାଙ୍କର ଆତ୍ମୀୟମାନଙ୍କ ସହିତ ସମ୍ପର୍କର ବନ୍ଧନ, ସେମାନଙ୍କର ଦୁର୍ଯୋଗ ସମୟର ସାହାଯ୍ୟକାରୀ ଭୂମିକା ଏବଂ ଡାକ୍ତରମାନଙ୍କର ଅକ୍ଳାନ୍ତ ସହଯୋଗ, ଥେରାପିଷ୍ଟ, ବନ୍ଧୁ ଏବଂ ଅନ୍ୟ ବନ୍ଧୁକୁଟୁମ୍ବମାନଙ୍କର ସାହାଯ୍ୟ ବିଷୟରେ ସେ ବର୍ଣ୍ଣନା କରିଛନ୍ତି।

ଏହି ସଂଘର୍ଷର କାହାଣୀ ଅନ୍ୟମାନଙ୍କ ପାଇଁ ଗୋଟେ ପ୍ରେରଣାଦାୟୀ ଏବଂ ଉଜ୍ଜ୍ୱଳ ଉଦାହରଣ ହେବ ଯେଉଁମାନେ ଯନ୍ତ୍ରଣା ଭୋଗୁଛନ୍ତି। ଏହା ସେମିତି କିଛି 'ବହୁତବଡ଼' କାହାଣୀ କହିବାପାଇଁ ଯଦିଓ ନୁହେଁ, ତଥାପି ଏହା ହତାଶାରେ ବଞ୍ଚୁଥିବା ଲୋକଙ୍କ ପାଇଁ ନିଶ୍ଚୟ ପ୍ରେରଣାଦାୟୀ ହେବ।

ଚଉଦ ଭାଗରେ ବିଭାଜିତ ଏହି ପୁସ୍ତକ ବେଳେବେଳେ ବହୁତ ଅନାଗ୍ରହ ସୃଷ୍ଟି କରିପାରେ ବାରମ୍ବାର ସେହି ଏକା କଥା ଲେଖାଯାଇଥିବା ଯୋଗୁଁ ଏବଂ ଗୋଟିଏ ଭାଗରେ ଯେଉଁଠି ସେ କିଛି ଲୋକଙ୍କୁ ପ୍ରଶଂସା କରିଛନ୍ତି ଯାହାକି ଚିନ୍ତାଧାରାକୁ ବ୍ୟାହତ କରୁଛି। ଯଦି ତାହା ବାଦ୍ ଦିଆଯାଏ ତେବେ ଏହି ପୁସ୍ତକ ଗୋଟିଏ ଦୃଢ଼ ସ୍ତମ୍ଭ ହେବ। ତଥାପି

ଏହାର ବହୁଳାଂଶ ପ୍ରଶଂସନୀୟ। ଗୋଟିଏ ଜିନିଷ ଏଠାରେ ଗୁରୁତ୍ୱପୂର୍ଣ୍ଣ ଯେ ନିଜ ପ୍ରତି ଦୟାଭାବ ବଦଳରେ ସେ ତାଙ୍କର ଦୁଃସହ ଯନ୍ତ୍ରଣାକୁ ମନର ଭାରସାମ୍ୟ ରଖି ବ୍ୟକ୍ତ କରିଛନ୍ତି।

ଗୋଟିଏ ଭାଗ ଯେଉଁଠି ତାଙ୍କର ଈଶ୍ୱରଙ୍କ ସହିତ କଥୋପକଥନ ରହିଛି ତାହା ଅତ୍ୟନ୍ତ ଉତ୍ସାହପ୍ରଦ ଏବଂ ଏହି ପୁସ୍ତକ ନିମନ୍ତେ ଏକ ମୂଲ୍ୟବାନ ଦସ୍ତାବିଜ୍।

କିନ୍ତୁ କଥା ହେଲା- ଯେତେବେଳେ ତୁମେ ହସୁଛ, ସାରା ପୃଥିବୀ ତୁମ ସହିତ ହସିବ। କିନ୍ତୁ ଯେତେବେଳେ ତୁମେ କାନ୍ଦିବ, ତୁମେ କେବଳ ଏକୁଟିଆ କାନ୍ଦିବ।

ମୁଁ ଏ ପୁସ୍ତକର ସର୍ବାଙ୍ଗୀନ ସଫଳତା କାମନା କରୁଛି ତା ଛଡ଼ା ମୌଳିକ ଗୁଜୁରାଟୀ ପୁସ୍ତକଟି ପାଇଁ ମଧ୍ୟ।

ହିରେନ୍ ବି. ଦେଶାଇ (ଅନୁବାଦକ)

ସମ୍ବେଦନଶୀଳ ବ୍ୟକ୍ତିମାନେ ଜୀବନ ଭିତରକୁ ଅନେକ ସମୟରେ ଆସିଯାଆନ୍ତି । ଯାହାକି ମୋ ଜୀବନର ଈଶ୍ୱର-ଦତ୍ତ ଉପହାର । ଗୁରୁତୁଲ୍ୟ ଏବଂ ବନ୍ଧୁ ଶ୍ରୀ ହୀରେନ୍ ଭାଇ ଦେଶାଇ ସେମାନଙ୍କ ଭିତରୁ ଜଣେ ।

ଶ୍ରୀ ବିଷ୍ଣୁଭାଇ ପାଣ୍ଡ୍ୟା, ଗୁଜୁରାଟ ସାହିତ୍ୟ ଏକାଡ଼େମୀର ଚେୟାରମ୍ୟାନ୍, ବିଭିନ୍ନ ଭାଷାରେ ମୋର ଯନ୍ତ୍ରଣାକୁ ପହଞ୍ଚାଇବା ପାଇଁ ଉପଦେଶ ଦେଲେ । ମୋର ଯନ୍ତ୍ରଣାକୁ ଭାଷାରେ ପ୍ରକାଶ କରିବାର ଏକମାତ୍ର ଉଦ୍ଦେଶ୍ୟ ହେଲା ଯେତେବେଳେ ମଣିଷର ଦେହର ବଳ ମଣିଷ ସହିତ ରହେନାହିଁ, କଷ୍ଟ ଆଉ କଷ୍ଟ କେବଳ ମାନସିକ ବଳ ଦ୍ୱାରା ଅତିକ୍ରମ କରାଯାଇପାରେ ।

ମୋ ବହିକୁ ଅନୁବାଦ କରିବାର କଷ୍ଟଦାୟକ ବାଣଶଯ୍ୟା ବା "ଶରଶଯ୍ୟା-ଗୋଟିଏ ସମ୍ବେଦନଶୀଳ କାହାଣୀ" ହିରେନଭାଇ ଦେଶାଇଙ୍କ ଦ୍ୱାରା ଗ୍ରହଣୀୟ ହେଲା ।

ଶ୍ରୀ ହିରେନ ଭାଇ ଦେଶାଇ ଇଂରାଜୀ ଭାଷାରେ ମୋର ଅନୁଭୂତି, କଷ୍ଟ ଏବଂ ମୋର ଦୁର୍ଭାଗ୍ୟକୁ ଆକର୍ଷଣୀୟ ଶୈଳୀରେ ଉପସ୍ଥାପନ କରିଛନ୍ତି । ମୋ ଜୀବନର ଏହି ବୃହତ୍ କାର୍ଯ୍ୟରେ ସେ ଗୋଟେ ଅଂଶ ପାଲଟି ଯାଇଛନ୍ତି ।

ଧନ୍ୟବାଦ୍ ଶ୍ରୀ ହୀରେନ୍ ଭାଇ ଦେଶାଇ ।

- ହୀନା ମୋଦୀ

ମୁଖବନ୍ଧ

ବାଣଶଯ୍ୟା ବା ଶରଶଯ୍ୟା – ଗୋଟିଏ ସମ୍ବେଦନଶୀଳ କାହାଣୀ । ଏଥିରେ ଥିବା ଭାବାତ୍ମକ କଥା ମୋ ନିଜର । ଏହା ଜୀବନର ଏକ ସଂଘର୍ଷପୂର୍ଣ୍ଣ ସମୟରେ ବଞ୍ଚିବା ବିଷୟରେ । ଏଠାରେ ଆମେ କଥା ହେଉଛୁ ଅନ୍ତର ଭିତରେ ଥିବା ଭଗବାନଙ୍କ ସମ୍ପର୍କରେ । ଏହା ଧୈର୍ଯ୍ୟ ବିଷୟକ କଥା । ଜୀବନ ଯେତେବେଳେ ସରଳ ଭାବରେ ସ୍ୱତଃପ୍ରବୃତ୍ତ ଭାବରେ ଗତିକରୁଥାଏ ସେତେବେଳେ ଗୋଟିଏ ଅବାଞ୍ଛିତ ଏବଂ କଳ୍ପନାତୀତ ଘଟଣା ତା ଆଗକୁ ଚାଲି ଆସେ, ସେ କେତେ ଦୁର୍ବଳ ତାହା ପ୍ରମାଣିତ ହୋଇଯାଏ ।

ଶୁଭର ରଙ୍ଗ ଈଷତ୍ ଲାଲ୍, ଭାବର ରଙ୍ଗ ହେଲା ସବୁଜ, ପ୍ରେମର ରଙ୍ଗ ଗୋଲାପୀ ଏବଂ ଅନ୍ଧକାରର ରଙ୍ଗ କଳା କିନ୍ତୁ ଏଠାରେ ମୋ କଷ୍ଟ ଏବଂ ଯନ୍ତ୍ରଣାଭୋଗର କଥା ମୁଁ ଲେଖୁଛି । ତେଣୁ, ମୋ ଯନ୍ତ୍ରଣା ଏବଂ ଦୁଃଖର ରଙ୍ଗ କ'ଣ ହେବ ? ? ? ଏଠାରେ ମୋ ପରିବାରର ଲୋକମାନଙ୍କର ଅସହଣୀୟ ଯନ୍ତ୍ରଣାର କାହାଣୀ ଲିପିବଦ୍ଧ କରିଛି । ତେଣୁ ଯନ୍ତ୍ରଣାର ରଙ୍ଗ କ'ଣ ହେବ ? ପରିବାର ଲୋକଙ୍କର ଦୁଃଖ ଦୁର୍ଦ୍ଦଶାର ରଙ୍ଗ କ'ଣ ହେବ ଯାହାର ମୋ ପରି ରୋଗୀର ଜୀବନ ଆଶା ନିରାଶା ମଝିରେ ଧକ୍କା ଖାଇ ଦୋଳାୟମାନ ହେଉଛି ? ଯେତେବେଳେ ଜଣେ ରୋଗୀ ମାନସିକ ଏବଂ ଶାରୀରିକ କଷ୍ଟ ଭୋଗ କରେ, ସମସ୍ତ ସମ୍ପର୍କୀୟ, ଭଲପାଉଥିବା ଲୋକମାନେ, ଡାକ୍ତର, ମେଡ଼ିକାଲ ଷ୍ଟାଫ୍, ବନ୍ଧୁମାନେ, ଏପରିକି କେଆର-ଟେକର- ଯେଉଁମାନେ ରୋଗୀମାନଙ୍କର ଯତ୍ନ ନେବାକୁ ଥାନ୍ତି ସମସ୍ତେ ଗଭୀର ଭାବରେ ପ୍ରଭାବିତ ହୋଇଥାନ୍ତି । ରୋଗୀର ଦାୟିତ୍ୱ ସମ୍ପନ୍ନ ସମ୍ପର୍କୀୟମାନଙ୍କୁ ରୋଗୀକୁ ଉତ୍ତମ ସ୍ୱାସ୍ଥ୍ୟ ନିମନ୍ତେ ଏବଂ ସ୍ଥିର ରହିବାକୁ ପ୍ରେରଣା ଦେବାକୁ ପଡ଼ିଥାଏ । ଆଶା, ହତାଶା, ବିଫଳତା ଏବଂ ନୈରାଶ୍ୟ ଭିତରେ ଦ୍ୱନ୍ଦ୍ୱ ଲାଗିରହିଥିଲା । ଏହି କାହାଣୀ ଅନେକଗୁଡ଼ିଏ ଘଟଣା, ବାଧା ଭିତରୁ ବାହାରି ଆସିବାର ଭାବଗତ ଉତ୍ତରଣର କଥା ବର୍ଣ୍ଣନା କରୁଛି ।

ମୁଁ ଏହିଠାରେ ହିଁ ଏ କାହାଣୀକୁ ରଖୁଛି। କିନ୍ତୁ ମୋର ଯନ୍ତ୍ରଣା ଏବେ ଯାଏ ଅନ୍ତ ହୋଇନି। ମୋ ଦେହ କୌଣସି ବାହ୍ୟ ଉପଚାର ଗ୍ରହଣ କରୁନାହିଁ। ତେଣୁ, ମୋର ଦୁଇ ଗୋଡରେ ଲାଗିଥିବା ପ୍ଲେଟ୍ ଏବଂ ଡାହାଣ ହାତରେ ଲାଗିଥିବା ପ୍ଲେଟ୍ ପରିସ୍ଥିତିକୁ ଦେଖି ବାହାର କରାଯାଇପାରେ। ଡାହାଣ ହାତ ବୃଦ୍ଧାଙ୍ଗୁଳିରେ ଅପରେସନ ତଥାପି ବାକିଅଛି। ବାମ ପାଖ ଛୋଟା ଗୋଡ଼ର ଅପରେସନ ତଥାପି ବାକି ଅଛି। ଏପରି ଘଟିବାକୁ ଯାଉଥିବା ପ୍ରତ୍ୟେକ ସମ୍ଭାବ୍ୟ ଅପରେସନ ପାଇଁ ବର୍ତ୍ତମାନ ସମୟକୁ ସଦୁପଯୋଗ କରି ମାନସିକ ପ୍ରସ୍ତୁତି କରିବାର ଆବଶ୍ୟକତା ଅଛି। ଏପରି କୌଶଳ ସହିତ ବଞ୍ଚିବାକୁ ହେବ, "ଯେତେବେଳେ ଘଟିବ ଦେଖାଯାଉ କଣ ଘଟୁଛି।"

ମୁଁ ଜୀବନ ସ୍କୁଲରୁ ଶିଖୁଛି ଯାହା ଶିଖିଲେ ବିପଦ ସମୟରେ ବଞ୍ଚିଯାଇ ହେବ। ଯଦି ଜଣେ ନିଜର ଆତ୍ମଶକ୍ତିକୁ ଉନ୍ନତ କରିବାକୁ ଚେଷ୍ଟା କରିବ ତେବେ, "ଜଣକର ଯନ୍ତ୍ରଣାର ସର୍ବୋତ୍କୃଷ୍ଟ ଉପଚାର ହେଉଛି ସମୟ ଏବଂ ଜୀବନ ଯେମିତି, ସେମିତି ତାକୁ ଗ୍ରହଣ କରିବାକୁ ହେବ।" ଜୀବନକୁ ଠିକ୍ ସେମିତି ଭାବରେ ଗ୍ରହଣ କରିବା ସବୁଠାରୁ କଷ୍ଟକର। କିନ୍ତୁ ତାଠାରୁ ବଡ଼କଥା ହେଲା, ଆମ ମଣିଷମାନଙ୍କ ପାଖରେ ଅନ୍ୟ କୌଣସି ବିକଳ୍ପ ନାହିଁ।

ଯଦି ଏ କାହାଣୀ ଜଣେ ରୋଗୀକୁ ସାହସ ଏବଂ ଧୈର୍ଯ୍ୟ ଦେଇପାରେ ଏବଂ ତାଙ୍କ ସମ୍ପର୍କୀୟମାନଙ୍କୁ ମଧ୍ୟ, ତେବେ ମୁଁ ମୋର ଯନ୍ତ୍ରଣା, ଦୁର୍ଭୋଗ ଏବଂ କଷ୍ଟ ଭୋଗ ବିଷୟରେ ଲେଖିବାକୁ ଆରମ୍ଭ କରିବି।

ହୀନା ମୋଦୀ
ସର୍ବେ ସନ୍ତୁ ନିରାମୟା
ସମସ୍ତେ ଭଲରେ ଏବଂ ସ୍ୱାସ୍ଥ୍ୟବାନ ରୁହନ୍ତୁ।

ସୂଚିପତ୍ର

ପ୍ରଥମ ଅଧ୍ୟାୟ

ଅଙ୍ଗୁଳି ଟିପ କଲମ ପରି ଥରି ଉଠିଲେ

ଆଉଥରେ ଏପ୍ରିଲ ୨୭ରେ, ପ୍ରାୟ ଦ୍ୱିପ୍ରହର ୧.୩୦ ହେବ ୨୦୨୦ମସିହାର କଥା। ଅଙ୍ଗୁଳିର ଅଗ୍ରଭାଗ (ଟିପ)ରେ ଡେଣା ଲାଗିଲା ପରି ଅନୁଭବ ହେଲା। ସତେ ଯେପରି ସେଗୁଡ଼ିକ ପୁଣିଥରେ ଜୀବନ୍ତ ହୋଇଉଠିଲେ। ସେମାନେ ଆଉଥରେ ଉଜ୍ଜ୍ୱଳ ସୂର୍ଯ୍ୟକିରଣ ଆଡ଼କୁ ମୁହାଁଇଲେ। ମୋ ଆଙ୍ଗୁଳିଗୁଡ଼ିକ କଲମ କାଗଜ ଆଡ଼କୁ ଧାବିତ ହେଲେ। କିନ୍ତୁ ମୋ ଡାହାଣ ହାତର ବୁଢ଼ା ଆଙ୍ଗୁଳି ଫାଟି ଚିରି ଯାଇଥିଲା ଏବଂ ତା'ର ଅପରେସନ ହେବାକୁ ଆହୁରି ବାକି ଥିଲା। କିଛି ବି ଲେଖିବା ସମ୍ପୂର୍ଣ୍ଣ ଅସମ୍ଭବ ଥିଲା। ଏପରି ଯନ୍ତ୍ରଣା କେବଳ ପୁରାଣ ପ୍ରସିଦ୍ଧ ଏକଲବ୍ୟ ହିଁ ଭୋଗିଥିଲା। ତଥାପି ମୁଁ ଲେଖିବାକୁ ଚେଷ୍ଟା କରିଥିଲି। ମୋ ଟିପ ଚିରିଯାଉ ପଛେ, ମୁଁ କିନ୍ତୁ ଲେଖିବାକୁ ଚାହୁଁଥିଲି। ମୋ ବୃଦ୍ଧାଙ୍ଗୁଷ୍ଠି ମୋତେ ସହଯୋଗ ସାମାନ୍ୟ ଟିକେ କରିପାରେ, ତଥାପି ମୁଁ ଦ୍ୱନ୍ଦ୍ୱରେ ଥିଲି ଲେଖିପାରିବିକି ନାହିଁ ବୋଲି। ମୋର ଅଲେଖା, ଅବର୍ଣ୍ଣନୀୟ ଅନୁଭୂତିଗୁଡ଼ିକ ଉଙ୍କିମାରି ଚାହୁଁଥିଲେ ଲେଖାଦ୍ୱାରା ତାଙ୍କର ମୋକ୍ଷପ୍ରାପ୍ତି ପାଇଁ। ସେମାନେ ଯେ କୌଣସି ଉପାୟରେ ବାହାରକୁ ପ୍ରକାଶିତ ହେବାକୁ ଚାହୁଁଥିଲେ। ମୋ ଆଙ୍ଗୁଳିଗୁଡ଼ିକ ମଧ୍ୟ କଲମ ଛୁଇଁବାକୁ ବ୍ୟାକୁଳ ହୋଇ ଉଠୁଥିଲେ ଏବଂ ମୁଁ ଯେତେବେଳେ କଲମକୁ ଆୟତ୍ତକୁ ଆଣିଲି ମୁଁ କିଛି ଗୋଟେ ଅଦୃଶ୍ୟ ଶକ୍ତି ମୋତେ ଉଦ୍ଧାର କରିବାକୁ ଆସୁଥିବାର ଅନୁଭବ କଲି ଏବଂ ମୋର କଲମ ଗୋଟେ ଛଳ ଛଳ ନଦୀପରି ବୋହିଯିବାକୁ ଆରମ୍ଭ କରୁଥିଲା। ମୋ କଲମ ମୋର ଯନ୍ତ୍ରଣା, ମୋ ଦୈହିକ ଓ ମାନସିକ କଷ୍ଟକୁ କଲମରେ ଫୁଟେଇବାକୁ ଚାହୁଁଥିଲା। ବର୍ତ୍ତମାନ ଅଫଳନ୍ତି ଶାଖାଗୁଡ଼ିକ ଦୁଃଖକୁ ଫୁଟେଇବା ପାଇଁ ପିଲାଙ୍କ ପରି କାନ୍ଦି ଉଠୁଥିଲେ।

ସତେ ଯେପରି ଗହ୍ୱର ଭିତରୁ ଭୟଙ୍କର ଗର୍ଜନ କରି ଗୋଟେ ସମୁଦ୍ର ଦୁଃସହ

କଷ୍ଟକୁ ବାହାରକୁ ଆଣିବାକୁ ଝପଟି ଆସୁଥିଲା । ହଠାତ୍ ଯେମିତି ମୋ ମନ ଆକାଶରେ କିଚିରି ମିଚିରି କରି ପକ୍ଷୀଟିଏ ମୋ ଆଙ୍ଗୁଳିଗୁଡ଼ିକୁ ଜୀବନ ଦେବାକୁ ପକ୍ଷ ମେଲି ଉଡ଼ି ଆସିଲା ।

ମନୁଷ୍ୟ ପ୍ରକୃତି ହିଁ ଏପରି । ସେ ବିସ୍ତରି ଯିବାକୁ ଚାହେଁ ଏବଂ ବିସ୍ତାରି ଦେବାକୁ ଚାହେଁ, ଚାହେଁ ଗଭୀରତରକୁ ଯିବାକୁ ଏବଂ ସର୍ବୋଚ୍ଚ ଶିଖରରେ ପହଞ୍ଚିବାକୁ ଚାହେଁ ।

ସେ ବିସ୍ତରି ଯିବା ବେଳେ ଭୁଲିଯାଏ ଭଗବାନ କୃଷ୍ଣଙ୍କ ଶିକ୍ଷା ଯେ ସମୟ ସବୁଠୁ ବଳବାନ । ସମୟ କାହାରି ପାଇଁ ଅଟକି ଯାଏ ନାହିଁ । ଏପରିକି ସମୟ ନିଜେ ସମୟର କର୍ତ୍ତୃତ୍ୱରେ ମଧ୍ୟ ରହେ ନାହିଁ । ତାହା ସବୁବେଳେ ଗତି କରୁଥାଏ, କେବେ କାହାପାଇଁ ଅଟକି ଯାଏ ନାହିଁ । ଗୋଟେ ଇନ୍ଦ୍ରଧନୁର ସାତୋଟି ରଙ୍ଗ ଏବଂ ଜଣେ ମନୁଷ୍ୟର ଆଉ ଗୋଟେ ରଙ୍ଗ କିନ୍ତୁ ସମୟର ନିଜର ଆହୁରି ଅନେକ ରଙ୍ଗ ରହିଛି । ଏହା ଆମ କଳ୍ପନାର ବାହାରେ ଏବଂ ତାହା ଅସଂଖ୍ୟ ଭାବରେ ପ୍ରତିଭାତ ହୋଇଥାଏ ମଧ୍ୟ । ପ୍ରଭାତ ସମୟରେ ଏହା ସୁନେଲୀ ସୁବର୍ଣ୍ଣ ରଙ୍ଗରେ ବିଛୁରିତ ହୋଇଥାଏ ଏବଂ ଗାଢ଼ ଅନ୍ଧକାରରେ ଏହା ଆଶ୍ଚର୍ଯ୍ୟଜନକ ଭାବରେ ଭୟଙ୍କର ହୋଇଯାଏ ଏବଂ ସମୟ ସୂର୍ଯ୍ୟଙ୍କ ପାଇଁ ମଧ୍ୟ ଧୀମେଇ ଧୀମେଇ ଚାଲେ ନାହିଁ । ସମୟ ଅବିରତ ଭାବରେ ଦୌଡ଼େ, ଉଡ଼େ, ବୋହିଯାଏ । ଧଇଁସଇଁ ହୋଇ ଦୌଡ଼ୁଥାଏ ବା ଝୁଣ୍ଟୁଥାଏ, କିନ୍ତୁ ତଥାପି ଗତି କରେ, ଗତି କରୁଥାଏ । ଛାତ ଉପରକୁ ଦୌଡ଼ିଯାଇ ଆକାଶକୁ ଡେଣା ମେଲାଇ କୁଣ୍ଢେଇ ପକେଇବାକୁ ସେଇ ସମୟରେ ଗୋଟେ ନଗ୍ନ ସାହସ ମୋ ଭିତରେ ଆସୁଥିଲା । ଅକାଶକୁ କୁଣ୍ଢେଇ ପକେଇବା ଏକ ଅଭିନବ ସୂକ୍ଷ୍ମତା, ଏକ କଳ୍ପନା । ଅନ୍ୟ ଏକ ସୀମାରେ, ଭୂମିରେ ଭୂମିଲଗ୍ନା ହୋଇ ଶୋଇଯିବା ମଧ୍ୟ ସମୟର ଗୋଟେ ଉପହାସ, ପବନର ସୁଅରେ ଭାସିଭାସି ଗୁଡ଼ିଟିଏ ପରି ଉଡ଼ିବା ଏବଂ ତାପରେ ସମ୍ପୂର୍ଣ୍ଣ ଭାବରେ କଟିଯାଇ ଅଦୃଶ୍ୟ ହୋଇ ଆକାଶର ନୀଳିମାରେ ମିଶି ଅଦୃଶ୍ୟ ହୋଇଯିବା ଗୋଟିଏ ସମୟର ଯାଦୁଖେଳ ଏବଂ ସିଦ୍ଧାନ୍ତ ।

କେବଳ ସମୟ ନିର୍ଣ୍ଣୟ କରିବ ସେହି ଗୁଡ଼ିର ଭାଗ୍ୟରେ କ'ଣ ଅଛି ? ତାହା କୌଣସି ପୋଲରେ ଅସହାୟ ଭାବରେ ଝୁଲିପଡ଼ିବ କି ଗୋଟିଏ କେନାଲରେ ଯାଇ ବୁଡ଼ିଯିବ କି ଶୂନ୍ୟ ପାତ୍ରଟିଏ ପରି ସମୁଦ୍ରରେ ଭାସି ବୁଲିବ । ତୁମ ବଗିଚାରେ କାକଳି ଗୁଞ୍ଜନ କରି ତୁମକୁ ଆନନ୍ଦିତ କରୁଥିବା ପକ୍ଷୀଟି ସମୟର ଦାସ ଏବଂ ସଟ୍-ସର୍କିଟ୍ ହୋଇ ଗୋଟିଏ ପ୍ରାସାଦ ବି ନିମିଷକରେ ଧ୍ୱଂସ ହୋଇଯାଇପାରେ ଏହା ମଧ୍ୟ ସମୟର ନିର୍ଦ୍ଦେଶ । ସମୟ ପ୍ରକୃତିକୁ ପ୍ରାଚୁର୍ଯ୍ୟ ଦିଏ ଏବଂ ଆନୁସଙ୍ଗିକ ଭାବରେ ଅଭିଶାପ ମଧ୍ୟ ଦିଏ । ସମୟ ଗୋଟିଏ ଣ୍ଟୁଡିକଟୁ ଘଣ୍ଟି ଏବଂ ଠନ୍ ଠନ୍ ଘଣ୍ଟା ଶବ୍ଦ ଗୋଟିଏ ପବିତ୍ର ସ୍ଥାନରେ ବାଜିଲେ ତାହା ଗୋଟିଏ ସର୍ବବ୍ୟାପକ ରଣସିଙ୍ଗା । ଏହା ପ୍ରକୃତିର ଏକ ହାଲୁକା ଗୁଣୁ ଗୁଣୁ ଗୁଞ୍ଜନ ।

ଏହା ସୃଷ୍ଟିର ସର୍ଜନା ପୁଣି ପ୍ରଳୟର ପଦଧ୍ୱନି। ସମୟ ହିଁ ଶକ୍ତି, ସମୟ ହିଁ ପବିତ୍ର ପୁଣ୍ୟସ୍ଥଳୀ। ସମୟ ବେଳେବେଳେ ଖୁସିଭରା ସମୁଦ୍ର ଏବଂ ଦଣ୍ଡବିଧାନର ଶକ୍ତି ମଧ୍ୟ। ସମୟ ଗୋଟିଏ ଆଳଙ୍କାରିକ ଶବ୍ଦ, ଏହା ଏକ ସାମ୍ୟବାଦର ସ୍ୱରଝଙ୍କାର ଅଥବା ନୀତିଶାସ୍ତ୍ରର ବିରୋଧୀ ମଧ୍ୟ। ଏହା ଦୁଇଟି ଯୁଗର ମଧ୍ୟବର୍ତ୍ତୀ ଯୁଗସନ୍ଧି। ଗୋଟିଏ ଶିଶୁର ପ୍ରକୃତି ସହିତ ବନ୍ଧୁତ୍ୱ ମଧ୍ୟ। ଗୋଟେ ସମୟର ଏବଂ ଜଣେ ମଣିଷ ଅସହାୟ ଭାବରେ କଷ୍ଟ ଭୋଗ କରୁଛି ଏ ପୃଥିବୀରେ ଏହା ମଧ୍ୟ ଗୋଟେ ଭିନ୍ନ ସମୟର। ଏହା ମୂଳରୁ ଉଚ୍ଛେଦ କରି ଧରାଶାୟୀ କରି ତୁମକୁ ମହାଶୂନ୍ୟକୁ ଫୋପାଡ଼ି ଦେଇପାରେ। ଏହା ସୂର୍ଯ୍ୟାସ୍ତକୁ ରଙ୍ଗୀନ କରିଦେଇ ଆକାଶ ଏବଂ ପୃଥିବୀ ଭିତରେ ଏକ ଜୀବନ୍ତ ମିଳନ ଘଟେଇପାରେ।

ଗୋଟିଏ କଳିକା ସୁବାସିତ ପୁଷ୍ପରେ ପରିଣତ ହେବା ମଧ୍ୟ ସମୟର ସୌନ୍ଦର୍ଯ୍ୟ। ପୂତିଗନ୍ଧମୟ ଗଳିତ ପଚିସଢ଼ିଯାଇ ମରିଯିବା ଏବଂ ଧୂଳିରେ ମିଶିଯିବା ମଧ୍ୟ ସମୟର ଅନ୍ୟ ଏକ ଦୃଶ୍ୟ। ସମୟ ଗୋଟେ ଅର୍ଥରେ ଗୋଟେ ଗଣିତ ମଧ୍ୟ ପୁଣି ନୁହେଁ ମଧ୍ୟ। ଏହା ଏପରି ଭାଷା ଶିଖାଏ ଯାହାର ଶବ୍ଦ ନଥାଏ ଅର୍ଥାତ୍ ଏହା ଏକ ଶବ୍ଦହୀନ ଭାଷା ଏବଂ ଶବ୍ଦହୀନ ଶବ୍ଦ ! ଏହା ନିରବରେ ଏକ ଜୀବନ ସାରାର ଶିକ୍ଷା ଦେଇଯାଏ। ଭବିଷ୍ୟ ବାର୍ତ୍ତା କହିବାଠାରୁ ଇତିହାସ ବି ପାଲଟିଥାଏ ସମୟ। ଏହା ଦୁଇଟି ଧାରକୁ ଯୋଡୁଥିବା ଏକ ପୋଲ ଏବଂ ଆମକୁ ପାରିକରେଇ ଦେଉଥିବା ନଦୀ ବା ସମୁଦ୍ରର ସେତୁ ଏବଂ ତା ଭିତରେ ଧ୍ୱଂସ ହୋଇଯାଉଥିବା ସମୟ ମଧ୍ୟ ଇଏ ! ଏହା ଯଦି ଦୁଇଟି ନଦୀର ଧାର ମଧ୍ୟରେ ଥିବା ଶୂନ୍ୟସ୍ଥାନକୁ ପୋଲ ହୋଇ ଯୋଡ଼ିଦିଏ, ଏହା ପୁଣି ସେଗୁଡ଼ିକୁ ମଧ୍ୟ ଭାଙ୍ଗି ଧ୍ୱଂସ କରିଦେଇପାରେ। ସମୟ ହେଉଛି ଘୂମନ୍ତ ପେଣ୍ଡୁଲମ ଏବଂ ସେହି ମୁହୂର୍ତ୍ତର ବିପରୀତ ନାମ ହେଲା ସ୍ଥିରତା। ସେହି ସ୍ଥିରତା ଛାଞ୍ଚରେ ଢାଳି ହୋଇଯାଏ ଏବଂ ଏହି ଗଠନ ପ୍ରକ୍ରିୟା ବି ସମୟ।

ମୁଁ ସବୁବେଳେ ସମୟ ସହିତ ଶେଷ କରିବାକୁ ଚାହେଁ। ମୁଁ ସବୁବେଳେ ଆତୁର ହୋଇ ସମୟ ପଛରେ ଦୌଡୁଥାଏ। ଅତିଶୀଘ୍ର ଦୌଡ଼ିବା ମୋ ଜୀବନର ଲକ୍ଷ୍ୟ। ରହିଯିବା ବା ଅଟକିଯିବାକୁ ମୁଁ ଆଦୌ ଭଲ ପାଏନି ଏବଂ ମୋର ପ୍ରକୃତି ହେଲା ସମୟର ପ୍ରତି ମୁହୂର୍ତ୍ତକୁ ଉପଯୋଗ କରି କାର୍ଯ୍ୟ ସାଧନ କରିବା। ମୁଁ ବିବିଧତା ପସନ୍ଦ କରେ। ମୋର ବନ୍ଧୁବାନ୍ଧବ ଏବଂ ବନ୍ଧୁମାନେ ସବୁବେଳେ ମୋତେ କହନ୍ତି, ବରଂ ପଚାରନ୍ତି, "ଏପରି କ୍ଷୀପ୍ରଗତିରେ ତୁମେ କୋଉଠି ପହଞ୍ଚିବାକୁ ଚାହୁଁଛ ? ସେମାନେ ମୋତେ ସହଜ ହୋଇଯିବାକୁ କହନ୍ତି ଏବଂ ସମୟର ଶାସନରେ ରହିବାକୁ କହନ୍ତି। ସମୟ ଗୋଟେ ସିଂହାସନ ନ ଥିବା ସମ୍ରାଟ !

ମୋ ସ୍ୱାମୀ ହେମନ୍ତ ମୋତେ ସବୁବେଳେ ପିନ୍ ମାରି କହନ୍ତି : "ପ୍ରତ୍ୟେକ କାମର ନିର୍ଦ୍ଦିଷ୍ଟ ସମୟ ଏବଂ ନିର୍ଦ୍ଦିଷ୍ଟ ଭାଗ୍ୟ ଥାଏ।"

ମୁଁ ସବୁବେଳେ ସମୟଠାରୁ ଆଗକୁ ଚାଲୁଥାଏ । ମୋର ସମସ୍ତ ସାମାଜିକ ଦାୟିତ୍ୱ କରେ ସ୍ତ୍ରୀ ଭାବରେ, ମା' ଭାବରେ, ବୋହୂ ହିସାବରେ, ଭାଉଜ ଭାବରେ ଏବଂ ବଡ଼ଭଉଣୀ ଭାବରେ ଅତି ସୁଚାରୁ ରୂପରେ, ସବୁକୁ ଦାୟିତ୍ୱସମ୍ପନ୍ନ ଭାବରେ ମୁଁ ପୂର୍ଣ୍ଣ କରିପାରିଛି । ଏବେ ବର୍ତ୍ତମାନର ପରିସ୍ଥିତିରେ ମୋର ବୟସ୍କ ଶ୍ୱଶୁରଘର ଲୋକଙ୍କ ଦାୟିତ୍ୱ ମୁଁ ନେଇପାରୁନି । ମୋର ଝିଅ ମଧ୍ୟ ଜଣେ ଡାକ୍ତର, ସେ ଗୋଟେ ଭଲ ପରିବାରରେ ବିବାହ କରିଛି ଏବଂ ଭଲରେ ଅଛି । କେବଳ ମୋ ପୁଅ ପର୍ଜନ୍ୟର କେତେକ ଦାୟିତ୍ୱ ରହିଛି ପୂର୍ଣ୍ଣ କରିବା ପାଇଁ । ସେ ତା'ର ଫାଇନାଲ ପରୀକ୍ଷା ମଧ୍ୟ ଦେଇଛି । ସେ ତା'ର ଇଚ୍ଛା କରୁଥିବା ବିଷୟରେ ନାମ ଲେଖାଇ ସାରିଲେ ମୁଁ ମଧ୍ୟ ତା'ର ଦାୟିତ୍ୱରୁ ମୁକ୍ତ ହେବି । ମୁଁ ମୋ ଘରେ ମଧ୍ୟ ଘୋଷଣା କରିଦେଉଛି ଯେ ଯେତେଶୀଘ୍ର ମୋ ପୁଅ ସ୍ଥାୟୀ ହୋଇଯିବ ସେତେଶୀଘ୍ର ମୁଁ ଯେପରି ବଞ୍ଚିବାକୁ ଚାହୁଁଛି ସେପରି ବଞ୍ଚିବି । ମୋର ଅଧୁରା ସ୍ୱପ୍ନ ଏବଂ ଅଧୁରା ଇଚ୍ଛା ପୂରଣ କରିବାକୁ ଚାହିଁବି । ମୁଁ ଆତ୍ମସନ୍ତୋଷ ଲାଭ କରି ଜୀବନ ଉପଭୋଗ କରିବାକୁ ଚାହେଁ । ପ୍ରକୃତିକୁ ସାଙ୍ଗରେ ଧରି ଗୋଟିଏ ଚଢ଼େଇ ପରି କିଚିରି ମିଚିରି କରି ଆକାଶରେ ଉଡ଼ିବାକୁ ଚାହେଁ । ଏପରିକି ମୋର ଆତ୍ମୀୟମାନେ ଏଥିପାଇଁ ମୋତେ ସବୁଜ ସଂକେତ ମଧ୍ୟ ଦେଇସାରିଲେଣି ।

କିନ୍ତୁ ମଣିଷର ପ୍ରସ୍ତାବନା ଭଗବାନ ଭାଙ୍ଗିଦିଅନ୍ତି । ତାଙ୍କ ପାଇଁ ଗଢ଼ିବା ଏବଂ ଭାଙ୍ଗିବା ତାଙ୍କ ହାତର କୌଶଳ କେବଳ ।

ସମୟକୁ ଅତିକ୍ରମ କରି ଆଗେଇଯିବା, ଯାହା ମୋର ଅଭ୍ୟାସ ତାହା ମୋତେ ଅଧିକ ମୂଲ୍ୟ ଦେଇଛି । ସେଦିନ ମୁଁ ନିଜ ଦ୍ୱାରା କବଳିତ ହୋଇଯାଇଥିଲି । ମୁଁ ଭୂମିରେ ମିଶିଯାଇଥିଲି । ୨୭ ଏପ୍ରିଲ ୨୦୧୯ ସମୟ ଘ.୧.୩୦ମି. । ମୁଁ ଗୋଟିଏ ଫୁଟବଲ ପରି ଝଟକା ଖାଇ ବିସ୍ମୃତି ଭିତରକୁ ଫିଙ୍ଗି ହୋଇ ଯାଇଥିଲି । ସମୟର ଭାଗ୍ୟ ହାତରେ ସମର୍ପିତ ହୋଇଯିବା ବ୍ୟତୀତ ମୋ ପାଖରେ ଅନ୍ୟ କୌଣସି ବିକଳ୍ପ ନ ଥିଲା । ଏହା ମୋତେ ଗୋଟିଏ ପରେ ଗୋଟିଏ କରି ସ୍ଥାଣୁ କରିଦେଇଥିଲା – ସମ୍ପୂର୍ଣ୍ଣ ଅଚଳ ! ପ୍ରତ୍ୟେକ ଜିନିଷ ସ୍ଥିର ହୋଇଯାଇଥିଲା । ଏହା ମୋତେ ଅଣନିଃଶ୍ୱାସୀ ସ୍ଥିତିରେ ପହଞ୍ଚେଇ ଦେଇଥିଲା ।

ସବୁଗୁଡ଼ିକ ଗୋଟିଏ ମୁହୂର୍ତ୍ତରେ ବଦଳି ଯାଇଥିଲା । ମୋର ଗତିପଥ, ମୋର ଭାଗ୍ୟ, ପବନର ଗତି ସବୁ ବଦଳି ଯାଇଥିଲା । ଜୀବନ ଅତ୍ୟନ୍ତ କଷ୍ଟକର ହୋଇଯାଇଥିଲା । ଏହାହିଁ ସେହି ମୁହୂର୍ତ୍ତ ଥିଲା ଯେଉଁଠି ମୁଁ ଯେତେବେଳେ ସମୟର ଚକ ତଳେ ଚାପି ହୋଇ ରହିଗଲି । ମୁଁ ଅତ୍ୟନ୍ତ ଅସହାୟ ଅନୁଭବ କରୁଥିଲି ସତେ ଯେମିତି ଗୋଟେ ପାଣି ଫୋଟକା ଯେ କୌଣସି ମୁହୂର୍ତ୍ତରେ ଫାଟି ଧ୍ୱଂସ ପାଇଯିବ ।

■

ଦ୍ୱିତୀୟ ଅଧ୍ୟାୟ

ଆପଣାକୁ ଅସହାୟ ଭାବେ ଭାଗ୍ୟ ହାତରେ ଛାଡ଼ିଦେବା

ପ୍ରତ୍ୟେକ ପିତାମାତା ତାଙ୍କ ପିଲା ବିଷୟରେ ସ୍ୱପ୍ନ ଦେଖନ୍ତି ପିଲାଟିଏ ଜନ୍ମ ଦେବାପାଇଁ ଏବଂ ଏହା ମଧ୍ୟ ସ୍ୱାଭାବିକ। ଆମେ ମଧ୍ୟ ମୋ ପୁଅ ପର୍ଜନ୍ୟ ଯେତେବେଳେ ୧୧ ମାର୍ଚ୍ଚ ୨୦୧୧ରେ ଜନ୍ମହେଲା ସେଇ ସ୍ୱପ୍ନ ତା'ପାଇଁ ଦେଖିଥିଲୁ। ଆମେ ଉଭୟେ ତା'ର ଭବିଷ୍ୟତ ନିମନ୍ତେ ଭାବିବାରେ ଖୁବ୍ ଆନନ୍ଦିତ ହେଉଥିଲୁ। ଯେ କୌଣସି ବନ୍ଧୁବାନ୍ଧବ ଯିଏ ତାକୁ ଦେଖିବାକୁ ଆସୁଥିଲେ ସମସ୍ତେ କହୁଥିଲେ ସେ ଜଣେ ଇଞ୍ଜିନିୟର ହେବ। ଏହିଠାରୁ ମୁଁ ଗୋଟିଏ ସୁନେଲୀ ସ୍ୱପ୍ନରେ ମସ୍‌ଗୁଲ ହୋଇଗଲି। ମୁଁ ସେଥିପାଇଁ ବହୁତ ଖୁସିଥିଲି ଏବଂ ତାକୁ ଗୀତ ଗାଇ ଶୁଆଇଲା ବେଳେ ମୋର ସେଇ ସ୍ୱପ୍ନକୁ ମୁଁ ଗୀତରେ ଗାଉଥିଲି, "ମୋ ରାଜା ଆକାଶକୁ ଛୁଇଁବ।"

ସେ ଯେତେ ଶୀଘ୍ର ତା'ର ଶିକ୍ଷା ଆରମ୍ଭ କଲା ଏବଂ ଆଗକୁ ଗଲା ଆମେ ସମସ୍ତେ ନିଶ୍ଚିତ ହୋଇଗଲୁ ଯେ ତା'ର ଟେକ୍ନିକାଲ ଦକ୍ଷତା ତାକୁ ନିଶ୍ଚୟ ଗୋଟେ ଇଞ୍ଜିନିୟର ହିଁ କରିବ। ଆମେ ତାକୁ ସେଇ ଛାଞ୍ଚରେ ପକେଇବାକୁ ଚେଷ୍ଟା କଲୁ। ତା'ର ପିଲାଦିନରୁ ତା' ପାଇଁ ଖେଳନା ମଧ୍ୟ ଅଲଗା ଥିଲା। ସେ ଯାନ୍ତ୍ରିକ ଗଠନରେ ଖେଳ ଅପେକ୍ଷା ଅଧିକ ଜୋର୍ ଦେଉଥିଲା। ସେ ଅନବରତ ଇଲେକ୍ଟ୍ରିକ୍ ଖେଳଣା ଖେଳିବା ଏବଂ ତିଆରି କରିବା ଦିଗରେ ଅଧିକ ପରିଶ୍ରମ କରୁଥିଲା ଏବଂ ତା'ର ସୁରକ୍ଷା ପାଇଁ ଆମେ ସାଇରନ୍‌ର ମଧ୍ୟ ବ୍ୟବସ୍ଥା କରିଥିଲୁ। ଭାଗ୍ୟକୁ ସେ କୌଣସି ଅସୁବିଧାରେ ପଡ଼ିନଥିଲା।

୨୭ ଏପ୍ରିଲ ୨୦୧୯ରେ, ମୁଁ ଖୁବ୍ ସକାଳୁ ଉଠି ପଡ଼ିଲି। ମୁହଁଧୋଇ କୁଲୁକୁଞ୍ଚା

କଲି। ହୋଟେଲ ରୁମ୍‌ର ପର୍ଦ୍ଦା ଆଡ଼େଇ ଦେଲି। ସତେଜ ସକାଳ ମୋତେ ସ୍ଫୁର୍ତ୍ତି ଦେଉଥିଲା। ଗାଧୋଇ ସାରି ମୁଁ ଫ୍ରେସ୍ ହୋଇଗଲି। ରୁମ୍ ଭିତରକୁ ପୂର୍ଣ୍ଣଭାବରେ ସୂର୍ଯ୍ୟ କିରଣ ଉଙ୍କି ମାରୁଥିଲା। ମୁଁ ମୋର ସ୍ୱାମୀଙ୍କୁ ଏବଂ ପର୍ଜନ୍ୟକୁ ଆଦର କରି ଉଠେଇଲି। ସେମାନେ ମଧ୍ୟ ଶୀଘ୍ର ଫ୍ରେସ୍ ହୋଇଗଲେ। ଯେହେତୁ ସେଦିନ ଗୋଟିଏ ପବିତ୍ର ଦିନ ଥିଲା ମୁଁ ସେମାନଙ୍କୁ ମିଠା ଖାଇବାକୁ ଦେଲି। ଆମେ ରାଜସ୍ଥାନର କୋଟା ଆଡ଼କୁ ଯିବାକୁ ବାହାରିଲୁ। ଗୋଟେ ସୁନ୍ଦର ସକାଳ ଜଳଖିଆ ପରେ ଆମେ ହୋଟେଲକୁ ବିଦାୟ ଜଣେଇ ବାହାରି ଆସିଲୁ।

ଆମ କାର୍ ଡ୍ରାଇଭର ଚଳାଉଥିଲା। ପ୍ରାୟ ଦିନ ବାରଟା ଯାଏ ସେ ଗାଡ଼ି ଚଳାଉଥିଲା। ଆମେ କୋଟା ପହଞ୍ଚି ଦ୍ୱିପ୍ରହର ଖାଇବା ଖାଇବୁ ବୋଲି ଭାବିଥିଲୁ। ଆମେ କୋଟାର ହୋଟେଲ ରୁମ୍ ମଧ୍ୟ ବୁକିଂ କରି ସାରିଥିଲୁ।

ବାରଟା ପରେ ହେମନ୍ତ ଗାଡ଼ି ଚଲେଇବାକୁ ଆରମ୍ଭ କଲେ। ମୁଁ ଆଉ ପଜନ୍ୟ ପଛରେ ବସି ସାଇନସ୍‌ର ଫର୍ମୁଲା ରିଭାଇଜ୍ କରୁଥିଲୁ। ତା ସହିତ ଆମେ ମଧ୍ୟ ପ୍ରକୃତିର ଅସୁମାରୀ ସୌନ୍ଦର୍ଯ୍ୟକୁ ଉପଭୋଗ କରୁଥିଲୁ। ରାଜସ୍ଥାନର ପବନ ଏବଂ ତା'ର ସଂସ୍କୃତିର ସୁଗନ୍ଧ ଆମର ହୃଦୟକୁ ଆଚ୍ଛାଦିତ କରିଦେଉଥିଲା। ପଜନ୍ୟ M.C.Q. ର ସମାଧାନ କରୁଥିଲା ଜଣେ କୁଶଳୀ ଭାବରେ। ମୋ ହୃଦୟ ଖୁସିରେ ଗୁଣୁଗୁଣୁ ଗୀତ ଗାଉଥିଲା। ମୋ ପୁଅ ଯେଉଁ ବିଷୟ ଋହୁଁଛି ସେଥିରେ ଆଡ୍‌ମିଶନ ପାଉ ବୋଲି ମୁଁ ଭଗବାନଙ୍କୁ ନିରବଚ୍ଛିନ୍ନ ଭାବରେ ପ୍ରାର୍ଥନା କରିଚ୍ଛଲିଥିଲି। ଆମେ କୋଟା ଆଡ଼କୁ ଆନନ୍ଦରେ ଆଗଉଥିଲୁ।

ଓଃ ! ହଠାତ୍ ଗୋଟେ ବାଲି ବୋଝେଇ ଡମ୍ପର, ଅତ୍ୟଧିକ ଭାବରେ ବୋଝେଇ ହୋଇଥିଲା। ଡମ୍ପରଟି ଆମ କାର୍ ସହିତ ଧକ୍କା ଖାଇଲା। ଗୋଟିଏ ମୁହୂର୍ତ୍ତରେ ଅତି ଅଶୁଭ ଘଟଣାଟିଏ ଘଟିଗଲା। ଗୋଟିଏ ବଡ଼ ଝଟ୍‌କା ଲାଗିଲା ଏବଂ ଭାଙ୍ଗିଯିବାର ଶବ୍ଦ ହେଲା। ମୁଁ ଜବରଦସ୍ତ ଥରିଲି ଏବଂ ସାମ୍ନା ସିଟ୍ ଆଡ଼କୁ ମାଡ଼ିଗଲି। ମୋର ଉଭୟ ପାଦ ଅତି ଅସହାୟ ଭାବରେ ସାମ୍‌ନା ସିଟ୍ ସହିତ ଋପି ହୋଇଗଲା। ମୋର ଅଜାଣତରେ ମୋର ଡାହାଣ ହାତ ସିଟ୍‌କୁ ଧରିବାକୁ ବଢ଼ିଯାଇଥିଲା। ମୋର ଦୁଇଟିଯାକ ଗୋଡ଼ ଏବଂ ଡାହାଣ ହାତ ଭାଙ୍ଗି ଯାଇଥିଲା। ଯେହେତୁ ପର୍ଜନ୍ୟର ମଥା ମୋ କୋଳରେ ଥିଲା ସେ ଅକ୍ଷତ ରହିଥିଲା। ଏଠି ପୁଣି ମୁଁ ଭଗବାନଙ୍କୁ ଧନ୍ୟବାଦ ଦେବି ଯେ ସେ ମୋ ପୁଅର କ୍ଷତି କରିନାହାନ୍ତି। ତାକୁ କୋଟାରେ ପରୀକ୍ଷା ଦେବାକୁ ହେବ ଏବଂ ଜୀବନର ପରୀକ୍ଷା ମଧ୍ୟ ଦେବ। ଏୟାର ବ୍ୟାଗ୍ ଥିବାରୁ ମୋ ସ୍ୱାମୀ କିମ୍ବା ଡ୍ରାଇଭର ବିଶେଷ ଆଘାତ ପାଇ ନ ଥିଲେ।

ମୋ ସ୍ୱାମୀ କାର୍‌ରୁ ଓହ୍ଲେଇପଡ଼ି ପଛ ସିଟ୍ ପାଖକୁ ଆସିଲେ। ମୁଁ ତାଙ୍କୁ ମୋର

ଆଘାତ କଥା କହିଲି । ମୋ ପୁଅ ମୋତେ ସାନ୍ତ୍ୱନା ଦେଉଥିଲା ଯେ ସେ ମୋତେ କିଛିବି ହେବାକୁ ଦେବନି । ମୁଁ ଭିତରେ ଭିତରେ ଖୁସି ହେଉଥିଲି, କାରଣ ବୋଧହୁଏ ସେ ପରିପକ୍ୱ ହୋଇଯାଉଥିଲା । ସେ ଯାହାହେଉ ତା'ର ଦୟାର୍ଦ୍ର ଶବ୍ଦଗୁଡ଼ିକ ମୋତେ ଉତ୍ସାହିତ କରୁଥିଲା । ଭିଡ଼ ଜମି ଆସୁଥିଲା । ଆମ୍ବୁଲାନ୍ସ ଏବଂ ପୋଲିସ ଫୋର୍ସ ଘଟଣା ସ୍ଥଳରେ ପହଞ୍ଚିଗଲେ । ଧ୍ୱଂସପ୍ରାପ୍ତ କାର୍‌ରୁ ମୋତେ ଉଦ୍ଧାର କରାଗଲା । ମୋତେ ଆମ୍ବୁଲାନ୍ସକୁ ନିଆଗଲା ।

ଏବେ ମୋର ଭାଗ୍ୟ ମୋର ଲକ୍ଷ୍ୟସ୍ଥଳ ବଦଳେଇ ଦେଇଥିଲା । ମୋର ଆଉ କୋଟାକୁ ଯିବା କଥା ହେଲା ନାହିଁ । ମୁଁ କେକ୍ରୀର ଗୋଟେ ପ୍ରାଇମେରୀ ସ୍ୱାସ୍ଥ୍ୟ କେନ୍ଦ୍ରରେ ଭର୍ତ୍ତି ହେଲି । କୋଟାକୁ ଯାଉଥିବା ରାସ୍ତା ଆଡ଼କୁ ମୋ ଆଖି ଚାହିଁ ରହିଥିଲା ଖାଲି । ପ୍ରଥମଥର ପାଇଁ ମୁଁ ଅନୁଭବ କଲି ଯେ ସାଧାସିଧା ଦେଖା ଯାଉଥିବା ରାସ୍ତାର ମଧ୍ୟ ମୃତ୍ୟୁ ପରି ବୁଲାଣି ଅଛି ଏବଂ ତା'ର ନିଜର ମ୍ୟାପ୍ ମଧ୍ୟ ଅଛି । ତାହା ଲୁଚିକରି ଥାଏ । ମୁଁ ମନେମନେ କହିଲି : "ଏହା ମୋର ଲକ୍ଷ୍ୟ ନ ଥିଲା ।" କିନ୍ତୁ ସେ ସମୟରେ ମ୍ୟାପ୍‌ର ସଂଜ୍ଞା ବଦଳି ଯାଇଥିଲା । ଅନେକ ସମୟରେ ମୁଁ ପଢ଼ିଛି ଏବଂ ଶୁଣିଛି ଯେ ଜଣକ ଭାଗ୍ୟରେ ଯାହା ଥାଏ ତା'ଠାରୁ ସେ ଅଧିକ ପାଏ ନାହିଁ ଏବଂ ସମୟ ପୂର୍ବରୁ ମଧ୍ୟ ପାଏ ନାହିଁ । ତାହା ମଧ୍ୟ ମୁଁ ଅଙ୍ଗେ ନିଭେଇଲି କିନ୍ତୁ ବହୁତ ପୂର୍ବରୁ, ଏହି ସମୟରେ ମଧ୍ୟ ମୁଁ ଅନୁଭବ କଲି ଗୋଟିଏ ପ୍ରଚଣ୍ଡ ଫାଟିବାର ଶବ୍ଦ ।

ମୋ ପୁଅ, ମୋ ଝିଅ ଡା.କଥକ ଏବଂ ତା ସ୍ୱାମୀ ଡା. କୋଶଲ ଶାହାଙ୍କୁ ଏକଥା ଜଣେଇଲା । କେକ୍ରୀର ପ୍ରାଥମିକ ସ୍ୱାସ୍ଥ୍ୟ ଚିକିତ୍ସାଳୟରେ ଭଲ ଉପକରଣମାନ ଥିଲା କିନ୍ତୁ ଯେହେତୁ ତାହା ଦ୍ୱିପ୍ରହର ସମୟ ଥିଲା ଷ୍ଟାଫ୍‌ମାନେ ଉପସ୍ଥିତ ନ ଥିଲେ । ମୋ ଝିଅର ଦିଅର ଫେସ୍‌ବୁକ୍‌ରେ ଲେଖିଲା ଯେ ଯଦି ସେହି ଅଞ୍ଚଳର କେହି ଥାନ୍ତି ତେବେ କିଛି ସାହାଯ୍ୟ କରି ପାରିବେକି ? ଜଣେ ସୁଦର୍ଶନ ଯୁବକ ଆସିଲେ, କିନ୍ତୁ ଅଧିକ କିଛି ସାହାଯ୍ୟ କରିପାରିଲେନି । ହଠାତ୍ ମୋ ଝିଅର ମନେ ପଡ଼ିଲା ଯେ ସେହି ଅଞ୍ଚଳରେ ତା'ର ଜଣେ ସାଙ୍ଗ ରୁହେ । କୌଣସି ପ୍ରକାର କଥକ ତା ସହିତ ଯୋଗାଯୋଗ କଲା । ଝିଅର ସାଙ୍ଗ ଅରୁନ୍ଧତୀର ବାପା ମି. ମଧୁସୂଦନ ଜଣେ ପ୍ରଥମ ଶ୍ରେଣୀ ଅଫିସର ଥିଲେ ଏବଂ ସେ କେକ୍ରୀ ସହିତ ଯୋଗାଯୋଗ କଲେ । ଅଳ୍ପ ସମୟ ମଧ୍ୟରେ ମି. ଚନ୍ଦ୍ରମୋହନ ଚୌଧୁରୀ ଆମକୁ ଉଦ୍ଧାର କରିବାକୁ ପହଞ୍ଚିଲେ । ସେ ଗୋଟେ ପ୍ରାଇଭେଟ୍ ଡାକ୍ତରଖାନାରୁ ଜଣେ ଡାକ୍ତରଙ୍କୁ ଧରି ଆସିଥିଲେ । ସେ ଡାକ୍ତର ମୋତେ ପ୍ରାଇମେରୀ ଟ୍ରୀଟମେଣ୍ଟ ଦେଲେ । ମି. ଚୌଧୁରୀ ଆମକୁ ଫ୍ଲାଇଟ୍‌ରେ ଆଜମେର ସ୍ପେଶିଆଲିଟି ହସ୍‌ପିଟାଲରେ ପହଞ୍ଚେଇବାକୁ ବ୍ୟବସ୍ଥା କଲେ, କିନ୍ତୁ ହାୟ ମୁଁ ଚାଲିକରି ଯିବାକୁ ସକ୍ଷମ ନଥିଲି ।

କେକ୍ରୀରୁ ଆଜମେର ଦୁଇ ଘଣ୍ଟା ନେଲା । ଏହା ଏକ ଅତି ଯନ୍ତ୍ରଣାଦାୟକ ଯାତ୍ରା ଥିଲା । ଆମେ ଯେତେବେଳେ ମିତ୍ତଲ ହସ୍‌ପିଟାଲ, ଆଜମେରରେ ପହଞ୍ଚିଲୁ, ଆମେ ଦେଖିଲୁ ଅରୁନ୍ଧତୀ ଏବଂ ତା'ର ପିତାମାତା ଆମ ପାଇଁ ଅପେକ୍ଷା କରିଛନ୍ତି । କଥକ ଏବଂ କୌଶଲ ମିତ୍ତଲ ହସ୍‌ପିଟାଲକୁ ଜଣେଇ ଦେଇଥିଲେ । ମୋର ଚିକିତ୍ସା ଆରମ୍ଭ ହୋଇଗଲା । ମଧ୍ୟରାତ୍ରିରେ ମୋ ଝିଅ, ତା'ର ସ୍ୱାମୀ ଏବଂ ତା'ର ଶ୍ୱଶୁର ହସ୍‌ପିଟାଲରେ ଆସି ପହଞ୍ଚିଗଲେ । ମୁଁ ନିରୀକ୍ଷଣ ଭିତରେ ରହିଲି ପ୍ରାୟ ୩୮ ଘଣ୍ଟା ସେ ହସ୍‌ପିଟାଲରେ । କାରଣ ଆଜମେରରୁ ବଦୋଦରା ପହଞ୍ଚିବା ଭିତରେ ଆଉ ଯେମିତି କୌଣସି ସ୍ୱାସ୍ଥ୍ୟ ସମସ୍ୟା ଦେଖା ନ ଦିଏ । ମୁଁ ମିତ୍ତଲ ହସ୍‌ପିଟାଲରେ ଥିଲାବେଳେ ମୋର ସାହସୀ ପୁଅ ଓ ତା'ର ସାହସୀ ବାପା ପରୀକ୍ଷା ଦେବାକୁ କୋଟା ଗଲେ । ମୋତେ ଟିକେ ସନ୍ତୋଷ ମିଳିଲା । ଏବେ ମୋତେ ତେର ଘଣ୍ଟା ଯାତ୍ରାକରି ଆଜମେରରୁ ଭଦୋଦରା ଯିବାକୁ ପଡ଼ିଲା । ଜଣେ ଡାକ୍ତର ହୋଇଥିବାରୁ ମୋ ଝିଅ ଓ ଜ୍ୱାଇଁ ଆମ୍ବୁଲାନ୍ସରେ ମୋ ସହିତ ଯିବା ପାଇଁ ରହିଲେ । ମୁଁ ସହଜ ଅନୁଭବ କରୁଥିଲି ଯେହେତୁ ମୋ ଜ୍ୱାଇଁ ଜଣେ ଶଲ୍ୟ ଚିକିତ୍ସକ ଥିଲେ ।

ଆମେ ରାତିରେ ଭଦୋଦରା ପହଞ୍ଚିଲୁ । ମୁଁ ଗୋଟେ ଶଲ୍ୟ ଚିକିତ୍ସାଳୟରେ ଭର୍ତ୍ତି ହେଲି । ମୋର ସମ୍ପର୍କୀୟ ପୁତୁରା ଭଦୋଦରାରେ ରହୁଥିଲା ଏବଂ ଡାକ୍ତରଖାନାକୁ ଆସିଲାରୁ ମୁଁ ଟିକେ ହାଲୁକା ଅନୁଭବ କଲି । ଆଉଥରେ ମୋର ଏକ୍ସ-ରେ କରାଗଲା 'ଭିରୋକ' ହସ୍‌ପିଟାଲରେ । ତା ପରଦିନ ମୋ ଡାହାଣ ହାତରେ ଏବଂ ବାମ ଗୋଡ଼ରେ ଅପରେସନ କରାଯିବାର ସ୍ଥିର ହେଲା । ଅପରେସନ ସଫଳ ହେଲା, କିନ୍ତୁ ଭାଗ୍ୟ ଗୋଟେ ହଠାତ୍ କଠୋର ୟୁ-ଟର୍ଣ୍ଣ ନେଲା । ମୋତେ ଖୁବ୍ ଜୋର୍ ଜ୍ୱର ଆସିଲା ଏବଂ ମୋ ପେଟ ଫୁଲିଯାଇ ଅସହ୍ୟ ଯନ୍ତ୍ରଣା ହେଲା । ଜଣେ ଗ୍ୟାଷ୍ଟ୍ରୋ ଏଣ୍ଟେରୋଲୋଜିଷ୍ଟ ଡକା ଗଲେ ପେଟର ଗାଷ୍ଟ୍ରୋ ସୁପର ସ୍ପେଶାଲିଟି ହସ୍‌ପିଟାଲରେ ଭର୍ତ୍ତି କରିବାକୁ ସେ ଜୋର୍ ଦେଲେ । ମୁଁ ଗୋଟେ ଟ୍ରାଇକଲର ହସ୍‌ପିଟାଲରେ ଭର୍ତ୍ତି ହେଲି ଏବଂ ମୋର ଶ୍ୱାସଜନିତ ସମସ୍ୟା ରହିଛି ବୋଲି ଚିହ୍ନଟ ହେଲା । ଖୁବ୍ ଶୀଘ୍ର ଗୋଟେ ସି.ଟି. ସ୍କାନ୍ କରାଗଲା । ଡାକ୍ତରମାନେ ପ୍ରଥମେ ଦେଖି କିଛି ଜାଣିପାରିଲେ ନାହିଁ । ଆଉଥରେ ପୁଣି ସେହି ଏକା ପ୍ରକାର ପରୀକ୍ଷା କରାଗଲା । କିଛି ଏକ୍ସପାର୍ଟ ଡାକ୍ତର ଆସିଲେ ଏବଂ ଶେଷରେ ସେମାନେ ଚିହ୍ନଟ କଲେ ଯେ ଏହା ଗୋଟିଏ ପାକସ୍ଥଳୀ କିମ୍ବା କ୍ଷୁଦ୍ରାନ୍ତ୍ରରେ କଣା ହେବା ଯୋଗୁଁ ହୋଇଛି । ଯେହେତୁ ଏହା ଏକ ସାଧାରଣ ରୋଗ ନୁହେଁ ଡାକ୍ତରମାନେ ଦ୍ୱନ୍ଦ୍ୱରେ ପଡ଼ିଲେ । ଅତି ଗୁରୁତ୍ୱପୂର୍ଣ୍ଣ ଭାବରେ ମୋତେ ଅପରେସନ ଥିଏଟରକୁ ରାତି ଦୁଇଟା ବେଳେ ନିଆଗଲା । ଅପରେସନ ଆଠଘଣ୍ଟା ଧରି ଚାଲିଲା, କିନ୍ତୁ ସବୁ ବୃଥା ଥିଲା । ପୁଣି ଥରେ ମୋର ଅପରେସନ କରାଗଲା ।

ମୋ ଜ୍ୱର କିନ୍ତୁ ଆଦୌ ଓହ୍ଲାଉ ନ ଥାଏ। ଅନେକ ପରୀକ୍ଷା ନିରୀକ୍ଷା ପରେ ଜଣାପଡ଼ିଲା ଯେ ମୋର ସାରା ଦେହରେ ରକ୍ତ ପ୍ରଦୂଷିତ ହୋଇଯାଇଛି। ମୋ ଫୁସ୍‌ଫୁସ୍‌ରେ ଗୋଟେ କଣା ହୋଇଥିବାରୁ ରକ୍ତ ଥୋରାସିକ କେଭିଟିରେ ଜମା ହୋଇଯାଉଛି। ମୋ ସ୍ୱାସ୍ଥ୍ୟ ଅତ୍ୟନ୍ତ ଖରାପ ଆଡ଼କୁ ଯାଉଥିଲା। ମୁଁ ବାର ଦିନ ଯାଏ ଭେଣ୍ଟିଲେଟରରେ ରହିଲି। ଏହା ମୋ ପାଇଁ ନିର୍ବାସନ ଠାରୁ ଅଧିକ କଷ୍ଟକର ଥିଲା। ତଥାପି ମୁଁ ଏ ବିଷୟରେ ଜାଣି ନ ଥିଲି। ସେହିଦିନଗୁଡ଼ିକ କେତେ ଭୟଙ୍କର ଥିଲା ସତେ ?

ମୋ ରକ୍ତରେ ପାଞ୍ଚ ପ୍ରକାର ବ୍ୟାକ୍ଟେରିଆ ଏବଂ ଗୋଟେ ପ୍ରକାର ଫଙ୍ଗସ ସେଇ ଇନଫେକ୍ଟେଡ୍ ରକ୍ତରେ ଥିଲା।

ମୁଁ ଗୋଟିଏ ସେରାଟିଆ ଫିକାରିଆ ନାମକ ବ୍ୟାକ୍ଟେରିଆ ଇନ୍‌ଫେକ୍‌ସନ୍ ସଂସ୍ପର୍ଶରେ ଆସିଥିଲି। ସାରା ପୃଥିବୀରେ କେବଳ ମାତ୍ର ୧୦୦ ଲୋକ ଏଥିରେ ଆକ୍ରାନ୍ତ ହୁଅନ୍ତି। ଏହାର ମୂଳ କାରଣ ଉପରେ ମେଡ଼ିକାଲ ସାଇନ୍‌ସ ତଥାପି ଅଜ୍ଞ। ଏହାର କୌଣସି ପ୍ରତିକାର ନାହିଁ। ଆମେ କେବଳ ଭଗବାନଙ୍କର ଦୟା ଏବଂ ତାଙ୍କରି ନିର୍ଦ୍ଦେଶ ଉପରେ ନିର୍ଭର କରିଥିଲୁ। ଅନ୍ୟ କୌଣସି ବାଟ ନ ଥିଲା। ମୋ ଦେହ ଗୋଟିଏ ଯୁଦ୍ଧକ୍ଷେତ୍ର ଓ ମୁଁ ଅନେକଗୁଡ଼ିଏ ବ୍ୟାକ୍ଟେରିଆ ସହିତ ଜବରଦସ୍ତ ଲଢୁଥିଲି। ହୁଏତ ମୁଁ ଜିତିଯାଇ ବଞ୍ଚିଯାଇପାରେ ଅଥବା ସଂଘର୍ଷ ବନ୍ଦ କରି ହାର ମାନିଯାଇ ମୃତ୍ୟୁ ଲଭିବି। ମୋର ଭାଗ୍ୟଦେବୀଙ୍କ ହାତରେ ମୁଁ ଗୋଟେ ଖେଳନା ପାଲଟି ଯାଉଥିଲି। ମୋତେ ଏ ସମସ୍ୟାକୁ ସାମ୍ନା କରିବାକୁ ହେଉଥିଲା। ମୁଁ ଗୋଟେ ପାଳିତ ପଶୁ ପାଲଟି ଯାଇଥିଲି ଯାହା ଉପରେ ବିଭିନ୍ନ ପ୍ରକାର ଆଣ୍ଟିବାୟୋଟିକ୍‌ସର ପରୀକ୍ଷା ନିରୀକ୍ଷା କରାଯାଇଥିଲା, କିନ୍ତୁ କିଛିବି ଔଷଧ କାମ କରୁ ନ ଥିଲା। ତିନିଥର ମୋ ଅବସ୍ଥା ଅତ୍ୟନ୍ତ ଶୋଚନୀୟ ହୋଇଯାଇଥିଲା ସେଇ ବାରଦିନ ଭିତରେ। କିନ୍ତୁ ପ୍ରତ୍ୟେକଥର କୌଣସି ଗୋଟିଏ ଅଜଣା ଶକ୍ତି ମୋତେ ରକ୍ଷା କରୁଥିଲା ଏବଂ ମୁଁ ସୁସ୍ଥ ହୋଇ ଯାଉଥିଲି। ତା ପରେ ଆଉ ବାଇଶିଦିନ ପାଇଁ ମୁଁ ଗୋଟିଏ ଆଇ.ସି.ୟୁ. ଭିତରେ ରହି ଚିକିତ୍ସିତ ହେଲି। ଆଉଥରେ ସେ ଇନ୍‌ଫେକ୍‌ସନ୍ ମୋର ବାମ ପାଦରେ ପହଞ୍ଚିଗଲା ଏବଂ ତାହା ପୁଣି ଅପରେସନ ହେଲା। ଆଉଥରେ ପୁଣି ମୋର ଆଠଘଣ୍ଟାର ଅପରେସନ ହେଲା ସେ ଇନ୍‌ଫେକ୍‌ସନ୍‌ରୁ ରକ୍ଷା ପାଇବା ପାଇଁ। କିନ୍ତୁ ଇନ୍‌ଫେକ୍‌ସନ କମିଲା ନାହିଁ। ମୋ ପାଦ ଗୋଟେ ପାଖରେ ଥିଲା କିନ୍ତୁ ମୋର ଜ୍ୱର ଆଦୌ କମିଲା ନାହିଁ। ମୋ ଗୋଡ଼ରୁ ଗୋଟିଏ ରଡ୍ ବାହାର କରିଦିଆଗଲା। ମୋ ସ୍ୱାମୀଙ୍କୁ ମୋର ଏପରି ଜଟିଳ ପରିସ୍ଥିତି ବିଷୟରେ ଜଣେଇ ଦିଆଗଲା। ସେ ବୋଧହୁଏ ମୋର ଜଟିଳ ପରିସ୍ଥିତି ସାମ୍ନା କରିବାକୁ ପ୍ରସ୍ତୁତ ହେଉଥିଲେ। ସେ ମାନସିକ ସ୍ତରରେ ଶାନ୍ତ୍ୱନା ନିଜକୁ ଦେଉଥିଲେ।

ତା ପରଦିନ ଜଣେ ସ୍ପେଶିଆଲିଷ୍ଟ ଡକାହେଲେ। ସେ ଏପରି ଇନ୍‌ଫେକ୍‌ସନ୍‌ରୁ ବାହାରିବାର ଉପାୟ ବତାଇଲେ ତାହା ହେଲା ମୋର ଗୋଡ଼କୁ ବାଦ୍ ଦେବାକୁ ହେବ।

ଏକଥା ଶୁଣିବା ପରେ ମେତେ ସକ୍ ଲାଗିଲା ପରି ହେଲା। ମୁଁ ଆଉ ଚେତନାରେ ରହିଲି ନାହିଁ ଅଚେତ ହେଇଗଲି।

ଡାକ୍ତର କହିଲେ, "ରୋଗୀ ମାନସିକ ସ୍ତରରେ ଅସ୍ଥିର ଅଛନ୍ତି। ସେ କୌଣସି ଚିକିତ୍ସାକୁ ସହଯୋଗ କରୁନାହାନ୍ତି। ତାଙ୍କର ସ୍ୱାମୀଙ୍କୁ ଦୟାକରି ସୁରଟରୁ ଡକାଅ। ସେ ତାଙ୍କୁ ବୁଝେଇ ଶାନ୍ତ କରିଦେବେ।"

ମୋ ଝିଅ ତା'ର ବାପାଙ୍କୁ ଡକାଇଲା। ସେ ତାଙ୍କୁ କହିଲା କୌଣସି ଭଲ ସ୍ପେଶିଆଲିଷ୍ଟଙ୍କ ସହିତ ଯୋଗାଯୋଗ କର ଯିଏକି ଏପରି ପରିସ୍ଥିତିକୁ ଠିକ୍ ଭାବରେ ବୁଝି ଚଳେଇ ନେଇ ପାରିବେ।

ମୋ ସ୍ୱାମୀ ଗୋଟେ ପ୍ରସିଦ୍ଧ ସ୍ପେଶିଆଲିଷ୍ଟ ସହିତ ଯୋଗାଯୋଗ କଲେ ଲିଜାରୋଭର ଡା.ଏଚ୍.ପି.ସିଂହ ସେ କେଶଟିକୁ ଗଭୀର ଭାବରେ ଅନୁଧ୍ୟାନ କଲେ ଏବଂ ବିଶେଷ ଭାବରେ ମୋତେ ସୁରଟ ନେଇ ଆସିବାକୁ ପରାମର୍ଶ ଦେଲେ।

ମୁଁ ସୁରଟକୁ ଅଣାଗଲି ଯେଉଁଠି ମୋର କର୍ମକ୍ଷେତ୍ର ଥିଲା ଡା. ଏଚ୍.ପି. ସିଂ ହସ୍‌ପିଟାଲ। ବହୁତଗୁଡ଼ିଏ ପରୀକ୍ଷା ନିରୀକ୍ଷା ରାଲିସ ହସ୍‌ପିଟାଲରେ କରାଗଲା। ଡା. ସିଂହ ଅନେକଗୁଡ଼ିଏ ଜଟିଳତା ଚିହ୍ନଟ କଲେ, ତେଣୁ ଡ. ସିଂହଙ୍କ ପରାମର୍ଶରେ ତ୍ରିଶୂରର ମଲ୍‌ଟି ସ୍ପେଶିଆଲିଟି ହସ୍‌ପିଟାଲକୁ ମୋତେ ନେଇ ଭର୍ତ୍ତି କରାଗଲା। ପୁଣିଥରେ ସବୁ ପରୀକ୍ଷା ଅତି ଯତ୍ନରେ କରାଗଲା। ମୋ ଦେହରେ ଅନେକଗୁଡ଼ିଏ ଅସ୍ତ୍ରୋପଚାର କରାଗଲା ଏବଂ ଶେଷରେ ମୋର ବାମପାଖ ଗୋଡ଼ର ହାଡ଼ରୁ ସାତ ସେଣ୍ଟିମିଟର କଟାଗଲା ଇନ୍‌ଫେକ୍‌ସନ ବାହାର କରିବା ପାଇଁ।

ଗୋଟେ ସପ୍ତାହ ପରେ ମୋର ନିତମ୍ବରୁ ଗ୍ରାଫ୍‌ଟିଂ କରାଯାଇ ମୋର ଫ୍ରାକ୍‌ଚର ହୋଇଥିବା ହାଡ଼ରେ ଯୋଡ଼ାଗଲା ଯାହା ବିଷୟରେ ମୁଁ ଅଜଣା ଥିଲି। ବାହ୍ୟ ଯୋଡ଼େଇ ଲୁହାରଡ ମୋର ବାମପାଦକୁ ଶକ୍ତ କରିବାକୁ ଦିଆଗଲା। ମୋ ଦୁଇଗୋଡ଼ରେ ସାତ କେଜି ଲେଖାଏଁ ଯୋଡ଼େଇ ଲୁହାରେ ବନ୍ଧାଗଲା। ଏହା ଠିକ୍ ଶରଶଯ୍ୟା ପରି ଯେଉଁଠି ପୁରାଣ ପ୍ରସିଦ୍ଧ ଭୀଷ୍ମ ଶୋଇଥିଲେ ସେପରି ବଞ୍ଚି ରହିବାକୁ ହେବ। ମୋତେ ଡାକ୍ତରଖାନା ରୁମ୍‌ରେ ବିଛଣାରେ ସିଧା ଭାବରେ ଶୋଇ ରହିବାକୁ ହେବ କଣ୍ଟକିତ ଶେଜରେ ଅନିଚ୍ଛାକୃତ ଭାବରେ। କୌଣସି ହଲ୍‌ଚଲ୍ ସମ୍ଭବ ନୁହେଁ। ପୁଣି ଡାକ୍ତର ସ୍ଥିର କଲେ ଯେ ଡାହାଣ ପାଦରୁ ଫିକ୍ସେଟର ବାହାର କରିଦେଇ ପ୍ଲେଟ୍ ଲଗେଇଦେବେ ଯାହାଦ୍ୱାରା କି ମୁଁ ସାମାନ୍ୟ ଚଳପ୍ରଚଳ କରିପାରିବି।

ଚାରିମାସ ଧରି ମୁଁ ସେଇ ଚାରିକାନ୍ଥର ହସ୍‌ପିଟାଲ ରୁମ୍ ଭିତରେ ଚାବୁକ୍ ଖିଆ ବଳି ପରି ପଡ଼ିରହିଥିଲି, O.T., C.T. Scan, M.R.I., ମେଡ଼ିକାଲ ଉପକରଣ, ସାଲାଇନ୍ ବୋତଲ, ଔଷଧ ପତ୍ର, ଇଞ୍ଜେକ୍‌ସନ୍, ଡାକ୍ତର ଏବଂ ପାରା-ମେଡ଼ିକାଲ ଷ୍ଟାଫଙ୍କ ସହିତ। ମୋ ଆଖି ଦୂରଦୂରକୁ ଗୋଟିଏ ଆନନ୍ଦଦାୟକ ଭିନ୍ନ ଦୃଶ୍ୟ ଦେଖିବାକୁ ଖୋଜି ଚାଲିଥିଲା। ଥରେ ଘୋର ବର୍ଷାର ସାଙ୍ଗିତିକ ସ୍ୱର ମୋ କାନରେ ବାଜିଲା ଏବଂ ମୁଁ ଆକାଶର ରଙ୍ଗ କିପରି ହୋଇଥିବ ବୋଲି ଭାବିବାକୁ ଲାଗିଲି : ଗୋଟିଏ ଧଳା ବଗ ପରି ହୋଇଥିବ ଅଥବା ମୋର ପ୍ରିୟ ନୀଳ ରଙ୍ଗ ହୋଇଥିବ। ହଠାତ୍ ମୁଁ ସଂକୁଚିତ ହୋଇଗଲି ଏବଂ ଲାଜ ଲାଗିଲା, ଯେହେତୁ ଏହା ବର୍ଷାଦିନ, ଏହା ଘନ ଅନ୍ଧାରିଆ ବା ଗାଢ଼ ହୋଇଥିବ। ମୁଁ ଉତ୍ସୁକତାର ସହିତ ପଶୁପକ୍ଷୀଙ୍କୁ ଦେଖିବାକୁ ଚାହୁଁଥିଲି। ମୋ କାନ ମଧ୍ୟ ଖୋଜୁଥିଲା ପାରା ଓ ଘରଚଟିଆମାନଙ୍କର ଗୁମୁରୁ ଗୁମୁରୁ ଓ କିଚିରିମିଚିରି ଶବ୍ଦ ଶୁଣିବା ପାଇଁ, ମୁଁ ଉତ୍ସୁକ ହୋଇ ଉଠୁଥିଲି।

ହଠାତ୍ ମୋ ଛାତ ଉପରକୁ ଖାଦ୍ୟ ଖାଇବାକୁ ଏବଂ ପାଣି ପିଇବାକୁ ଆସୁଥିବା ପକ୍ଷୀମାନଙ୍କ ପାଇଁ ମୁଁ ବ୍ୟସ୍ତ ହୋଇପଡ଼ିଲି। ରଙ୍ଗକୁ ଭଲପାଉଥିବା ମୁଁ ଏ ପରିବର୍ତ୍ତନ ହୀନ ପରିସ୍ଥିତିରୁ ନିଜକୁ ମୁକୁଳେଇବାକୁ ଅସ୍ଥିର ହୋଇ ଉଠୁଥିଲି। କିନ୍ତୁ ଜବରଦସ୍ତ ଏପରି ଭାବନାରୁ ଦୂରେଇ ଯିବାକୁ ହେଉଥିଲା, କାରଣ ତଥାପି ମୋତେ କେତେ ବର୍ଷ ବି ରହିବାକୁ ପଡ଼ିପାରେ! ତାହା ପୁଣି ଯଦି ମୁଁ ବଞ୍ଚିରହେ!

ମୋ ପରିବାରର ଲୋକମାନେ ଗଭୀର ଭାବରେ କଷ୍ଟ ପାଉଥିଲେ, ସେମାନଙ୍କର କାମ ସହିତ ହସ୍‌ପିଟାଲକୁ ଆସିବାକୁ ମଧ୍ୟ ପଡୁଥିଲା। ମୁଁ ମୋର ସେମାନଙ୍କ ପାଇଁ ସମ୍ବେଦନା ବିଷୟରେ ସେମାନଙ୍କୁ କହିପାରୁ ନ ଥିଲି। ମୁଁ ମୋର ବନ୍ଧୁମାନଙ୍କୁ ମଧ୍ୟ ଏ ବିଷୟରେ ଜଣେଇବାକୁ ଭୟ କରୁଥିଲି। ମୋର ଭୟ ଥିଲା ଯେ ସେମାନେ ମୋତେ ଜଣେ ମାନସିକ ବିକାରଗ୍ରସ୍ତ ଭାବି ଥଟ୍ଟା କରିବେ। ମୋର ଅନୁଭବକୁ ଲୁଚେଇବାକୁ ମୁଁ ଶିଖି ଯାଇଥିଲି।

ମୁଁ କୃଷ୍ଣ ଅର୍ଜୁନଙ୍କୁ ଦେଇଥିବା ଉପଦେଶ ବିଷୟରେ ଚିନ୍ତା କରୁଥିଲି। "ଓ ପାର୍ଥ, ତୁମେ ପ୍ରକୃତିକୁ ଦେଖିନାହିଁ। ଏହା ଗଡ଼ି ଚାଲିଛି ଏବଂ ସୂର୍ଯ୍ୟୋଦୟ ଏବଂ ସୂର୍ଯ୍ୟାସ୍ତ ଅବିରତ ଭାବରେ ଚାଲିଛି। ଠିକ୍ ସେହିପରି ତୁମେ ତୁମର କର୍ତ୍ତବ୍ୟ କରିଚାଲ।"

ଠିକ୍ ସେହିପରି ମୁଁ ମୋ ନିଜର ଯୁଦ୍ଧ ଲଢ଼ି ଚାଲିଥିଲି ଅତ୍ୟନ୍ତ କଷ୍ଟକର ଯୁଦ୍ଧ। ମୁଁ ଆଉଥରେ ମୋ କଷ୍ଟ ସହିତ ଯୁଦ୍ଧ କରୁଥିଲି, ମୋ ବିନ୍ଧାବିନ୍ଧି ସହିତ, ମୋ ଯନ୍ତ୍ରଣା ସହିତ ଏବଂ ମୋର ଜଟିଳ ରୋଗ ସହିତ। ବଞ୍ଚିବା ମରିବା ସବୁ କିଛି ସମାନ ଥିଲା ମୋ ପାଇଁ। ମୁଁ ସ୍ଥିର ହୋଇ ଯାଉଥିଲି। ସାହସୀ ଯୋଦ୍ଧା ହୋଇ ଯାଇଥିଲି ସବୁ ମେଡ଼ିକାଲ ଯନ୍ତ୍ରଣା ସହିଯିବା ନିମନ୍ତେ ପ୍ରସ୍ତୁତ ହେଉଥିଲି।

ଅଗଷ୍ଟ ମାସ ପରେ ସେମାନେ ମୋତେ ମୋ ଘରକୁ ଗୋଟେ ପରିବର୍ତ୍ତନ ହେବ ଭାବି ପଠାଇବାକୁ ସ୍ଥିରକଲେ। କିନ୍ତୁ ମୁଁ ସେତେବେଳେ ମାନସିକ ଭାବରେ ଏପରି ଅବସ୍ଥାରେ ନ ଥିଲି ଯେ ପ୍ରକୃତିକୁ ଉପଭୋଗ କରିବି କି ଆକାଶର ରଙ୍ଗକୁ ଚିତ୍ରଣ କରିବି, ପୃଥିବୀ କି କୌଣସି ମନୋରମ ଦୃଶ୍ୟକୁ ଉପଭୋଗ କରିବି ପୁଷ୍ପ ସଜ୍ଜିତ ବାଟିକାର ସୌନ୍ଦର୍ଯ୍ୟ ବର୍ଣ୍ଣିବି !

ଯେତେବେଳେ ମୁଁ ଘରକୁ ଆସିଲି ପ୍ରଥମଥର ପାଇଁ ହସ୍ପିଟାଲର ଲମ୍ବା ରହଣି କଟେଇ ମୁଁ ଅନୁଭବ କଲି ଯେ ମୋ ଘର ହିଁ ମୋ ମନକଥା ବୁଝିପାରିବାର ପ୍ରକୃତ ଠିକଣା। ମୁଁ ଅନୁଭବ କଲି ଯେ ଫୁଲକୁଣ୍ଡଗୁଡ଼ିକ ଏବଂ ଗଛଗୁଡ଼ିକ ମୋତେ ଦେଖି ହସୁଛନ୍ତି ଖୁସିରେ ଏବଂ ମୋତେ ସ୍ୱାଗତ କରୁଛନ୍ତି ଅତି ଆଦରରେ। ମୋର ଅନୁପସ୍ଥିତିରେ ମୋ ଦୋଳି ମଧ୍ୟ ଗୁଣୁଗୁଣୁ ହୋଇ କ'ଣ କହୁଛି। ସେହିପରି ମୋ ପଡ଼ୋଶୀ ମିତାଲି, ଯେତେବେଳେ ମୋତେ ଡାକ୍ତରଖାନା ଦେଖିବାକୁ ଯାଇଥିଲେ ମୋତେ କହୁଥିଲେ ଯେ, "ତୁମର ବଗିଚା ଏବଂ ଦୋଳି, ଛୋଟ କୁଣ୍ଡ ଗଛ ଆପଣଙ୍କ ଅନୁପସ୍ଥିତିରେ ସେମାନେ ଦୀର୍ଘନିଃଶ୍ୱାସ ଛାଡ଼ି କାନ୍ଦୁଛନ୍ତି, ତେଣୁ ତୁମକୁ ଯେତେଶୀଘ୍ର ସମ୍ଭବ ଫେରି ଆସିବାକୁ ପଡ଼ିବ।"

ଯଦିଓ ମୁଁ ଗୋଟେ ଷ୍ଟ୍ରେଚରରେ ପଡ଼ିଥିଲି ଏବଂ ଅନୁଭବ କରୁଥିଲି ଯେ ମୋର ଡେଣାଗୁଡ଼ିକ ଝୁଲିବାର ଶବ୍ଦକୁ ଭୁଲିଯାଇଛନ୍ତି। ମନିପ୍ଲାଣ୍ଟ ତା'ର ଶାଗୁଆ ରଙ୍ଗ ହରେଇ ବସିଛି ଏବଂ ରଙ୍ଗୀନ ଚଢ଼େଇ ଗୀତ ଗାଇବାକୁ ଭୁଲିଯାଇଛି। ସବୁଗୁଡ଼ିକ ନିର୍ଜୀବ ହୋଇଯାଇଛି। ମୁଁ ସମସ୍ତଙ୍କୁ ଗୋଟେ ଉଡ଼ନ୍ତା ଚୁମା ଦେଲି। ବଗିଚା ମୋତେ ଆନନ୍ଦରେ ଚାହିଁଥିଲା। ମୁଖ୍ୟ ପ୍ରବେଶ ଦ୍ୱାର ପାଖରେ ଥିବା କାଠର ଗଣେଶଙ୍କୁ ସେହି ଷ୍ଟ୍ରେଚରରେ ରହି ମୁଣ୍ଡ ନୋଇଁ ପ୍ରଣାମ ଜଣେଇଲି। ମୁଁ ପୂରାପୂରି ଦ୍ୱନ୍ଦ୍ୱରେ ପଡ଼ିଗଲି ଏବଂ ସ୍ଥିର କରି ପାରିଲି ନାହିଁ ଯେ ହସିବି କି କାନ୍ଦିବି ! କିନ୍ତୁ ମୋ ଭିତରେ ଭାବନାର ଅବିଚ୍ଛିନ୍ନ ଜୁଆର ମୁଁ ଅନୁଭବ କରୁଥିଲି।

ଡ୍ରଇଂ ରୁମ୍‌ରେ ଗୋଟେ ସ୍ପେଶିଆଲ ବେଡ୍‌ର ଆୟୋଜନ କରାଗଲା। ମୁଁ ସେହି ବେଡ୍ ଉପରକୁ ମୋ ପଡ଼ୋଶୀ ରାଜୁଭାଇ ଅନୀଲ ଭାଇ ଏବଂ ମୋ ପଡ଼ୋଶୀ ସବୁ ମହିଳାମାନଙ୍କ ସାହାଯ୍ୟରେ ଉଠିଲି। ସେହି କୋଠରିରେ ଥିବା ସମସ୍ତ ଆସବାବପତ୍ର ସତେ ଯେମିତି ଜୀବନ୍ତ ହୋଇ ଉଠିଲେ। ଆମର ସାହାଯ୍ୟକାରୀ ଧନୁ ଏବଂ ରୀତା ମୋତେ ଘରେ ଦେଖି ଅତି ଖୁସି ହୋଇଗଲେ। ରୀତା ଯିଏକି ମୋ ଘରେ ଉଚ୍ଚ ଧରଣର ଚା କୋଡ଼ିଏ ବର୍ଷ ଧରି ପ୍ରସ୍ତୁତ କରୁଥିଲା ମୋ ପାଇଁ ଆଉ ଗୋଟେ କପ୍ କରିବାକୁ ପ୍ରସ୍ତୁତ ହେଇଗଲା। ଏସବୁ ଦେଖି ମୁଁ ଖୁସିରେ ଗଦଗଦ ହୋଇଗଲି। ମୋର ପ୍ରିୟ, ଯତ୍ନଶୀଳ

ସ୍ୱାମୀ ହେମନ୍ତଙ୍କ ମୁହଁରେ ମୁଁ ଗୋଟିଏ ଦିବ୍ୟ ଆନନ୍ଦ ଦେଖୁଥିଲି । ଯଦିଓ ମୋତେ ଖୁବ୍ ଯନ୍ତ୍ରଣା ହେଉଥିଲା ମୋ ପରିବାରର ଫଟୋ କାନ୍ଥରେ ଦେଖି । ମୁଁ ସେହି ଦିଗକୁ ଚାହିଁ ରହିଲି ।

ସେହି ଫଟୋକୁ ଦେଖି ମୁଁ ଗୋଟେ ଦିବ୍ୟ ଆନନ୍ଦ ଅନୁଭବ କରୁଥିଲି । ମୋ ଆକ୍ୱାରିଅମରେ ଥିବା ମାଛ ମରିଯାଇଥିଲେ । ମୋତେ ବହୁତ ଦୁଃଖ ଲାଗିଲା ଯେ ହୁଏତ ସେମାନେ ଭୋକରେ ମରିଯାଇଥିବେ ଖାଇବାକୁ ନ ପାଇ । ମୁଁ ଅନୁଭବ କଲି ମୋ ଘରର ସୌନ୍ଦର୍ଯ୍ୟ ମଳିନ ପଡ଼ିଯାଇଛି । ମୁଁ ମନେମନେ କାନ୍ଦିପକାଇଲି । ତଥାପି ମୋ ଘର ମୋର ସ୍ୱର୍ଗ । ଯେପରିକି ଗୋଟିଏ ଗେଣ୍ଡା ତା'ର ଖୋଳପା ଭିତରେ ରହିବାକୁ ସବୁଠୁ ସୁରକ୍ଷିତ ମନେକରେ । ସେହିପରି ମୋର ମଧ୍ୟ ମୋ ଘର ପ୍ରତି ଗଭୀର ଭଲପାଇବା ଥିଲା । ମା' କୋଳରେ ଶିଶୁଟିଏ ଯେପରି ସୁରକ୍ଷିତ ଅନୁଭବ କରେ ସେହିପରି ମୁଁ ଅନୁଭବ କରୁଥିଲି । ଯେପରିକି ଗୋଟେ ଫୁଲ ତା'ର ନିଜ ମାଟିରେ ଭଲ ଫୁଟିଥାଏ, ମୁଁ ମୋ ଘରେ ସେପରି ଫୁଟି ଉଠିଲି । ମୋ ଦେହରେ ଯଥେଷ୍ଟ ଉନ୍ନତି ହେଉଥିବାର ମୁଁ ଅନୁଭବ କଲି । ମୋ ଘର ମୋ ପାଇଁ ଗୋଟେ ଦୁଃଖ ହରଣକାରୀ ଆଶ୍ରୟ । ମୁଁ ନିଜକୁ ଅତ୍ୟଧିକ ଆନନ୍ଦରେ ଥିବାର ଅନୁଭବ କଲି ।

ଯେତେବେଳେ ମୁଁ ହସ୍‌ପିଟାଲକୁ ହଠାତ୍ ଯାଏ, ମୁଁ ସବୁବେଳେ ମନେମନେ ଖୋଜେ ଗୋଟେ ଝରକା ଥିବା କୋଠରି । ମହାବୀର ହସ୍‌ପିଟାଲରେ ଗୋଟିଏ ଝରକା ଥିବା ରୁମ୍ ଖୋଜୁଥିଲି ଏବଂ ମୁଁ ସବୁବେଳେ ମୋ ଝରକାର ସେଇ ଚେନାଏ ଆକାଶକୁ ନମସ୍କାର କରେ । ନଦୀ ମୋର ଅତି ଘନିଷ୍ଠ ସାଙ୍ଗ । ମୁଁ ନଦୀର ଦୃଶ୍ୟକୁ ବହୁତ ଭଲପାଏ, କାରଣ ମୁଁ ସୁରଟ ନାମକ ଏକ ସହରରେ ଜନ୍ମ ହୋଇଥିଲି ଯାହାକି ତାପ୍ତି ନାମକ ଏକ ନଦୀ କୂଳରେ ଅବସ୍ଥିତ । ମୋର ଆକ୍ସିଡ଼େଣ୍ଟ ହେବା ପୂର୍ବରୁ ମୁଁ ସେ ନଦୀକୁ ସବୁବେଳେ ଦେଖୁଥାଏ । କିନ୍ତୁ ଏବେ ପ୍ରାୟ ବର୍ଷେ ହେଲା ମୁଁ ତାକୁ ଦେଖିନାହିଁ । ୧୧ମାସ ହେଲା ମୋ ଦେହ କେବଳ ସ୍ପଞ୍ଜିଂ ହେଉଛି ତେଣୁ ମୋର ବହୁତ ଇଚ୍ଛା ହେଉଛି ମୁହଁକୁ ଆଞ୍ଜୁଳା ଆଞ୍ଜୁଳା ପାଣି ଛାଟିବାକୁ ।

ଆଠମାସ ହେଲା ମୁଁ କଡ଼େଇ କରି ଶୋଇନାହିଁ । ମୋତେ ଅଣନିଃଶ୍ୱାସୀ ଲାଗୁଛି ଏବଂ ଦୌଡ଼ି ପଳେଇ ଯିବାକୁ ଇଚ୍ଛା ହେଉଛି । ମୁଁ ନିଜକୁ ନିଜେ ପ୍ରଶ୍ନ କରୁଛି ମୁଁ କୁଆଡ଼େ ଦୌଡ଼ି ପଳେଇବି ? ମୋ ଗୋଡ଼ ଦୁଇଟି ଅଚଳ । ମୋତେ ଚିତ୍କାର କରି କାନ୍ଦିବାକୁ ଇଚ୍ଛା ହେଉଛି ମୋର ଅସହାୟତା ପାଇଁ କିନ୍ତୁ ମୁଁ ଅଭିଜ୍ଞ ଭାବରେ ବଞ୍ଚିବାକୁ ଶିଖିଯାଇଛି ଏବଂ ମୋର ସବୁ ଲୁହ ପୁରାପୁରି ଶୁଖିଯାଇଛି । ତଥାପି ମୋର ଭାବନାକୁ ଆୟତ୍ତକୁ ଆଣିବାକୁ ମୁଁ ଯୁଦ୍ଧ କରୁଛି ।

ଅପରେସନ ନିମନ୍ତେ ପ୍ଲାନ୍ କରିବା ଅସରନ୍ତି ହୋଇ ପଡ଼ିଥିଲା। କିଛି ସ୍ଥିର କରିବା ଗତାନୁଗତିକ ହୋଇ ପଡ଼ିଥିଲା। ମୋ ଅବସ୍ଥା ଡାକ୍ତରମାନଙ୍କ ନିମନ୍ତେ ତଣ୍ଟିରେ ଗୋଟେ କଣ୍ଟା ପରି। ମୁଁ ନିଜକୁ ଏକ୍ସ-ରେ, ସୋନୋଗ୍ରାଫି, ସି.ଟି.ସ୍କାନ୍, ରକ୍ତ ପରୀକ୍ଷା, ଏମ୍.ଆର୍.ଆଇ. ଭିତରେ ବନ୍ଦୀ ହୋଇ ଫସି ଯାଇଥିବା ପରି ମନେ କରୁଥିଲି। ସେଥିରୁ ବାହାରିବା ଅସମ୍ଭବ ଥିଲା। ଏତେ ପରୀକ୍ଷା ନିରୀକ୍ଷା ଭିତରେ ମୁଁ ଅତିଷ୍ଠ ହୋଇ ଯାଉଥିଲି। ସତ କହିବାକୁ ଗଲେ ମୁଁ ନିଃଶ୍ୱାସ ନେବାକୁ କଷ୍ଟ ଅନୁଭବ କରୁଥିଲି। ଯେହେତୁ ମୋର ଅଙ୍ଗ ପ୍ରତ୍ୟଙ୍ଗ ଚଳପ୍ରଚଳ କରିପାରୁ ନ ଥିଲା, ମୁଁ ଅନୁଭବ କରୁଥିଲି ସତେ ଅବା ମୁଁ ମୃତ୍ୟୁ ଶଯ୍ୟାରେ ଶୋଇଛି। ମୋର ସବୁ ଶିରା ପ୍ରଶିରା ଫୁଲି ଯାଇଥିଲା ଯାହା ଫଳରେ କି ସେମାନେ ରକ୍ତ ନମୁନା ପାଇଁ ରକ୍ତ ନେଇପାରୁ ନ ଥିଲେ। ଏପରିକି ମୁଁ ସାଲାଇନ୍ ବି ନେଇପାରୁ ନ ଥିଲି। ଡାକ୍ତରମାନେ ବିବ୍ରତ ହୋଇପଡୁଥିଲେ। ଯେହେତୁ ମୋର ଇମ୍ୟୁନିଟି ବହୁତ କମ୍ ଥିଲା ଡାକ୍ତରମାନେ ଇନ୍‌ଫେକ୍‌ସନ ହେଇଯିବ ବୋଲି ଡରୁଥିଲେ। ଏହି କାରଣ ପାଇଁ ବହୁତ ସମୟରେ ସେମାନେ ଅପରେସନକୁ ବାତିଲ୍ କରିଦେଉଥିଲେ ଯାହା କରିବାକୁ ସ୍ଥିର କରିଥିଲେ।

କିନ୍ତୁ ୧୪ଟି ଅପରେସନ କଲାପରେ ସେମାନଙ୍କୁ ଆଶାର ଏକ କ୍ଷୁଦ୍ର କିରଣ ଦୃଷ୍ଟିଗୋଚର ହେଲା। ମୋର ବଞ୍ଚିବାର ଆଶା ବଢ଼ିଯାଇଥିଲା। ବଞ୍ଚିବାର ମଳିନ ବତୀଟି ଆଉଥରେ ଜଳିଉଠିଲା। ମୋ ଜୀବନର ପଥ ଉନ୍ମୁକ୍ତ ହେଉଥିଲା। ତଥାପି ଦୁଇଟି ବଡ଼ ଅପରେସନ ହେବାକୁ ବାକି ଥିଲା। ତା ସହିତ ଛୋଟ ଦୁଇଟି ଅପରେସନ ମଧ୍ୟ ହେବାର ଥିଲା। ମୁଁ ସ୍ଥିର କଲି : 'ଯାହାବି ଆସୁ' ମୋର ବଞ୍ଚିବାର ଆଉ କୌଣସି ଆକର୍ଷଣ ନ ଥିଲା। ଯନ୍ତ୍ରଣା ମୋ ସହିବାର ବାହାରକୁ ଚାଲିଯାଇଥିଲା। ମୁଁ ଅଯଥାରେ ସହୃଦୟତା ଆଶା କରୁଥିଲି ଏବଂ ସମବେଦନା ବି ଆଶା କରୁଥିଲି। ଏହାରି ଭିତରେ ଯାହାବି ଆସୁଥିଲା, ମୁଁ ଉପଭୋଗ କରୁଥିଲି।

U.T.I. ସାରାବର୍ଷ ବାରମ୍ବାର କରାଯାଉଥିଲା। ମୋ ଦେହ ଜୀର୍ଣ୍ଣ ଶୀର୍ଣ୍ଣ ହୋଇ ଯାଇଥିଲା ! ଏହା ଅଧିକ ଅପରେସନ ସହିବା ଅବସ୍ଥାରେ ନ ଥିଲା। ଦୁଇଟି ଅପରେସନ ଭିତରେ ମାସେ କିମ୍ବା ଦେଢ଼ମାସ ସମୟର ବ୍ୟବଧାନ ରହିବା କଥା। ଯେତେବେଳେ ମୋ ଦେହ ଟିକେ ଭଲ ଆଡ଼କୁ ଆସୁଥିଲା, ସେମାନେ ନଭେମ୍ବରରେ ଗୋଟେ ଅପରେସନ କରିବାକୁ ସ୍ଥିର କଲେ। କିନ୍ତୁ ଭାଗ୍ୟ ମୋ ସପକ୍ଷରେ ନ ଥିଲା। ମୋ ବାମ ଗୋଡ଼ରେ ଲାଗିଥିବା ଫିକ୍ସେଟର ବାହାର କରିଦେବା ପାଇଁ ମୋତେ ନଭେମ୍ବରରେ ଆଡ୍‌ମିଶନ କରିବା ପର୍ଯ୍ୟନ୍ତ ମୁଁ ଭଲ ଥିଲି। ଖୁସି ବି ହେଉଥିଲି। ପୁଣି ମୋର ଅପରେସନ କରିବା ଆଗରୁ ମୋତେ ବହୁତ ଜୋରରେ ଜ୍ୱର ଆସିଲା। ପୁଣି ପରୀକ୍ଷା ଚାଲିଲା। ମୁଁ ପୁଣି ଥରେ

ସେଇ ପରୀକ୍ଷା ନିରୀକ୍ଷାର ଜଙ୍ଗଲ ଭିତରକୁ ପଶିଗଲି । ଅପରେସନ ମାସକ ପାଇଁ ବାତିଲ କରାଗଲା । ମୁଁ ବିଶ୍ୱାସ କରିବାକୁ ଲାଗିଲି ଯେ ମୁଁ ଏହି ଯନ୍ତ୍ରଣା ସହିବାର ହିଁ ଭାଗ୍ୟ ପାଇଛି ଏବଂ ସେହି ଫିକ୍ସେଟରକୁ ପୁଣି ଗୋଟେ ମାସ ମୋତେ ବୋହିବାକୁ ପଡ଼ିବ ।

ଦୁଇଟି ଅପରେସନ ଭିତରେ କିଛି ବ୍ୟବଧାନ ଥାଏ ଏବଂ ମୁଁ ତାକୁ ବି ସହିବା ଅବସ୍ଥାରେ ନ ଥିଲି ।

ଏହା ଭିତରେ ମୋତେ ଘରକୁ ପଠେଇ ଟିକେ ନିଃଶ୍ୱାସ ମାରିବାକୁ ସମୟ ମିଳିଲା । ମାର୍ଚ୍ଚ ପର୍ଯ୍ୟନ୍ତ ମୋର ବହୁତ ବଡ଼ବଡ଼ ଅପରେସନ ହୋଇ ପାରିଥିଲା । ସେହି ୧୬ଟି ଅପରେସନ ମୋତେ ଚିରିଫାଡ଼ି ବହୁ କ୍ଷତ ସୃଷ୍ଟି କରିଥିଲା ଯାହା ମୋର କେବଳ ଅଳଙ୍କାର ପରି ଦେଖା ଯାଉଥିଲା । ମୋ ଦେହର ଛବି ବିବର୍ଣ୍ଣ ହୋଇ ଯାଇଥିଲା, କିନ୍ତୁ ମୁଁ ଦେଖୁଥିଲି ଯେ ତାହା ମୋର ମାନସିକ ଅବସ୍ଥାକୁ ଯେପରି ପ୍ରଭାବିତ ନ କରେ । ସେଇ ଅସୁନ୍ଦର କ୍ଷତକୁ ମୁଁ ମୋର ଅଳଙ୍କାର ବୋଲି ଗ୍ରହଣ କରିନେଇଥିଲି । ମୁଁ ସେଗୁଡ଼ିକୁ ଦେଖି ହସୁଥିଲି କାରଣ କେବଳ ସେହି ବାଟ ହିଁ ମୋ ପାଇଁ ବାକି ଥିଲା । ମୁଁ ଶିଖି ଯାଇଥିଲି ଯେ ଅନ୍ୟକୁ ଥଟ୍ଟା କରିବା ସହଜ, କିନ୍ତୁ ନିଜ ପ୍ରତି ସେପରି କରିବା ଆଦୌ ସହଜ ନୁହେଁ । ଜୀବନକୁ ହସିହସି ଜୀଇଁବା ଉଚିତ ବୋଲି କୁହାଯାଏ କିନ୍ତୁ ତାହା ଏତେ ସହଜ ନୁହେଁ ।

ପ୍ରତି ଅପରେସନ ପରେ ମୋତେ ଇନ୍‌ଫେକ୍‌ସନ ହୋଇଥାଏ ଏବଂ ମୋତେ ମାସ ମାସ ଧରି ଆଣ୍ଟିବାୟୋଟିକ୍ସ ଖାଇବାକୁ ପଡ଼ିଥାଏ ଏବଂ ମୋର ଡ୍ରେସିଂ ମଧ୍ୟ ଚାଲିଥାଏ । ଡ୍ରେସିଂ ମଧ୍ୟ ସେହିପରି ଯନ୍ତ୍ରଣାଦାୟକ । ଘଟଣାକ୍ରମରେ ମୁଁ ଯନ୍ତ୍ରଣାଗୁଡ଼ିକୁ ହଜମ କରିବାକୁ ଶିଖି ଯାଇଥିଲି । ମୁଁ ନିଶ୍ଚୟ କହିବି ଯେ ମୋର କର୍ମସ୍ଥାନ ଏବେ ମୋର ମାତୃଭୂମି ହୋଇଯାଇଛି ।

ମୁଁ ବୁଝିପାରୁଛି ଯେ ଲୋକମାନେ ମୌଖିକ ଆଶ୍ୱାସନା ଦେଇଥାନ୍ତି, କିନ୍ତୁ ପ୍ରକୃତ ଆଶ୍ୱାସନା ନିଜ ଭିତରୁ ହିଁ ମିଳିଥାଏ । ଏପରିକି ଭଗବାନ ମଧ୍ୟ କିଛି ସାହାଯ୍ୟ କରିପାରନ୍ତି ନାହିଁ । ଦୁଃସମୟରେ, ଅସୁବିଧା ବେଳରେ ପରିବାର, ଡାକ୍ତର, ବନ୍ଧୁ ଏବଂ ଅନ୍ୟାନ୍ୟ ସୁବିଧା ତୁମ ପାଖକୁ ଆସିଯାଇପାରେ, କିନ୍ତୁ କଷ୍ଟ ତ ତୁମକୁ ନିଜକୁ ହିଁ ଭୋଗିବାକୁ ପଡ଼ିବ ନା । ତମେ ଭାଗ୍ୟକୁ ବଦଳେଇ ଦେଇ ପାରିବନି । ଭାଗ୍ୟ ମୋତେ ଅତି କଠୋର ଭାବରେ ପରୀକ୍ଷା କରିଛି, କିନ୍ତୁ ଘଟଣାବଶତଃ ମୁଁ ସେଥିରୁ ବାହାରି ଆସିଛି ।

୨୦୧୯, ୨୭ ଏପ୍ରିଲ ଠାରୁ ୨୦୨୦ ଏପ୍ରିଲ ୨୭ ଯାଏ ମୁଁ ବିଭିନ୍ନ ଅଞ୍ଚଳର ହସ୍‌ପିଟାଲ ବୁଲିବୁଲି ଆସିଛି, ବିଭିନ୍ନ ଅବସ୍ଥାରେ ପଡ଼ିଛି, ଅନୁଭୂତି ସାଉଁଟିଛି ଏବଂ ଶେଷରେ ଘରେ ପହଞ୍ଚିଛି । ମୋର କିଛି ତିକ୍ତ ଅନୁଭୂତି ଅଛି । ତଥାପି ପ୍ରଶ୍ନ ଆସୁଛି ମୋ ମନରେ ଆଗକୁ କ'ଣ ଅଛି ?

ଭଗବାନଙ୍କ ଅପାର କରୁଣାରୁ ସବୁ ଯନ୍ତ୍ରଣାକୁ ଅତିକ୍ରମ କରି ମୁଁ ବଞ୍ଚିଯାଇଛି। ଭଗବାନ କଷ୍ଟ ଆଉ ବୋଝର ପ୍ୟାକେଟ୍ ସେତିକି ଦିଅନ୍ତି ଗୋଟେ ଲୋକକୁ, ଯିଏ ଯେତିକି ସହିପାରିବ। କିନ୍ତୁ ମୁଁ ଭଗବାନଙ୍କୁ କହିବି ଯେ ସେ ମୋତେ ବହୁତ ଅଧିକ କଷ୍ଟ ଓ ଯନ୍ତ୍ରଣା ଦେଇଛନ୍ତି। ମୋ ଜୀବନ ଗୋଟେ ଯନ୍ତ୍ରଣାର ସାଗର ପାଲଟି ଯାଇଥିଲା। ତଥାପି ମୁଁ ପଚାରିବି ନାହିଁ ଭଗବାନଙ୍କୁ ସେ କାହିଁକି ଏଥିପାଇଁ ମୋତେ ବାଛିଲେ। କାରଣ ସେ ମୋତେ ଆନନ୍ଦ ମଧ୍ୟ ଦେଇଛନ୍ତି ଯଦିଓ ଅଳ୍ପ ଅଳ୍ପ କରି !

ମୋତେ ତ ଆଶ୍ଚର୍ଯ୍ୟ ଲାଗୁଥିଲା ଯେ ସେ କିପରି ଭାବିଲେ ଯେ ମୁଁ ଏସବୁ କଷ୍ଟକୁ ସହି ପାରିବାକୁ ସକ୍ଷମ ବୋଲି !

■

ତୃତୀୟ ଅଧ୍ୟାୟ

ଯୁଗକୁ ଯୁଗ ପ୍ରକଟିକରଣ

ମୁଁ ତେରଟି ଛୋଟ ବଡ଼ ଅପରେସନ ଏବେ ସୁଦ୍ଧା ଭୋଗିଛି । କିନ୍ତୁ ଏହି ଶେଷ ଦଶମାସ ମୁଁ ଷୋହଳଟି ଜଟିଳ ଏବଂ ଅସମ୍ଭବ ଅପରେସନକୁ ସାମ୍ନା କରିଛି ଏପରିକି ଡାକ୍ତରମାନଙ୍କ ପାଇଁ ମଧ୍ୟ ଚ୍ୟାଲେଞ୍ଜ ଥିଲା । ମୁଁ ଆଶ୍ଚର୍ଯ୍ୟ ହେଉଥିଲି ଯେ ମୋତେ ଏସବୁ କିଏ ସହିବାକୁ ଶିଖେଇଲା । ଯେତେବେଳେ ଭେଣ୍ଟିଲେଟର ତିନିଥର ଫେଲ୍ ମାରିଲା କିଏ ମୋତେ ଜୀବନ ଦେଲା ? ମୋର ମୃତ ପ୍ରାୟ ଅଙ୍ଗପ୍ରତ୍ୟଙ୍ଗରେ କିଏ ଜୀବନ ବଂଶୀ ଫୁଙ୍କିଦେଲା ? କିଏ ମୋର ଜୀବନ କାହାଣୀକୁ ପ୍ରସାରିତ କଲା ? ମୋର ଦୁଇଟିଯାକ ଗୋଡ଼ର ହାଡ଼ରେ ଅତି ଗଭୀରକୁ ଫିକ୍ସେଟର ଲଗାଯାଇଥିଲା । ମୁଁ ଅନୁଭବ କରୁଥିଲି ମୋତେ ଶରଗୁଡ଼ିକ ବିନ୍ଧି ଯାଉଛି କେବଳ ଶରଶଯ୍ୟାରେ ମୁଁ ଶୋଇ ନ ଥିଲି । କେହି ଅଦୃଶ୍ୟ ଶକ୍ତି ସେହି ଶରଶଯ୍ୟାକୁ ଫୁଲରେ ସଜେଇଦେଲା, କେହି ଜଣେ ମୋର କଳାଧଳା ଶ୍ୱାସ ପ୍ରଶ୍ୱାସରେ ରଙ୍ଗ ବୋଳିଦେଲା । ମୋର ମଳିନ ମନ ଆକାଶରେ କିଏ ଗୋଟିଏ ଇନ୍ଦ୍ରଧନୁର ରଙ୍ଗ ଆଙ୍କିଦେଲା ।

ଯେତେବେଳେ ମୁଁ ଗୋଟିଏ ଜୀବନ ହୀନ ଫଟୋ ଫ୍ରେମ୍ ହୋଇଯାଉଥିଲି, କେହି ଜଣେ ମୋତେ ଜୀବନ୍ତ ରଖିବାକୁ ଚେଷ୍ଟା କରୁଥିଲା । କେହିଜଣେ ସୁନ୍ଦର ସ୍ୱର ତୋଳି ମୋତେ ଉଠାଇଥିଲା । ଯେତେବେଳେ କି ମୋ କଣ୍ଠରୁଦ୍ଧ ହୋଇ ଆସୁଥିଲା କିଏ ମୋର ଜୀବନର ସମ୍ପୂର୍ଣ୍ଣ ବନ୍ଦ ଦ୍ୱାରର ଉପରେ ଫୁଲ ଚଢ଼େଇ ମୋର ଭାଗ୍ୟକୁ ପୁଣିଥରେ ଲେଖି ଦେଲା । କିଏ ମୋତେ ତଳୁ ଉଠେଇଲା ଯେତେବେଳେ ମୁଁ ପୁରାପୁରି ଅକ୍ଷମ ଥିଲି ହଲିବାକୁ ବି ! କିଏ ମୋତେ ୩୦ ୟୁନିଟ୍ ରକ୍ତ ଦାନ କଲା ? ମୁଁ ଭୟଙ୍କର ବିଛାକାମୁଡ଼ା ଯନ୍ତ୍ରଣାରେ ଛଟପଟ ହେଉଥିଲି । ମୋର ରାସ୍ତା ଅଗ୍ନିପଥ ଥିଲା । ମୋର କଷ୍ଟ ଅସହ୍ୟ ଥିଲା । ମୁଁ ଜୀବନର ସ୍ୱାଦ ହରେଇଥିଲି । ତଥାପି ମୁଁ ତାଙ୍କର ଏହି ଅତିପ୍ରିୟ ପୃଥିବୀରୁ ବିଦାୟ ନେଇ ଅଜଣା ପୃଥିବୀକୁ ଯିବାକୁ ପ୍ରସ୍ତୁତ ନ ଥିଲି । ଏହି ପୃଥିବୀ ଅତି ସୁନ୍ଦର ଏବଂ

ମନୋମୁଗ୍ଧକର। ମୁଁ ଜାଣିଥିଲି ଯେ ଏହା ଭଗବାନଙ୍କର ଏକ ଅତି ଭଲପାଉଥିବା ସୃଷ୍ଟି ତଥାପି ମୁଁ ଏଠାରୁ ନିର୍ବାସନ ନେବାକୁ ଚାହୁଁ ନ ଥିଲି, ମୋର ଏଇ ବିଶ୍ୱାସକୁ କିଏ ଜୀବନ୍ତ ରଖିଲା ? କିଏ ମୋର ଦୁଃଖାପ୍ଲୁତ ହୃଦୟରେ ଆଶ୍ୱାସନା ଭରିଦେଲା ? କିଏ ମୋର କୋମଳ ଫୁଲ ପରି ହୃଦୟକୁ ଲୁହାରେ ପରିଣତ କରିଦେଲା ? କିଏ ଚୁମା ଦେଇ ତା'ର ମଧୁର ସ୍ପର୍ଶରେ କମ୍ପିତ ହୃଦୟକୁ ଶାନ୍ତ କଲା ? କିଏ ଧୈର୍ଯ୍ୟ ଓ ସାହସ ମୋ ଭିତରେ ସୃଷ୍ଟି କଲା ?

ଏ ସବୁର କେବଳ ଗୋଟିଏ ହିଁ ଉତ୍ତର, "ଅନ୍ତର ଭିତରେ ଥିବା ଭଗବାନ"। ସେ ମୋ ସହିତ ପ୍ରତି ମୁହୂର୍ତ୍ତରେ ଉପସ୍ଥିତ ଥିଲେ। ସେ ମୋତେ ଗଭୀର ଆଲିଙ୍ଗନରେ ଧରି ରଖି ମୋତେ ଉଷୁମ ରଖିଥିଲେ, ଶକ୍ତି ଦେଉଥିଲେ।

ସେ ମୋର ସବୁ କଷ୍ଟକୁ ସହଜ କରି ଦେଉଥିଲେ। କେକ୍ରୀରେ ସେ ଚନ୍ଦ୍ରମୋହନଙ୍କୁ ପଠେଇଲେ ତାଙ୍କର ଦେବଦୂତ ଭାବରେ, ଯିଏକି ପ୍ରାଥମିକ ଚିକିତ୍ସା ସୁବିଧା କରି ମୋତେ ଆଜମେର ପହଞ୍ଚେଇବାରେ ସାହାଯ୍ୟ କଲେ। ଯୋଉଠିକୁ ମୋର ଯିବାର ଥିଲା ଭଗବାନଙ୍କ ଦୂତ ସବୁଠି ପହଞ୍ଚି ଯାଉଥିଲେ ସବୁବେଳେ। ଆଜମେରରେ ସେହି ଦେବଦୂତ ଅରୁନ୍ଧତୀ ଏବଂ ତା'ର ଅଭିଭାବକ ହୋଇ ଆସିଥିଲେ।

ଯେତେବେଳେ ଜରୁରୀ ସମୟରେ ମୋର ରକ୍ତ ଦରକାର ଥିଲା, ସେତେବେଳେ ୱାର୍ଡବୟ ସବୁ ବାଧା ଅତିକ୍ରମ କରି ମୋତେ ଉଦ୍ଧାର କରିବାକୁ ଆଗେଇ ଆସିଥିଲା। ଯେତେବେଳେ ଡାକ୍ତରମାନଙ୍କର ଟିମ୍ ଅନ୍ଧାରରେ ବାଡ଼ି ବୁଲାଉଥିଲେ ଡା. ଏଡୱାର୍ଡ଼ ମାଙ୍ଗାଲୋରରୁ ମୋତେ ଉଦ୍ଧାର କରିବାକୁ ଆସିଗଲେ ଏବଂ ସେହି ଟିମ୍‌କୁ ଅନ୍‌ଲାଇନ୍‌ରେ ଗାଇଡ୍ କଲେ, ସେଇଟା କ'ଣ ଉପରୱାଲା ଦେବତାଙ୍କର ଆଶ୍ଚର୍ଯ୍ୟ ଘଟଣା ନୁହେଁକି ?

ମୋ ଝିଅ ଏବଂ ତା'ର ସ୍ୱାମୀ ମଧ୍ୟ ଭଗବାନଙ୍କ ପଠେଇଥିବା ଦେବଦୂତ ଯିଏ ଆମ୍ବୁଲାନ୍ସରେ ଆଜମେରରୁ ଭଦୋଦରା ଆସି ପହଞ୍ଚିଥିଲେ। ସେମାନେ ମୋର ଭାଙ୍ଗିପଡୁଥିବା ମନକୁ ଗୀତଗାଇ ସନ୍ତୋଷ ଦେଇଥିଲେ। ଯେତେବେଳେ ଆଇସିୟୁ ଆମ୍ବୁଲାନ୍ସରେ ଯାଉଥିଲି ମୋର ଗୋଟେ ତୀବ୍ର ଇଚ୍ଛା ହେଉଥିଲା ମୋ ଭଗବାନଙ୍କୁ ଦେଖିବା ପାଇଁ ଏବଂ ସେ ମୋ ଆଗରେ ଉଭାହୋଇଯାଇଥିଲେ ଚିତ୍ରିତ ଆକାଶ ପରି ଏବଂ ସୁନୀଳ ନଦୀର ଜଳପରି ଅଥବା ଶାଗୁଆ ବୃକ୍ଷ ପରି ପଥଧାରରେ ଠିଆ ହୋଇ ଦେଖା ଦେଉଥିଲେ। ସେ ମୋତେ ଅନୁଭବ ଦେଉଥିଲେ ଯେ ସେ ମୋ ସହିତ ସବୁବେଳେ ଅଛନ୍ତି।

ଡାକ୍ତରମାନେ ରେକ୍ଟାଲ ପାରଫୋରେସନ ରୋଗ ବୋଲି ଚିହ୍ନଟ କଲେ ଯାହାକି ସାଧାରଣ ନଥିଲା। ଡାକ୍ତରମାନେ ହାରିଯିବାର ଅନୁଭବ କରୁଥିଲେ। ଆଉ ଭଗବାନଙ୍କ ଦୟା! ମୋ ଠାକୁର ଡା. ଚିରାଗ ପାରିଖ ପାରୁଲ ୟୁନିଭର୍ସିଟିରୁ ଆସି ଠିଆ ହୋଇ

ଯାଇଥିଲେ ମୋ ଆଗରେ। ସେ ମୋତେ ତାଙ୍କର ଗଭୀର ଅଭିଜ୍ଞତାରୁ ଉଦ୍ଧାର କଲେ। ପାଞ୍ଚ ପ୍ରକାର ବ୍ୟାକ୍ଟେରିଆ ଏବଂ ଗୋଟେ ଫଙ୍ଗସ୍ ମୋର ରକ୍ତକୋଷକୁ ଆକ୍ରମଣ କରିଥିଲେ ଏବଂ ମୋର ପୁରା ଦେହ ଇନ୍‌ଫେକ୍‌ସନ୍ ହୋଇ ଯାଇଥିଲା। କୌଣସି ଆଶାର କିରଣ ଦିଶୁ ନ ଥିଲା ଏବଂ ପୁଣି ଡା. ଦିବ୍ୟେଶ ପଟେଲ ଦେବଦୂତ ହୋଇ ଆସିଲେ। ପୁଣି ମୁଁ ରକ୍ଷା ପାଇଗଲି। ସେତେବେଳେ ମୁଁ ଭାବିଲି ଭଗବାନ ମଧ୍ୟ ବହୁତ ଥକି ପଡ଼ିଥିବେ। କିନ୍ତୁ ତଥାପି ସେ ମୋ ପାଖେ ପାଖେ ରହିଥିଲେ।

ପୁଣିଥରେ ମୋର ବାମ ଗୋଡ଼ ଯେତେବେଳେ ଇନ୍‌ଫେକ୍‌ସନ ହୋଇଗଲା ହାଡ଼ ସହିତ, ସେତେବେଳେ ସେ ଡା. ଦର୍ଶନ ସୂତାର ଏବଂ ଡା. ଏଚ୍.ପି. ସିଂ ଭାବରେ ଆସି ଉଭା ହୋଇଗଲେ।

ମୋ ନିଜ ଭିତରେ ମୋର ଯୁଦ୍ଧ ଆରମ୍ଭ ହୋଇ ଯାଇଥିଲା। ଅନେକ ମୋତେ ନିକଟରୁ ଦେଖୁଥିବା ଡାକ୍ତର କହିଲେ ଯେ କୌଣସି ଚିକିତ୍ସା ଆଉ ବାକିନାହିଁ ବା ଏପରି କୌଣସି ଚିକିତ୍ସା ନାହିଁ ଯାହା କରା ଯାଇନାହିଁ। ତେଣୁ ବର୍ତ୍ତମାନ ରୋଗୀକୁ ଡେନ୍‌ମାର୍କ, କାନଡ଼ା, ସ୍ୱିଡ଼େନ୍, ଆମେରିକା ଯେଉଁଠିକୁ ହେଲେ ନିଅନ୍ତୁ। ଆଉ ଏଠାରେ କିଛିବି ହୋଇପାରିବ ନାହିଁ। କୌଣସି ଔଷଧ କାମ କରୁନାହିଁ। ତାପରେ ଗୁଗୁଲ୍‌ରୁ ଗୋଟେ ଔଷଧ ମିଳିଲା ଯାହାକି ମାତ୍ର ୧୦ ଦିନ ତଳେ ବଜାରକୁ ଆସିଛି ତାହା ଥିଲା 'ଆରବେକାସିନ୍'। ଡାକ୍ତରମାନେ ତାହାକୁ ମୋ ଉପରେ ପ୍ରୟୋଗ କରିବାକୁ ଅନିଚ୍ଛା ପ୍ରକାଶ କରୁଥିଲେ। ତା ପ୍ରୟୋଗ ବିଷୟରେ କୌଣସି ପ୍ରମାଣ ଆସି ନ ଥିଲା। ସେମାନେ ଡରୁଥିଲେ ଯେ ଏହା ମୋର କୌଣସି ଅଙ୍ଗକୁ ଅଚଳ କରିଦେଇପାରେ। ମୋ ସର୍ବଶକ୍ତିମାନ ଭଗବାନ 'ଆରବେକାସିନ୍' ଦ୍ୱାରା ମୋର ଜୀବନ ବଞ୍ଚେଇଦେଲେ ଯେତେବେଳେ ମୁଁ ଅତ୍ୟନ୍ତ କଷ୍ଟ ଓ ଯନ୍ତ୍ରଣା ମଧ୍ୟ ଦେଇ କ୍ଲାନ୍ତ ଭାବରେ ଗତି କରୁଥିଲି ଏବଂ ଖୁବ୍ ବେଶୀ ଡରିଯାଇଥିଲି ଏବଂ ମନେ ହେଉଥିଲା ମୁଁ ହୁଏତ ଜୋରରେ ଚିତ୍କାର କରିବି। ସେହିପରି ଏକ ଜଟିଳ ସମୟରେ ଡା.ଦିବ୍ୟେଶ ଏବଂ ତାଙ୍କ ଟିମ୍ ମୋର ସମ୍ପୂର୍ଣ୍ଣ ରକ୍ଷାକର୍ତ୍ତା ଭାବରେ ମୋତେ ଉଦ୍ଧାର କରିବାକୁ ଆଗେଇ ଆସିଥିଲେ। ଯେତେବେଳେ ଡିଉଟି ନ ଥାଏ ସେତେବେଳେ ବି ସେମାନେ ମୋତେ ଦେଖି ଯାଉଥିଲେ। ବେଳେବେଳେ ସେମାନେ ସେମାନଙ୍କର ପ୍ରିୟ ପରିଜନଙ୍କ ସହିତ ଆସୁଥିଲେ। ଏହା ମଧ୍ୟ ଦିବ୍ୟ ଆଶୀର୍ବାଦ ଥିଲା। ମୋ ପାଇଁ ଭଗବାନ ସର୍ବବ୍ୟାପୀ ଥିଲେ। ରାତ୍ରିର ଅନ୍ଧାରରେ ମୋତେ ବେଶୀ ଭୟ ଲାଗୁଥିଲା। ସକାଳେ କାନୁ (ଝିଅ) ମୋ ପାଖକୁ ଦୌଡ଼ି ଦୌଡ଼ି ଆସେ ଏବଂ ମୁଁ ସବୁବେଳେ ଭାବେ ଭଗବାନ କୃଷ୍ଣ ମୋ ପାଖକୁ ଆସୁଛନ୍ତି ମୋତେ କୁଣ୍ଢେଇ ପକାଉଛନ୍ତି।

ତା'ର ଆସିବା ଦ୍ୱାରା ଏବଂ ପାରସ୍ପରିକ ବିଶ୍ୱାସ ଯୋଗୁଁ ମୁଁ ଆଶ୍ୱାସନା ପାଉଥିଲି

ଏବଂ ସୁରକ୍ଷିତ ଅନୁଭବ କରୁଥିଲି । ମୁଁ ଇଚ୍ଛା କରୁଥିଲି ସେ ସବୁବେଳେ ମୋ ପାଖରେ ରହୁ ବୋଲି । ମୁଁ ପାଗଳ ଭଳି ତା ସହିତ କଥା ହେବାକୁ ଚାହୁଁଥିଲି । ମୁଁ ତାକୁ କେବଳ ଶୁଣିବାରେ ଲାଗିଥିଲି ଏବଂ ତା'ର ସ୍ୱରରେ ମୁଁ ବଂଶୀର ସ୍ୱର ଶୁଣି ପାରୁଥିଲି । ପର୍ଜନ୍ୟର ସସ୍ନେହ ଦୃଷ୍ଟି ଏତେ ସଙ୍ଗୀତମୟ ଥିଲା ଯେ ତାହା ମୋତେ ସବୁ କଷ୍ଟରୁ କିଛି ସମୟ ପାଇଁ ଆଶ୍ୱାସନା ଦେଉଥିଲା । ଯେତେବେଳେ ହେମନ୍ତ ମୋର ହାତକୁ ଚାପିଧରୁଥିଲେ ତାଙ୍କର ଅଶ୍ରୁସିକ୍ତ ଆଖି ନେଇ ମୋର କଷ୍ଟ ଏବଂ ଯନ୍ତ୍ରଣା ସବୁ ଧୂଆଁହୋଇ ଆକାଶକୁ ଉଡ଼ିଯାଉଥିବାର ଅନୁଭବ କରୁଥିଲି । ମୋର ଆତ୍ମୀୟମାନଙ୍କ ଠାରୁ ମୁଁ ଯେଉଁ କିଛି ମୁହୂର୍ତ୍ତ ଅନ୍ତରଙ୍ଗ ଭାବରେ ପାଉଥିଲି ତାହା ମୋ ପାଇଁ ଆଶୀର୍ବାଦ ଥିଲା । ମୋର ସବୁବେଳେ ଗୋଟେ ଅନୁଭବ ଆସୁଥିଲା ଯେ ଭଗବାନ ନିଜେ ମୋର କଷ୍ଟଗୁଡ଼ିକୁ ଲିଭେଇ ଚାଲିଛନ୍ତି । ବୋଧହୁଏ ସବୁଗୁଡ଼ିକ ଦିବ୍ୟ ଘଟଣା ଘଟୁଥିଲା ।

ମୋର ଦୁଇଜଣଯାକ ବ୍ୟକ୍ତିଗତ ସେବାକାରୀ, ଜଣେ ଯତ୍ନକାରୀ ଏବଂ ଜଣେ ରୋଷେୟାଙ୍କୁ ସହଜରେ ଚଳେଇ ହେଉଥିଲା, ତାହା ମଧ୍ୟ ଭଗବାନଙ୍କ ଇଚ୍ଛା ଥିଲା ।

ଯେତେବେଳେ ଏକୁଟିଆପଣ ମୋତେ ଆଚ୍ଛନ୍ନ କରିଦିଏ ଏବଂ କେହି ସହୃଦୟ ଦର୍ଶନକାରୀ ଆସନ୍ତି ବା କୌଣସି ଫୋନ୍ କଲ୍ ଆସେ ମୋର ରକ୍ଷାକର୍ତ୍ତା ବୋଲି ମୁଁ ଭାବେ ।

ଷୋହଳଟି ଅପରେସନ ପରେ ଏବଂ ଏତେ ଜଟିଳ ଅବସ୍ଥା ପରେ ବି ମୁଁ ଭଗବାନଙ୍କୁ କେବେବି ଦୋଷ ଦେଇନାହିଁ । ଏପରିକି ମୁଁ ତାଙ୍କ ବିଷୟରେ କେବେବି ଅସନ୍ତୋଷ ବ୍ୟକ୍ତ କରିନାହିଁ । ସେ ସବୁବେଳେ ମୋତେ ବୁଝେଇ ଦେଇଥାନ୍ତି ଯେ ଠିକଣା ସମୟରେ ଚିକିତ୍ସା ହେଲେ ସମସ୍ତେ ବଞ୍ଚିଯିବେ । ସେ ସବୁବେଳେ ମୋ ପାଖ ଆଖରେ ଥା'ନ୍ତି । ଡାକ୍ତରମାନେ ମଧ୍ୟ ଆମକୁ ଜାଣିଥାନ୍ତି ଏବଂ ସବୁ ସମୟରେ ଆମକୁ ସହଯୋଗ ଏବଂ ସାହାଯ୍ୟର ହାତ ବଢ଼େଇଥାନ୍ତି । ମୁଁ ଭଗବାନଙ୍କ ପାଖରେ କୃତଜ୍ଞ ଏବଂ ତାଙ୍କୁ ଧନ୍ୟବାଦ ଦେଉଛି ସବୁବେଳେ ମୋ ପାଖରେ ଅଛନ୍ତି ବୋଲି ଯେହେତୁ ମୁଁ ତାଙ୍କର ଗେହ୍ଲା ଝିଅ ।

ଅନେକ ସମୟରେ O.T. ନ ମିଳିବା ଯୋଗୁଁ ମୋର ଅପରେସନ ବାତିଲ କରାଯାଇ ଥାଏ । ତାହା ମଧ୍ୟ ତାଙ୍କର ଦୟା । କାରଣ ଦେଖାଯାଏ ଯେ ପ୍ରତି ଅପରେସନ ସମୟରେ ମୋ ଦେହରେ ଇନ୍‌ଫେକ୍‌ସନ ହୋଇଯାଏ ଏବଂ ମୋର ଜୀବନ ମଧ୍ୟ ଚାଲିଯାଇପାରେ । ଏହାହିଁ ତାଙ୍କର ସର୍ବବ୍ୟାପକତ୍ୱର ପ୍ରମାଣ ।

ମୋ ଠାକୁର ସବୁବେଳେ ଦ୍ୱନ୍ଦ୍ୱ ସମୟରେ ମୋତେ ବାଟ ଦେଖାନ୍ତି ଠିକ୍ ମହାଭାରତରେ ଅବୁଝା ଅର୍ଜୁନଙ୍କୁ ବୁଝାଇଲା ପରି ।

■

ଚତୁର୍ଥ ଅଧ୍ୟାୟ

ସପ୍ତମେବ ସଖା ଭାବ

ମୋ ସ୍ୱାମୀ ହେମନ୍ତ ପୁଣି ଫିଜିକ୍ସ ପୁଣି ସ୍କୁଲ ପୁଣି ସାର୍ ପୁଣି ଥିଓରି ପୁଣି M.C.Q, ପୁଣି ଅଙ୍କ ପୁଣି ବ୍ଲାକ୍‌ବୋର୍ଡ଼ ପୁଣି ଚକ ପୁଣି ନିରୀକ୍ଷକ ପୁଣି କଲମ... ଲିଷ୍ଟର ସୀମା ନାହିଁ। ଏହା ସତ୍ୟ ଯେ ଅନେକ ସ୍ତ୍ରୀଙ୍କର ଅଭିଯୋଗ ଥାଏ ସେମାନଙ୍କ ସ୍ୱାମୀଙ୍କ ବିରୁଦ୍ଧରେ : "ସମୟ ଦେଉ ନାହାନ୍ତି, ମୋର କିଛି ଯତ୍ନ ନେଉ ନାହାନ୍ତି।" ଏପରି ଅନେକ କିଛି। ମୋର ମଧ୍ୟ ଏପରି କିଛି ଥିଲା ମୋ ସ୍ୱାମୀଙ୍କ ପାଇଁ। ଆମର ୨୮ ବର୍ଷର ବିବାହର ଲମ୍ବା ସମୟ ଭିତରେ ସେ ମୋର ବହୁତ କମ୍ ଯତ୍ନ ନେଇଛନ୍ତି। ସେ ତାଙ୍କ ଫିଜିକ୍ସରେ ଏତେ ବ୍ୟସ୍ତ ରହନ୍ତି ଯେ ଆଉ ସବୁକୁ ଅଣଦେଖା କରନ୍ତି। ସବୁତକ ଦାୟିତ୍ୱ ମୋରି କାନ୍ଧ ଉପରେ ହିଁ ଲଦା ହୋଇଥିଲା। ସେ କେବେ ସହଯୋଗ କରିନାହାନ୍ତି କି ବିରୋଧ ବି କରିନାହାନ୍ତି। ମୁଁ ମୋର ସ୍ୱାଧୀନ ନିର୍ଣ୍ଣୟ ନେବାକୁ ମୁକ୍ତ ଥାଏ। ତଥାପି ଜଣେ ସ୍ତ୍ରୀ ଭାବରେ ମୁଁ ତାଙ୍କର ସହଯୋଗ ଚାହେଁ। ମୁଁ ଇଚ୍ଛା କରେ ଯେ ସେ ମୋ ସହିତ କିଛି ସମୟ କଟାନ୍ତୁ ଏବଂ ମୋର ବଢୁଥିବା ପିଲାଙ୍କ ପ୍ରତି ମଧ୍ୟ ଆଗ୍ରହ ଦେଖାନ୍ତୁ। ଏପରିକି ସେ ଯେତେବେଳେ M.C.Q. ସମାଧାନ କରୁଥାନ୍ତି କାଗଜ ଓ କଲମ ଧରି, ଯେତେବେଳେ ମୋବାଇଲ ଏବଂ ଲାପଟପ୍ ଧରିବାକୁ ସମୟ ନ ଥାଏ ଆମର ପାରିବାରିକ ବୁଲାବୁଲି ସମୟରେ ମଧ୍ୟ। ମୋ ହୃଦୟରେ ବହୁତ କଷ୍ଟ ହୁଏ। କିନ୍ତୁ ଯେଉଁମାନେ ଫିଜିକ୍ସ ସହିତ ଜଡ଼ିତ ସେମାନେ ସବୁବେଳେ ଶୁଷ୍କ ହୃଦୟର।

କିନ୍ତୁ ମୋର ସହଯୋଗୀ ଭାବରେ ମୁଁ ତାଙ୍କର ସ୍ତ୍ରୀ ହୋଇଥିବାରୁ ଗର୍ବ କରେ, ଯେ ରାଜ୍ୟସ୍ତରୀୟ ଜଣେ ଫିଜିକ୍ସ ଏକ୍ସପାର୍ଟଙ୍କର ମୁଁ ସ୍ତ୍ରୀ। ତାଙ୍କର ନାମ ହିଁ ସବୁକ୍ଷେତ୍ରରେ ମୋର ସବୁ ସମସ୍ୟା ସମାଧାନ ପାଇଁ ଯଥେଷ୍ଟ। ମୁଁ ସବୁବେଳେ ତାଙ୍କ ପାଇଁ ଅନ୍ତରରେ

ଖୁସି ଅନୁଭବ କରେ। ଯଦିଓ ସବୁବେଳେ ଆମେ ପାଖରେ ପାଖରେ ନ ଥାଉ କିନ୍ତୁ ତାଙ୍କର ନାମ ମୋ ପାଇଁ ଏକ ଅଭୟ ସ୍ୱର୍ଗ ବା ଆଶ୍ରୟସ୍ଥଳୀ।

ପ୍ରଥମେ ପ୍ରଥମେ ମୁଁ ଭାବୁଥିଲି ଯେ ସେ ବୋଧହୁଏ ବଦ୍‌ରାଗୀ ଏବଂ ବହୁତ କଠୋର, କିନ୍ତୁ ନାରିକେଳ ପରି ତାଙ୍କର ଉପରଟା କଠିନ ହେଲେବି ଭିତରଟା ନରମ।

ଯେତେବେଳେ ମୋ ପାଇଁ ଜୀବନ ମରଣର ପ୍ରଶ୍ନ ଥିଲା ସେ ମୋ ନିକଟରେ ଖଣ୍ଡେ ପଥର ଚଟାଣ ପରି ଶକ୍ତ ଭାବରେ ଠିଆ ହୋଇଥିଲେ। ସେ ହସ୍‌ପିଟାଲ ଲାଉଞ୍ଜରେ ରାତି ଦିନ ବସି ରହୁଥିଲେ। ମୁଁ ଭେଣ୍ଟିଲେଟରକୁ ଗଲେ ସେ ଉପବାସ ରହୁଥିଲେ। ବୋଧହୁଏ ତାଙ୍କ ତପସ୍ୟା ମୋ ଜୀବନକୁ ବଦଳେଇ ଦେଇଥିଲା। ଏପରିକି ତାଙ୍କର ଦୃଢ଼ ଇଚ୍ଛାଶକ୍ତି ପାଖରେ ଭାଗ୍ୟ ମଧ୍ୟ ମଥାନତ କରିଦେଲା। ପ୍ରକୃତି ଶାନ୍ତ ପଡ଼ିଗଲା। ତାଙ୍କର ଶିରାପ୍ରଶିରାରେ ମୁଁ ବୋଧହୁଏ ପ୍ରବାହିତ ହେଉଥିଲି। ହୀନା ନାମକ ପକ୍ଷୀଟି ସବୁବେଳେ ତାଙ୍କର ହୃଦୟ ଭିତରେ ଗୁଣୁଗୁଣଉ ଥିଲା।

ବହୁତ ଜୋର୍ ଜ୍ୱରରେ ଦିନଗୁଡ଼ିକ ଅତିକ୍ରାନ୍ତ ହେଉଥିଲା ଏବଂ ବିଭିନ୍ନ ପ୍ରକାର ଇନ୍‌ଫେକ୍‌ସନ୍‌ରେ ଏବଂ ଜଟିଳତାରେ ମଧ୍ୟ। ବାରଦିନ ପୂରା ଭେଣ୍ଟିଲେଟରରେ ମାନେ ବାରବର୍ଷ ନିର୍ବାସନ। ସେହି ଭୟଙ୍କର ସମୟରେ ଚିଡ଼୍‌ଚିଡ଼ା ସ୍ୱଭାବର ହେମନ୍ତ କେମିତି ରହିଥିଲେ ତାହା ମୋର ଚିନ୍ତାର ବାହାରେ। ତା ପରେ ବି ବାଇଶିଦିନ ଆଇ.ସି.ୟୁ.ରେ ରହିଲି, ଯାହା ଗୋଟେ ବର୍ଷର ଯନ୍ତ୍ରଣା। ଏହା ମୋ ପାଇଁ ଗୋଟେ ନିର୍ବାସନ ଥିଲା। ମୁଁ ଗୋଟିଏ ଚେତନ ଅଚେତନ ମଧ୍ୟରେ ଦୋଳାୟମାନ ଥିଲି, ଅର୍ଦ୍ଧଚେତନ ପୁଣି ସଚେତନ। ଏହିସବୁ ଅଘଟଣ ଭିତରେ ମୁଁ ହେମନ୍ତଙ୍କୁ ଦେଖିବାକୁ ଚାହିଁଲି। ମୁଁ ଡାକ୍ତର ଏବଂ ନର୍ସମାନଙ୍କୁ ଏକ ପ୍ରକାର ଭିକ୍ଷା କଲି ଯେ ମୋତେ ହେମନ୍ତଙ୍କୁ ଦେଖିବାକୁ ଦିଅ। ମୋ ଝିଅ ମୋତେ ପରେ କହିଲା ଯେ ମୁଁ କୁଆଡ଼େ ଗୋଟେ କାଗଜ ଏବଂ କଲମ ମାଗିଲି ଏବଂ ଗୋଟେ ସଂକ୍ଷିପ୍ତ ଦରଖାସ୍ତ ଲେଖିଲି, "ପ୍ଲିଜ୍ ସାର୍, ମୁଁ ମୋ ସ୍ୱାମୀଙ୍କୁ ଦେଖିବାକୁ ଚାହେଁ।" ପ୍ରକୃତ ପକ୍ଷରେ ମୁଁ ଏ ବିଷୟରେ ଜାଣତରେ କରି ନ ଥିଲି। ମୁଁ ବହୁତ ମନେ ପକେଇବାକୁ ଚେଷ୍ଟା କଲି ସେମାନେ କ'ଣ କହିଥିଲେ ବୋଲି, କିନ୍ତୁ କିଛି ବି ମନେ ପକେଇ ପାରି ନ ଥିଲି। ମୁଁ ମୋର ଜ୍ୱାଇଁ କୁଶଳକୁମାରଙ୍କୁ ମନେ ପକାଉଥିଲି ଯିଏ ଜଣେ ଶଲ୍ୟ ଚିକିତ୍ସକ ଥିଲେ। ମୋର ଅଳ୍ପ ଅଳ୍ପ ମନେପଡୁଛି ଯେ ତାଙ୍କୁ ମୁଁ ହେମନ୍ତଙ୍କ ବିଷୟରେ ପଚାରୁଥିଲି। ସେ ମୋତେ ସବୁବେଳେ ଗୋଟେ ଅସ୍ପଷ୍ଟ ଉତ୍ତର ଦେଉଥିଲେ। ଥରେ ସେ ବହୁତ ବିରକ୍ତ ହେଇ କହିଲେ, "ମମି ! ଆପଣ ତାଙ୍କ ବିଷୟରେ କାହିଁକି ସବୁବେଳେ ପଚାରୁଛନ୍ତି। ତାଙ୍କର ଆପଣଙ୍କ ସାମ୍ନାକୁ ଆସିବାର ସାହସ ହେଉନି।"

ମୁଁ ଏ କଥାରେ ହଡ଼ବଡ଼େଇ ଗଲି। ମୁଁ ଗଭୀର ନିଦ୍ରାରେ ଶୋଇଗଲି।

ପର ୩୭ ଦିନ ପରେ ଡାକ୍ତରମାନେ ମୋତେ ଚାମୁଚେ ଲେଖା ପାଣି ପିଇବାକୁ କହିଲେ। ସେ ପର୍ଯ୍ୟନ୍ତ ସବୁ ଦୈହିକ ଶକ୍ତି ମୋର ନଷ୍ଟ ହେଇଯାଇଥିଲା। ମୁଁ ଚାମୁଚେ ପାଣି ମଧ୍ୟ ପିଇ ପାରୁ ନ ଥିଲି। ମୁଁ କହିଲି ଯେ ଭଦୋଦରାର ପାଣିର ସ୍ୱାଦ ମୋତେ ଭଲ ଲାଗୁନାହିଁ। ମୋ ସ୍ୱାମୀ ଗୁରୁତ୍ୱର ସହ ଏକଥାକୁ ନେଲେ ଏବଂ ସୁରଟରୁ ପାଣି ମଗେଇବାର ବ୍ୟବସ୍ଥା କଲେ। ଏହାହିଁ ତାଙ୍କ ପ୍ରେମର ନିଦର୍ଶନ ଥିଲା। ଏପରିକି ବନ୍ଧୁବାନ୍ଧବମାନେ ମଧ୍ୟ ତାଙ୍କୁ ପ୍ରଶଂସା କଲେ। କିନ୍ତୁ ବୋଧହୁଏ ମୁଁ ସେତେବେଳେ ଏସବୁ ବିଷୟ ଭାବିବାର ଅବସ୍ଥାରେ ନ ଥିଲି।

ପ୍ରାୟ ଦେଢ଼ମାସ ପରେ ସେ ତାଙ୍କର କାର୍ଯ୍ୟ କରିବାକୁ ଆରମ୍ଭ କଲେ। ତାହା ମଧ୍ୟ ଆବଶ୍ୟକ ଥିଲା। ସେ ପ୍ରତିଦିନ ଭଦୋଦରାରୁ ସୁରଟକୁ ଯିବା ଆସିବା କରୁଥିଲେ। ସେ ନିଜର ସ୍ୱାର୍ଥକୁ ଗୋଟେ ପାଖରେ ରଖି କର୍ତ୍ତବ୍ୟ କରୁଥିଲେ। ଏପରିକି ବହୁ କଷ୍ଟ ତନିମାସ ଧରି ସ୍ୱୀକାର କଲାପରେ ବି ମୋର ଜଟିଳତା ଯେମିତି ଥିଲା ସେହିପରି ରହିଥିଲା। ମୁଁ ଗୋଟେ ବଳିର ବକରା ଥିଲି ଡାକ୍ତରମାନଙ୍କ ପାଇଁ। କିନ୍ତୁ ମୋର ସ୍ୱାସ୍ଥ୍ୟ ଆଦୌ ଉନ୍ନତି କରୁ ନ ଥିଲା। ଏହା କ୍ରମେ କ୍ରମେ ଅଣାୟତ୍ତ ହେଉଥିଲା। ଶେଷରେ ଏହା ସ୍ଥିର କରାଗଲା ଯେ ମୁଁ ମୋର ନିଜ ସହର ସୁରଟର କୌଣସି ଡାକ୍ତରଖାନାକୁ ପଠାଯିବା ଦରକାର।

ଚାରିମାସ ପରେ ମୋତେ ଖାଦ୍ୟ ଖାଇବାକୁ ଅନୁମତି ମିଳିଲା କିନ୍ତୁ ଭୋକ ଶେଷ ହୋଇଯାଇଥିଲା। ଆଉ ଯେତେବେଳେ ମୋତେ ଜବରଦସ୍ତ ଖୁଆ ଯାଉଥିଲା ସେତେବେଳେ ମୋତେ ବାନ୍ତି ହେଉଥିଲା, ମୋର ଅତି ପ୍ରଚଣ୍ଡ ଭାବରେ ମିନେରାଲ ଏବଂ ଭିଟାମିନ୍‌ର ଅଭାବ ହୋଇଯାଇଥିଲା। ଖାଦ୍ୟ ଗ୍ରହଣ କରିବା ଅନିବାର୍ଯ୍ୟ ହୋଇ ଯାଇଥିଲା। କିନ୍ତୁ ମୁଁ ଖାଇପାରୁ ନ ଥିଲି। ଅବଚେତନ ଅବସ୍ଥାରେ ମୁଁ ଫଳରସ କେବଳ ମାଗୁଥିଲି। ମୋ ଜ୍ୱାଇଁ ମୋ ସ୍ୱାମୀଙ୍କୁ କହିଲେ ଯେ ଅଳ୍ପ ଟିକିଏ ଫଳରସ ପିଇ ସାରିଲା ପରେ ମୁଁ ଆଦୌ କିଛି ଖାଦ୍ୟ ଖାଇପାରୁନି, ତେଣୁ ଜୁସ୍ ଆଉ ଦିଅନ୍ତୁ ନାହିଁ। ବଞ୍ଚିବା ପାଇଁ ସେ କଠିନ ଖାଦ୍ୟ ଖାଇବା ବିଷୟରେ ଜୋର୍ ଦେଲେ। ତା'ପରେ ମଧ୍ୟ ହେମନ୍ତ ମୋତେ ଲୁଚେଇ ଲୁଚେଇ ବେଳେବେଳେ ଜୁସ୍ ଦେଇ ଦେଉଥିଲେ। ତାଙ୍କୁ ପଚାରିଲେ ସେ କହୁଥିଲେ ଯେ ମୁଁ ମୂଳରୁ ଫଳରସ ପିଇବାକୁ ଭଲ ପାଏ ଏବଂ ମୋର କଲେଜ ସମୟରେ ପ୍ରତିଦିନ ମୁଁ ଗୋଟେ ଜୁସ୍ ସେଣ୍ଟରକୁ ଯାଉଥିଲି। ସେ କହୁଥିଲେ ଯେ ମୋର ବ୍ୟବହାର ତାଙ୍କ ପ୍ରତି ସୌହାର୍ଦ୍ଦ୍ୟପୂର୍ଣ୍ଣ। କାନୁ ବିରକ୍ତ ହେଇ ଯାଉଥିଲା : କହୁଥିଲା ଡାଡ଼ି, ତମେ ଗୋଟେ ପାଗଳ ପ୍ରେମିକ। ତାଙ୍କର ମୋ ପ୍ରତି ଏହିପରି ପ୍ରେମ ଥିଲା। ଯେତେବେଳେ ପାଖରେ ଜୁସ୍ ମିଳେ ନାହିଁ ସେତେବେଳେ ସେ ଜୁସ୍ ଆଣିବାକୁ ବହୁତ ଦୂରକୁ ଯାଉଥିଲେ।

କିନ୍ତୁ ତାଙ୍କର ପ୍ରେମ ଝରଣାରେ ମୁଁ ପୁରାପୁରି ବୁଡ଼ିଯାଇ ପାରୁ ନ ଥିଲି । ମୋର ମନଆକାଶ ଶୂନ୍ୟ ହୋଇଯାଇଥିଲା । ମୁଁ ନିରାଶାରେ ବୁଡ଼ିଯାଇଥିଲି ସମ୍ପୂର୍ଣ୍ଣ ଭାବରେ । ଏହିପରି ଗୋଟିଏ ଅବସ୍ଥାରେ ସେ ମୋ ପାଇଁ ଖାଦ୍ୟ ରାନ୍ଧିବାକୁ କହିଲେ । ଡାକ୍ତରମାନେ ତାଙ୍କର ମାନସିକତାକୁ ମଧ୍ୟ ସାହାଯ୍ୟ କରୁଥିଲେ ଏବଂ ତାଙ୍କୁ ଚେଷ୍ଟା କରିବାକୁ କହିଲେ । ଜଣେ ମାଷ୍ଟରସ୍ ଅଫ ଫିଜିକ୍ସ ରୋଷେଇରେ ଜିରୋ । ଯଦିଓ ସେ ଅନଭିଜ୍ଞ ଥିଲେ ତଥାପି ସମ୍ପର୍କୀୟ ଏବଂ ବନ୍ଧୁମାନଙ୍କ ସାହାଯ୍ୟରେ ଏବଂ ୟୁଟ୍ୟୁବ୍ ଚ୍ୟାନେଲ ଦେଖି କିଛି ଭଲ ଖାଦ୍ୟ ପ୍ରସ୍ତୁତ କଲେ ।

ଆକ୍ସିଡେ଼ଣ୍ଟ ପୂର୍ବରୁ ଆମେ ଗୋଟେ ରେଷ୍ଟୁରାଣ୍ଟରେ ପାସ୍ତା ଖାଇକରି ଯାଇଥିଲୁ ତେଣୁ ସେ ତାହାହିଁ କରିବାକୁ ଚେଷ୍ଟା କରୁଥିଲେ ଏବଂ ସେ ସେତେବେଳେ ଚିମୁଟାଏ ଭଲପାଇବା ମିଶାଇ ପାସ୍ତା ତିଆରି କରୁଥିଲେ, ପାସ୍ତାଗୁଡ଼ିକ ପ୍ରାୟ କଞ୍ଚା ରହୁଥିଲା । କିନ୍ତୁ ତାଙ୍କର ଭଲପାଇବାର ବାସ୍ନା ମୁଁ ସେଥିରୁ ବାରି ପାରୁଥିଲି । ସେଦିନ ମୁଁ ତିନି ଚାମୁଚ ପାସ୍ତା ଖାଇଥିଲି ।

ଆମର ମେଡ଼ିକ୍ଲେମ୍ ଅନେକ ଦିନରୁ ହୋଇ ନ ଥିଲା । ସେ ମୋ ଚିକିତ୍ସାରେ ସବୁଟଙ୍କା ପଇସା ଲଗେଇ ଦେଇଥିଲେ । ଏପରିକି କିଛି ବନ୍ଧୁ ଦେବାକୁ ଚାହିଁଥିଲେ ବି ସେ କାହାରି ଠାରୁ ଧାର ନେଇ ନ ଥିଲେ । ସେ ମୋ ପାଇଁ ସବୁକିଛି ତ୍ୟାଗ କରିଦେଇଥିଲେ । ମୋର ଧାରଣା ଥିଲା ଯେ ସେ ମୋ ପାଇଁ କିଛି ଯତ୍ନ କରନ୍ତି ନାହିଁ ଏ ଧାରଣା ମୋର ତରଳି ଯାଇଥିଲା । ସେ ବିବାହିତ ଦମ୍ପତିମାନଙ୍କ ପାଇଁ ଗୋଟେ ଆଦର୍ଶ ଉଦାହରଣ ପାଲଟି ଯାଇଥିଲେ ।

ସେ ମୋ ପାଇଁ ଚାରିଜଣ ପରିଚାରିକା ରଖିଥିଲେ । ତଥାପି ଯେହେତୁ ମୁଁ ରାଗିଯାଉଥିଲି ସେ ନିଜେ ଅନେକ ସମୟରେ କେବଳ ମୋ ପାଇଁ ସବୁ କରି ଦେଉଥିଲେ । ଗୋଟେ କୁକୁଡ଼ା ଝଡ଼ ତୋଫାନ ଭିତରେ ଯେପରି ବହୁତ ଡରିଯାଇଥାଏ ଠିକ୍ ସେହିପରି ମୁଁ ଡରି ଯାଇଥିଲି, କିନ୍ତୁ ସେ ମୋତେ ଅତି ସୁନ୍ଦର ଭାବରେ ଆଶ୍ୱା ଦେଉଥିଲେ ଏବଂ ମୋତେ ଉଷୁମ ସ୍ପର୍ଶ ମଧ୍ୟ ଦେଉଥିଲେ । ସେ କେବେହେଲେ ମୋର ବିଶ୍ୱାସକୁ ଭାଙ୍ଗିଦେଇ ନ ଥିଲେ ଯେତେବେଳେ ମୁଁ ପୁରା ଜିରୋ ହେଇ ଯାଉଥିଲି, ସେ ମୋ ପାଖରେ ଡିଜିଟ୍ ନମ୍ବର ଏକ (୧) ପରି ଠିଆ ହୋଇଯାଉଥିଲେ । ମୁଁ ମୋର ମୂଲ୍ୟ ହରେଇବା ପୂର୍ବରୁ ସେ ଠିଆହୋଇ ଯାଉଥିଲେ ।

ବାରମ୍ବାର ଇନ୍‌ଫେକ୍‌ସନ୍ ଏବଂ ଡ୍ରେସିଂ ଖୁବ୍ ଯନ୍ତ୍ରଣାଦାୟକ ଥିଲା । ମୁଁ ଯେତେବେଳେ ବ୍ୟସ୍ତ ହୋଇ କାନ୍ଦିପକାଏ, ସେ ତାଙ୍କର ଯତ୍ନଶୀଳ ହାତ ମୋ କପାଳରେ ଛୁଇଁ ଦିଅନ୍ତି ଏବଂ ମୁଁ ସେ ଭଲପାଇବାର ସ୍ପର୍ଶରେ ଶାନ୍ତ ହେଇଯାଏ । ମୁଁ ବହୁତ ଉଶ୍ୱାସ

ଅନୁଭବ କରେ। ତାଙ୍କର ହୃଦୟ ବେଦୀରେ ମୋର ସବୁ କଷ୍ଟ ଓ ଯନ୍ତ୍ରଣା ମିଳେଇ ଯାଏ ଯେତେବେଳେ ମୋ କପାଳରେ ତାଙ୍କର ପ୍ରେମସିକ୍ତ ସ୍ପର୍ଶ ମୁଁ ପାଏ। ସେହି ଯନ୍ତ୍ରଣାଦାୟକ ମୁହୂର୍ତ୍ତ ମୋତେ ବୁଝେଇଦେଲା ଯେ ମୋ ପାଇଁ ତାଙ୍କର ଭଲପାଇବା କେତେ।

ମୋର ଅଭ୍ୟାସ ଥିଲା ଯେ ମୁଁ ଦିନରେ ଦୁଇଥର ସ୍ନାନ କରେ। କିନ୍ତୁ ମୁଁ ମାସ ମାସ ଧରି ସ୍ନାନ କରିପାରୁ ନ ଥିଲି। ମୋତେ ଅଶ୍ୱସ୍ତ ଲାଗୁଥିଲା। ମୋ ଦେହର ଦୁର୍ଗନ୍ଧ ମୁଁ ସହି ନ ପାରି କାନ୍ଦି ପକାଉଥିଲି। ପ୍ରତି ରବିବାର ଅଥବା ଛୁଟିଦିନରେ ସେ ମୋ ଦେହକୁ ସ୍ପଞ୍ଜିଂ କରି ଦେଉଥିଲେ ଭଲ ଭାବରେ, ଯଦିଓ ସେଥିପାଇଁ ଜଣେ ସେବାକାରୀ ମହିଳା ଥିଲା। ତାପରେ ସେ ପୁରା ମାସ ମୋ ବାଳକୁ ଧୋଇ ଦେଉଥିଲେ। ହୁଏତ ସେ ମୋର ଗହଳିଆ, କଳା, କୁଞ୍ଚୁକୁଞ୍ଚିଆ ବାଳକୁ ବହୁତ ଭଲ ପାଉଥିଲେ। ସେ ମୋର ବାସ୍ନାୟିତ ବାଳକୁ ଦେଖି ଖୁସି ହେଉଥିଲେ। କିନ୍ତୁ ଆଣ୍ଟି ବାୟୋଟିକ୍‌ସର ଅତ୍ୟଧିକ ପ୍ରୟୋଗ ଯୋଗୁଁ ମୋର ବାଳ ଝଡ଼ିଯାଉଥିଲା। ମୁଁ ପଛରୁ ପ୍ରାୟ ଚନ୍ଦା ହୋଇଯାଇଥିଲି। ସେ ମୋର ବାଳର ଯତ୍ନ ନେଉଥିଲେ ଏବଂ ପୁଣିଥରେ ସେଗୁଡ଼ିକ ପୂର୍ବାବସ୍ଥାକୁ ଫେରିବ ବୋଲି ଆଶା ରଖିଥିଲେ।

ସେପ୍ଟମ୍ବର ପର୍ଯ୍ୟନ୍ତୁ ମୁଁ ହଲଚଲ ହେବାକୁ ସକ୍ଷମ ନ ଥିଲି। ମୋ ପୁଅ ଗୁଗୁଲ୍‌ରୁ ଗୋଟେ ଡିଭାଇସ୍ ଖୋଜି ବାହାର କଲା। ନୋ ରିନସ୍ କ୍ୟାପ୍। ହେମନ୍ତ ମୋ ମୁଣ୍ଡକୁ ଧୀରେ ଉଠେଇ ସେହି କ୍ୟାପ୍‌କୁ ଲଗେଇବାକୁ ଚେଷ୍ଟା କରନ୍ତି ଓ ଲଗାନ୍ତି ମଧ୍ୟ ଏବଂ ମୋ ମୁଣ୍ଡକୁ ଧୀରେ ଧୀରେ ମାଲିସ କରିଦିଅନ୍ତି ଏବଂ ତାକୁ ସଫା କରନ୍ତି।

ସେପ୍ଟେମ୍ବର ପରେ ମୁଁ ଟିକେ ହଲିବାକୁ ସକ୍ଷମ ହେଲି। ତାପରେ ସେ ମୋ ପଛରେ ଗୋଟେ ଟାୱେଲ ବାନ୍ଧି ତା ସାହାଯ୍ୟରେ ମୋତେ ଉଠାନ୍ତି ଏବଂ ମୋର ବାଳକୁ ଧୋଇବା ପାଇଁ ବିଛଣା ତଳକୁ ଗୋଟେ ଟିଉବ୍ ରଖିଦିଅନ୍ତି। ଏହି ଅଦ୍ଭୁତ ଦୃଶ୍ୟ ସେହି ସମୟରେ ଗୋଟେ ବଡ଼ କାର୍ଯ୍ୟ ଥିଲା ତାଙ୍କର। ଏହା ତାଙ୍କ ପାଇଁ ଗୋଟେ ପରୀକ୍ଷାର ସମୟ ଥିଲା। ସେ କିନ୍ତୁ ଏହା ଖୁବ୍ କୌଶଳରେ କରୁଥିଲେ ଏବଂ ତାପରେ ଋଷିପ୍ରତିମ ଦେବଦୂତୀ ଜଲାରାମ୍ବାପାକୁ ଧନ୍ୟବାଦ ଦେଉଥିଲେ। ସେ ହନୁମାନ ଚାଳିଶା ଲକ୍ଷେ ୨୫ ହଜାର ଥର ବୋଲିଥିଲେ। ଏହିପରି ସେ ଅନେକ କାର୍ଯ୍ୟ ମଧ୍ୟ ମୋ ପାଇଁ କରିଥିଲେ ଓ ମୋର ଗୋଟେ ସେବାକାରୀ ଥିଲେ। ସେ ମୋ ପାଇଁ ପ୍ରେମର ଭଗବାନ ପାଲଟି ଯାଇଥିଲେ, ଭଗବାନଙ୍କ ଠାରୁ ଟିକିଏ ଉଚ୍ଚକୁ ମଧ୍ୟ ଯାଇଥିଲେ।

ପୂରା ୨୮ ବର୍ଷର ଦାମ୍ପତ୍ୟ ଜୀବନ ଭିତରେ ମୁଁ ତାଙ୍କୁ ଅନେକ ସମୟରେ କହୁଥିଲି ଯେ ତୁମେ ଫିଜିକ୍ସକୁ ବିବାହ କରିଛ। ସେ ସବୁବେଳେ ରାଜି ହେଇ ଯାଆନ୍ତି ଏବଂ କହନ୍ତି ଫିଜିକ୍ସ ମୋର ପ୍ରଥମ ପ୍ରେମ। ମୁଁ ତାଙ୍କ ଜୀବନ ପୁସ୍ତକର କେବଳ ମୁଖବନ୍ଧ।

ତାଙ୍କ ନିଃଶ୍ୱାସ ପ୍ରଶ୍ୱାସର ମୁଁ ସବୁଠାରୁ ପତଳା ମୁହୂର୍ତ୍ତ ଦେଇ ଗତି କରିଥିଲି । ଗୋଟିଏ କଥା ହେଲା ଯେ ସେ ମୋ ପରି ଏତେ ସଣ୍ଢଣାର ନୁହଁନ୍ତି । ତାଙ୍କର ଗମ୍ଭୀର ବ୍ୟକ୍ତିତ୍ୱ ଭିତରେ ମୁଁ ପ୍ରକୃତ ପ୍ରେମକୁ ପଢ଼ି ପାରୁଥିଲି ଏବେ । ମୁଁ ଏବେ ତାଙ୍କର ନୀରବ ପ୍ରେମକୁ ବୁଝି ପାରୁଛି । ମୁଁ ତାହାକୁ ନିବିଡ଼ ଭାବରେ ଅନୁଭବ କରୁଛି ।

ସେପ୍ଟେମ୍ବର ପରେ ଡାକ୍ତର ସ୍ଥିର କଲେ ଯେ ପ୍ରତି ଦୁଇ ମାସ ବ୍ୟବଧାନରେ ମୋର ଅପରେସନ କରାଯିବ, ଯେହେତୁ ମୋ ଦେହ ଏକାଥରେ ଅପରେସନ କରିବାକୁ ସମର୍ଥ ନୁହେଁ । ତେଣୁ ମୋତେ ମୋ ଘରେ ରହିବାର ଟିକେ ସୁଯୋଗ ମିଳିବ । ଡାକ୍ତରମାନଙ୍କର ଗୋଟେ ବିଶ୍ୱାସ ଯେ ଏହା ସ୍ଥାଣୁ ପରିସ୍ଥିତିକୁ ଟିକେ ବଦଳେଇଦେବ ଏବଂ ଘରେ ଶୀଘ୍ର ସୁସ୍ଥ ହୋଇ ଯାଇ ପାରିବେ । ହସ୍‌ପିଟାଲରେ ମୋର ମେଡ଼ିସିନ୍ ପାଇଁ କୌଣସି ଅସୁବିଧା ନଥିଲା କିମ୍ବା କଲୋଷ୍ଟମି ବ୍ୟାଗ୍ ପାଇଁ ମଧ୍ୟ । ଏହା ଯେକୌଣସି ସମୟରେ ଲିକ୍ ହୋଇଯାଇପାରେ । ସେଇଟା ମୋ ପାଇଁ ଗୋଟେ ବଡ଼ ପ୍ରତିବନ୍ଧକ ଥିଲା । ଯଦି ସେଇଟା ଲିକ୍ ହୋଇଯାଏ ଡାକ୍ତରମାନେ କେବେବି ହଠାତ୍ ଘରେ ମିଳିପାରିବେ ନାହିଁ । ତେଣୁ ହେମନ୍ତ ଶିଖିଲେ ସେଇଟାକୁ କିପରି ବାହାର କରାଯିବ ଏବଂ କିପରି ଲଗାଯିବ । ସେ ହୁଏତ ସମ୍ମତ ହେଉନଥିବେ କାଳେ କ'ଣ ହେବ ବୋଲି, କିନ୍ତୁ ସେ ତାଙ୍କର ଅସନ୍ତୋଷକୁ ଆୟତ୍ତ କରି ମୋତେ କେବେ ସେଥିଲାଗି ବିରକ୍ତ ହୋଇ ନାହାନ୍ତି । ଯଦିଓ ସେ ବହୁତ କାର୍ଯ୍ୟବ୍ୟସ୍ତ ଥିଲେ, ତଥାପି ସେ ସବୁବେଳେ ମୋ ପାଇଁ ବହୁତ ଛୋଟ କାର୍ଯ୍ୟକୁ ମଧ୍ୟ ଯତ୍ନ ସହକାରେ କରୁଥିଲେ । ମୋତେ ପ୍ରତିଘଣ୍ଟାରେ ଔଷଧ ଖାଇବାକୁ ପଡୁଥିଲା । ସକାଳୁ ଶୀଘ୍ର ଉଠିଲା ପରେ ସେ ଛୋଟ ଛୋଟ ବାକ୍ସ ବା ଖୋଳରେ ପିଲଗୁଡ଼ିକ ରଖି ଦେଉଥିଲେ ମୋ ପାଇଁ ଏବଂ ସେଥିରେ ସମୟ ସାରଣୀ ମଧ୍ୟ ଛୋଟ କାଗଜରେ ଲେଖି ରଖି ଦେଉଥିଲେ । ସେ ଏହିପରି କରି ରଖି ଦେଉଥିଲେ ଯେପରିକି ମୋର ପରିଚାରିକା କୌଣସି ଭୁଲ କରିବନି । ତେଣୁ ସେ ତାଙ୍କର ଯତ୍ନ ଏହିପରି ବ୍ୟକ୍ତ କରୁଥିଲେ ।

ମୁଁ ନିରବଚ୍ଛିନ୍ନ ଭାବରେ ଶାନ୍ତ୍ୱନା ଦେଉଥିଲି ନିଜକୁ । ମୁଁ ଭଲଭାବରେ ଜାଣିଥିଲି ଯେ ଯାହା ଆରୋଗ୍ୟ ହୋଇପାରିବ ନାହିଁ ତାକୁ ସହ୍ୟ କରିବାକୁ ପଡ଼ିବ । ତଥାପି ମୁଁ ଧୈର୍ଯ୍ୟହରା ହେଉଥିଲି । ସେ ଯେତେବେଳେ ଦୁଇ ଯୋଡ଼ା ଅର୍ଥୋସ୍ଲିପର ଏବଂ ବାମ ପଟରେ ସେ ଦୁଇଟି ଅଲଗା କରି ସୋଲ ଲଗେଇ କରି ଆଣିଥିଲେ ଯାହାଦ୍ୱାରା କି ମୁଁ ବାଲାନ୍‌ସ କରି ଚାଲିପାରିବି ମୁଁ ବହୁତ ଅସହ୍ୟ ହୋଇ ଉଠିଥିଲି । ଯେହେତୁ ମୋର ବାମ ପାଦ ବହୁତ ଦୁର୍ବଳ ହୋଇ ଯାଇଥିଲା । ମୋର ସବୁ ମାଂସପେଶୀ ପ୍ରାୟ ନଷ୍ଟ ହୋଇଯାଇଥିଲା । ତା ସହିତ ମୁଁ ଦଶ କେଜି ଫିକ୍ସେଟରର ଓଜନ ମଧ୍ୟ ବୋହୁଥିଲି । ସ୍ଲିପରର ଓଜନ ଅଧିକ ବୋଝ ଥିଲା । ମୁଁ ଗୋଡ଼କୁ ଆଦୌ ଉଠେଇ ପାରୁ ନ ଥିଲି କିମ୍ବା

ବୁଲେଇ ପାରୁ ନ ଥିଲି । ଦୁଇଟି ଅଲଗା ପ୍ରକାରର ସ୍ଲିପର ଗୋଡ଼ରେ ଲଗେଇବାକୁ ମୁଁ ଜମା ସହ୍ୟ କରିପାରୁ ନ ଥିଲି । ସେଇଦିନ ହିଁ ମୁଁ ବହୁତ ରାଗିଯାଇଥିଲି । ମୁଁ ହେମନ୍ତଙ୍କୁ ବହୁତ ପାଟି କରିଥିଲି ଯଦିଓ ତାଙ୍କର କିଛିବି ଦୋଷ ନ ଥିଲା । ସେଦିନ ତାଙ୍କୁ ବହୁତ ଖରାପ ଲାଗିଥିଲା । ତାଙ୍କର ହୃଦୟ ଭାଙ୍ଗି ଖଣ୍ଡ ଖଣ୍ଡ ହୋଇଯାଇଥିଲା । ସେ ମୋର ଅଭଦ୍ର ବ୍ୟବହାରରେ ସମ୍ପୂର୍ଣ୍ଣ ଭାଙ୍ଗି ପଡ଼ିଥିଲେ କାରଣ ସେ ମୋ ପାଇଁ ଏତେ ସବୁ କରୁଥିଲେ ଏବଂ ମୁଁ ଏତେ କଠୋର ହେଇଯାଇଥିଲି ଏବଂ ତାଙ୍କୁ ଗାଳି କରୁଥିଲି । ସେ କାନ୍ଦିବାକୁ ଲାଗିଲେ । ମୋତେ ଲଜ୍ଜା ଲାଗିଲା । ମୋର ଅଭଦ୍ର ବ୍ୟବହାର ପାଇଁ ମୁଁ ବହୁତ ଦୁଃଖୀ ହେଇଗଲି । ମୁଁ ଭାବିଲି ଏହି ଅନୁତାପ ମୋ ପାଇଁ ଭଲ ହେଲା ।

ମୁଁ ନିଜକୁ କ୍ଷମା କରିପାରୁ ନ ଥିଲି । ତଥାପି, ମାତ୍ର କେତେ ମୁହୂର୍ତ୍ତ ପରେ ସେ ମୋର କଦର୍ଯ୍ୟ ବ୍ୟବହାରକୁ ଭୁଲିଗଲେ ଏବଂ ମୋ ଉପରେ ତାଙ୍କର ଭଲ ପାଇବା ବର୍ଷିଗଲେ ପୂର୍ବ ପରି । ମୁଁ ତାଙ୍କ ଭିତରେ ଭଗବାନଙ୍କୁ ଦେଖୁଥିଲି । ମୁଁ ଯେତେବେଳେ ସମ୍ପୂର୍ଣ୍ଣ ଭାଙ୍ଗି ପଡୁଥିଲି, ସେ ମୋ ପ୍ରତି ନୂଆ ପକାର ପ୍ରେମ ବିଞ୍ଚି ଦେଉଥିଲେ ।

ସେପ୍ଟେମ୍ବର ଆସିଲା । ମୋ ଝିଅ ଓ ପୁଅ ସେମାନଙ୍କର ନିଜ ଆକାଶରେ ଉଡୁଥିଲେ । ଆମେ ସେମାନଙ୍କ ପାଇଁ ଖୁସି ଥିଲୁ, କାରଣ ସେମାନେ ହିଁ ଆମର ସ୍ୱପ୍ନ ଥିଲେ ଯାହା ସାକାର ହେବାକୁ ଯାଉଥିଲା ।

କିନ୍ତୁ ପରେ ସେମାନେ ମୋର ପୁରା ଦାୟିତ୍ୱ ହେମନ୍ତଙ୍କ କାନ୍ଧରେ ପକେଇ ଦେଇଥିଲେ । ସେ ମୋତେ ଏବଂ ତାଙ୍କ କାମକୁ ସମତାଳରେ ରଖି ଚାଲୁଥିଲେ । ମୁଁ ଘରେ ଥିଲି କିନ୍ତୁ ଜଟିଳତା ଛତୁ ପରି ବଢ଼ି ବଢ଼ି ଯାଉଥିଲା । ମୁଁ ପୁଣି ଗୋଟେ ଆମ୍ବୁଲାନ୍ସରେ ଡାକ୍ତରଖାନାକୁ ସିଫ୍ଟ ହେଲି ଏବଂ ହେମନ୍ତ ଆଦୌ ବିରକ୍ତ ହେଉ ନ ଥିଲେ ବା ଥକି ଯାଉ ନ ଥିଲେ । ମୁଁ ମରିଯିବାକୁ ଇଚ୍ଛା କରୁଥିଲି କାରଣ ମୋ ଭିତରେ ଆଉ ବଞ୍ଚିବାର ଇଚ୍ଛା ବଞ୍ଚି ନ ଥିଲା, ମରିଯାଇଥିଲା । କିନ୍ତୁ ଯେତେବେଳେ ମୁଁ ତାଙ୍କୁ ଦେଖିଦେଉଥିଲି ସେତେବେଳେ ମୋର ସାହସ ଆସୁଥିଲା ଏବଂ ବଞ୍ଚିବାର ଇଚ୍ଛା ଜାଗ୍ରତ ହେଉଥିଲା ।

ମୁଁ ଗୋଟେ ପତ୍ରଝଡ଼ା, ମୃତ ଥୁଣ୍ଟା କାଠଗଣ୍ଡି ପରି ପଡ଼ିରହିଥିଲି ଯେତେବେଳେ ମୋ ପିଲାମାନେ ମୋତେ ଛାଡ଼ି ଚାଲିଯାଇଥିଲେ ସବୁ ଦାୟିତ୍ୱ ନେବା ତ ପଛ କଥା, ମୁଁ ନିଜ ଦାୟିତ୍ୱ ବି ନେଇପାରୁ ନ ଥିଲି । କିନ୍ତୁ ମୋ ସ୍ୱାମୀ ପଥର ଚଟାଣ ପରି ଶକ୍ତ ହୋଇ ଯାଇଥିଲେ । ସେ ମୋର ପୁରାପୁରି ଯତ୍ନ ନେଉଥିଲେ ଏବଂ ତାଙ୍କର ଅନ୍ୟ କାର୍ଯ୍ୟକୁ ମଧ୍ୟ କରି ଚାଲିଥିଲେ ।

ଜଣେ ବୁଦ୍ଧିମାନ ଲୋକ କଠିନ ପରିସ୍ଥିତିରେ ହିଁ ପରଖା ଯାଇଥାଏ, ସେହିପରି ଥିଲେ ମୋ ସ୍ୱାମୀ । ମୋର ବାରମ୍ବାର ଜଟଳିତା ଯୋଗୁଁ ଡାକ୍ତର ତାଙ୍କୁ କହିଥିଲେ ଯେ ମୁଁ

ଘରର ଯତ୍ନରେ ହିଁ ଭଲ ରହିବି। ତାଙ୍କୁ ମଧ୍ୟ ଏପରି କୁହାଯାଇଥିଲା ଯେ ସେସବୁ ଅନ୍ୟ କାମ ଛାଡ଼ି ମୋ ପାଖରେ ହିଁ ଦେଖାରେଖା କରିବେ, କାଳେ ଯଦି କେୟାରଟେକରମାନେ ଠିକ୍‌ରେ ନ ଦେଖନ୍ତି ତେବେ ଗୁରୁତର କ୍ଷତି ହୋଇପାରେ। ଏହିପରି କେଶ୍‌ରେ ଏକାକୀତ୍ୱ ଯୋଗୁଁ ରୋଗୀ କୋମାକୁ ଚାଲିଯାଇପାରେ, ଯେତେବେଳେ କି ଆଉ ଔଷଧ କୌଣସି କାମ ଦେବନି।

ମୋ ସ୍ୱାମୀ ସ୍ଥିର କଲେ ଯେ ସେ ତାଙ୍କର ବାକିଥିବା ୪୦ଟି ଛୁଟି ପୂରା ନେଇଯିବେ ଏବଂ ମୋ ପାଖରେ ରହିବେ। ଏହିଠାରେ ହିଁ ଆମେ ଗୋଟେ ଅମାନୁଷିକ ଅବସ୍ଥାର ସାମ୍ନା କଲୁ ଯେ ତାଙ୍କର ଜଣେ ଅଫିସ ବନ୍ଧୁ ଗୋଟିଏ କଦର୍ଯ୍ୟ ଖେଳ ଖେଳିଲେ ଏବଂ ଅନୁମତି ମିଳିଥିବା ଛୁଟିକୁ ବାତିଲ କରିଦେଲେ। ସେ ମାନସିକ ଭାବରେ କ୍ଷତିଗ୍ରସ୍ତ ହେଲେ। କିନ୍ତୁ ସେ ସେହି ଅସହଜ ଅବସ୍ଥାରେ ମଧ୍ୟ ମୋର ଯତ୍ନ ନେଉଥିଲେ। ଝଡ଼ ଭିତରେ ବାଲିଗରଡ଼ାଟିଏ ପରି ସେ ବହୁତ ହତାଶ ହୋଇ ପଡ଼ିଥିଲେ। କିନ୍ତୁ ସେ ମୋ ପାଇଁ ସବୁ ସହିଯାଉଥିଲେ।

ମୁଁ ଯେହେତୁ ସାହିତ୍ୟକୁ ଭଲପାଏ ଏବଂ ବହିକୁ ଭଲପାଏ ନଭେମ୍ବର ମାସରେ ମୋ ମନରେ ଆସିଲା ଯେ ମୁଁ କିଛି ସାହିତ୍ୟ ସମ୍ବନ୍ଧୀୟ ଲେଖିବି। କିନ୍ତୁ ମୁଁ ତାଙ୍କୁ ଡରୁଥିଲି। ବିଛଣାରେ କେବଳ ବନ୍ଦୀ ହୋଇ ରହିବା ଭିତରେ ଆଉ ବା କ'ଣ କରାଯାଇପାରେ ? ମୁଁ ଗୋଟେ ବହି ଏକାଠି ସଂଗ୍ରହ କରିବାକୁ ଚେଷ୍ଟା କଲି। ମୁଁ ମୋ କେୟାରଟେକରକୁ ମୋ ଲାଇବ୍ରେରୀରୁ ବହି ଏବଂ ଫାଇଲ୍ ଆଣିବାକୁ କହିଲି। କିନ୍ତୁ ସେ ଆଣିପାରିଲା ନାହିଁ। ଦିନେ ହେମନ୍ତ ମୋ ଦ୍ୱନ୍ଦ୍ୱ ବୁଝିପାରି ମୋତେ ଗୋଟେ ଲିଷ୍ଟ କରିବାକୁ କହିଲେ। ତା ପରେ ସେ ମୋର କ'ଣ ଲାଇବ୍ରେରୀରୁ ଦରକାର ବୋଲି ପଚାରିଲେ। ସେଦିନ ମୁଁ ଭାରି ଖୁସିଥିଲି। ସେ ମୋତେ ଗୁଡ଼ିଏ ବହି ଦେଲେ ଏବଂ କହିଲେ : "ଏଇଗୁଡ଼ିକ ତୁମର ସମ୍ପତ୍ତି ।" ଅନେକ ମାସ ପରେ ମୋ ଓଠରେ ହସ ଫୁଟି ଉଠିଲା। ସେ ମଧ୍ୟ ମୋ ହସ ଦେଖି ବହୁତ ଖୁସି ହୋଇ ମୋତେ କହିଲେ : "ମୁଁ ଯଦି ଗୋଟେ ଚିତ୍ରକର ହୋଇଥାନ୍ତି ତେବେ ତୁମର ଏ ହସକୁ ମୁଁ ପେଣ୍ଟିଂ କରି ଦେଇଥାନ୍ତି।" ବହୁ ମାସ ପରେ ଆମେ ଦୁହେଁ ଟିକେ ଉଶ୍ୱାସ ଅନୁଭବ କରୁଥିଲୁ ଏବଂ ତା ପରେ ମୁଁ ଗୋଟେ ବହି ଏକାଠି କରି ଲେଖିଲି ଯାହାର ନାମ ଥିଲା, "ଏକ କାଟକୋ କଲେଜ ନୋ"। ଏହା ମୋତେ ଉତ୍ସାହିତ କଲା। ସ୍ୱାସ୍ଥ୍ୟରେ ମଧ୍ୟ ଉନ୍ନତି ଆସିଲା। ତେଣୁ ଏହା ପ୍ରମାଣିତ କଲା ଯେ ସାହିତ୍ୟ ମୋର ରୋଗର ଔଷଧ।

ମୁଁ ଏପ୍ରିଲରେ ବସିବାକୁ ସକ୍ଷମ ହେଲି। ହେମନ୍ତ ଉତ୍ସାହିତ କଲେ ଏବଂ ମୁଁ ମୋର ଭାବପୂର୍ଣ୍ଣ ଉପନ୍ୟାସ 'ବାଣଶଯ୍ୟା' ଲେଖି ଚାଲିଲି।

ଯଦିଓ ସେ ସାହିତ୍ୟରେ ଏତେ ରୁଚି ରଖୁ ନ ଥିଲେ ସେ ଏହାର ପ୍ରୁଫ୍ ଚେକ୍ କରୁଥିଲେ। ଏହିପରି ତାଙ୍କର ମୋ ପାଇଁ ଭଲ ପାଇବା ଓ ଯତ୍ନ ଥିଲା।

ଯେତେବେଳେ ମୁଁ ଏହାକୁ ଲେଖୁଥିଲି ମୋ ହାତ ଥରୁଥିଲା। ମୁଁ ଭାବିଲି ସବୁ ଧାର୍ମିକ ପୁସ୍ତକ ମଧ୍ୟରେ ସ୍ୱାମୀମାନଙ୍କ ପ୍ରଶଂସାରେ ଗୋଟେ ପୁରାଣ ମଧ୍ୟ ଥିବ। ସେ ବିବାହ ବେଦୀରେ ମୋତେ ଦେଇଥିବା କଥା ପୁରା ରଖିଥିଲେ। ସେ ଦାମ୍ପତ୍ୟ ଜୀବନର ଏକ ଉଜ୍ଜ୍ୱଳ ଦୃଷ୍ଟାନ୍ତ ରଖିଥିଲେ। ତାଙ୍କର ସଚେତନ ଯତ୍ନ ଯୋଗୁଁ ମୁଁ ସୁରକ୍ଷିତ ଅନୁଭବ କରୁଥିଲି। ସେ ଆମ ବୈବାହିକ ଜୀବନରେ ଗୋଟେ ଚିରନ୍ତନ ବନ୍ଧୁତ୍ୱର ହାତ ବଢ଼େଇ ଦେଇଥିଲେ ସେତେବେଳେ।

ସେ ମୋର ଜୀବନ ଦୀପକୁ ତାଙ୍କର ପ୍ରେମର ସଳିତାରେ ଜଳେଇ ରଖିଥିଲେ। ମୁଁ ବୁଝିପାରୁଥିଲି ଯେ ପବିତ୍ର ବନ୍ଧନର ପବିତ୍ରତା କେତେ ଅଧିକ। ଆମେ ଅଧିକ ଘନିଷ୍ଠ ହୋଇଥିଲୁ। ତାଙ୍କର ପ୍ରେମ ସବୁବେଳେ ବଢ଼ି ଚାଲିଥିଲା। ତାଙ୍କର ପ୍ରେମର ଜୁଆରର ସୀମା ନ ଥିଲା। ମୋ ହୃଦୟ ଉଷ୍ଣୁମ ହୋଯାଇଥିଲା। ଆମେ ଉଭୟ ଯେ ଅସୀମ ଅନନ୍ଦରେ ବିଭୋର ହୋଇ ଯାଉଥିଲୁ ଏବଂ ସେହି ଅନୁଭବର କୌଣସି ସଂଜ୍ଞା ନାହିଁ। ଆମେ ଜୀବନ କାବ୍ୟର ସ୍ୱାଦ ଅନୁଭବ କରୁଥିଲୁ। ମୁଁ ତାଙ୍କ ଅତୁଟ ବନ୍ଧନରେ ବାନ୍ଧି ହୋଇ ଯାଇଥିଲି। ତାଙ୍କର ସାହସ ଓ ବନ୍ଧୁତ୍ୱପୂର୍ଣ୍ଣ ଏବଂ ବୀରତ୍ୱପୂର୍ଣ୍ଣ କାର୍ଯ୍ୟ ମୋର ଜୀବନରେଖା ଥିଲା। ମୁଁ ଭାଗ୍ୟବତୀ ତାଙ୍କର ସାହାଯ୍ୟ ଲାଭ କରି। ସେ ଯେ ମୋର ସ୍ୱାମୀ ତାହାହିଁ ମୋ ଭାଗ୍ୟ। ଗୋଟେ ସମୟରେ ମୁଁ କଳା ପକ୍ଷଥିବା ପକ୍ଷୀ ହୋଇଯାଇଥିଲି। ଯମଦେବତାଙ୍କ ଘୋଡ଼ାରେ ମୁଁ ପୃଥିବୀକୁ ବିଦାୟ ଦେବାକୁ ଯାଉଥିଲି। କିନ୍ତୁ ସେ ମୋତେ ଶକ୍ତ ଭାବରେ ଧରିନେଲେ ମୋତେ ଯିବାକୁ ଦେଲେ ନାହିଁ ଗୋଟେ ବି ମୁହୂର୍ତ୍ତ ପାଇଁ। ତାଙ୍କର ପ୍ରେମ ଅଦୃଶ୍ୟ ଭାବରେ ମୋ ଜୀବନରେ ବିଦାୟୀ ବସନ୍ତକୁ ପୁଣି ମୋ ଜୀବନ ବଗିଚାକୁ ଲେଉଟାଇ ଆଣିଲା। ମୁଁ ମୋ ଭିତରେ କୋକିଳର କୁହୁତାନ ଶୁଣିବାକୁ ପାଉଥିଲି। ମୁଁ ତାଙ୍କର ଅପ୍ରକାଶିତ ପ୍ରେମକୁ ବୁଝିବାକୁ ସମର୍ଥ ହୋଇ ନ ଥିଲି ଏ ପର୍ଯ୍ୟନ୍ତ ଯେପରି ମୁଁ ପୂର୍ବରୁ କେବଳ ସାଥିହୋଇ ଚାଲୁଥିଲି ଜୀବନ ଯାତ୍ରାରେ, କିନ୍ତୁ ସେ ପ୍ରକୃତରେ ଥିଲେ ଗୋଟେ ପ୍ରେରଣାର ଉତ୍ସ।

ସେ ମୋତେ ଶୂନ୍ୟରୁ ଟାଣି ଆଣିବାକୁ ସକ୍ଷମ ହେଲେ। ସେ ଆନନ୍ଦର ଗୋଟେ ଅମୂଲ୍ୟ ମୁକ୍ତା ମୋ ପାଇଁ। ଗୋଟେ ଶକ୍ତ ସାହସୀ ଡ୍ରାଇଭର, ସେ ମୋତେ ଗୋଟେ ପୁନର୍ଜନ୍ମ ଦେଲେ।

■

ପଞ୍ଚମ ଅଧ୍ୟାୟ

ମୋ ହୃଦୟର ଦୁଇଟି କବିତା

ଯଦି ଜଣେ ଝିଅ ତା ମା'ର ମା' ହୁଏ ? ଏହିପ୍ରକାର ଚିନ୍ତନ କ୍ରୋଧ ଉଦ୍ରେକ କରେ। କିନ୍ତୁ ତାହାହିଁ ଥିଲା ମୋର ଭାଗ୍ୟ ଲେଖା। ମୋ ଝିଅ କଥକ, ମୋର ଆତ୍ମାର ଜୀବନୀ ଶକ୍ତିର ଗୋଟେ ଅଂଶ, ମୋର ହୃଦୟଭରା ପ୍ରାର୍ଥନା ତା ପାଇଁ ମୋତେ ସନ୍ତୋଷ ଆଣି ଦେଇଛି।

ଯଦି ଜଣେ ଝିଅ ତା'ର ମା'ର ସର୍ବଶ୍ରେଷ୍ଠ ଯତ୍ନ ନେଇପାରେ, ଯିଏ ପୂର୍ବରୁ ଆଦୌ କୌଣସି ଦାୟିତ୍ୱ ନେଇ ନ ଥିଲା ତାକୁ କ'ଣ କହିବା ? ଏହା ଆମମାନଙ୍କର କଳ୍ପନାର ବାହାରେ।

ସେ କେବଳ ଜଣେ ଝିଅ ନୁହେଁ, ଜଣେ ଡାକ୍ତର ମଧ୍ୟ। ତେଣୁ ସେ ପରିସ୍ଥିତିର ଗାମ୍ଭୀର୍ଯ୍ୟ ବୁଝିପାରିଥିଲା। ମା' ମୃତ୍ୟୁ ମୁଖକୁ ଚାଲିଯାଉଛନ୍ତି ଅତି ଅସହାୟ ଭାବରେ, ବାପାର ନଇଁ ପଡୁଥିବା କାନ୍ଧକୁ ସହଯୋଗର ହାତ ବଢ଼େଇବା, ମାତ୍ର ୧୨ ଷ୍ଟାଣ୍ଡାର୍ଡ଼ରେ ପଢୁଥିବା ଭାଇକୁ ତା କ୍ୟାରିଅର ଗଢ଼ିବାରେ ସହାୟକ ହେବା ଏବଂ ଏହି ସମସ୍ତ ବିରୋଧାଭାଷ ମଧ୍ୟରେ ନିଜର ସ୍ଥିତି ସମ୍ଭାଳିବା ଆଦୌ ସହଜ କଥା ନ ଥିଲା। ସେ ମାତ୍ର ଦଶମାସ ପୂର୍ବରୁ ବିବାହ କରିଥିଲା। ତା'ର ନୂତନ ଜୀବନ ସହିତ ମଧ୍ୟ ତାକୁ ବୁଝାମଣା କରିବାକୁ ହେଉଥିଲା। ପୁଣି ମାତ୍ର ଚାରିମାସ ପୂର୍ବରୁ ଜଣେ ମେଡ଼ିକାଲ ଅଫିସର ଭାବରେ ଯୋଗଦେଇଥିବାରୁ ତାକୁ ତା'ର ଦାୟିତ୍ୱ ନିର୍ବାହ କରିବାକୁ ପଡୁଥିଲା। ସେ ଅତି କୌଶଳର ସହିତ ସବୁକୁ ସମନ୍ୱିତ ଭାବରେ କରିପାରିଥିଲା।

ସେ ଆମପାଇଁ ସବୁ କଷ୍ଟ ସହିଯାଇଥିଲା। ମୁଁ ତା'ର ଏ ସର୍ବଗୁଣ ସମ୍ପନ୍ନ ଭୂମିକା ବିଷୟରେ ଅଗଷ୍ଟ ମାସରେ ଜାଣିଲି ଏବଂ ସେଥିପାଇଁ ଜଣେ ମା' ଭାବରେ ଗର୍ବିତା।

ପୁରାପୁରି ବାର ଦିନର ଭୟଙ୍କର ସଂଘର୍ଷ ପରେ ମୁଁ ଭେଣ୍ଟିଲେଟରରୁ ବାହାରକୁ

ଆସିଲି । ମୁଁ ଅନୁଭବ କରୁଥିଲି ଗୋଟିଏ ଗଭୀର ନିଦ୍ରାରୁ ମୁଁ ଉଠି ଆସୁଛି । ମୁଁ ବାସ୍ତବ ଘଟଣା ବିଷୟରେ କିଛି ଜାଣିପାରି ନ ଥିଲି । ମୋତେ ପ୍ରଥମ ଦେଖିଥିବା ଲୋକ ସେ ହିଁ ଥିଲା, ମୋ ଝିଅ । ସେ ମୋତେ ଅତି ଗେହ୍ଲାରେ ପଚାରୁଥିଲା ମମି, ତମେ କେଉଁସ୍ଥାନକୁ ବୁଲିଯିବାକୁ ଇଚ୍ଛା କରୁଛ ?

ମୁଁ ମଜାରେ କହିଲି : 'ଜାପାନ', ସେ 'ହଁ' ବୋଲି କହିଲା । ମୁଁ ବୁଝିପାରିଲି ସେ ମଜା କରୁଛି । ତେଣୁ ମୁଁ 'ବାଲି'କୁ ଯିବି ବୋଲି ଉତ୍ତର ଦେଲି । ଏହି ଉତ୍ତର ଦେବାଲାଗି ମୁଁ ଗଭୀର ଥକ୍କା ଅନୁଭବ କରୁଥିଲି । ମୁଁ ଅସ୍ୱସ୍ତି ଅନୁଭବ କରୁଥିଲି, ମୁଁ ସତରେ ଥକି ଯାଇଥିଲି । ସେ ଆଉଥରେ ଯୋଗ କଲା, "ମ୍ୟାଡ଼ାମ୍ ଏବେ ତାଙ୍କର ବାସ୍ତବ ଅବସ୍ଥାକୁ ଫେରି ଆସିଲେଣି ।"

ମୋ ଜ୍ୱାଇଁ କହିଲେ : "କଥକ ଅନ୍ୟ କଥା କୁହ ।" ସେ ବୋଧହୁଏ ଭୁଲିଯାଇଛନ୍ତି । କଥକ ତା'ର କଥାର ବିଷୟ ପରିବର୍ତ୍ତନ କରି କହିଲା, "ତୁମର ଜନ୍ମଦିନର କିଣାକିଣି ତଥାପି ବାକି ଅଛି, ତେଣୁ ଯିବାକୁ ରେଡ଼ି ହୋଇଯାଅ । ମୁଁ ତୁମକୁ କେପୁସିନୋ ଚଖେଇବି । ତମେ ସେଇଟା ଭଲ ପାଅ ।" ସେ ଟିକେ ଭାବପ୍ରବଣ ହୋଇଗଲା ଏବଂ ପୁଣି କହିଲା, "ପ୍ଲିଜ୍ ମମ୍, ବହୁତ ହିଁ ବହୁତ ହେଇଗଲା, ଭଲ ହୋଇଯାଅ ଆଗ । ଡାଡ଼ି ତୁମ ବ୍ୟତୀତ ଏକୁଟିଆ ଆଦୌ ରହିପାରିବେ ନାହିଁ ଏବଂ ମୋ ଭାଇ, ତୁମର ପୁଅ କଥା ତ ଭାବ । ତା ଜୀବନର ଏହା ଏକ ପରିବର୍ତ୍ତନର ମୋଡ଼ (turning point) । ସେ ମଝିରେ ଏବେ ଝୁଲୁଛି । ତୁମେ ତାକୁ ସେପରି ଛାଡ଼ିଯାଇ ପାରିବ ନାହିଁ । ତା'ର ସ୍ୱର ଥରି ଉଠୁଥିଲା । ମୁଁ ବୁଝିପାରୁ ନ ଥିଲି କ'ଣ ସବୁ କୁହାଯାଉଥିଲା । ମୁଁ ଆଘାତ ପାଉଥିଲି ସେ ଏମିତି କ'ଣ ସବୁ କହୁଛି ବୋଲି ଏବଂ ସେ ବହୁତ ଭାବପ୍ରବଣ ହେଇଯାଉଥିଲା । ପୁଣିଥରେ ସେ ନିଜକୁ ସଜାଡ଼ିନେଇ କହିବାକୁ ଲାଗିଲା, "ତୁମେ ବହୁତ ବଡ଼ ପାଟିଆ ଥିଲ, ତମେ ଆମକୁ କହୁଥିଲ ଜୀବନର ଉତ୍‌ଥାନ ପତନର କଥା । ଜୀବନ ବହୁତ ମୂଲ୍ୟବାନ । କିନ୍ତୁ ତମେ ଆମକୁ କହି ନ ଥିଲ ଜୀବନ ଏତେ ଅନିଶ୍ଚିତ କେମିତି ହୁଏ ! ତୁମେ ବାସ୍ତବରେ ଆମକୁ ତାହା ଦେଖେଇ ଦେଲ ମଧ୍ୟ ! ତୁମେ ଆମର ମମ୍ ନୁହେଁ । ତୁମେ ଭାରି ସ୍ୱାର୍ଥପର ମମ୍ । ମମ୍ ତମକୁ ଉଠିବାକୁ ହିଁ ହେବ ।" ତଥାପି ମୁଁ ତାକୁ ବୁଝିପାରୁ ନ ଥିଲି । ପୂର୍ବରୁ ଆମର ବହୁବାର ମଧୁର କଳି ଏବଂ ଯୁକ୍ତିତର୍କ ହେଉଥିଲା । ମୁଁ ଭାବିଲି ତାକୁ ବୋଧହୁଏ ସେ ଭିତରୁ କିଛି କଥା ଭଲ ଲାଗିନି । କିନ୍ତୁ ମୁଁ ଏବେ ବହୁତ ଦୁର୍ବଳ ଅନୁଭବ କରୁଥିଲି । ମୋର ବହୁତ ଆଗ୍ରହ ଥିଲା ତାକୁ ପଚାରିବାକୁ ଯେ ସେ ଏମିତି କଷ୍ଟ ଦେଲାପରି କଥାସବୁ କାହିଁକି କହୁଛି, କିନ୍ତୁ ନିଦ୍ରାଳୁ ଅବସ୍ଥାରେ ମୁଁ ଢୋଳେଇ ପଡୁଥିଲି । ସେଠାରେ ତାପରେ କ'ଣ ଘଟିଲା ମୁଁ କିଛି ଜାଣିପାରୁ ନ ଥିଲି ।

ଜଟିଳତା ସବୁବେଳେ ଲାଗି ରହୁଥିଲା । ସତେ ଯେମିତି ମୃତ୍ୟୁ ମୋତେ ଡାକୁଥିଲା । କିନ୍ତୁ କଥକ ତା'ର ଷଷ୍ଠ ଇନ୍ଦ୍ରିୟ ଦ୍ୱାରା ମୃତ୍ୟୁପଦ ଚାଳନାକୁ ଆଗରୁ ଦେଖି ପାରୁଥିଲା । ସେ ଗୋଟେ କୌଶଳୀ ମ୍ୟାନେଜର ଭାବରେ କାମ କରୁଥିଲା । ସେ ଏପରି ଏକ କଠିନ ସମୟରେ ତା ଡାଡ଼ିଙ୍କର ନିରନ୍ତର ସହଯୋଗୀ ଥିଲା । ଦଶଟି ପୁଅର ଦକ୍ଷତା ତା ଭିତରେ ରହିଥିଲା । ସେ ପୁରା ପରିବାରର ଦାୟିତ୍ୱ ନେଉଥିଲା ଏବଂ ଯତ୍ନ କରୁଥିଲା ।

ମୋ ପୁଅ ପର୍ଜନ୍ୟର ମେଡ଼ିକାଲ କ୍ଷେତ୍ରରେ କିଛି ଅନୁଭୂତି ନ ଥିଲା କିନ୍ତୁ ସେ ନିରବଚ୍ଛିନ୍ନ ଭାବରେ ଗୁଗୁଲ ଖୋଜି ଚାଲିଥିଲା ଏବଂ 'ସେରାଟିଆ ଫିକାରିଆ ଗ୍ରାମ' ନେଗେଟିଭ୍ ବ୍ୟାକ୍ଟେରିଆ ବିଷୟରେ ପାଇଗଲା ଏବଂ ସେ ବିଷୟରେ ଡାକ୍ତରମାନଙ୍କର ଦୃଷ୍ଟି ଆକର୍ଷଣ କଲା । ଏହା ଏକ ଅତି ବିରଳ ବ୍ୟାକ୍ଟେରିଆ ଇନ୍‌ଫେକ୍ସନ ଏବଂ ସେତେବେଳ ଯାଏ କେବଳ ୧୦୦ ଲୋକ ଏହି ରୋଗର ଶିକାର ହୋଇଥିଲେ । ଡାକ୍ତରମାନେ ତା'ର ନାମ ରଖିଥିଲେ, 'ଗୁଗୁଲ ଡକ୍ଟର' । ପର୍ଜନ୍ୟ ମୋର ହୃଦୟର ଅତି ପ୍ରିୟ ଥିଲା । ସେ ମୋର ଅତି ଛୋଟଛୋଟ ଅନୁଭବକୁ ମଧ୍ୟ ଲକ୍ଷ୍ୟ କରି ପାରୁଥିଲା । କିନ୍ତୁ ମୋର କ'ଣ ଅସୁବିଧା ବୋଧହୁଏ ଠିକ୍ ଭାବରେ ସେ ବୁଝିପାରୁ ନ ଥିଲା, ତା'ର ବିଶ୍ୱାସ ମୋତେ ମୃତ୍ୟୁକୁ ଜୟ କରିବାର ପ୍ରେରଣା ଯୋଗାଇଥିଲା । ତା'ର ହୃଦ୍‌ସ୍ପନ୍ଦନ ମୋର ହୃଦ୍‌ସ୍ପନ୍ଦନରେ ପରିଣତ ହୋଇଯାଇଥିଲା । ସେ ମୋତେ ଜୀବନଦାନ ଦେଇଥିଲା । ସେ ଲକ୍ଷେ ପଚିଶ ଥର ମୋ ପାଇଁ ମହାମୃତ୍ୟୁଞ୍ଜୟ ମନ୍ତ୍ର ଉଚ୍ଚାରଣ କରିଥିଲା ।

ବାର ଦିନର ମୋର ନିର୍ବାସନ ଏବଂ ଭେଣ୍ଟିଲେଟର ଭିତରେ ରହିବା ଭିତରେ ସେ ଅନେକଗୁଡ଼ିଏ ୟୁନିଭରସିଟିରେ ବିଭିନ୍ନ ରାଜ୍ୟରେ ବହୁତଗୁଡ଼ିଏ ଏଣ୍ଟ୍ରାନ୍‌ସ ଟେଷ୍ଟ ଦେଉଥିଲା । ସେଇ ଫର୍ମଗୁଡ଼ିକ ପୂର୍ବରୁ ପୂରଣ ହୋଇ ସାରିଥିଲା । ମୁଁ ଯେତେବେଳେ ଭେଣ୍ଟିଲେଟରରୁ ବାହାରକୁ ଆସିଲି ସେ ମୋତେ ଆଇସିୟୁରେ ଦେଖା କରିବାକୁ ଆସିଲା । ଏବଂ ତା'ର ଏଣ୍ଟ୍ରାନ୍‌ସ ଟେଷ୍ଟ ବିଷୟରେ କହିଲା । ସେ ମୋତେ ମଧ୍ୟ ତା'ର ଫଳାଫଳ ସବୁ ଜଣାଉଥିଲା । ମୁଁ ଅସୁବିଧା ଏବଂ ଜଟିଳ ପରିସ୍ଥିତିକୁ ନେଇ ଲକ୍ଷ୍ୟ କରୁଥିଲି କିପରି ସେ ଭଲ ଫଳାଫଳ ପାଇ ପାରିବ, ଯେତେବେଳେ କି ସେ କେବଳ ଫର୍ମ ପୂରଣ କରିସାରିଛି । ମୁଁ ମଧ୍ୟ ସମୟ ଜ୍ଞାନ ହରେଇ ସାରିଥିଲି । ଏପରିକି ତା'ର ଆସିବା ଦେଖା କରିବା ମଧ୍ୟ ମୁଁ ଭୁଲି ଯାଇଥିଲି ଏବଂ ଉପସ୍ଥିତ ଥିବା ପରିଚାଳକଙ୍କୁ ପଚାରୁଥିଲି ସେ ଆସିଥିଲା କି ନାହିଁ ଏବଂ ସେ କ'ଣ କହୁଥିଲା ମାତ୍ର ଡାକ୍ତରମାନେ ମୋ କଥାକୁ ଗୁରୁତ୍ୱ ନ ଦେଇ ଅନ୍ୟ ରୋଗୀମାନଙ୍କୁ ଦେଖିବା ଲାଗି ଚାଲିଯାଉଥିଲେ ।

ତା ପରେ କିନ୍ତୁ ମୋର ଜ୍ଞାନ ଧୀରେଧୀରେ ଫେରି ଆସୁଥିଲା । ମୋର ସ୍ୱାମୀ, ଝିଅ, ଜ୍ୱାଇଁ ପ୍ରର୍ଜନ୍ୟର ଫଳ ବିଷୟରେ ମୋତେ ଜଣାଉଥିଲେ । ମୁଁ ସବୁବେଳେ ଖୁସିରେ

ଗଦ୍‌ଗଦ ହୋଇ ଯାଉଥିଲି । ତା'ର ମା' ହୋଇଥିବାରୁ ମୁଁ ଗର୍ବ ଅନୁଭବ କରୁଥିଲି । ମୋତେ ଦେଖିବାକୁ ଯେଉଁମାନେ ଆସୁଥିଲେ ସେମାନଙ୍କୁ ମୋ ପୁଅ ଗୋଟେ ହିରୋ ବୋଲି ଗର୍ବରେ କହୁଥିଲି ।

ଲୋକେ କୁହନ୍ତି ମୁଁ କୁଆଡ଼େ ଅଧିକ ଅଧିକାର ସାବ୍ୟସ୍ତ କରେ (ଓଭର ପଜେସିବ) ଏବଂ ଅତ୍ୟଧିକ ସୁରକ୍ଷିତ (ଓଭର ପ୍ରୋଟେକଟିଭ) ରଖିବାକୁ ଚେଷ୍ଟା କରେ, ମୋ ପିଲାମାନଙ୍କୁ । ସେମାନେ ସତ କହୁଛନ୍ତି ହୁଏତ । କାରଣ ମୁଁ ଜାଣିଛି ମା' ନଥିବା ପିଲାର ଦୁଃଖ କଣ ! ସବୁପ୍ରକାର ସୁଖ ସ୍ୱାଚ୍ଛନ୍ଦ୍ୟ ଥିଲେ ମଧ୍ୟ ମୁଁ ଜାଣିଛି ଗୋଟେ ପିଲା ଜୀବନରେ ମା' ନଥିବାର ଶୂନ୍ୟସ୍ଥାନ କେମିତି ! ଗୋଟେ ପିଲାର ଚାରିପାଖରେ ତୁରୀର ଶବ୍ଦ ଗୁଞ୍ଜରିତ ହେଲେ ମଧ୍ୟ ସେ ତା' କାନରେ କିଛି ବି ଶୁଣିପାରେ ନାହିଁ । ସେହି ଶୂନ୍ୟସ୍ଥାନ ମୃତ୍ୟୁପରି ଶୀତଳ । ସେ ତାର ଜୀବନ ସଙ୍ଗୀତରୁ ସେହି 'ବିଶ୍ୱାସ' ଅଧ୍ୟାୟଟିକୁ ଦୂରେଇ ଦେଇଥାଏ । ଯଦିଓ ପିଲାଟି ଭିତରେ ବିଚକ୍ଷଣତା ଥାଏ ତାର ମା'ର ଦିଗ୍‌ଦର୍ଶନ ବିନା ତାକୁ ସବୁ ଶୂନ୍ୟ ଲାଗେ । ସେ ପୃଥିବୀର ସବୁ ଭାଷା ଜାଣିପାରିଥାଉ ପଛେ, କିନ୍ତୁ ଗୋଟେ ମା'ର ପ୍ରେମର ଭାଷା, ସ୍ନେହର ଭାଷାରୁ ବଞ୍ଚିତ ହୋଇଥାଏ । ସାରା ଜୀବନ ସେ ଅନ୍ତର ଭିତରେ ନୀରବତା ଏବଂ ଶୂନ୍ୟତାରେ ବୁଡ଼ି ରହିଥାଏ ।

ମା' ନଥିବା ପିଲାମାନେ ସେମାନଙ୍କ ମନରେ ଚିକ୍‌ମିକ୍ ତାରାକୁ ମନରେ ଆକାଶରେ ଦେଖୁଥିବେ, କିନ୍ତୁ ସେମାନେ ହୁଏତ, "ଟୁଇଙ୍କଲ ଟୁଇଙ୍କଲ ଲିଟଲ ଷ୍ଟାର" ଗୀତ ବୋଲିପାରୁ ନ ଥିବେ । ସେମାନେ ହୁଏତ ଅଜାଣତରେ ଗମ୍ଭୀର ହୋଇଯାଆନ୍ତି । ସେମାନେ ପ୍ରକୃତି ମାତାର ସୌନ୍ଦର୍ଯ୍ୟ ବୁଝିବାରୁ ବଞ୍ଚିତ ହୋଇଥାନ୍ତି । ଏହା ମୋର ବ୍ୟକ୍ତିଗତ ଅନୁଭୂତି ଥିଲା ଯାହାକି ମୋ ପିଲାଙ୍କ ଜୀବନରେ ଏପରି ନିରାଶା ଭାବ କେବେବି ଆସିବାକୁ ଦେବାକୁ ମୁଁ ଚାହୁଁ ନ ଥିଲି (ମୋର ମାତୃ ବିୟୋଗ ଘଟିଥିଲା) । ମୁଁ ସେମାନଙ୍କ ସହିତ ପ୍ରତି ମୁହୂର୍ତ୍ତରେ ଥାଏ । ସେମାନଙ୍କର ତିନିଘଣ୍ଟାର ସ୍କୁଲ ପରୀକ୍ଷା ସରିବା ପର୍ଯ୍ୟନ୍ତ ମୁଁ ସ୍କୁଲ କ୍ୟାମ୍ପସ୍ ଭିତରେ ବସି ରହିଥାଏ । ଏବେ ଜୀବନର ଚଲାପଥରେ ମୁଁ ସେମାନଙ୍କ ଜୀବନରେ କିପରି ଶୂନ୍ୟତା ଭରିଦେବି ? ଏହା ଅବିରତ ଗୋଟେ ପ୍ରଶ୍ନ ହୋଇ ମୋତେ ଆଚ୍ଛାଦିତ କରିଚାଲିଥିଲା ।

ମୁଁ ପ୍ରର୍ଜନ୍ୟ ଏବଂ କଥକ ମୋ ପାଖରେ ଆସି ବସନ୍ତୁ ବୋଲି ଚାହୁଁଥିଲି ଏବଂ ଚାହୁଁଥିଲି ସେମାନଙ୍କୁ କହିବାକୁ ଯେ, "ମୁଁ ଗୋଟେ ଅଜଣା ରାଜ୍ୟକୁ ଯିବାକୁ ଚାହୁଁନାହିଁ । ମୁଁ ତୁମମାନଙ୍କ ସହିତ ରହିବାକୁ ଚାହୁଁଛି । ମୁଁ ଗୋଟେ ଅପହଞ୍ଚ ଇଲାକାକୁ ଚାଲିଯିବାକୁ ଭୟ କରୁଛି ।" କିନ୍ତୁ ମୁଁ ଏକଥା କେବେବି କରିପାରି ନାହିଁ । ମୁଁ ସେମାନଙ୍କୁ ନିରାଶ ହେବାକୁ ଦେଖିବାକୁ ଚାହୁଁ ନ ଥିଲି କିମ୍ବା ସେମାନଙ୍କୁ ଦୁର୍ବଳ କରି ଏବଂ ମନୋବଳ

ଭାଙ୍ଗିଦେବାକୁ ଚାହୁଁ ନ ଥିଲି । ମୁଁ ଯଦି ଡରିଯିବି ମୁଁ ସେମାନଙ୍କ ଭୟ ଦୂରକରି ପାରିବିନାହିଁ । ତେଣୁ ମୁଁ ନିରବ ରହୁଥିଲି ଏବଂ ଡରୁନି ବୋଲି ଛଳନା କରୁଥିଲି । ସେମାନେ ମୋର ମୃତ୍ୟୁ ଧାରରେ ଅଟକାଇ ଠିଆ ହୋଇଥିଲେ । ସେମାନେ ସେକଥାକୁ ମୁଣ୍ଡକୁ ପଶିବାକୁ ଦେଉ ନ ଥିଲେ ।

ଘଟଣାକ୍ରମେ ପରିବାରର ସମସ୍ତେ ପର୍ଜନ୍ୟକୁ ପଢ଼ିବା ପାଇଁ ବାଙ୍ଗାଲୋର ପଠେଇବାକୁ ଚାହୁଁଥିଲେ । ସେମାନେ ମୋତେ ପଚାରୁଥିଲେ, "ଆମେ ପର୍ଜନ୍ୟକୁ C.S.E, ବାଙ୍ଗାଲୋର ପଠେଇବାକୁ ଚାହୁଁଛୁ । ତମେ ଠିକ୍ ଭାବୁଛକି ?" ମୁଁ କୌଣସି ଯୁକ୍ତି ଦର୍ଶାଇ ପାରୁ ନ ଥିଲି । ମୁଁ ତଥାପି ପର୍ଜନ୍ୟର ଚକ୍ଷୁର ପଲକକୁ ଲକ୍ଷ୍ୟ କରୁଥିଲି । ସେ ଆଖି ଯେମିତି ମୋତେ କହୁଥିଲା, "ମମି ! ଦୟାକରି କିଛି କୁହ । ମୁଁ ଯାଉଛି ।" ମୁଁ ତଥାପି ଦ୍ୱନ୍ଦ୍ୱରେ ଥିଲି ଯେ ଯେଉଁ ନିଷ୍ପତ୍ତି ମୋ ପରିବାର ନେଇଛନ୍ତି ନିଶ୍ଚୟ ଠିକ୍ ହୋଇଥିବ । ମୁଁ ସେତେବେଳେ ବି ପୁରାପୁରି ସଚେତନ ଅବସ୍ଥାରେ ନ ଥିଲି । ଯଦିଓ ମୁଁ ଠିକ୍ ଭାବରେ କଥା କହିପାରୁ ନ ଥିଲି, ମୁଁ ଭିତରେ ଭିତରେ ଗୁଣୁଗୁଣଉ ଥିଲି; "ପ୍ରିୟ ପୁଅ, ମୋତେ ଶୁଣ । ମୁଁ ତୋତେ ଏଇ ଆଶାରେ ପଠାଉଛି ଯେ ତୁ ଯଶ ଅର୍ଜନ କରି ଫେରିବୁ । ମୁଁ ତୋ କପାଳରେ ଗୋଟେ ମଙ୍ଗଳମୟ ଭଗବାନଙ୍କର ଛୋଟ ଟିକା ଲଗେଇଦେବାକୁ ଚାହୁଁଛି, ତୁ ନିଶ୍ଚୟ ସଫଳକାମ ହେବୁ । ମୁଁ ଜାଣେ ତୁ ବହୁତ ବଡ଼ ହୋଇଗଲୁଣି, ତୋତେ ଏ ସବୁ ଭଲ ନ ଲାଗିପାରେ କିନ୍ତୁ ସେଇଟା ଆମର ପରମ୍ପରା ତାକୁ ଆମେ ବାଦ୍ ଦେଇପାରିବୁନି । ମୁଁ ତୋତେ ମଧ୍ୟ ଦହିଚିନି ଖାଇବାକୁ ଦେଉଛି ତୋର ସୌଭାଗ୍ୟ ନିମନ୍ତେ । ଦୟାକରି ତୋ ପାଣିବୋତଲ ସାଙ୍ଗରେ ନେଇଯିବୁ ।" ଏହା କେବଳ ମୋର ଅନ୍ତରର ଗୁଣଗୁଣେଇବା ଥିଲା ଯାହା କେହି ଶୁଣି ପାରୁ ନ ଥିଲେ । ମୁଁ ଭାବିପାରୁ ନ ଥିଲି ଏହା ଦିବାସ୍ୱପ୍ନ ଅଥବା ବାସ୍ତବତା ଥିଲା । ମୁଁ ଭୟପାଇ ଯାଉଥିଲି । ଡାକ୍ତରମାନେ ମୋତେ ଶାନ୍ତ କରୁଥିଲେ ।

ମୋ ଝିଅ ମୋ ପାଖକୁ ଦୌଡ଼ି ଆସିଲା । ସେ ମୋର ସବୁ ରିପୋର୍ଟ ବିଷୟ ଡାକ୍ତରମାନଙ୍କ ସହିତ ଆଲୋଚନା କରୁଥିଲା । ସେ ମୋର କାନ ପାଖରେ କହିବାକୁ ଲାଗିଲା, "ମାମା, କାଚ ବୋତଲରେ ପଇଡ଼ ପାଣି ଅଛି, ଟପରୱେୟାର ଗ୍ଲାସ୍‌ରେ ଲେମ୍ବୁପାଣି ଅଛି, ସିଝା ମୁଗ ଶାଗୁଆ ଜାରରେ ଅଛି ଏବଂ ଗୋଲ ଡବାରେ ଫଳ ଅଛି ।" ସେ ମୋତେ ବୁଝେଇବାକୁ ଚେଷ୍ଟା କରୁଥିଲା ଯେ ମୋ ଦେହରେ ପଟାସିଅମ୍ ମାତ୍ରା କମ୍ ଅଛି । ସେ ମୋତେ ଶିଖେଇବାକୁ ଚାହୁଁଥିଲା ଯେ ଷ୍ଟିକର ଦେଖି ସେହି ଅନୁସାରେ ଜାର ଆଉ ବୋତଲରେ ଥିବା ସବୁଜିନିଷକୁ ସମୟ ଅନୁଯାୟୀ ଖାଇନେବ । ସେଇ ଏକା କଥା ସେ ମୋ କେଆର ଟେକରକୁ ମଧ୍ୟ ଜଣେଇ ଦେଉଥିଲା ଏବଂ ତା ପରେ ପୁଣି ତା'ର

ଋକିରି ସ୍ଥାନ ହସ୍ପିଟାଲକୁ ଦୌଡ଼ି ପଳାଉଥିଲା । ମୁଁ ତାକୁ ସମ୍ପୂର୍ଣ୍ଣ ବୁଝିଯାଇଥିଲି । କିନ୍ତୁ ମୁଁ ତା'ର ସବୁ ନିର୍ଦ୍ଦେଶକୁ ପାଳନ କରି ପାରୁ ନ ଥିଲି । ସନ୍ଧ୍ୟାରେ କିମ୍ବା ଉପରବେଳା ପୁଣିଥରେ ସେ ମୋ ପାଖକୁ ଆସେ ଏବଂ ସେ ଦେଇଥିବା ଖାଦ୍ୟ ପାନୀୟ ସେହିପରି ଅଛୁଆଁ ହୋଇ ପଡ଼ି ରହିଥିବାର ଦେଖି ବହୁତ ରାଗିଯାଏ । ସେ ମୋ ମା' ପରି ମୋ ଉପରେ ରାଗିଯାଏ । ମୁଁ ତା ଖାଦ୍ୟ ସାରଣୀ ଗ୍ରହଣ କରୁ ନ ଥିବାରୁ ବହୁତ ଗାଳି କରେ । ସେ ମୋତେ ମନେ ପକେଇଦେବାକୁ ଫୋନ୍ କରେ ଏବଂ ମୁଁ କହେ ତୁ ମୋର ଗାଇଡ୍ । ସେ ମୋତେ ଚିତ୍କାର କରେ ତା ନିର୍ଦ୍ଦେଶନାମା ଅନୁଯାୟୀ ମୁଁ କରୁନାହିଁ ବୋଲି । ତା ପରେ ସେ କାନ୍ଦେ । ମୁଁ ବି ଲଜ୍ଜା ଅନୁଭବ କରେ । କିନ୍ତୁ ଏକଥା ସତ ଯେ କିଛି କରିବାର ମାନସିକତା ମୋ ଭିତରୁ ମରି ସାରିଥିଲା ।

ମୁଁ ସହଯୋଗ କରିପାରୁ ନ ଥିଲି । ଘଟଣାକ୍ରମେ ସେ ତା'ର ମେଡ଼ିକାଲ ଅଫିସର କାମ ଛାଡ଼ିଦେଇଥିଲା । ମୁଁ ସତକୁ ସତ ବହୁତ ଲଜ୍ଜା ଅନୁଭବ କରୁଥିଲି । ଆମେ ବୁଝିପାରୁଥିଲୁ ଆମେ ତା ଉପରେ ଲଦି ହୋଇଥିଲୁ, କିନ୍ତୁ ତା କଥା ମାନି ପାରି ନ ଥିଲୁ । ମୃତ୍ୟୁ ଯେତେବେଳେ ମୋତେ ତା'ର କବଳରେ କବଳିତ କରିସାରିଥିଲା, ପ୍ରେମ, ଯତ୍ନ ଏବଂ କୋମଳତା ମୋତେ ନୂଆ ଜୀବନ ଦେଇଥିଲା । ତା ଭିତରେ ଗୋଟେ ମାଆ ଜନ୍ମ ନେଇ ସାରିଥିଲା । ସେ ମୋ ସହିତ ଲାଖିକରି ରହିଥିଲା ଯେପରି ଶେଷ ପତ୍ରଟି ଡାଳ ସହିତ ଝଡ଼ିବା ପୂର୍ବରୁ ଲାଖିକରି ରହିଥାଏ ।

ମୋ ପୁଅ C.S. Engineering ରେ ନାମ ଲେଖାଇଲା । ଅଗଷ୍ଟରେ କୋର୍ସ ଆରମ୍ଭ ହେବାର କଥା । ବାଙ୍ଗାଲୋର ଯିବା ଦିନ ଭୋର୍ ୫ଟା ବେଳେ ପୁଅ ମୋ ଝିଅ ଜ୍ୱାଇଁଙ୍କ ସାଙ୍ଗରେ ମୋତେ ଦେଖା କରିବାକୁ ଆସିଲା । ମୁଁ ସେତେବେଳେ ମୋ ନିଜ ସହରରେ ତ୍ରିଷ୍ଟାର ହସ୍‌ପିଟାଲରେ ଥିଲି । ସେ ଋହୁଁଥିଲା ଯେ ମୁଁ ତା ହାତରେ ଗୋଟେ ସେଫ୍‌ଟି ବ୍ୟାଣ୍ଡ ବାନ୍ଧି ଦେବି ଯେମିତି କୁନ୍ତୀ ଅଭିମନ୍ୟୁଙ୍କ ହାତରେ ବାନ୍ଧି ଦେଇଥିଲେ । କିନ୍ତୁ ମୁଁ ଆଦୌ ହଲି ପାରୁ ନ ଥିଲି । ବସିବାଟା ମୋର ପାଇଁ ଚିତ୍କାର କରି କାନ୍ଦିବା ସହିତ ସମାନ ଥିଲା । ମୋ ତରଫରୁ ସେ କାମ କଥକ କରିଦେଲା, ତାକୁ କିଛି ମିଠା ଖାଇବାକୁ ଦେଲା ଏବଂ ସେମାନଙ୍କ ଆଖିରେ ସମୁଦ୍ର ପରି ଲୁହର ଜୁଆର ମାଡ଼ି ଆସିଥିଲା । କିନ୍ତୁ ସେମାନେ ସେ ମୁହୂର୍ତ୍ତକୁ ରୋକି ଦେଇଥିଲେ । ମୁଁ କିନ୍ତୁ ସେମାନଙ୍କ ଚକ୍ଷୁର ଲହଡ଼ି ମାରି ଆସୁଥିବା ଲୁହକୁ ଶୁଣି ପାରୁଥିଲି । ନିଜକୁ କଠୋର କରିନେଲି । ମୁଁ ମୋର ସାଂସାରିକ ଆକର୍ଷଣରୁ ଦୂରେଇ ଯାଉଥିଲି । ମୋର ଏପରି ଅନାଶକ୍ତ ଭାବ ଦେଖି ମୋ ଝିଅ ଆଘାତ ପାଉଥିଲା । ଶେଷରେ ସେ ଜୋରରେ କାନ୍ଦି ଉଠିଲା, ସେ ବୋଧହୁଏ କହୁଥିଲା, "ମାମା, ତମେ ଏତେ ସ୍ୱାର୍ଥପର କେମିତି ହେଇଗଲ ?" ମୁଁ ତାକୁ ଠିକ୍ ଭାବରେ ପଢ଼ି ପାରୁଥିଲି ।

ସେ ତା'ର ମୁହଁ ଅନ୍ୟ ଆଡ଼କୁ ବୁଲେଇ ଦେଲା । ସେ ତା'ର ଭାଇ ପ୍ରତି ଥିବା କର୍ତ୍ତବ୍ୟ ସୁରୁରୁ ରୂପେ ତୁଲାଉଥିଲା ଏବଂ ତା'ର ମା'ପରି ତା ପାଇଁ ସବୁପ୍ରକାର ଯୋଗାଡ଼ କରିବାରେ ଲାଗିଥିଲା । ସେ ଏବଂ ତା ସ୍ୱାମୀ ପର୍ଜନ୍ୟ ସହିତ ବାଙ୍ଗାଲୋର ଗଲେ । ମୁଁ ବୋଧହୁଏ କିଛି ସମୟ ପାଇଁ ମୋର ନିଃଶ୍ୱାସକୁ ରୋକି ଦେଲି କିନ୍ତୁ କିଛି ବୁଝିପାରୁ ନ ଥିଲି । ମୁଁ ସେମାନଙ୍କ ଠାରୁ କେବେବି ଅଲଗା ହୋଇ ନ ଥିଲି । ମୁଁ ସବୁବେଳେ ସେମାନଙ୍କ ସହିତ ରହିଥିଲି । ମୁଁ ସେମାନଙ୍କର ଶିକ୍ଷା ପାଠ୍ୟକ୍ରମ ସହିତ ମଧ୍ୟ ଯୋଡ଼ି ହୋଇରହିଥିଲି । କେବଳ ସେଇଥିପାଇଁ କଥକ ମୋର ଅନାଶକ୍ତ ଭାବକୁ ସହ୍ୟ କରିପାରୁ ନ ଥିଲା । ମୋ ଭଉଣୀ ମିନୁ ଗାଳିକରି ମୋତେ କହୁଥିଲା, "ଭଉଣୀ, ତୁ ତୋର ସାରା ଜୀବନ ସେମାନଙ୍କ ପାଇଁ ତ୍ୟାଗ କରିଛୁ ନିଜର ସବୁ ସ୍ୱାର୍ଥକୁ ଜଳାଞ୍ଜଳି ଦେଇଛୁ । ଆଜି ସେମାନେ ଯେତେବେଳେ ତୋତେ ଆବଶ୍ୟକ କରୁଛନ୍ତି ଅତି ବେଶୀ ଭାବରେ ତୁ ସେମାନଙ୍କୁ ଅଣହେଳା କଲା ପରି ରହୁଛୁ । ଯେମିତି ଥିଲୁ ସେମିତି ରହ । ସେମାନେ ତୋତେ ଆବଶ୍ୟକ କରୁଛନ୍ତି ।" କିନ୍ତୁ ମୁଁ ଗୋଟେ ଶୀତଳ ପଥର ପାଲଟି ଯାଇଥିଲି ।

ପୁଅ ବାଙ୍ଗାଲୋର ପହଞ୍ଚି ଯାଇଥିଲା । ଏକଥା ମୁଁ ଯେତେବେଳେ ଲେଖୁଥିଲି ହଠାତ୍ ମୋ ଭିତରେ ଗୋଟେ ଚିନ୍ତା ଆସୁଥିଲା ଯେ ମୁଁ ତା ବିଷୟରେ କିଛି ସୂଚନା ପାଇ ପାରିବି ନାହିଁ, ମୁଁ ଗୋଟେ ଯତ୍ନଶୀଳା ପ୍ରତିବଦ୍ଧତା ଥିବା ମା' ନୁହେଁ । ଏଇକଥା ଭାବି ମୋତେ ବହୁତ ଦୁଃଖ ଲାଗୁଥିଲା । ସେ ବାଙ୍ଗାଲୋର ଗଲାବେଳେ ବି ମୁଁ ତାକୁ କିଛିବି ଉପଦେଶ ଦେଇ ପାରି ନ ଥିଲି । ମୁଁ ତାକୁ କହିଦେବାକୁ ଚାହୁଁଥିଲି ଯେ ଯେହେତୁ ବାଙ୍ଗାଲୋର ଗୋଟେ ମେଟ୍ରୋ ସିଟି ସେ ତା'ର ନିଜ ସଂସ୍କାର ଓ ସଂସ୍କୃତି ବିଷୟରେ ସାବଧାନ ରହିବ । ନୂଆ ଭଲ ସାଙ୍ଗମାନଙ୍କ ସହିତ ରହିଲେବି ଦରକାର ବେଳେ ନିଜ ବିବେକ ଅନୁସାରେ କାର୍ଯ୍ୟ କରିବ । ନିଜର ପଢ଼ା ବିଷୟକୁ ଗୁରୁତ୍ୱ ଦେବ ଏବଂ କେବେହେଲେ ନିଜ ଲକ୍ଷ୍ୟରୁ ବିଚ୍ୟୁତ ହେବନାହିଁ । ମୁଁ ତାକୁ ଜଣେଇଦେବାକୁ ଚାହୁଁଥିଲି ଯେ ଆମେ ସମସ୍ତେ ତା ପାଇଁ ଯେଉଁ ସ୍ୱପ୍ନ ଏକାଠି ହୋଇ ଦେଖିଥିଲୁ ତାକୁ କେବେବି ଭୁଲିଯିବୁ ନାହିଁ ଏବଂ ଖରାପ ଖାଦ୍ୟ କି ଜଙ୍କ୍ ଖାଦ୍ୟ ଖାଇବୁ ନାହିଁ । ତା'ର ନିଜର ଦେହର ଯତ୍ନ ନେବ ଏବଂ ସହପାଠୀ ମହିଳାମାନଙ୍କୁ ସମ୍ମାନ ଦେବ । ଆହୁରି ମଧ୍ୟ ଝିଅମାନଙ୍କୁ ଟାଇମ୍ ପାସ୍ ପାଇଁ ବ୍ୟବହାର କରିବ ନାହିଁ । ପ୍ରତ୍ୟେକ ସମୟରେ ମନେ ରଖିଥିବ ଯେ ତୋ ମମି ଏବଂ ତୋ ଭଉଣୀ ମଧ୍ୟ ମହିଳା ଅଟନ୍ତି ।

ମୁଁ କିନ୍ତୁ ତାକୁ ଏସବୁ କିଛି ବି କହିପାରିଲିନି । ମୁଁ ଚିତ୍କାର କରି ଜୋରରେ କହିବାକୁ ଚାହୁଁଥିଲି ଯେ ମୁଁ ସ୍ୱୀକାର କରୁଛି ଜଣେ ମାଆ ଭାବରେ ମୋର କର୍ତ୍ତବ୍ୟ ମୁଁ ଭୁଲିଯାଇଛି । ମୁଁ ଦୁଃଖିତ, ପୁଅ, ମୋତେ କ୍ଷମା କରିଦେ । ତୋର ଯେତେବେଳେ ସବୁଠାରୁ

ବେଶୀ ଦରକାର ସେତେବେଳେ ମୁଁ ତୋ ସହିତ ରହିପାରିଲିନି। ତା ସତ୍ତ୍ୱେ ବି ତୁ ଖୁବ୍ ସୁନ୍ଦର ଭାବରେ ନିଜକୁ ସଜାଡ଼ି ନେଲୁ। ମୁଁ ଖୁବ୍ ଭଲ ଭାବରେ ଜାଣେ ଯେ ତୋ ଦେହ ସିନା ସେଠି ବାଙ୍ଗଲୋରରେ ଅଛି କିନ୍ତୁ ତୋ ମନ ମୋରି ପାଖେ ପାଖେ ରହିଛି। ତୁ ନିଜକୁ ଏପରି ଶ୍ରେଷ୍ଠ କିରପାରିଛୁ ବୋଲି ମୁଁ ଗର୍ବ ଅନୁଭବ କରୁଛି। ନିଜକୁ କେବେବି ଏକୁଟିଆ ଅନୁଭବ କରିବାକୁ ଦେବୁନି, କାରଣ ତୋ ମା'ର ଆତ୍ମା ସବୁବେଳେ ତୋତେ ନିରୀକ୍ଷଣ କରିଚାଲିଛି। ମୋର ଆଶୀର୍ବାଦର ହାତ ସବୁବେଳେ ତୋ ମୁଣ୍ଡ ଉପରେ ରହିଛି। କେହି ତୋର କିଛି କ୍ଷତି କରିପାରିବ ନାହିଁ, ଆଗକୁ ବଢ଼, ଏହିପରି ଭଲରେ ଥା। ମୋ ପୁଅ ଭଲ ପାଇବାର ଗୁରୁତ୍ୱ ବୁଝେ ଏବଂ ତା'ର ନାମ ମୋ ଚାରିପାଖରେ ବର୍ଷା ପରି ଝରିଯାଏ। ତା ସ୍ନେହରେ ମୁଁ ପୁରାପୁରି ଭିଜିଯାଇଥିଲି।

ଏବେ ସେପ୍ଟେମ୍ବର ପାଦ ଥାପିଛି, ଏବେ ଦୁଇମାସ ଅନ୍ତରରେ ମୋର ଦୁଇଟି ବଡ଼ ଅପରେସନ କରାଯିବ, ଯେହେତୁ ମୋ ଦେହ ଏବେ ଖୁବ୍ ଦୁର୍ବଳ ହୋଇ ପଡ଼ିଛି ଏବଂ ଜଏଣ୍ଟଗୁଡ଼ିକ ଖୁବ୍ ଦୁର୍ବଳ ହୋଇ ଯାଇଛି ତେଣୁ ଅପରେସନ୍ ହୋଇପାରୁନି।

ମୁଁ ପୁଣି କିଛିଦିନ ପାଇଁ ଘରକୁ ଫେରିଲି। ସେହି ସମୟ ଭିତରେ ମୋ ଝିଅ ଡାକ୍ତର କଥକ ମୁମ୍ବାଇର ଭାବା ହସ୍‌ପିଟାଲରେ ଡର୍ମାଟୋଲଜି ବିଭାଗରେ ପି.ଜି.ରେ ଆଡ୍‌ମିଶନ କଲା।

ମୋ ଝିଅ କେବଳ ମୋର ଅଳଙ୍କରଣ ନୁହେଁ ବରଂ ମୋର ଜୀବନୀଶକ୍ତି ମଧ୍ୟ। ସେ ଝାନ୍‌ସୀର ରାଣୀଙ୍କ ପରି ପ୍ରତ୍ୟେକ ସାମ୍ନା ଯୁଦ୍ଧରେ ଗୋଟେ ସାହସୀ ବାହାଦୂର ଯୋଦ୍ଧା। ସେ ଖୁବ୍ ସଂଗଠିତ ଏବଂ ଫୁର୍ତ୍ତିପୂର୍ଣ୍ଣ। ମୋର ଅତି ଜଟିଳ ସମୟରେ ସେ ମୋର ପୁରାପୁରି ସପୋର୍ଟ ଥିଲା। ଯାହହେଉ ମୋତେ ଖୁସି କରିବାର ସବୁ ଚେଷ୍ଟା ତାର ବିଫଳ ହୋଇଥିଲା। ସେ ମୋର ଖାଦ୍ୟ ସାରଣୀ ତିଆରି କରୁଥିଲା ଏବଂ ମୋ ପାଇଁ ବିଭିନ୍ନ ପ୍ରକାର ଖାଦ୍ୟ ପ୍ରସ୍ତୁତ କରୁଥିଲା କିନ୍ତୁ କଲୋଷ୍ଟୋମୀ ବ୍ୟାଗ୍ ଥିବା ଯୋଗୁଁ ମୁଁ ଖାଦ୍ୟ ପ୍ରତି ଆଗ୍ରହାନ୍ୱିତ ହେଉ ନ ଥିଲି ଏବଂ ସେ କେତେ କଷ୍ଟ କରି ମୋ ପାଇଁ ଖାଇବା ପ୍ରସ୍ତୁତ କରି ଆଣୁଥିଲା ସେ ବିଷୟରେ ଚିନ୍ତା ବି କରୁ ନ ଥିଲି। ମୋର ଡାଇପର ଓଦା ହେଇଛି କି ନାହିଁ ତାହା ମଧ୍ୟ ସେ ସବୁବେଳେ ଲକ୍ଷ୍ୟ କରୁଥିଲା ଏବଂ ମୋ ଓଦା ତକିଆକୁ ମଧ୍ୟ ବଦଳାଉଥିଲା। ଯେଉଁ ସମୟରେ ସେ ତା'ର ଯୌବନକୁ ଉପଭୋଗ କରିବାର କଥା ସେତେବେଳେ ସେ ଅତ୍ୟନ୍ତ ଭାରାକ୍ରାନ୍ତ ହୋଇ ଯାଇଥିଲା। ମୋର ଆଶା ଅକାଂକ୍ଷା ଆଗରେ ସେ କେତେଦିନ ଧରି ଠିଆହୋଇ ପାରିଥାନ୍ତା ବା କେତେଦିନ ଧରି ପୂରଣ କରିବାକୁ ଚେଷ୍ଟ କରିଥାନ୍ତା ଯେତେବେଳେ କି ମୁଁ ତା'ର ସବୁ ଆଶା ପୂରଣ କରିବାର ଆବଶ୍ୟକତା ଥିଲା। ସେ କେବଳ ଏତିକି ଚାହୁଁଥିଲା ଯେ ମୁଁ ମୋର ନିଜ ସ୍ୱାସ୍ଥ୍ୟ ପ୍ରତି

ଅଧିକ ଯତ୍ନଶୀଳ ହୁଏ । ସେ ମୋତେ ଆଲିଙ୍ଗନ କରୁଥିଲା, ଶାନ୍ତ୍ୱନା ଦେଉଥିଲା ଏବଂ ବେଳେ ବେଳେ ମୋତେ ରାଗିଯାଇ କହୁଥିଲା, "ମମି ! ତମେ ଆମ ସହିତ ସହଯୋଗ କରିବା ଦରକାର । ତମେ ତମର ଖାଦ୍ୟ ଏବଂ ଔଷଧକୁ ଗୁରୁତ୍ୱ ଦେବା ଦରକାର । ତୁମେ ତୁମର ଖୋଳପା ଭାଙ୍ଗି ବାହାରକୁ ବାହାରି ଆସିବାକୁ ହେବ । ଆମର ଅସୁବିଧା ମଧ୍ୟ ତୁମର ବୁଝିବା ଦରକାର । ମୁଁ ଯେତେବେଳେ ପଳେଇଯିବି କେତେଦିନ ପର୍ଯ୍ୟନ୍ତ ଏବଂ କେତେ ପରିମାଣରେ ଡାଡ଼ି ତୁମର ଏପରି ବ୍ୟବହାର ସହିତ ସହଯୋଗ କରିପାରିବେ ? ତୁମର ଏପରି ଚିନ୍ତାରୁ ତୁମେ ବାହାରକୁ ବାହାରି ଆସ ଏବଂ ଗୋଟିଏ ବିଶାଳ ହୃଦୟର ସହିତ ଚିନ୍ତା କର । ତୁମେ ଆଗରୁ ଉଡ଼ନ୍ତା ଥାଳିଆ ଥିଲ ଏବଂ ଏବେ ତୁମେ ସବୁ ଛାଡ଼ିଦେଲ । ଡାଡ଼ି କେବେବି ତୁମର ଗୃହ ପରିଚାଳନା ବ୍ୟାପାରରେ ମୁଣ୍ଡ ପୁରାଇବା ଦିଗରେ ଆଗ୍ରହ ପ୍ରକାଶ କରୁ ନ ଥିଲେ ଏବେ ସେ କେମିତି କରିବେ ? ତମେ ଇଚ୍ଛା କରୁଛ କି ମୁଁ କିଛି ବି ନ କରି ଏପରି ରହିଯାଏ ? ତମେ ମୋତେ ଏପରି ଦେଖିବାକୁ କେବେବି ଭାବି ନ ଥିବ, ଭାବିଛ କି ?" ତା'ର ଏପରି କହିବା ପ୍ରକୃତରେ ଠିକ୍ ଥିଲା । କିନ୍ତୁ ତାହା ମୋତେ କିଛି ପ୍ରଭାବିତ କରୁ ନ ଥିଲା । ସବୁକିଛି ପତଳା ପବନରେ ଉଡ଼ିଯାଇଥିଲା । ମୁଁ ଅନୁଭବ କରୁଥିଲି ସେ ମୋ ଠାରୁ ଦୂରେଇ ଯାଉଥିଲା । ଏହା ମୋ ସହିବା ଶକ୍ତିର ବାହାରେ ଥିଲା । ତା'ର ମୁମ୍ବାଇ ଯିବା ସମୟ ପାଖେଇ ଆସୁଥିଲା । ମୁଁ କାନ୍ଦିବାକୁ ଚାହୁଁଥିଲି, କିନ୍ତୁ କାନ୍ଦିପାରୁ ନ ଥିଲି । ମୁଁ ଅନ୍ତରରୁ ତା'ର ମଙ୍ଗଳ କାମନା କରୁଥିଲି କିନ୍ତୁ ବାହାରେ କିଛି ବି କହିପାରୁ ନ ଥିଲି । ମୁଁ ତ'ର ସ୍ନେହ ଶ୍ରଦ୍ଧା ଏବଂ ମୋ ପାଇଁ ବ୍ୟସ୍ତତାକୁ ହରେଇବି । ମୋ ହୃଦୟରେ କଣ୍ଟା ଫୋଡ଼ିଲା ପରି ଲାଗୁଥିଲା, କିନ୍ତୁ ତାକୁ ନିଶ୍ଚିତ ଯିବାର ଥିଲା ।

ମୋର ଦୁଇଟି ଯାକ ପକ୍ଷୀ ମୋ ବୃକ୍ଷର ବସା ଛାଡ଼ି ଉଡ଼ି ଯାଉଥିଲେ ବହୁତ ଦୂର ଆକାଶରେ ଉଡ଼ିବାକୁ ଯୋଉଥିପାଇଁ ମୋତେ ବହୁତ ଖୁସି ଲାଗୁଥିଲା । ମୋର କଷ୍ଟର ମୂଲ୍ୟ ମିଳିବାକୁ ଯାଉଥିଲା । ସେମାନେ ସେମାନଙ୍କର ସଫଳ ହେବାର ରାସ୍ତା ନିଜେ ଖୋଜି ନେଇଥିଲେ । ଜଣେ ମା' ହିସାବରେ ମୁଁ ଅତ୍ୟନ୍ତ ଗର୍ବ ଅନୁଭବ କରୁଥିଲି । କିନ୍ତୁ ମୁଁ ଏପରି ଛିନ୍‌ଛତ୍ର ହୋଇଯାଇଥିଲି ଯେ ମୋର ଭଗବାନଙ୍କୁ ଧନ୍ୟବାଦ ଦେବାକୁ ମଧ୍ୟ ଜ୍ଞ ନଥିଲା, ଯେ ଭଗବାନ ତାଙ୍କୁ ଏପରି ଆଶୀର୍ବାଦ ପ୍ରଦାନ କରିଛନ୍ତି ବୋଲି । ମୋ ପିଲାମାନେ ତାଙ୍କର ଅଭୟ ସ୍ୱର୍ଗ ପାଇ ଯାଇଛନ୍ତି । ମୋର କେବଳ ଭଗବାନଙ୍କ ପାଖରେ ଗୋଟେ ଅଭିଯୋଗ ଥିଲା ଯେ ଯେତେବେଳେ ମୋ ପିଲାମାନେ ମୋର ସ୍ନେହ ଏବଂ ଆଶୀଷ ଲୋଡୁଥିଲେ ସେତେବେଳେ ହିଁ ସେ ମୋତେ ଏତେ ଦୁର୍ବଳ କରିଦେଇଥିଲେ । ଭଗବାନଙ୍କୁ ମାଆଟିଏ ହେବାର ଥିଲା ଗୋଟିଏ ମା'ର ଅସହାୟତା ବୁଝିବା ନିମନ୍ତେ ।

ସେ ମୋର ଅନୁଭବକୁ ବୁଝି ପାରିବେନି କାରଣ ସେ ଗୋଟେ ମାଆ ନୁହନ୍ତି । ସେ ଗୋଟେ ମା'ର ଭଲପାଇବାକୁ ତ୍ୟାଗକୁ ଅନୁଭବକୁ ଅନୁମାନ ବି କରିପାରିବେନି । ମୋର ଆଶା ଓ ଇଚ୍ଛା ଥିଲା ମୋ ଗାଇଡ଼ାନ୍ସରେ ସେମାନେ ଶିଖର ସ୍ପର୍ଶ କରିଯାଆନ୍ତୁ, କିନ୍ତୁ ସେମାନଙ୍କ ପାଇଁ ପଥ ଖୋଜିଦେବାର ସକ୍ଷମତା ମୋର ନ ଥିଲା । ନିଜ ଉପରେ ବହୁତ ଦୟା ଲାଗୁଥିଲା । ମୋ ସମ୍ପର୍କୀୟମାନେ ମୋତେ କହିବାକୁ ଲାଗିଥିଲେ ଯେ ମୁଁ ଗୋଟେ ଭାଗ୍ୟବତୀ ମାଆ ଯାହାର ପିଲାମାନେ ନିଜେ ନିଜର ଲକ୍ଷ୍ୟସ୍ଥଳ ଆକାଶପରି ଉଚ୍ଚ ବାଛି ପାରିଛନ୍ତି । ମୁଁ କିନ୍ତୁ ଏପରି ଶୁଣିବାର ଆନନ୍ଦ ଅନୁଭବ କରିପାରୁ ନ ଥିଲି । ମୁଁ ଯେ ଆଉ କାହାରିକୁ ସାହାଯ୍ୟ କରିପାରିବିନି ଏ କଥା ଅନୁଭବ କରିପାରୁଥିଲି । ମୁଁ ସେମାନଙ୍କ ପାଇଁ ଅଦରକାରୀ ହୋଇଯାଇଥିଲି । ତେଣୁ ମୋର ଆଖି ଅନେକ ସମୟରେ ଓଦା ହୋଇ ଯାଉଥିଲା । କିନ୍ତୁ ମୋତେ ସେପରି କରିବାକୁ କେହି ଯେପରି ବାରଣ କରୁଥିଲା ।

ମୋ ଝିଅର ସକାଳୁ ମୁମ୍ବାଇ ଯିବାର ଥିଲା ତା'ର ନୂତନ ପ୍ରଫେସ୍‌ନାଲ ପେପର ଲେଖିବା ନିମନ୍ତେ । କିନ୍ତୁ ଯିବା ଆଗରୁ ସେ ମୋର ଔଷଧ ଏବଂ ମୋର ସକାଳ ଜଳଖିଆ ଦେଲା । ସେହି ସମୟରେ ମୋର ମାଉସୀମା ମୋ ପାଖରେ ରହୁଥିଲା । ମୁଁ ତାକୁ ଅନୁରୋଧ କଲି କାନୁ ମୁଣ୍ଡରେ ଗୋଟେ ଟିକା ଲଗେଇଦେବା ପାଇଁ ଏବଂ ସେତେବେଳେ ମୋ ସ୍ୱାମୀ ମଧ୍ୟ ସହର ବାହାରକୁ ଯାଇଥିଲେ ତାଙ୍କର କାମରେ । ଆମ ପରିବାରରେ ଗୋଟେ ପରମ୍ପରା ଥିଲା ଯେ ଯେକେହି ବି ଘରୁ ବାହାରକୁ ଯିବ ସେ ଅଗଣାରେ ଯାଇ ବିଦାୟ ମାଗିବ । ଓଲା ଟେକ୍ସି କ୍ୟାବ୍ ଡକାଗଲା । ମୁଁ ଅଗଣାକୁ ଯାଇ ତାକୁ ବିଦାୟ ଦେବାକୁ ଚାହୁଁଥିଲି, କିନ୍ତୁ ମୁଁ ଯାଇପାରିଲି ନାହିଁ, ସେ ଦୁଃଖିତ ହୋଇ ଚାଲିଗଲା । ମୋ ଘର ପୁରାପୁରି ଶୂନ୍ୟ ହୋଇଗଲା । କିନ୍ତୁ ମୁଁ ଖୁସିଥିଲି ଯେ ମୋ ପିଲାଏ ବସା ଛାଡ଼ି ଗୋଟିଏ ଅସୀମ ଆକାଶକୁ ସ୍ପର୍ଶ କରିବାକୁ ଯାଉଛନ୍ତି ।

ମୁଁ କେବଳ ତାଙ୍କୁ ଶିଖେଇଥିଲି ଯେ କିପରି ଶିଖର ଛୁଇଁବାର ପରିକଳ୍ପନା ରଖିବେ ସବୁବେଳେ । ମୁଁ କେବଳ ସମ୍ପୂର୍ଣ୍ଣ ଉଡ଼ିବା ପାଇଁ ସେମାନଙ୍କୁ ବଳ ଦେଇଥିଲି । ମୁଁ କେବଳ ସେମାନଙ୍କ ଆଖିରେ ସ୍ୱପ୍ନର ମଞ୍ଜି ବୁଣି ସ୍ୱପ୍ନ ଦେଖାଇଥିଲି । ସେମାନଙ୍କୁ ସଫଳକାମୀ ହେବାକୁ ସେମାନଙ୍କର ଇଚ୍ଛାକୁ ସଜେଇଥିଲି । କିନ୍ତୁ ଯେତେବେଳେ ସେମାନେ ଉଡ଼ିବାର ବେଳ ଆସିଥିଲା ସେମାନଙ୍କର ଆକାଂକ୍ଷିତ ଆକାଶ ଦେହରେ, ମୁଁ ଭିତରେ ଭିତରେ କ୍ଷତବିକ୍ଷତ ହୋଇଯାଇଥିଲି । ସତ୍ୟକୁ ଜାଣିସାରିଥିଲେ ମଧ୍ୟ ମୋ ଛାତି ଥରି ଉଠୁଥିଲା । ମୋର ହୃଦୟ ପ୍ରାୟ ଧକଧକ ହେବା ବନ୍ଦ ହୋଇଯାଇଥିଲା କିଛି ସେକେଣ୍ଡ ପାଇଁ । କିନ୍ତୁ ମୁଁ ଆଶ୍ୱାସନା ଦେଉଥିଲି ନିଜକୁ ମୋ ପିଲାମାନଙ୍କର ସଫଳତା ନିମନ୍ତେ ।

ଏହା ସତ୍ୟ ଯେ ସେମାନଙ୍କର ଉଡ଼ିଯିବା ମୋତେ ଥରେଇ ଦେଇଥିଲା ଏବଂ

ଦୋହଲାଇ ଦେଇଥିଲା । ନିଜର ଅସୁରକ୍ଷିତ ରହିବାର ଅନୁଭବ ଗୋଟେ ମା'ର ଅନୁଭବକୁ ହରେଇ ଦେଇଥିଲା । ମୁଁ ମୋ ପିଲାମାନଙ୍କୁ ଗୋଟେ ବ୍ୟାପକତା ସହିତ ପରିଚିତ କରେଇଥିଲି । ମୋର ଅନ୍ତର୍ନିହିତ ଭୟକୁ କାନୁ ଧରିପାରିଥିଲା ତେଣୁ ମୋତେ ଆଶ୍ୱାସନା ଦେଉଥିଲା । "ମାମା ! ତୁମେ ଆମକୁ ଏମିତି ହିଁ ଗଢ଼ିଛ । ତମେ ଆମକୁ ଜୀବନର ସବୁ କ୍ଷେତ୍ରରେ ସଫଳକାମ ହେବାକୁ ଯୋଗ୍ୟ କରିଛ । ତେବେ ନିଜର ବିଶ୍ୱାସ ହରାଉଛ କାହିଁକି ? କାହିଁକି ନିଜକୁ ନିରାଶ ଆଡକୁ ଠେଲିଦେଉଛ ? ଆମକୁ ତୁମର ଆଶା ଅନୁଯାୟୀ ଲକ୍ଷ୍ୟରେ ପହଞ୍ଚିବାକୁ ଦିଅ ।" ମୁଁ ତା'ର ବୁଦ୍ଧିମତା ଦେଖି ବିହ୍ୱଳ ହୋଇଯାଉଥିଲି । ଏହି ଭାଇ-ଭଉଣୀ ଯୋଡ଼ି ଗୋଟେ ଉଜ୍ଜ୍ୱଳ ବର୍ଣ୍ଣବିଭା ପରି ପ୍ରତୀୟମାନ ହେଉଥିଲା ଏବଂ ମୁଁ ସେମାନଙ୍କୁ ଏପରି ବଢ଼େଇଛି ବୋଲି ଗର୍ବ ଅନୁଭବ ମଧ୍ୟ କରୁଥିଲା । ମୋ ପିଲାମାନେ ମୋର ସବୁଠାରୁ ସୁନ୍ଦର କବିତା ଏବଂ ସେମାନେ ଧୀରେଧୀରେ ଗୋଟିଏ ସୁନ୍ଦର ରାଗ ସହିତ ଅନୁବନ୍ଧିତ ହେବାକୁ ଯାଉଥିଲେ ।

■

ଷଷ୍ଠ ଅଧ୍ୟାୟ

ଜ୍ୱାଇଁ ପାଲଟିଗଲେ ଭଗବାନ ଜଗଦୀଶ

ଧର୍ମଗ୍ରନ୍ଥମାନଙ୍କରେ ବହୁ ବର୍ଷ ପୂର୍ବରୁ କୁହାଯାଇଛି ଏବଂ ଚାଣକ୍ୟ ନୀତିସୂତ୍ରରେ ମଧ୍ୟ କୁହାଯାଇଛି ଆମେ ଆମର ଝିଅର ବିବାହ ପୂର୍ବରୁ ତା'ର ହାତ ଛାଡ଼ିଦେବା ଉଚିତ ନୁହେଁ ଯେପର୍ଯ୍ୟନ୍ତ ଆମେ ସେ ପିଲାର ମୂଳ ବଂଶ ପରିଚୟ ଜାଣି ନାହାନ୍ତି ।

ଆମେ ମଧ୍ୟ ଏପରି ଭାବି ନ ଥିଲୁ ଯେ ମୋର ଡାକ୍ତର ଝିଅ ପାଇଁ ଗୋଟେ ଡାକ୍ତର ବର ହିଁ ଖୋଜିବୁ । ଆମେ ଗୋଟେ ଉତ୍ତମ ମଣିଷ ସନ୍ଧାନରେ ଥିଲୁ । କିନ୍ତୁ ଭଗବାନଙ୍କ ଅପାର କୃପାରୁ ଆମେ ଗୋଟେ ଭଲ ମଣିଷ ସହିତ ଗୋଟେ ଡାକ୍ତର ଜ୍ୱାଇଁ ମଧ୍ୟ ପାଇଲୁ । ଏହା ଆମର ଭାଗ୍ୟ ଥିଲା । ତାଙ୍କ ସହିତ ମିଶିଲା ପରେ ଏବଂ କଥାବାର୍ତ୍ତା କଲାପରେ ସେ ଜଣେ ସଂସ୍କୃତି ସମ୍ପର୍ଣ୍ଣ ମଣିଷ ଏବଂ ହୀରା ଖଣ୍ଡେ ପରି ମନେ ହେଲା । ତେଣୁ କୁଶଲ କୁମାର ଆମର ଜ୍ୱାଇଁ ହୋଇଗଲେ ।

କୁହାଯାଏ ଯେ ଭଲ ମଣିଷ କଷ୍ଟକର ସମୟରେ ଜଣାପଡ଼ନ୍ତି । ମୁଁ ତାହାହିଁ ମୋ ଜୀବନରେ ଅଙ୍ଗେ ନିଭେଇଲି । ମୁଁ ଗୋଟେ ମରଣାନ୍ତକ ଦୁର୍ଘଟଣାରେ ରାଜସ୍ଥାନର କେକ୍ରିରେ ପଡ଼ିଗଲି । ସେଠାରେ କୌଣସି ସୁପର ସ୍ପେଶିଆଲିଟି ହସ୍‌ପିଟାଲ ନ ଥିଲା ଏପରିକି ଫାଷ୍ଟ ଏଡ୍ ଚିକିତ୍ସା ମଧ୍ୟ ବହୁ କଷ୍ଟରେ ଉପଲବ୍ଧ ହୋଇଥିଲା ।

ପର୍ଜନ୍ୟ କୁଶଲକୁମାରଙ୍କୁ ଫୋନ୍ କଲା । ସେ ନିଜେ ଜଣେ ଭଲ ଅର୍ଥୋପେଡ଼ିକ୍ ଡାକ୍ତର । ସେ ନିଜେ ଗୋଟେ ଅପରେସନ ଥିଏଟରରେ ଥିଲେ ଯେତେବେଳେ ପର୍ଜନ୍ୟ ତାଙ୍କୁ ଫୋନ୍ କଲା । ସେ ଫୋନ୍ ଉଠେଇଲେ ଏବଂ ଅବସ୍ଥାର ଗୁରୁତ୍ୱ ବିଷୟରେ ଅବଗତ ହେଲେ ଏବଂ ଗୋଟିଏ ମୁହୂର୍ତ୍ତରେ ବୁଝିଗଲେ କ'ଣ ହୋଇଛି ବୋଲି । ସେ କେକ୍ରି ପ୍ରାଥମିକ ସ୍ୱାସ୍ଥ୍ୟକେନ୍ଦ୍ର ସହିତ ଯୋଗାଯୋଗ କଲେ ଫୋନ୍‌ରେ । ସେ ଟେମ୍ପରାରୀ ଟ୍ରାକ୍‌ସନ୍ ଦେଇ ଆଜମେରର ହସ୍‌ପିଟାଲକୁ ପଠେଇଦେବା ପାଇଁ ପରାମର୍ଶ ଦେଲେ ।

ସେତେବେଳେ ଦ୍ୱିପ୍ରହର ୧.୩୦ ବାଜିଥିଲା। ସେ ତାଙ୍କର ଦ୍ୱିପ୍ରହର ଖାଇବା ବି ଖାଇ ନ ଥିଲେ। ସେ କଥକକୁ ନେଇ ଗୋଧ୍ରା ପହଞ୍ଚିଗଲେ ନ ଖାଇ ନ ପିଇ। ସେତେବେଳେ ସେ ଗୋଧ୍ରାରେ ଥିବା ତାଙ୍କର ପିତାମାତାଙ୍କୁ ମୋର ଏପରି ଆକ୍ସିଡ଼େଣ୍ଟ ବିଷୟରେ ଜଣେଇଦେଲେ। ଭଦୋଦରାରୁ ଗୋଟେ ଟ୍ୟାକ୍ସି ଭଡ଼ା କରି ଗୋଧ୍ରାରୁ ତାଙ୍କ ବାପା ବନ୍ଦନଭାଇଙ୍କୁ ସାଙ୍ଗରେ ଧରି ଆଜମେର ଆସିଲେ। ମୁଁ ତାଙ୍କର ଦୂରଦୃଷ୍ଟିକୁ ମୁଣ୍ଡ ନୁଆଁଉଛି। ଏହା ସମ୍ପୂର୍ଣ୍ଣ ଆକସ୍ମିକ ଥିଲା ଏବଂ ସେ ଜାଣିଥିଲେ ଯେ ଆର୍ଥିକ ସାହାଯ୍ୟ ମଧ୍ୟ ଆବଶ୍ୟକ ହେବ ତେଣୁ ସେ ଆମ ପାଖରେ ସେସବୁ ଧରି ପହଞ୍ଚିଗଲେ। ଭଦୋଦରାରୁ ଆଜମେର ୧୩ ଘଣ୍ଟାର ନିରବଚ୍ଛିନ୍ନ ଯାତ୍ରା ଥିଲା। ସେ ଦଶ ଘଣ୍ଟାରେ ପହଞ୍ଚିଗଲେ। ସେଇ ଯାତ୍ରା ଭିତରେ ସେ ନିରବଚ୍ଛିନ୍ନ ଭାବରେ ଆଜମେରର ଡାକ୍ତରମାନଙ୍କ ସହିତ ଯୋଗାଯୋଗ କରୁଥିଲେ। ଆମେ ଆଜମେର ପହଞ୍ଚିବା ପୂର୍ବରୁ ସେ ଆଜମେରରେ ମେଡ଼ିକାଲରେ ସବୁପ୍ରକାର ଆୟୋଜନ କରିଦେଇଥିଲେ।

ଯେହେତୁ ସବୁ ଆୟୋଜନ ହୋଇଯାଇଥିଲା ମୋର ଇନ୍‌ଭେଷ୍ଟିଗେସନ ପାଇଁ ଅପେକ୍ଷା କରିବାକୁ ପଡ଼ିଲାନି। ମଧ୍ୟରାତ୍ରିରେ କୁଶଲ କୁମାର, କଥକ ଏବଂ ବନ୍ଦନଭାଇ ଆଜମେର ପହଞ୍ଚିଲେ। ସେ ଲୋକାଲ ଡାକ୍ତରମାନଙ୍କ ସହିତ ମୋ ବିଷୟରେ ଆଲୋଚନା କଲେ। ଯେହେତୁ ସମ୍ପର୍କୀୟମାନେ ରୋଗୀ ସହିତ ରହିପାରିବେନି ନୟିମ ଅନୁସାରେ, ସେ ଜଣେ ଡାକ୍ତର ହୋଇଥିବାରୁ ରହିବାକୁ ଅନୁମିତି ମିଳିଲା। ମୋତେ ଭଦୋଦରା ପଠେଇବାର ନିର୍ଣ୍ଣୟ ଶେଷରେ ସେ ହିଁ ନେଲେ। ରାସ୍ତାରେ କୌଣସି ଜଟିଳ ପରିସ୍ଥିତି ହୋଇପାରେ ତେଣୁ ସେ ୪୮ ଘଣ୍ଟା ମୋ ପାଇଁ ଅପେକ୍ଷା କଲେ ସ୍ଥିର ହେବା ପର୍ଯ୍ୟନ୍ତ। ସେହି ସମୟରେ ମୋ ମନରେ ଗୋଟେ ପ୍ରଶ୍ନ ଆସୁଥିଲା ଯେ ସେ ମୋର ଜ୍ୱାଇଁ ନା ପୁଅ !

ସେ ସବୁକୁ ସମ୍ଭାଳି ନେଇଥିଲେ। ବନ୍ଦନଭାଇ ପୋଲିସ ଡିପାର୍ଟମେଣ୍ଟ ସହିତ ଯୋଗାଯୋଗ କରି କ'ଣ କରିବାକୁ ହେବ ସ୍ଥିର କରୁଥିଲେ କାରଣ ଏହା ଏକ ଏକ୍ସିଡ଼େଣ୍ଟ କେଶ୍ ଥିଲା। ମୁଁ ଉଭୟ ପିତା-ପୁତ୍ରଙ୍କ ପାଖରେ ନତମସ୍ତକ ହେଉଥିଲି। ସେମାନେ ମନୁଷ୍ୟ ରୂପରେ ଦେବଦୂତ ପରି ଆସିଥିଲେ। ଆମେ ସମସ୍ତେ ବ୍ୟତିବ୍ୟସ୍ତ ହେଉଥିଲୁ। ସେ ମୋତେ ଭଦୋଦରା ନେବାର ସିଦ୍ଧାନ୍ତ ନେଇଥିଲେ କାରଣ ସୁରଟରେ ଆମେ ଏକୁଟିଆ ହୋଇଯିବୁ। ଆମେ ଅବଶ୍ୟ ସେମାନଙ୍କ ଉପରେ ବୋଝ ହେବାକୁ ଚାହୁଁ ନ ଥିଲୁ। କିନ୍ତୁ ସେମାନଙ୍କର ଆନ୍ତରିକ ଇଚ୍ଛାକୁ ସମ୍ମାନ ଜଣେଇ ଆମେ ଭଦୋଦରା ଗଲୁ।

ସେ ମୋର କ୍ଷତର ଗଭୀରତା ବୁଝିଥିଲେ। ସେ ଜାଣିଥିଲେ ଯେ ବହୁତ ଲମ୍ବା ରାସ୍ତା ଏବଂ ମୋ ପାଇଁ ବିପଦପୂର୍ଣ୍ଣ ହୋଇପାରେ। ଗୋଟିଏ ଅଜଣା ଅଶୁଣା ଜାଗାରେ ରହି ସବୁଗୁଡ଼ିକ ଚଳେଇବା କଷ୍ଟକର ହୋଇପଡୁଥିଲା। ସେ ଏକ୍ସପାର୍ଟମାନଙ୍କର ମତାମତ

ନେଉଥିଲେ । ଏପରି ଜଟିଳ ପରିସ୍ଥିତିରେ ମୋତେ ସ୍ଥାନ ବଦଳେଇ ଏତେଦୂର ନେବାକୁ ସମସ୍ତେ ମନା କରୁଥିଲେ । ପ୍ରତି ମିନିଟ୍‌ରେ ୫ ଲିଟର ରକ୍ତ ସଞ୍ଚାଳିତ ହେଉଥିଲା ଏବଂ ତା ଭିତରୁ ୩ ଲିଟର ନଷ୍ଟ ହୋଇଯାଉଥିଲା । ବ୍ଲଡ୍ କ୍ଲଟ ମୋର ଯେ କୌଣସି ଗୁରୁତ୍ୱପୂର୍ଣ୍ଣ ଅଙ୍ଗକୁ ଅକାମୀ କରିଦେଇଥାନ୍ତା । ସେପରି କେଶ୍‌ରେ ମୋର ଗୋଡ଼ ଅକ୍ଷମ ହୋଇଯାଇଥାନ୍ତା । ସେ ମଧ୍ୟ 'ଶିର ଡୋଲେ ଡ୍ରମ' ଆରମ୍ଭ କରିବାକୁ ଚାହୁଁଥିଲେ । ସେଠାରେ ଡାକ୍ତର ଏଡ୍‌ୱାର୍ଡ଼ ଆମ ନଜରକୁ ଆସିଲେ । ସେ କୁଶଳ କୁମାରଙ୍କର ଗୁରୁ ପରି ଥିଲେ । ସେ ମାଙ୍ଗାଲୋରରୁ କୁଶଳ କୁମାରଙ୍କୁ ଗାଇଡ୍ କରୁଥିଲେ । ସେ ତାଙ୍କର ଗୁରୁଙ୍କ କଥା ଅନୁସାରେ କାର୍ଯ୍ୟ କରୁଥିଲେ ।

ମୋ କେଶ୍‌ଟି ଯଦିଓ ଅତ୍ୟନ୍ତ ଗୁରୁତ୍ୱପୂର୍ଣ୍ଣ ଥିଲା କୁଶଳକୁମାର କାହାରିକୁ କିଛି ବି କହୁ ନ ଥିଲେ । ସେ ଭଲ ଭାବରେ ଜାଣି ସାରିଥିଲେ ଯେ ପରିବାରରେ ଏମିତି କେହି ଏତେ ସାହସୀ ନ ଥିଲେ ଏପରି ଗୋଟେ ଗୁରୁତ୍ୱପୂର୍ଣ୍ଣ ଏବଂ ଅତ୍ୟାବଶ୍ୟକୀୟ ନିର୍ଣ୍ଣୟ ନେଇ ପାରିବେ । ସେ ଏକଥା କେବଳ ତିନିଜଣଙ୍କୁ ଜଣେଇଥିଲେ; ତାଙ୍କର ଭଉଣୀ, ମୁମ୍ବାଇରେ ଥିବା ଇଣ୍ଟେନସିଭ୍ ଡାକ୍ତର ଅନଲ ମେହେଟ୍ଟା ଏବଂ ତାଙ୍କର ସାନ ଭାଇ ୟାଶ୍ । ଅତି ଚତୁରତାର ସହିତ କୁଶଳ କୁମାର ସବୁକଥା ସମାଧାନ କରୁଥିଲେ । ତାଙ୍କର ଦୟାର୍ଦ୍ର ସ୍ୱଭାବ ଏବଂ କଥା ଯୋଗୁଁ ମିତ୍ତଲ ହସ୍‌ପିଟାଲର ୱାର୍ଡ଼ ବୟ ପ୍ରୋଟୋକଲ ଭାଙ୍ଗି ରକ୍ତ ବାହାରକୁ ବାହାରି ଆସୁଥିବା ଜାଗାକୁ ସଜାଡ଼ି ଦେଲା ।

କୁଶଳ କୁମାର ୧୫ଟି କୁସନ ଏବଂ ନାଇଲନ ଦଉଡ଼ି ଆଜମେରର ଲୋକାଲ ମାର୍କେଟରୁ କିଣି ଆଣିଲେ । ଆଇସିୟୁ ଆମ୍ବୁଲାନ୍ସରେ ସେଗୁଡ଼ିକ ଯତ୍ନ ସହକାରେ ସେହି ନରମ କୁସନଗୁଡ଼ିକ ବାନ୍ଧି ଦିଆଗଲା ବହୁତ ଯତ୍ନରେ ।

ଅନବରତ ସେ ନଜର ରଖୁଥିଲେ ଏବଂ ବହୁତ ବଡ଼ ରିସ୍କ ନେଇ ସେ ମୋତେ ସୁରକ୍ଷାର ସହିତ ବଦୋଦରା ଆଣିଲେ । ପୁଣି ଗୋଟେ ରାଉଣ୍ଡ ସବୁର ଏକ୍ସ-ରେ ଏବଂ ନିରୀକ୍ଷଣ କରାଗଲା । କୁଶଳ କୁମାର ମୋ ପୁଅଠାରୁ ଅଧିକ ମୋର ଯତ୍ନ ନେଉଥିଲେ । ସଂଶୟର ସମୟ ବଦୋଦରା ପହଞ୍ଚିଲା ପରେ କଟିଯାଇଥିଲା ଏବଂ ତାଙ୍କ ମୁହଁରେ ଆଶ୍ୱସ୍ତିର ଚିହ୍ନ ରହିଥିଲା ।

ମୋର ବାମ ପାଦର ଅପରେସନ ପରେ, ଭାଗ୍ୟ ଅତ୍ୟନ୍ତ ବିଷାଦଗ୍ରସ୍ତ କରି ସମ୍ବେଦନହୀନ ହୋଇଗଲା । ମୁଁ ଅସହ୍ୟ ପାକସ୍ଥଳୀ ଜନିତ ଯନ୍ତ୍ରଣାରେ ଛଟପଟ ହେବାକୁ ଲାଗିଲି, ତା ସାଙ୍ଗକୁ ଜୋରରେ ଜ୍ୱର ଏବଂ ପେଟ ଫୁଲିଗଲା । ହଠାତ୍ ସେ ମୋତେ ଗୋଟେ ମଲ୍‌ଟି ସ୍ପେଶିଆଲିଟି ଡାକ୍ତରଖାନା ତ୍ରିକୋଲରକୁ ନେଇଯିବାକୁ ସ୍ଥିର କଲେ । ଏବେ ତାଙ୍କ କାନ୍ଧ ଉପରେ ଅତି ବେଶୀ ବୋଝ ପଡ଼ିଲା । ସେ ବୋଧହୁଏ କିଛି ଖରାପ

ଆଶଙ୍କା କରି ବ୍ୟସ୍ତ ହେଉଥିଲେ । ସେ ସମୟରେ ପରିବାର ଭିତରେ ସେ ହିଁ କେବଳ ଦାୟିତ୍ୱ ସବୁ ନେଉଥିଲେ । ମୁଁ ଭାବୁଥିଲି ସେ ବୋଧହୁଏ କୌଣସି ନିଷ୍ପତ୍ତି ନେବା ଆଗରୁ କିଏ କ'ଣ ଭାବିବ ବୋଲି ଭାବୁଥିଲେ କିନ୍ତୁ କୁଶଳ କୁମାର ମୋର ଏକମାତ୍ର ରକ୍ଷା କର୍ତ୍ତା ଏବଂ କୌଣସି ଦୁର୍ଯ୍ୟୋଗ ଘଟିବା ପୂର୍ବରୁ ସେ ତାକୁ ପ୍ରତିରୋଧ କରିବାକୁ ପ୍ରସ୍ତୁତ ହୋଇ ରହିଥିଲେ ।

ସେ ଡାକ୍ତରମାନଙ୍କ ସହିତ ଯୋଗାଯୋଗ କରୁଥିଲେ । ସେ ସୁପର ସ୍ପେଶିଆଲିଟି ଡାକ୍ତରମାନଙ୍କର ଠିକଣା ଏକାଠି କରି ଗଦେଇ ଦେଇଥିଲେ । ମୋତେ ୩୦ ୟୁନିଟ୍ ରକ୍ତ ଦିଆଯାଇ ସାରିଥିଲା । ଯାହାପାଇଁ ସେ ମୋର ଆବଶ୍ୟକ ପଡ଼ିବା ପୂର୍ବରୁ ଯୋଗାଡ଼ କରି ରଖୁଥିଲେ । ସେ ସମ୍ଭବ ଆଉ ଅସମ୍ଭବ ମିଳିବା ନ ମିଳିବା ବିଷୟରେ ସଚେତନ ଥିଲେ । ମୋ କେଶ୍ ଯେହେତୁ ରେକଟାଲ ପାରଫରମେସନ ଏମାରଜେନ୍ସି ସମୟରେ ସେ O.T. ଭିତରକୁ ଯିବେ ବୋଲି ସ୍ଥିର କରି ନେଇଥିଲେ । ତା ପରେ ଏହା ତାଙ୍କ ପାଇଁ ପରୀକ୍ଷାର ସମୟ ଥିଲା । ମୁଁ ବାରଦିନ ଧରି ଭେଣ୍ଟିଲେଟରରେ ଥିଲି ଏବଂ ଆଇ.ସି.ୟୁ.ରେ ବାଇଶିଦିନ ଥିଲି ଏବଂ ଭଗବାନ ତା'ର ଧୈର୍ଯ୍ୟ ପରୀକ୍ଷା କରୁଥିଲେ । ସବୁ ଦ୍ୱନ୍ଦ୍ୱ ଏବଂ ବ୍ୟସ୍ତତା ଭିତରେ ମଧ୍ୟ ସେ ସବୁ ନିଷ୍ପତ୍ତି ନିଜେ ନେଉଥିଲେ । ସେପଟି ସେମିଆଁ ଯୋଗୁଁ ମୁଁ ସେପ୍‌ଟିକ୍ ସକ୍‌ରେ ଥିଲି ଏବଂ ଡାକ୍ତରମାନେ ହାତ ଟେକିଦେଇଥିଲେ । ସିଏ କିନ୍ତୁ ଅବିଚଳିତ ଥିଲେ । ସେ ତାଙ୍କର ସବୁ ପ୍ରକାର ଯୋଗାଯୋଗ ଏବଂ ରେଫରେନ୍ସ ଦ୍ୱାରା ଯାହା ସମ୍ଭବ ହୋଇପାରିବ ମୋତେ ତା ଦ୍ୱାରା ବଞ୍ଚେଇବାକୁ ଚେଷ୍ଟା କରୁଥିଲେ । ସେ ତାଙ୍କର ଡାକ୍ତରୀ ଜ୍ଞାନ ଦ୍ୱାରା ମୋର ବିରଳ ବ୍ୟାକ୍ଟେରିଆ ଇନ୍‌ଫେକ୍‌ସନ ବିରୁଦ୍ଧରେ ଲଢ଼ିବାକୁ ପ୍ରସ୍ତୁତ ଥିଲେ । ସେ ସବୁବେଳେ ଏପରି ମରଣାନ୍ତକ ଯୁଦ୍ଧକୁ ଆହ୍ୱାନ ଦେଉଥିଲେ । ସେ ମୋ ପାଇଁ ଭଗବାନ ପାଲଟି ଯାଇଥିଲେ । ପ୍ରତ୍ୟେକ ଥର ସେ ମୋ ପାଇଁ ହନୁମାନ ପରି କଷ୍ଟ ସହିଯାଉଥିଲେ । ଭଗବାନ ମଣିଷକୁ ପରୀକ୍ଷା କରନ୍ତି ଏବଂ ଜୟଯୁକ୍ତ କରାନ୍ତି ମଧ୍ୟ ! ସବୁପ୍ରକାର ଇନ୍‌ଫେକ୍‌ସନ ଏବଂ ବିରଳ ବ୍ୟାକ୍ଟେରିଆ ସତ୍ତ୍ୱେ ସେ ମୋର ଜୀବନ ରକ୍ଷା କରିବାକୁ ବଦ୍ଧପରିକର ଥିଲେ । କୁଶଳ କୁମାର ସବୁ ପରୀକ୍ଷା ନିରୀକ୍ଷା ପରେ ୨୪ କ୍ୟାରେଟ୍ ଶୁଦ୍ଧ ସୁବର୍ଣ୍ଣ ବୋଲି ପ୍ରମାଣିତ ହୋଇଗଲେ । ଯୁବକଟିଏ ହେଲେ ବି ଏବଂ କମ୍ ବୟସ ହେଲେବି ସେ ତାଙ୍କର ପ୍ରଫେସନ ଏବଂ ଜୀବନରେ ସବୁ ରଙ୍ଗକୁ ଦେଖିଦେଲେ ।

ଅନେକ ସମୟରେ ଏପରି ହୁଏ ଯେ ସେ ତାଙ୍କର ହସ୍‌ପିଟାଲ ପହଞ୍ଚି ଯାଆନ୍ତି ଏବଂ ମୋ ପାଇଁ ଦୌଡ଼ି ଆସନ୍ତି । ସେ ପ୍ରଫେସ୍‌ନାଲି ମୋ ପାଇଁ ବହୁତ କ୍ଷତିଗ୍ରସ୍ତ ହୋଇଥିବେ । ସେ ତାଙ୍କର ଫେଲୋସିପ୍‌କୁ ମଧ୍ୟ ମୋ ପାଇଁ ବାଜିରେ ଲଗେଇ ଦେଇଥିଲେ ।

ମୋ ଝିଅ ପ୍ରତିବାଦ କଲା : "ମମ୍! କୁଶଳ ସବୁ ହରେଇବାକୁ ଯାଉଛନ୍ତି, କିନ୍ତୁ ମୋ ଶାଶୂଘର ତରଫରୁ କେହି ଅଭିଯୋଗ କରୁନାହାନ୍ତି, କିନ୍ତୁ ଏଥିପାଇଁ ମୁଁ ଅଶ୍ୱସ୍ତି ଅନୁଭବ କରୁଛି। ଜଣେ ନାରୀ ହୋଇ ମୁଁ ତା'ର କଷ୍ଟ ବୁଝିପାରୁଥିଲି। କିନ୍ତୁ ଆଶ୍ଚର୍ଯ୍ୟର କଥା ଯେ କୁଶଳ କୁମାର କେବେବି ଏ ବିଷୟରେ କାହାରିକୁ କହି ନ ଥିଲେ। ସେ ସବୁବେଳେ ମୋ ପାଖରେ ରହୁଥିଲେ, କୌଣସି ଅସନ୍ତୁଷ୍ଟର ଚିହ୍ନ ତାଙ୍କ ପାଖରେ ଦେଖାଯାଉ ନଥିଲା। ସେ ମୋ ପାଇଁ ଅନେକ ରାତିର ନିଦ ତ୍ୟାଗ କରିଦେଇଥିଲେ।

ଯେମିତିକି ଗୋଟେ ପିଲା ଭଲପାଏ ଗୋଟେ ଚକୋଲେଟ୍‌ଟିଏ ଦେଲେ, ମୁଁ ସେହିପରି ତାଙ୍କୁ ଏବଂ କାନୁକୁ ଦେଖି ଖୁସି ହେଉଥିଲି। କିନ୍ତୁ ଖୁସି ହେବାର ଇଚ୍ଛା ମୋ ଭିତରେ ଯେମିତି ମରିମରି ଆସୁଥିଲା। ସେମାନଙ୍କ ଜୋକ୍ ବା ହସ କଥାରେ ମୁଁ ଆଦୌ ଆଗ୍ରହୀ ନ ଥିଲି। ସେମାନେ ଭାଙ୍ଗିପଡୁଥିଲେ।

ସେ ମୋର ସମସ୍ତ ଅର୍ଥୋପେଡ଼ିକ ଅପରେସନ କରୁଥିଲେ। ଅନ୍ୟ ଅପରେସନରେ ମଧ୍ୟ ଉପସ୍ଥିତ ରହୁଥିଲେ। ସେ ମୋତେ ସବୁବେଳେ ସହଜ କରିଦେଉଥିଲେ। ମୋତେ ମାନସିକ ସ୍ତରରେ ଖୁବ୍ ସହଜ ହେବାକୁ ଚେଷ୍ଟା କରୁଥିଲେ। ତାଙ୍କର ସବୁ କାମକୁ, O.P.D. ଏବଂ O.T. କୁ ଗୋଟେ ପାଖିଆ କରି ରଖି ଦେଉଥିଲେ ମୋର ସବୁ ୧୬ଟି ଯାକ ଅପରେସନ ସମୟରେ ସେ ମୁମ୍ବାଇରୁ ମଧ୍ୟ ଚଳି ଆସୁଥିଲେ ତାଙ୍କର ସମୟ ଏବଂ ସବୁ କାମକୁ ବାତିଲ କରି। ମୋ ଜୀବନର ନୌକାକୁ ଜଣେ କୁଶଳୀ ନାବିକ ପରି ସେ ବାହି ନେଉଥିଲେ।

ମୋର ମାନସିକ ଗପ ସମୟରେ ମଧ୍ୟ ସେ ନିରବଚ୍ଛିନ୍ନ ଭାବରେ ମୋତେ ଲେଖିବା ନିମନ୍ତେ ଉତ୍ସାହିତ କରୁଥିଲେ। ତମେ ମୋ ବିଷୟରେ ଲେଖିବ, କିନ୍ତୁ କ'ଣ ଲେଖିବ ?

ମୁଁ ତାଙ୍କୁ ଉତ୍ତର ଦିଏ, "ମୁଁ ଲେଖିବି ଯେ ତୁମେ ମୋତେ ବହୁତ ଆଘାତ ଦେଇଛ।" ସେ ତାଙ୍କର ପ୍ରକୃତ ସ୍ୱଭାବରେ କହନ୍ତି ଏହା ଏକ ମୂଲ୍ୟବାନ ବିଷୟ। ତା'ପରେ ସେ ବହୁତ ଜୋରରେ ହସନ୍ତି।

ମୋତେ ଏହିପରି ସହଜ କରିଦେଲା ପରେ ମାନସିକ ଭାବରେ ସେ ମୋର ଚିକିତ୍ସା ଆରମ୍ଭ କରିଦିଅନ୍ତି। ତାଙ୍କର ସେହି ଉପସ୍ଥିତିର ସୁବାସ ମୋର ଜୀବନ ବଞ୍ଚିବାର ମାଧ୍ୟମ ଥିଲା।

ସେ ତାଙ୍କର ପ୍ରଥମ ବିବାହ ବାର୍ଷିକୀରେ ପାଳନ ପାଇଁ ବିଦେଶ ଯିବାର ଟିକେଟକୁ ମଧ୍ୟ ବାତିଲ କରିଦେଇଥିଲେ। ସେ ତାଙ୍କର ସାମାନ୍ୟତମ ଖୁସିକୁ ମଧ୍ୟ ତ୍ୟାଗ କରିଦେଇ ଥିଲେ। ଏପରିକି ସୂର୍ଯ୍ୟ ଓ ଚନ୍ଦ୍ର ଟିକିଏ ରେଷ୍ଟ ନିଅନ୍ତି, କିନ୍ତୁ କୁଶଳ କୁମାର କୌଣସି ରେଷ୍ଟ ନ ନେଇ ୨୪/୭ ମୋ ପାଇଁ ଉପସ୍ଥିତ ରହିଥିଲେ। ଏହା କହିବାକୁ ଲଜ୍ଜା ଲାଗୁଛି

ଯେ ସେ ମୋର ଡାଇପର ମଧ୍ୟ ବଦଳାଇ ଦେଉଥିଲେ । ସେ ମୋତେ ଅଳ୍ପ ଅଳ୍ପ ଥରକୁ ଥର ଖୁଆଉ ଥିଲେ । ଏପରିକି ମୋର ମୁଣ୍ଡ ଏବଂ ପାଦ ଘସି ଦେଉଥିଲେ ବିନ୍ଧା ହେଲେ । ଏହିସବୁ ଯତ୍ନ ଏବଂ ଚିକିତ୍ସା ଆମ ଭିତରେ ସନ୍ତୋଷ ଆଣିଥିଲା ଏବଂ ଆମର ଜୀବନକୁ ଗୋଟେ ସୁଗନ୍ଧିତ ପୁଷ୍ପରେ ପରିଣତ କରି ଦେଇଥିଲା ।

କାନୁର ଅନୁଭବ ଏବଂ କୁଶଲ କୁମାରଙ୍କର ସହନଶୀଳତା ମୋର ଭଲ ହେବାରେ ବହୁଭାବରେ ସାହାଯ୍ୟ କଲା ।

ଯଦିଓ ସେ ମାତ୍ର ଗୋଟେ ବର୍ଷ ହେଲା ଆମ ସହିତ ସମ୍ପର୍କୀତ ହୋଇଛନ୍ତି, ଆମକୁ ଲାଗୁଥିଲା ସେ ଆମ ଜୀବନ ଆରମ୍ଭରୁ ଆମ ସହିତ ରହିଛନ୍ତି । ତାଙ୍କର ସହଯୋଗ ମୋତେ ରକ୍ଷା କରିଦେଲା । ତାଙ୍କର ଉପସ୍ଥିତି ପରିସ୍ଥିତିକୁ ଜୀବନ୍ତ କରିଦିଏ । ସେ ମୋର ନିର୍ଜୀବ ଲାଗୁଥିବା ଅଙ୍ଗ ଉପରେ କବିତା ଲେଖିଲେ, ଯେ ସେଥିରୁ କିପରି ସବୁଜ ପତ୍ର ବସନ୍ତ ଋତୁରେ କଅଁଳି ଆସୁଛି ।

ମୁଁ ତାଙ୍କୁ କହିବାକୁ ଚାହୁଁଥିଲି ମୋର ଆତ୍ମୀୟମାନଙ୍କୁ ସାହାଯ୍ୟ କରିବା ପାଇଁ, କିନ୍ତୁ ମୁଁ ଚୁପ୍ ହୋଇଗଲି କାରଣ ସେ ସେଇଆ ହିଁ କରି ଚାଲିଥିଲେ । ମୁଁ ଅନୁଭବ କରୁଥିଲି ତାଙ୍କ ନାମରେ ଯଥାର୍ଥତା ରହିଛି ।

ଆକ୍ସିଡ଼େଣ୍ଟ ପୂର୍ବରୁ ମୁଁ କହୁଥିଲି ଯେ ଜ୍ୱାଇଁ ହେଉଛନ୍ତି ଯମ ସହିତ ସମାନ, କିନ୍ତୁ ସମୟ ପ୍ରମାଣ କରିଦେଲା ଯେ ସେ ଜଣେ ଜୀବନଦାତା । ତାଙ୍କର ସକ୍ଷମ ସହଯୋଗ ଆମ ସମସ୍ତଙ୍କୁ ବଞ୍ଚେଇ ଦେଲା । ସେ ଆମର ଗୋଟେ ସବୁଠୁ ବଡ଼ ସମ୍ବଳ ଠିକ୍ ଅସୁବିଧା ସମୟରେ ତାଙ୍କର ମୂଲ୍ୟ ଆମେ ଅନୁଭବ କରିପାରିଥିଲୁ ।

ମୋ ଜୀବନ ଗୋଟେ ଭୟଙ୍କର ଯୁଦ୍ଧକ୍ଷେତ୍ର ହୋଇଯାଇଥିଲା ଯେଉଁଠି ମୁଁ ଯୁଦ୍ଧ କରିପାରୁ ନ ଥିଲି, କିନ୍ତୁ ଭଗବାନ କୃଷ୍ଣଙ୍କ ପରି ସେ ମୋର ସାରଥୀ ହୋଇ ମୋତେ ସହଜ ଜୀବନ ବଞ୍ଚିବା ପାଇଁ ଗାଇଡ୍ କରିଥିଲେ ସବୁ ଅସୁବିଧା ସତ୍ତ୍ୱେ । ସେ ସବୁ ଅସ୍ୱଚ୍ଛତା ବିରୁଦ୍ଧରେ ଯୁଦ୍ଧ କରି ଆମ ସମସ୍ତଙ୍କୁ ନୂତନ ଜୀବନ ଆଣିଦେଇଥିଲେ ।

ମୁଁ ତାଙ୍କର ଶ୍ରଦ୍ଧା, ଯତ୍ନ ଏବଂ ଆପଣାପଣରେ ପୁରା ବୁଡ଼ିଯାଇଥିଲି ।

■

ସପ୍ତମ ଅଧ୍ୟାୟ

ଯୁଦ୍ଧ-କ୍ଷେତ୍ରରେ ଯୁଦ୍ଧ

ମୋ ଜୀବନ ଗୋଟେ ଅସ୍ୱଚ୍ଛ ଅନ୍ଧାରିଆ ସଂଜ୍ଞା ପାଲଟି ଯାଇଥିଲା। ପ୍ରତିଦିନ ଗୋଟେ ନୂଆ ଅସୁବିଧାକୁ ସାମ୍ନା କରୁଥିଲି, ଇନ୍‌ଫେକ୍‌ସନ୍ ଏବଂ ବହୁତ ଜଟିଳତା ମଧ୍ୟ ରହିଥିଲା। ଶେଷରେ ସେମାନେ ମୋତେ ସୁରଟ ନେବାପାଇଁ ସିଦ୍ଧାନ୍ତ ନେଲେ। ୨୦୧୯ ଜୁଲାଇ ୪ ତାରିଖରେ ମୁଁ ଡା.ଏଚ୍.ପି.ସିଂଙ୍କ ହସ୍‌ପିଟାଲରେ ଭର୍ତ୍ତି ହେଲି। ଫିଜିଓଥେରାପିଷ୍ଟମାନେ ଆଗରୁ ସବୁ ଜାଣିଥିଲେ। ସେ ଦିନଟି ମୋ ପାଇଁ ସ୍ମରଣୀୟ ଥିଲା ଯେତେବେଳେ ଡା. ଚିନ୍ତନ ଅପରାହ୍ଣ ୫ଟା ବେଳେ ଦେଖିବାକୁ ଆସିଲେ। ମୋର ଏତେ ଯନ୍ତ୍ରଣା ହେଉଥିଲା ଯେ ମୁଁ ତାଙ୍କୁ ମୋ ଦେହକୁ ଛୁଇଁବାକୁ ଦେଲିନାହିଁ। କିନ୍ତୁ ସେ କୌଶଳରେ ସହିତ ମୋତେ ପରୀକ୍ଷା କଲେ। ମୁଁ ବ୍ୟାକୁଳ ଭାବରେ ପଚାରିଲି ମୁଁ ଚାଲିପାରିବାକୁ ସକ୍ଷମ ହେବି ନା ନାହିଁ ? ସେ ସ୍ଥିର ନିଶ୍ଚିତ ଭାବରେ ତାରିଖ ଘୋଷଣା କଲେ ଯେ "୩୧ ମାର୍ଚ୍ଚ ୨୦୨୦"ରେ ନିଶ୍ଚୟ ଠିକ୍ ହୋଇଯିବେ। ତଥାପି ଏହା ମୋ ପାଇଁ ଗୋଟେ ଲମ୍ବା ସମୟ ଥିଲା, କିନ୍ତୁ ମୁଁ ମନକୁ ଶାନ୍ତ ରଖିଲି। ମୁଁ ଚାଲିବାକୁ ସକ୍ଷମ ହେବି ତାଙ୍କର ଏହି ଶାନ୍ତ୍ୱନାରୁ ମୋତେ ଶାନ୍ତି ମିଳୁଥିଲା। ମୁଁ ତାଙ୍କ କଥାରେ ମନ କେନ୍ଦ୍ରୀଭୂତ କଲି ଏବଂ ମୋର ଆଶାକୁ ସେଇଠି ସ୍ଥିର ରଖିଲି। ତାଙ୍କର ବିଶ୍ୱାସରେ ମୋର ବହୁତ ଆସ୍ଥା ଥିଲା। ମୋତେ ଉଶ୍ୱାସ ଲାଗୁଥିଲା। ସେ ମୋର ଅନ୍ତର୍ନିହିତ ଅନୁଭବକୁ ଅନୁଭବ କରି ପାରିଥିଲେ।

ସେ କେବଳ ମୋର ଛାତ୍ର ନ ଥିଲେ ମୋର ଜଣେ ସାଙ୍ଗଙ୍କର ପୁଅ ମଧ୍ୟ ଥିଲେ ତେଣୁ ତାଙ୍କ ସହିତ ଆତ୍ମୀୟତା ଥିଲା।

ମୋର ଜଟିଳତା ଥିବାରୁ ଡା. ସିଂହ ମୋତେ ତ୍ରିଷ୍ଟାର ହସ୍‌ପିଟାଲକୁ ନେଇଗଲେ। ଡା. ଚିନ୍ତନ ମୋର ପାଦର ଆଙ୍ଗୁଠିରେ ପ୍ରଥମେ ତାଙ୍କର ଥେରାପି ଆରମ୍ଭ କଲେ। ଦିନକୁ ଅନ୍ତତଃ ୩୦୦ ଥର ସେଇ ପାଦର ଆଙ୍ଗୁଠିକୁ ଘୁରେଇବାକୁ କହିଲେ। କିନ୍ତୁ ମୁଁ ବହୁ

କଷ୍ଟରେ ମାତ୍ର ୩୦ଥର କରିପାରିଲି। ତା'ପରେ ସେ ମୋତେ ଆଣ୍ଠୁଠାରୁ ପାଦଯାଏ ବୁଲେଇବାକୁ କହିଲେ।

ଛ' ଦିନ ପରେ ମୋର ଗୋଟିଏ ବଡ଼ ଅପରେସନ ହେଲା ଏବଂ ସେଥିପାଇଁ ମୋର ବାମ ପାଦ ଟିକେ ଚୋଟ ହୋଇଗଲା। ସେଠାରେ ବାହ୍ୟ ଫିକ୍ସେଟର ଲଗାଗଲା। ତା ପର ସପ୍ତାହରେ ପୁଣି ଗୋଟେ ବଡ଼ ଅପରେସନ ହେଲା ଯାହାକି ଅଣ୍ଟା ହାଡ଼ରେ ଗ୍ରାଫଟିଂ କରି କରାଗଲା ଏବଂ ଏହିସବୁ ଅପରେସନ ମଝିରେ ଡା. ଚିନ୍ତନଙ୍କୁ ମୋର ଥେରାପି ମଧ୍ୟ କରିବାକୁ ପଡୁଥିଲା। ମୁଁ ଅତ୍ୟନ୍ତ କଷ୍ଟ ଏବଂ ଚାପ ମଧ୍ୟରେ ରହୁଥିଲି ଏବଂ ମୁଁ ତାଙ୍କୁ ସହଯୋଗ କରିପାରୁ ନ ଥିଲି।

ଗୋଟେ ମାସ ପରେ ମୋର ଜଟିଳତା କ୍ରମେ କମିବାକୁ ଆରମ୍ଭ କଲା। ଆଶାର ଗୋଟେ ଉଜ୍ଜ୍ୱଳ କିରଣ ସହିତ ଡାକ୍ତର ସିଂ ଡାକ୍ତର ଚିନ୍ତନଙ୍କୁ ପରାମର୍ଶ ଦେଲେ ଅଧିକ ଉତ୍ସାହ ଓ ବିଶ୍ୱାସର ସହିତ ଥେରାପି କରିବା ନିମନ୍ତେ। ବିଭିନ୍ନ ପ୍ରକାର ଫିଜିଓ ଥେରାପି ମଧ୍ୟରେ ମୋତେ ଗତି କରିବାକୁ ପଡ଼ିଲା। ପ୍ରଥମେ ମୋର ବସିବା ପାଇଁ ଥେରାପି ଆରମ୍ଭ ହେଲା। ମୋର ଅଣ୍ଟାରୁ ତଳକୁ ମୋର ନିମ୍ନ ଭାଗକୁ ମୁଁ ବୁଲେଇବାକୁ ଆରମ୍ଭ କଲି। ଏହା ମୋ ପାଇଁ ହିମାଳୟ ପରି ପ୍ରତୀୟମାନ ହେଉଥିଲା। ଚାରିଜଣ ଲୋକ ମୋତେ ବସିବାରେ ସାହାଯ୍ୟ କରୁଥିଲେ। ମୁଁ ଦୁଃଖରେ ଭାଙ୍ଗି ପଡୁଥିଲି। ମୁଁ ବହୁତ ଜୋରରେ କାନ୍ଦୁଥିଲି ଅଥବା ନିଜ ଭିତରେ କାନ୍ଦୁଥିଲି। ଡାକ୍ତର ଚିନ୍ତନଙ୍କୁ ମୁଁ ସହଯୋଗ କରିପାରୁ ନ ଥିଲି। ସେ ଗୋଟେ ପରେ ଗୋଟେ ଆଶ୍ୱାସନା ଦେଇ ଆସ୍ଥାପ୍ରକଟ କରି ଶିଖାଉଥିଲେ। ୨୫ ଦିନର ଦୀର୍ଘ ଯୁଦ୍ଧ ପରେ ମୋ ମୁହଁରେ ବିଜୟୀ ହେବାର ଆଭା ଫୁଟି ଉଠିଲା। ମୁଁ କାହାରି ବିନା ସାହାଯ୍ୟରେ ୨ ମିନିଟ ବସିବା ପାଇଁ ସକ୍ଷମ ହେଲି। ମୁଁ ଏତେଖୁସି ହେଇଗଲି ସତେ ଯେମିତି ମୁଁ ଗୋଟେ କାଗଜ ଡଙ୍ଗାରେ ସମୁଦ୍ର ପାରିହୋଇ ଯାଇଛି। ଏହାପରେ ଅଧିକ ସମୟ ବସିବାର ଚେଷ୍ଟା କରାଗଲା। ଡାକ୍ତର ଚିନ୍ତନ ମୋତେ ଗୋଟେ ଛୋଟ ପିଲା ପରି ଶାନ୍ତ ଭାବରେ ବହଲେଇ କରି, ଶ୍ରଦ୍ଧାରେ ଏବଂ ଟାଣ ଭାବରେ ମୋର ମନୋବୃତ୍ତିକୁ ଲକ୍ଷ୍ୟକରି ଚିକିତ୍ସା କରୁଥିଲେ। ଖୁବ୍ ତୁଚ୍ଛ ଲାଗିଲେ ମଧ୍ୟ, ମୋ ପାଇଁ ଏହା ଏକ ଶିକ୍ଷା ଥିଲା। ବର୍ତ୍ତମାନ ସମସ୍ୟା ସବୁ ଆରମ୍ଭ ହେଲା। ମୋ ଛାତ୍ର ଆଗରେ ମୁଁ ଗୋଟିଏ ମୂକ ଛାତ୍ରୀ ହୋଇଯାଇଥିଲି। ମୋ ପରି ଜଣେ ଆତ୍ମ-କୈନ୍ଦ୍ରିକ ମଣିଷ ପାଇଁ ଏହା ବହୁତ ଛୋଟ କଥା ଥିଲା। ଏବେ ମୋତେ ତଳକୁ ଗୋଡ଼ ଲମ୍ବେଇ ବସିବାକୁ ହେଉଥିଲା। ସେ ମୋତେ ଗୋଟେ ଭିଜିଟିଂ ସୋଫାରେ ବସି ପାଦ ରଖିବାକୁ ଦେଉଥିଲେ। ମୁଁ ରାଗୁଥିଲି, ବିରକ୍ତ ହେଉଥିଲି, କାନ୍ଦୁଥିଲି ଏବଂ ଅସହାୟ ଭାବରେ ତଳେ ପଡ଼ିଯାଉଥିଲି। କିଛିଦିନ ଏପରି ପରିଶ୍ରମ କଲାପରେ ସେହି ଅବସ୍ଥାକୁ ମଧ୍ୟ ମୁଁ

ଅତିକ୍ରମ କରିଗଲି। ମୁଁ ଅନୁଭବ କଲି ଯେ ମୁଁ ଗୋଟେ ନଦୀରେ ଗୋଡ଼ ବୁଡ଼େଇ ସେଇ ନଦୀର ଜଳକୁ ମୋ ଗୋଡ଼ ଉପରେ ଛିଞ୍ଚୁଛି। ସେ ମଧ୍ୟ ଖୁବ୍ ସନ୍ତୁଷ୍ଟ ଜଣାପଡୁଥିଲେ।

ମୁଁ ତାଙ୍କ ଉପରେ ବିଶ୍ୱାସ କରୁଥିଲି ସମ୍ପୂର୍ଣ୍ଣ ଭାବରେ ଏବଂ ଦୁଇଗୋଡ଼ରେ ଫିକ୍ସେଟର ଥିବାରୁ ମୋତେ ଉଠିବାକୁ ଏବଂ ବେଡ୍‌ସିଟ୍ ବଦଳେଇବାକୁ ମୋର ସହାୟକ ପାଇଁ ବହୁତ ଯନ୍ତ୍ରଣାଦାୟକ ଥିଲା। ମୁଁ କାହାରିକୁ ମୋ ବିଛଣା ଚଦର ବଦଳେଇବାକୁ ଦେଉ ନ ଥିଲି। କିନ୍ତୁ ଗୋଟେ ଡାକ୍ତର ହେଲେ ମଧ୍ୟ ଡା. ଚିନ୍ତନ ମୋ ପାଇଁ ତାହା ଆଦୌ ବିରକ୍ତ ନ ହୋଇ କରି ଦେଉଥିଲେ ଯାହା ପାଇଁ ମୁଁ ସବୁବେଳେ ତାଙ୍କର ଧାରୁଆ ହୋଇ ରହିଥିବି।

ଚାରିମାସ ଏବଂ ଆଉ ଗୋଟେ ପ୍ରାୟ ଅଧାମାସରୁ ଅଧିକ ହେବ ମୋର ଆକ୍ସିଡେ଼ଣ୍ଟ ପରେ ମୋର ତେର ଥର ଅପରେସନ ହୋଇ ସାରିଛି। ଏବେ ମୋର ଦେହ କୌଣସି ଯନ୍ତ୍ରଣା ନେବାକୁ ସକ୍ଷମ ନୁହେଁ। ଭୟଙ୍କର ଜ୍ୱର ମଧ୍ୟ ହୋଇସାରିଛି। ଡାକ୍ତରମାନେ ମୋ ସ୍ୱାମୀଙ୍କୁ ଜଣେଇଦେଲେ ଯେ ବାକି ଅପରେସନ ସବୁ ଦୁଇମାସ ବ୍ୟବଧାନ ପରେ ହେବ ଯେହେତୁ ମୋ ଦେହ କୌଣସି ଅପରେସନ ନିମନ୍ତେ ପ୍ରସ୍ତୁତ ନ ଥିଲା। ସେମାନେ ମୋତେ ଘରକୁ ପଠେଇ ଦେଲେ। ସେମାନେ ଭାବିଲେ ଘରେ ମୁଁ ଖୁବ୍ ଶୀଘ୍ର ଆରୋଗ୍ୟ ଲାଭ କରିବି। ତା ପରେ ମୁଁ ମୋର କୁଟୀରରେ ପହଞ୍ଚିଲି। ପ୍ରତିଦିନ ଜଣେ ଫିଜିଓଥେରାପିଷ୍ଟ ଏବଂ ଜଣେ ନର୍ସ ମୋ ଘା' ସଫା କରିବା ପାଇଁ ନିଯୁକ୍ତ ହେଲେ। ଦୁଇଟାଯାକ ଅତ୍ୟନ୍ତ ଦୁଃଖଦ ଥିଲା ମୋ ପାଇଁ। କାନ୍ଦିବା ଏବଂ ଅଭିଯୋଗ କରିବା ମୋର ପ୍ରକୃତି ପାଲଟି ଯାଇଥିଲା।

ଫିଜିଓଥେରାପି ପାହାଚ ପରେ ପାହାଚ ଚାଲୁଥିଲା। ଏବେ ସମୟ ଆସିଲା ଯେତେବେଳେକି ମୁଁ ମୋର ପାଦରେ ଠିଆ ହେବି। ଏହା ଏକ ବୃହତ୍ ଏବଂ ଅସମ୍ଭବ ବ୍ୟାପାର ଥିଲା। ମୁଁ ବହୁତ କାନ୍ଦିଲି। ବିଛଣାରୁ ଓହ୍ଲେଇବା ଗୋଟିଏ ବହୁତ ଆହ୍ୱାନପୂର୍ଣ୍ଣ ଏବଂ ଯନ୍ତ୍ରଣାଦାୟକ ବିଷୟ ଥିଲା। ମୁଁ ଏହା କରିବାକୁ ଚାହୁଁ ନ ଥିଲି। ଡାକ୍ତର ଚିନ୍ତନ ବହୁତ ରାଗିଗଲେ ଏବଂ ଗାଳିକଲେ ଏବଂ ମୋତେ ସେପରି କରିବାକୁ ବାଧ୍ୟ କଲେ ଯାହା ମୁଁ କରିବାକୁ ଚାହୁଁ ନ ଥିଲି। ମୁଁ ଛୋଟ ପିଲା ପରି ଜିଦି କରୁଥିଲି। ମୁଁ ତାଙ୍କୁ ସେପରି କରିପାରିବିନି ବୋଲି ମନା କରୁଥିଲି ଏବଂ ମୋତେ ବରଂ ମାରିଦିଅ ବୋଲି ତାଙ୍କୁ ଅନୁରୋଧ କରୁଥିଲି। ମୋ ସ୍ୱାମୀ ଯଦି ଘରେ ଥାନ୍ତି ମୋ ସପକ୍ଷ ନେବାକୁ ଆଗେଇ ଆସନ୍ତି। ଚିନ୍ତନ କହନ୍ତି ଯେ ଆପଣ ତାଙ୍କୁ (ମୋତେ) ଅଧିକ ଗେହ୍ଲା କରୁଛନ୍ତି ବିନା କାରଣରେ। ତା ପରେ ସେ ବୁଝାନ୍ତି ଯେ, "ସାର ଆପଣ ଏମିତି ଏ ବ୍ୟାପାରରେ ମୁଣ୍ଡ ପୁରେଇଲେ ମାଡ଼ାମ୍ ଆଦୌ ଭଲ ହେବେ ନାହିଁ। ସେ ସବୁବେଳେ ବିଛଣା-ଲଗା ହୋଇ

ପଡ଼ିରହିବେ । ତେଣୁ ତାଙ୍କୁ ଦିଆଯାଇଥିବା ଏକ୍ସରସାଇଜ୍ ତାଙ୍କୁ କରିବାକୁ ହିଁ ପଡ଼ିବ ।" ତେଣୁ ଏହିପରି କଠିନ ପରିଶ୍ରମ ପରେ ମୁଁ ଯେତେବେଳେ ଗୋଟେ ଓ୍ୱାକର ଧରି ଠିଆ ହେବାକୁ ଚେଷ୍ଟା କଲି ମୁଁ ଅନୁଭବ କଲି ଯେ ମୋର ବାମ ପାଦ ସାତ ସେଣ୍ଟିମିଟର ଛୋଟ ହୋଇଛି । ମୁଁ ଭୀଷଣ କ୍ଷୁବ୍ଧ ହୋଇଗଲି ଏବଂ ଦୁଃଖରେ ଝାଳନାଳ ହୋଇଗଲି । ଏପରି ଗୋଟେ ବଡ଼ ଧକ୍କାକୁ ମୁଁ ସହି ପାରୁ ନ ଥିଲି । ମୁଁ ଚିନ୍ତନଙ୍କୁ ପ୍ରଶ୍ନିଳ ଦୃଷ୍ଟିରେ ଚାହୁଁଥିଲି ଯେ ଗୋଟେ ଏପରି ଛୋଟା ଗୋଡ଼ରେ ମୁଁ କିପରି ଚଳପ୍ରଚଳ କରିପାରିବି ? ସେ ମୋର ଅସହାୟତା ଲକ୍ଷ୍ୟ କଲେ । କୌଣସି ମାନସିକ ଚାପକୁ ଯିବା ପୂର୍ବରୁ ସେ ମୋତେ ବାମ ପାଦରେ ଚପଲ ପିନ୍ଧାଇଦେଲେ । ସତେ ଯେମିତି ଗୋଟେ କାନ୍ଦୁଥିବା ପିଲାକୁ ଗୋଟେ ଲଲିପପ୍ ଦେଇ ଭଣ୍ଡେଇ ଦେଉଛନ୍ତି । ତା ପରେ ସେ ବିଜୟୀ ପରି ଘୋଷଣା କଲେ, "ଦେଖ ତମର ଦୁଇଟି ଯାକ ଗୋଡ଼ ସମାନ ହେଇଗଲା ।" ସେ ମୋତେ ବୁଝାଇବାକୁ ଚେଷ୍ଟା କରୁଥିଲେ । ଯେତେବେଳେ ମୁଁ ଉଡ଼ିବାର ଆଶା ହରେଇବସେ, ସେ ମୋତେ ଆଶାର ଡେଣା ଦୁଇଟି ଲଗେଇ ଦିଅନ୍ତି । ଅନବରତ ହେଉଥିବା ଇନ୍‌ଫେକ୍‌ସନ ମୋତେ ଭାଙ୍ଗି ଦେଇଥିଲା । ଏପରିକି ମୁଁ ମୋର ଦୁଃଖ କଷ୍ଟକୁ ଆଉ କହିବି ପାରୁ ନ ଥିଲି । ସେହି ସମୟରେ କୌଣସି ଶବ୍ଦ ବି ନ କହି ସେ ନରମ ଶାନ୍ତ ଚାହାଣୀରେ କେବଳ ମୋତେ ଚାହୁଁଥିଲେ । ସତକୁସତ ଦିନେ ମୁଁ ମୋର ଓ୍ୱାକର ଧରି ନିଜେ ଠିଆ ହେବାରେ ସକ୍ଷମ ହେଲି । ସେ ଗୋଟେ ଭିଡ଼ିଓ କରି ମୋର ସହିବା ଶକ୍ତିକୁ ବହୁତ ପ୍ରଶଂସା କଲେ । ମୁଁ ମଧ୍ୟ ଟିକେ ହାଲୁକା ଅନୁଭବ କଲି । ଏବେ ମୋର ଆତ୍ମ-ବିଶ୍ୱାସ ଫେରି ଆସୁଥିଲା । ମୋ ଭିତରୁ ଗୋଟେ ସ୍ୱର ମୋତେ ଆଶ୍ୱାସନା ଦେଉଥିଲା ଯେ ଦିନେନା ଦିନେ ମୁଁ କୌଣସି ସହଯୋଗ ବିନା ମୋ ପାଦରେ ଚାଲିପାରିବି । ମୁଁ ଡାକ୍ତର ଚିନ୍ତନଙ୍କୁ ଏ କଥା କହିଲି । ସେ ମୋତେ ଶିଖେଇଲେ ନିଜର ଅନ୍ଧକାରକୁ ହଟେଇବା ପାଇଁ ମୋତେ ନିଜେ ଗୋଟେ ମହମବତୀ ଜଳେଇବାକୁ ହେବ ନିଜକୁ ଆଲୋକିତ କରିବା ପାଇଁ ।

ମୋ ପିଲାମାନଙ୍କର ଅସହାୟତା ମୋତେ କେବେବି ଅନୁଭବ କରିବାକୁ ସେ ଦେଉନଥିଲେ । ସେ ଗୋଟେ ପୁଅ ପରି ମୋତେ ଆରାମ ଦେଉଥିଲେ । ସେ ମୋତେ ଖୁଆଇବାକୁ ଚେଷ୍ଟା କରୁଥିଲେ । କିନ୍ତୁ ସହଗାମୀ ହୋଇ ସେ ମୋତେ ଏକ୍ସରସାଇଜ୍‌ରୁ କେବେବି ରିହାତି ଦେଉ ନ ଥିଲେ । 'ନିଶ୍ଚୟ କରିବ' 'ପାରିବିନି କହିବନି' ଏହା ଥିଲା ତାଙ୍କର ଉଦ୍ଦେଶ୍ୟ ଯାହା ମୋତେ ଆଦୌ ଭଲ ଲାଗୁ ନ ଥିଲା । ଏହିପରି ଦିନଗୁଡ଼ିକ ବିତିଯାଉ ଥିଲା ଏବଂ ଫଳାଫଳ ମୋ ଆଶାର ବାହାରେ ଆସିଯାଉଥିଲା କିନ୍ତୁ ଡାକ୍ତରଙ୍କର ଆଶା ଆହୁରି ଅଧିକ ଥିଲା । ତା'ପରେ ମୁଁ ତାଙ୍କୁ ପୂର୍ଣ୍ଣ ସହଯୋଗ କରିବାକୁ ଆରମ୍ଭ

କରିଥିଲି । ତାପରେ ଆମର ସମ୍ପର୍କ ଆହୁରି ଘନିଷ୍ଠ ହୋଇଯାଇଥିଲା । ଏହା କଳା ଏବଂ ଧଳା ଛାଇ ଆଲୁଅର ଖେଳପରି ମୁଁ ଅନୁଭବ କରୁଥିଲି । ସେ କେବଳ ଜଣେ ଥେରାପିଷ୍ଟ ନ ଥିଲେ, ସେ ଜଣେ କାଉନ୍‌ସେଲର ଏବଂ ମୋଟିଭେଟର ମଧ୍ୟ ଥିଲେ । ସେ ମୋତେ ମୋଟିଭେସନାଲ ଭିଡିଓ ମଧ୍ୟ ଦେଖାଉଥିଲେ । ସେ ମୋତେ ତପସ୍ୟାରତ କରାଉଥିଲେ । ବେଳେ ବେଳେ ସେ ମଧ୍ୟ ବିରକ୍ତ ହେଇଯାଉଥିଲେ । ତାଙ୍କ ମୁହଁରୁ ମୁଁ ଏହା ପଢ଼ି ପାରୁଥିଲି ।

ଏବେ ସମୟ ଆସିଲା ମୋର ପାଦ ଆଣ୍ଠୁ ପାଖରୁ ତଳକୁ ବଙ୍କା କରିବା ପାଇଁ । ଯେତେବେଳେ ଚିନ୍ତନ ତାହା କରୁଥିଲେ ମୁଁ ଖୁବ୍ ଜୋର୍‌ରେ ଚିତ୍କାର କରୁଥିଲି । ମୁଁ କାନ୍ଦିପକାଉଥିଲି ବହୁତ, ତାଙ୍କୁ ଗାଳି କରୁଥିଲି ଏବଂ ରାଗିଯାଉଥିଲି ମଧ୍ୟ । ମୁଁ ତାଙ୍କୁ ଅଭିଶାପ ଦେବା ପର୍ଯ୍ୟନ୍ତ ଚାଲି ଯାଉଥିଲି ଏବଂ ରାକ୍ଷସ ବୋଲି ମଧ୍ୟ କହୁଥିଲି ଯାହାଙ୍କର କୌଣସି ସମବେଦନା ନ ଥିଲା । ସେ କିନ୍ତୁ ମୋତେ ଛାଡ଼ୁ ନ ଥିଲେ । ସେ ସବୁ ଅପମାନକୁ ସହିଯାଉଥିଲେ ଏବଂ ମୋର ସବୁଠାରୁ ବେଶୀ ଯତ୍ନ ନେଉଥିଲେ । ଯଦି ଗୋଟେ ସେସନରେ ମୁଁ କାନ୍ଦୁଥିଲି, ସେ ହସିହସି ମୋ ପାଖକୁ ଆସୁଥିଲେ । ସେ ମୋତେ ଭାରାକ୍ରାନ୍ତ ନ କରିବାକୁ ଚେଷ୍ଟା କରୁଥିଲେ । ବାହ୍ୟ ଭାବରେ, ସେ ଖୁବ୍ କଠୋର ଜଣାପଡୁଥିଲେ । ଏକସରସାଇଜ୍ କରିବା ସମୟରେ, କିନ୍ତୁ ଆନ୍ତରିକ ଭାବରେ ସେ ନିରାଶାରେ ହୁଏତ ଭାଙ୍ଗିପଡୁଥିଲେ ଅନେକ ସମୟରେ । ତାହା ମୋତେ କ୍ଷୁବ୍ଧ କରୁଥିଲା ଏବଂ ମୋତେ କନ୍ଦେଇ ଦେଉଥିଲା । ମୁଁ ଦିନରାତି କାନ୍ଦୁଥିଲି, ସତେ ଯେମିତି ମୋ ଆଖିରେ ଧାରା ଶ୍ରାବଣ ଆସିଯାଇଥିଲା ।

ସେ ମୋତେ ଘରେ ଅଭ୍ୟାସ କରିବାକୁ ପ୍ରତି ସେସନ୍‌ରେ କିଛି ଏକ୍ସରସାଇଜ୍ ଦେଉଥିଲେ । ତା ପରେ ମୁଁ ତାହା କରୁଛି କି ନାହିଁ ତଦାରଖ କରୁଥିଲେ । ମୁଁ ମାତ୍ର ତାଙ୍କ ଦେଇଥିବା ଏକସରସାଇଜ୍‌ର ୭୦ ଭାଗ କରି ପାରୁଥିଲି । ମୁଁ ମିଛ କହିପାରୁ ନ ଥିଲି କିମ୍ବା ସତ ମଧ୍ୟ କହିପାରୁ ନ ଥିଲି । ତେଣୁ ମୁଁ ଚୁପ୍ ହିଁ ରହୁଥିଲି, ଉତ୍ତର ନ ଦେଲେ ମଧ୍ୟ ସେ ସବୁ ଅନୁମାନ କରିପାରୁଥିଲେ । ମୁଁ ତାଙ୍କର ରାଗ ଏବଂ ନିରାନନ୍ଦ କଥା ବୁଝିପାରୁଥିଲି । ମୁଁ ଯଦିଓ ସବୁ କଥା ଠିକ୍ ଭାବରେ ହେବା ଚାହିଁଥାଏ, କିନ୍ତୁ ମୋର ଏପରି ଠିକ୍ ଭାବରେ ନ କରିପାରିବା ନିମନ୍ତେ ମୁଁ ଲଜ୍ଜିତ ହୁଏ । ସେ ମୋତେ ଘରୋଇ ପାଠ (ଏକ୍ସରସାଇଜ) କରିବା ପାଇଁ ଏମିତି ଉପାୟ ବତେଇଲେ, "ଆଜି ତୁମେ ଦଶମିନିଟ୍ ପାଇଁ ଗୋଡ଼ ତଳକୁ ଝୁଲେଇ ବସିବ ନିଶ୍ଚୟ, ନଚେତ୍ ମୁଁ କାଲିଠାରୁ ଆଉ ଆସିବି ନାହିଁ ।" ମୁଁ ତାଙ୍କୁ ବୁଝେଇପାରୁ ନ ଥିଲି ଯେ ଏହା ଗୋଟେ ପାହାଡ଼ରୁ ତଳକୁ ଡେଇଁ ପଡ଼ିବା ସହିତ ମୋ ପାଇଁ ତୁଳନୀୟ । ମୁଁ ଅନୁଭବ କରୁଥିଲି ମୋ ପାଦ ଦୁଇଟିକୁ କିଏ ଯେପରି ବହୁତ

ଜୋରରେ ପଛକୁ ଟାଣିଧରିଛି। ମୁଁ ଅନୁଭବ କରୁଥିଲି ମୁଁ ସେହି ଟାଣିଧରିବା ଯୋଗୁଁ ତଳକୁ ଟାଣି ହୋଇଯାଉଛି। ସେ ମୋର ଏପରି କଥାକୁ ଆଦୌ ଧ୍ୟାନ ଦେଉ ନ ଥିଲେ ସତେ ଯେପରି ଦ୍ୱାଦଶ ଶ୍ରେଣୀ ବୋର୍ଡ଼ ପରୀକ୍ଷାରେ ମୁଁ ତାଙ୍କ ପ୍ରତି ଯେପରି କଠୋର ଥିଲି ସେ ଯେପରି ତା'ର ପ୍ରତିଶୋଧ ନେଉଛନ୍ତି ! ଏପରି ଭାବିବାକୁ ମଧ୍ୟ ଖୁବ୍ ଖରାପ ଲାଗୁଥିଲା। ଯେତେବେଳେ ମୁଁ ଆଶ୍ୱସ୍ତି ଅନୁଭବ କରୁଥିଲି ମୁଁ ସବୁବେଳେ ଅନୁଭବ କରୁଥିଲି ଯେ ତାଙ୍କର କଠୋରତା ମୋ ପ୍ରତି ପ୍ରତିଶୋଧମୂଳକ ନ ଥିଲା ବରଂ ଆଶୀର୍ବାଦ ଥିଲା।

ତା ପରେ ଚାଲିବାର ଯୋଜନା ଆରମ୍ଭ ହେଲା, ଲୋକେ ଏକାଠି ହୋଇ ମୋତେ ଚାଲିବାକୁ ବାଧ୍ୟ କରୁଥିଲେ। କିନ୍ତୁ ମୁଁ ମୋର ପାଦ ଉଠେଇ ପାରୁ ନ ଥିଲି। ଚିନ୍ତନ ମୋତେ ଗାଳି କରୁଥିଲେ "ଆପଣଙ୍କର କୌଣସି ଆଗ୍ରହ ନାହିଁ।" ମୁଁ ତାଙ୍କୁ ବୁଝେଇ ପାରୁ ନ ଥିଲି ଯେ ଏହା ଏକା ମୁନିଆଁ କଣ୍ଟାବୁଦା ଉପରେ ଚାଲିବା ପରି ମୋତେ ଜଣା ପଡୁଥିଲା। ମୁଁ ତାଙ୍କୁ କହିବାକୁ ଚାହୁଁଥିଲି କିନ୍ତୁ କହି ନ ପାରି ଗୋଟେ ଉତ୍ସାହିତ କଲାପରି କବିତା ଲେଖିଥିଲି। "ଓ... ଭି ଛେ ମଞ୍ଜିଲ, ତୁମଭା ତୁଜ କଦମ ଶତତ ଚାଲଭୁନ ଏଜ ତାରୋ ଧରମ।" କିନ୍ତୁ ଏପରି ଏକ ଜଟିଳ ପରିସ୍ଥିତିରେ ମୁଁ ମୋର ଜୀବନକୁ ନିରୀକ୍ଷଣ କରୁଥିଲି। ଅନ୍ୟମାନଙ୍କୁ ପ୍ରଭାବିତ କରିବା, ଭାଷଣ ଦେବା ଭାରି ସହଜ କିନ୍ତୁ ତାହା ନିଜ ଜୀବନରେ ଅଭ୍ୟାସ କରିବା ଅତି ଅସହାୟ ଭାବରେ ଅସମ୍ଭବ। ବହୁତ ଯନ୍ତ୍ରଣା ଏବଂ କଷ୍ଟ ପାଇବାର କିଛିଦିନ ପରେ ମୁଁ ଟିକିଏ ଚାଲିବାକୁ ସକ୍ଷମ ହେଲି ଆଉ ସେ ତା'ର ଗୋଟେ ଭିଡ଼ିଓ କରି ମୋ ପିଲାମାନଙ୍କ ପାଖକୁ ପଠେଇ ଦେଲେ। ତାଙ୍କ ନିମନ୍ତେ ସେଇ ଦିନଟି ଅତି ମୂଲ୍ୟବାନ ସ୍ମରଣୀୟ ଦିନ ଥିଲା। ତାଙ୍କର ପରିଶ୍ରମ ଫଳବତୀ ହେବାକୁ ଯାଉଥିଲା। ତାଙ୍କର ଆସ୍ଥା ଓ ବିଶ୍ୱାସ ଦୁଇଗୁଣ ବଢ଼ି ଯାଇଥିଲା। ସେ ନିଜକୁ ନିଜେ ହୁଏତ କହୁଥିବେ, "ତୁମେ ଚାହିଁଲେ ମରୁଭୂମିରେ ମଧ୍ୟ ପୁଷ୍ପ ପ୍ରସ୍ଫୁଟିତ କରିପାରିବ।"

ଏବେ ସେ ଆଗ୍ରହର ସହିତ ମୋତେ ଚଲେଇବାକୁ ଚେଷ୍ଟା କରୁଥିଲେ। ଏହା ମୋ ପାଇଁ ବହୁତ କଷ୍ଟକର ବ୍ୟାପାର ଥିଲା। ମୁଁ ଯୁକ୍ତି କରିବାକୁ ଚାହୁଁଥିଲି, "ଚିନ୍ତନ, ଦୟା କରି ଏତିକିରେ ଥାଉ। ଆଜି ମୋତେ କିଛି ରିହାତି ଦିଅ। ମୁଁ କାଲି ନିଶ୍ଚୟ ବେଶୀ ଚାଲି ପାରିବି।" ଚିନ୍ତନ ବିରକ୍ତ ହେଇଯାଉଥିଲେ। ମୋର ଗୁଜୁରାଟୀ ଢଙ୍ଗ ସେ ମୋତେ ଭଲପାଉ ନ ଥିଲେ। ସେ ମୋର ଏପରି ଭାଷା କହିବା ପାଇଁ ଭର୍ତ୍ସନା କରୁଥିଲେ, ସେ ବରଂ ସେଇ କଥାକୁ ହସରେ ଉଡ଼େଇ ଦେଇ ମୋତେ ହସେଇବାକୁ ଚେଷ୍ଟା କରି ମୋର କଷ୍ଟ ଲାଘବ କରୁଥିଲେ। ମୁଁ କିନ୍ତୁ ଅହଂକାରୀ ଥିଲି। ସେ ତାଙ୍କର ଧୈର୍ଯ୍ୟ ହରାଉଥିଲେ। ସେ ନିଜକୁ ଶାନ୍ତ୍ୱନା ଦେଉଥିଲେ। ସେ ତାଙ୍କର ସିଦ୍ଧାନ୍ତରେ ସ୍ଥିର ନିଶ୍ଚିତ ଥିଲେ ଯେ ସେ

ମୋତେ ନିଶ୍ଚୟ ପୁରା ଠିକ୍ କରିଦେବେ। ସେ ସ୍ଥିର କରିସାରିଥିଲେ ଏବଂ ନିଜ ପାଖରେ ପ୍ରତିଜ୍ଞା କରି ସାରିଥିଲେ ଯେ ସେ ମୋତେ ନିଶ୍ଚୟ ଚଲେଇବେ।

ମୋ ବାମ ପାଦରେ ତେର ଥର ଅପରେସନ ହୋଇଥିଲା। ମୋ ବାମ ପାଦ ଛୋଟ ହୋଇଯାଇଥିଲା ଏବଂ ଅସ୍ଥିର ଥିଲା ଏବଂ ତା ଉପରେ ବୋଝ ଉପରେ ନଳିତାବିଡ଼ା ପରି ବାହ୍ୟ ଫିକ୍ସେଟର ଦ୍ୱାରା ଆହୁରି ଭାରାକ୍ରାନ୍ତ ଲାଗୁଥିଲା। ତା ସହିତ ହିଁ ମୋତେ ଚାଲିବାକୁ ହେଉଥିଲା। ସେ ମୋର କଷ୍ଟ ବିଷୟରେ ଜାଣିଥିଲେ କିନ୍ତୁ ତାଙ୍କର ଉଦ୍ଦେଶ୍ୟ ପୂରଣ ନିମନ୍ତେ ସେ କଠୋର ହେଇଯାଇଥିଲେ। ପ୍ରାୟ ଦୁଇମାସ ପରେ ମୁଁ ମୋ ଘରେ ବିନା ୱାକର ସାହାଯ୍ୟରେ ଚାଲିପାରିଲି। ଗୋଟେ ବିପଦ ଅତିକ୍ରମ କଲା ପରେ ସେ ଦ୍ୱିତୀୟଟି ଆରମ୍ଭ କରିବାକୁ ତତ୍ପର ହୋଇ ଉଠୁଥିଲେ। ତାପର କାର୍ଯ୍ୟଟି ଥିଲା ପାହାଚ ଚଢ଼େଇବା। ମୋର ଡ୍ରଇଂରୁମ୍ ଓ ରୋଷେଇଘର ମଝିରେ ଗୋଟେ ୬ ଇଞ୍ଚର ପାହାଚ ଥିଲା। ସେ ମୋତେ ସେଇଟା ଚଢ଼ିବାକୁ କହିଲେ, କିନ୍ତୁ ଗୋଡ଼ ଉଠେଇବା ବହୁତ କଷ୍ଟକର ଥିଲା। ସେ ମୋତେ ଚାରିଦିନ ସମୟ ଦେଇଥିଲେ। କିନ୍ତୁ ସାତଦିନ ବିତିଗଲା ପରେ ମଧ୍ୟ ମୁଁ ସେଥିପାଇଁ ବିଫଳ ହେଲି। ମୁଁ ପ୍ରାୟ ଭାଙ୍ଗିପଡୁଥିଲି। ଦିନେ ରାଗିକରି ମୋ ୱାକରକୁ ମୁଁ ଟାଣି ଆଣି କହିଲି, "ତୁ ଏଥର ଯା, ମୁଁ ଏହା କରିବାକୁ ଚାହୁଁନି।" ମୁଁ ଯେତେବେଳେ ମୋ ୱାକରକୁ ଟାଣିଦେଲି ହଠାତ୍ ମୁଁ ମୋର ବାଲାନ୍ସ ହରେଇଦେଲି, କିନ୍ତୁ ଚିନ୍ତନ ମୋତେ ପଡ଼ିଯିବାରୁ ରକ୍ଷା କରିଦେଲେ। ସେ ମୋତେ ବିଛଣା ଉପରେ ଶୁଆଇ ଦେଲେ ଏବଂ କ୍ରୋଧିତ ହୋଇ କହିଲେ "ଆପଣ ସ୍ଥିର କରନ୍ତୁ କାଲିଠାରୁ ମୁଁ କ'ଣ କରିବା ଆପଣ ଚାହୁଁଛନ୍ତି। ମୁଁ ଆପଣଙ୍କ କଥା ମାନିବି।" ଏହା କହି ସେ ରାଗି ତମତମ ହୋଇ ଚାଲିଗଲେ। ମୁଁ ସ୍ଥିର ହୋଇଯାଇଥିଲି। ମୋର କଦର୍ଯ୍ୟ ବ୍ୟବହାର ପାଇଁ ମୁଁ ଅନୁତାପ କରୁଥିଲି। ମୁଁ ଗୋଟେ ବରଡ଼ାପତ୍ର ପରି ଭିତରେ ଥରି ଯାଉଥିଲି। ମୁଁ ଡରି ଯାଇଥିଲି ଯେ ଚିନ୍ତନ ସେଦିନ କିଛିବି ଖାଇ ନ ଥିବେ। ସାରା ରାତି ମୁଁ ଖୁବ୍ ବ୍ୟସ୍ତ ହେଉଥିଲି ଯେ କିପରି ମୁଁ ମୋର ପାଦ ଉଠେଇ ପାରିବି। ମୁଁ କିଛି ଗୋଟେ କରିବାକୁ ଭାବିଲି। ତା ପରଦିନ ସେ ଆସିଲେ, କିନ୍ତୁ ଖୁବ୍ ଚୁପ୍‌ଚାପ୍ ଥିଲେ। ସେ ମୋତେ ବିଛଣାରୁ ତଳକୁ ଆଣିବାକୁ ଚେଷ୍ଟା କଲେ, ମୁଁ ମୋ ୱାକର ଟାଣିଆଣିଲି ଏବଂ ଚାଲିବାକୁ ଆରମ୍ଭ କଲି ଏବଂ ପାହାଚ ନିଜେ ଚଢ଼ିଗଲି। ମୁଁ ଖୁସି ହୋଇ ପ୍ରଶଂସା ପାଇବା ପାଇଁ ତାଙ୍କୁ ଚାହିଁଲି ସେ କିନ୍ତୁ ଥଣ୍ଡା ଦେଖା ଯାଉଥିଲେ। ସେ କେବଳ ଧୀରେ କହିଲେ, "ଆପଣ କରି ପାରିବେ। ଆପଣ ଆପଣଙ୍କ ଇଚ୍ଛାକୁ ଆହୁରି ଜୋର ଦିଅନ୍ତୁ ଏବଂ ଆପଣ ସଫଳ ହେବେ।" ପରିସ୍ଥିତି ଟିକେ ସହଜ ହୋଇଯାଇଥିଲା।

ଦିନେ ମୁଁ ନିଜେ ନିଜେ ପ୍ରଥମ ମହଲାର ସିଢ଼ି ଚଢ଼ିବାକୁ ଚେଷ୍ଟା କଲି। ସେ

ବୋଧହୁଏ କ'ଣ ଭାବିଲେ, କିନ୍ତୁ କିଛି କହିଲେନି। ବୋଧହୁଏ, ପ୍ରଥମଥର ପାଇଁ ସେ ଭାବିଲେ ଯେ ତାଙ୍କର ଯିବାର ସମୟ ଆସିଗଲା। ସେ ଆଗ୍ରହରେ ଏହାକୁ ଗ୍ରହଣ କଲେ। ମୁଁ ମୋର ସମସ୍ତ ସାହସ ଏକତ୍ରିତ କରି ଚଢ଼ିଲି ଏବଂ ଉପରଘରେ ଥିବା ମୋର ଛୋଟ ମନ୍ଦିର ଘରକୁ ଗଲି। ତା ପରେ ମୁଁ ମୋ ଶୋଇବା ଘରକୁ ଗଲି। ମୋର ସବୁ କାନ୍ଥକୁ ମୁଁ ଆଉଁସି ଦେଲି। ମୁଁ ବହୁତ ଖୁସିଥିଲି ଯେ ଶେଷରେ ମୋର ନିର୍ଦ୍ଦିଷ୍ଟ ଠିକଣାରେ ମୁଁ ପହଞ୍ଚିଯାଉଛି। ମୁଁ ଖୁବ୍ ଆନନ୍ଦିତ ହୋଇଯାଇଥିଲି। ସେହିଦିନ ସେହି ସେସନ ବହୁତ ଲମ୍ବା ଥିଲା। ସେ ତାଙ୍କର ଅନ୍ୟ ସ୍ଥାନକୁ ଯିବା କଥା ବାତିଲ କରିଦେଲେ। ସେ କିନ୍ତୁ ଖୁସିଥିଲେ ଏବଂ ମୁଁ ତାଙ୍କୁ ବହି ଦେଖାଇଲି ଏବଂ କହିଲି, "ଏହାହିଁ ମୋର ସମ୍ପତ୍ତି"। ମୁଁ ବହୁତ ଅଧିକ ଖୁସି ଥିଲି। ସବୁବେଳେ କାନ୍ଦି କାନ୍ଦି ଫୁଲିଯାଇଥିବା ମୋର ଆଖିରେ ଆଶାର କିରଣ ଦେଖା ଦେଇଥିଲା ଏବଂ ଆନନ୍ଦର ମଧ୍ୟ। ଗୋଟିଏ ଦୁଃଖଦ ଏବଂ ଯନ୍ତ୍ରଣାଦାୟକ ଲମ୍ବା ସମୟ ପରେ ଏହା ଏକ ଅତି ଆନନ୍ଦମୟ ଦିନ ଥିଲା। ମୋ ଭିତରେ ଆନନ୍ଦର ବର୍ଷା ହେଉଥିଲା। ମୁଁ ତାହା ଚିନ୍ତନଙ୍କ ପାଖରେ ସ୍ୱୀକାର କଲି। ଆମେ ଭାବିଲୁ ସେ ଶୀର୍ଷବିନ୍ଦୁରେ ପହଞ୍ଚିଗଲେ। ସେ ତା'ର ସମ୍ପୂର୍ଣ୍ଣ ଭିଡିଓ କରି ମୋର ପିଲାମାନଙ୍କ ପାଖକୁ ପଠେଇ ଦେଲେ।

ମୁଁ ଯେତେବେଳେ ଖୁବ୍ ଯୁବାବସ୍ଥାରେ ଥିଲି, ବନ୍ଧୁବାନ୍ଧବମାନେ କହୁଥିଲେ : "ଏ ଝିଅକୁ କିଛି ଶିଖେଇବାକୁ ପଡ଼ିବନି ସେ କାମ କରୁ ବା ଚିତ୍ର କରୁ"। ମୁଁ ନିଷ୍ଠାର ସହିତ ସବୁ ନିରୀକ୍ଷଣ କରେ। ଏବେ କିନ୍ତୁ ଚିନ୍ତନ ମୋତେ ଶିଖାଉଥିଲେ କିପରି ଗୋଟେ ଗ୍ଲାସ୍ ଧରିବାକୁ ପଡ଼ିବ, କିପରି ନିଜେ ନିଜେ ପାଣି ପିଇ ପାରିବି, ପାଉଁରୁଟି ଖଣ୍ଡକୁ କେମିତି ପ୍ରସ୍ତୁତ କରିପାରିବି, ଚାମଚ କିପରି ଧରି ପାରିବି, ଏମିତି ସବୁ। ମୁଁ ନିଜକୁ ଯାହା ଭାବୁଥିଲି ତାହା ଏବେ ଏଇସବୁ ଶିଖିବା ସହିତ ବାନ୍ଧି ହୋଇ ଯାଇଥିଲା। ମୁଁ ଲାଜରେ ମରିଯାଉଥିଲି।

ନଭେମ୍ବର ମୋ ପାଇଁ କିଛି ଭଲ ସ୍ୱାସ୍ଥ୍ୟ ଆଣିଦେଲା। ଏବେ ମୁଁ ଶୀଘ୍ର ସୁସ୍ଥ ହେଉଥିଲି। ତଥାପି ଯେତେବେଳେ ମୁଁ ଗୋଟେ ଚେୟାର ବା ସୋଫା ଉପରେ ବସୁଥିଲି ସେଠୁ ଉଠିଲା ବେଳେ କଷ୍ଟ ଲାଗୁଥିଲା। ମୋର ବାମପାଦ ଦୁର୍ବଳ ହୋଇ ଯାଇଥିଲା ଏବଂ ନରମ ହୋଇଯାଇ ଥିଲା ଅତ୍ୟଧିକ ଅପରେସନ ହୋଇଥିବାରୁ। ମୋର ଜଙ୍ଘ ଯୋଗୁଁ ବସିବା ବହୁତ କଷ୍ଟକର ଥିଲା। ଯେଉଁ ସ୍ଥାନଟି ଅସହ୍ୟ କଷ୍ଟ ହେଉଥିଲା ତା ଉପରେ ଚାପ ଦେବା ଯୋଗୁଁ ଅସହ୍ୟ ଯନ୍ତ୍ରଣା ହେଉଥିଲା। ମୋର ସ୍ୱାମୀ ମୋର ଦୁର୍ଦ୍ଦଶାକୁ କେବେବି ବୁଝିପାରୁ ନ ଥିଲେ ତେଣୁ ମୋତେ ବସିବା ପାଇଁ ଜିଦ୍ କରୁଥିଲେ। ହଁ ଗୋଟେ ଚେୟାରରେ ବସିବାର ଆବଶ୍ୟକତା ଥିଲା। ତେଣୁ ମୁଁ ଗୋଟେ ଟଏଲେଟ୍

ସିଟ୍‌ରେ ବସିପାରିଲେ ମୋର ବୃହଦାନ୍ତ୍ର ଚିକିତ୍ସା ସମ୍ଭବ ହୋଇ ପାରିବ। ମୁଁ ଏକଥା ଭଲଭାବରେ ମଧ୍ୟ ଜାଣିଥିଲି। ତେଣୁ ସେମାନେ ଅଭ୍ୟାସ କରେଇବା ପାଇଁ ମୋତେ ଟଏଲେଟ୍-ସିଟ୍ ଉପରେ ନେଇ ବସାଉଥିଲେ। ଟଏଲେଟ୍‌ରେ ଥିବା ଅଇନାକୁ ମୁଁ ଦେଖୁଥିଲି। ମୋ ଦେହ କୋଇଲା ପରି କଳା ହୋଇ ଯାଇଥିଲା ଜ୍ୱର ଏବଂ ଇନ୍‌ଫେକ୍‌ସନ୍ ଯୋଗୁଁ। ମୁଁ ନିଜକୁ ଦେଖି ଭୟ କରିଗଲି। ମୁଁ ନିଜ ଚେହେରାକୁ ଗ୍ରହଣ କରିପାରୁ ନ ଥିଲି। ଯେପରିକି ଆଇନା ମଧ୍ୟ ମୋ ପରି ସେଇକଥା ଗୁଣୁଗୁଣଉ ଥିଲା। ମୁଁ ନିଜକୁ ନଅ (୯) ମାସ ପରେ ଦେଖୁଥିଲି। ଚିନ୍ତନ ମୋ ମନ କଥା ପଢ଼ି ପାରୁଥିଲେ। ମୁଁ କୌଣସି ମାନସିକ ଚାପ ଭିତରକୁ ଚାଲିଯିବା ପୂର୍ବରୁ ସେ ମୋର ଚିନ୍ତାକୁ ଅନ୍ୟ ଦିଗକୁ ନେଇଯାଇଥିଲେ। ସେ ମୋର ସାହାଯ୍ୟକାରୀ (କେଆର ଟେକର)କୁ ଆଇନାକୁ ଗୋଟେ କାଗଜରେ ଘୋଡ଼େଇ ଦେବା ପାଇଁ କହିଲେ।

ତେଣୁ ସେ ମୋର ପ୍ରତ୍ୟେକ ଭାବନାକୁ ବୁଝିପାରୁଥିଲେ। କିଛି କଥା ନ କହି ବି ସେ ମୋତେ ବୁଝିପାରୁଥିଲେ। କିନ୍ତୁ ତାଙ୍କର ସେସନ ଓ ଥେରାପି ବିଷୟରେ ସେ ସ୍ଥିର ରହିଥିଲେ। ତା ପରେ ଦୀପାବଳି ଉତ୍ସବ ଆସିଲା। ମୁଁ ଖୁବ୍ କମ୍ ଚାଲିପାରୁଥିଲି। କିନ୍ତୁ ଫିକ୍ସେଟର ଓ କଲୋଷ୍ଟମୀ ବ୍ୟାଗ୍ ପାଇଁ ମୁଁ ଗୋଟେ ଗାଉନ ବା ଡ୍ରେସ୍ ପିନ୍ଧିପାରୁ ନ ଥିଲି। ଦଶମାସ ଧରି ତାହାହିଁ ମୋର ୟୁନିଫର୍ମ ଥିଲା। ମୋ ନଣନ୍ଦ ଏହିପରି ୫ଟି ଗାଉନ୍ ପଠେଇଥିଲେ। ସେଇ ଗାଉନ ଭିତରେ ମୋର ସବୁ ରୋମାଣ୍ଟିକ ଅନୁଭବ ରହିଥିଲା। ମୁଁ କେବଳ ସ୍ୟାହି ରଙ୍ଗର ନୀଳ ମେଡ଼ିକାଲ ଗାଉନ ପିନ୍ଧି ପାରୁଥିଲି। ଯାହାବି ଉତ୍ସବ ହେଉ ପଛେ ସେଇ ଗାଉନ ହିଁ ମୋର ସାଜସଜା ଥିଲା। ଏହା ମୋର ଫେସନର ପରିଚୟ ଥିଲା। ଭିଡିଓ କଲ୍ କରିବା ଭିତରେ ମୋ ପିଲାମାନଙ୍କୁ ମଧ୍ୟ ଏକଥା ବହୁତ ଖରାପ ଲାଗୁଥିଲା ଏବଂ ଏହାକୁ ବଦଳେଇବାକୁ ସେମାନେ କହୁଥିଲେ। କିନ୍ତୁ ଆଉ କିଛି ବି ସମ୍ଭବ ନ ଥିଲା।

ଦୀପାବଳି ଦିନ ଆସିଯାଇଥିଲା। ଚିନ୍ତନ ମଧ୍ୟ ବହୁତ ବ୍ୟସ୍ତତାରେ ଥିଲେ। ଧନତେରାସ୍ ଦିନ ସକାଳୁ ସେ ଆସିଗଲେ। ସେ ମୋତେ ଛୋଟ ଡ୍ରେସ୍‌କୁ ପିନ୍ କରି ପିନ୍ଧେଇ ଦେଲେ। ସେ ମୋର ସ୍ୱାମୀଙ୍କୁ ମୋ ଗହଣା ଆଣିବା ପାଇଁ କହିଲେ ଏବଂ ମୋତେ ପିନ୍ଧିବାକୁ କହିଲେ ମଧ୍ୟ। ସେ କିଛି ସଜାସଜି ମଧ୍ୟ କଲେ। ମୁଁ, ମୋ ସ୍ୱାମୀ ଏବଂ ମୋର ପରିଚାରିକା ତାଙ୍କର ଏପରି ଭାବନାର ଦିଗଟିକୁ ଦେଖି ଆଶ୍ଚର୍ଯ୍ୟ ହୋଇ ଯାଇଥିଲୁ। ହେମନ୍ତ ଏବଂ ମୋର ପରିଚାରିକା ସହିତ ବହୁ କଷ୍ଟରେ ସେ ମୋତେ ତାଙ୍କ କାର୍‌ରେ ନେଇ ବସେଇଲେ ଏବଂ ସାଇବାବାଙ୍କ ମନ୍ଦିରକୁ ନେଇଗଲେ। ମୁଁ ଓହ୍ଲେଇବାକୁ ସକ୍ଷମ ନ ଥିଲି କିନ୍ତୁ କାର୍ ଭତରେ ବସି ମୁଁ ଦର୍ଶନ କଲି। ଏହା ମୋ ପାଇଁ ଗୋଟେ

ଦୀପାବଳିର ଉପହାର ଥିଲା । ସେ ସେହି ଭିଡିଓଟିକୁ ମଧ୍ୟ ମୋ ପିଲାମାନଙ୍କ ପାଖକୁ ପଠାଇଲେ ଏବଂ ମୁଁ ନିଶ୍ଚିତ ଯେ ସେମାନେ ଅତ୍ୟନ୍ତ ଆନନ୍ଦିତ ଥିଲେ । ପୁରାପୁରି ନଅମାସ ପରେ ମୁଁ ବାହାର ଦୁନିଆକୁ ଦେଖିଲି । ମୁଁ ଗୋଟେ ନୂଆ ଜନ୍ମ ହୋଇଥିବା ଛୋଟ ଛୁଆ ପରି ଅନୁଭବ କରୁଥିଲି ।

ମୁଁ ଘର ଭିତରୁ ଠିକ୍ ଭାବରେ ପୃଥିବୀକୁ ଦେଖିପାରୁ ନ ଥିଲି କିନ୍ତୁ ସେଦିନ ସବୁ ସୁନା ରଙ୍ଗ ପରି ଝଟକୁ ଥିଲା ବାହାରେ ।

ଚିନ୍ତନଙ୍କର ସେଇ ଭାବପ୍ରବଣ ଦିଗଟି ମୋ ଭିତରେ ବହୁତ ପରିବର୍ତ୍ତନ ଆଣିଥିଲା । ମୁଁ ମଧ୍ୟ ଦୈହିକ ଶକ୍ତି ଅନୁଭବ କରୁଥିଲି । ତେଣୁ ମୁଁ ତାଙ୍କୁ ଥେରାପି ସେକ୍‌ସନ୍ ସମୟରେ ସହଯୋଗ କରୁଥିଲି । ଆଣ୍ଠୁରୁ ତଳକୁ ମୋ ଗୋଡ଼ ଭାଙ୍ଗିବାକୁ ମୋତେ ଗୋଟେ ରୋମାଞ୍ଚକର ଘଟଣା ପରି ମନେ ହେଉଥିଲା । କିନ୍ତୁ ମୁଁ ଶିଖି ଯାଇଥିଲି କିପରି କଷ୍ଟକୁ ହଜମ କରିବାକୁ ପଡ଼ିବ ତେଣୁ ମୁଁ ସହଯୋଗ କରୁଥିଲି । ମୁଁ ଭିତରେ ଭିତରେ ଡରିଯାଇଥିଲି ମୋ ଗୋଡ଼ର ଖୁବ୍ ବଡ଼ ଅପରେସନ ହେବାର ଥିଲା ବୋଲି । ଡାକ୍ତର ଚିନ୍ତନ ସେକଥା ବୁଝିପାରିଥିଲେ ତେଣୁ ସେ ମୋର ମନକୁ ଅନ୍ୟ ଦିଗକୁ ଘୁରେଇବାକୁ ଚେଷ୍ଟା କରୁଥିଲେ । ସେ ମୋତେ ନିଜ ଉପରେ ବିଶ୍ୱାସ କରିବାକୁ ଶିକ୍ଷା ଦେଉଥିଲେ ।

ଦୀପାବଳି ପରେ ମୋ ଉପରେ ଲାଗ୍ ଲାଗ୍ ଅନେକ ଅପରେସନ କରାଗଲା । ସେଇଥିପାଇଁ ଏବଂ ଇନଫେକ୍‌ସନ ପାଇଁ ମୋର ଫିଜିଓ ସେସନ ଟିକେ ମାନ୍ଦାବସ୍ଥାକୁ ଆସିଯାଇଥିଲା ଏବଂ ପ୍ରତିଦିନ ହୋଇପାରୁ ନ ଥିଲା । ଆଉଥରେ ସେହି କ୍ଷତ ସ୍ଥାନରୁ ପୁଣି ଆରମ୍ଭ କରିବାକୁ ପଡୁଥିଲା । ସେ କିନ୍ତୁ ତାଙ୍କର ବିରକ୍ତି ପ୍ରକାଶ କରୁ ନ ଥିଲେ । ସେ ମୋର ଆନନ୍ଦକୁ ଗୁରୁତ୍ୱ ଦେଉଥିଲେ । ମୋର ଏକ୍ସରସାଇଜ୍ ଠିକ୍ ବାଟରେ ଚାଲିଥିଲା । କେତେକ କ୍ଷେତ୍ରରେ ତାଙ୍କର ଆଶା କରିବା ପରି ମୁଁ କରିପାରୁ ନ ଥିଲି । ମୁଁ କାନ୍ଦି ପକାଉଥିଲି । ସେ ସବୁବେଳେ ମୋତେ ଏପରି ବିଷାଦରୁ ଟାଣି ଆଣୁଥିଲେ । ସେ ମୋତେ ଶାନ୍ତ୍ୱନା ଦେଇ କହୁଥିଲେ, "ଏଇଟା କ'ଣ ସଚ୍ଚିନ ତେନ୍ଦୁଲକରର ସ୍କୋର ହେଇଛି କି ପ୍ରତ୍ୟେକ ଥର ମ୍ୟାଚରେ ଶହେ କରିଦେବ ! ଏହା ବେଳେ ବେଳେ ମଧ୍ୟ ବିପରୀତ ଗତି କରିଥାଏ ।" ଯଦିଓ କଠୋର, ସେ ସବୁବେଳେ ମୋର ଶାରୀରିକ ମେରୁଦଣ୍ଡ ପରି । ସେ ସବୁବେଳେ ନିଷ୍ପାପର, ସାଧୁ ଏବଂ କର୍ତ୍ତବ୍ୟ ପରାୟଣ ।

ମୋର ଡାହାଣ ଆଣ୍ଠୁ ମୁଁ ଭାଙ୍ଗିପାରୁଥିଲି କିନ୍ତୁ ବାମ ଆଣ୍ଠୁ ଭାଙ୍ଗିବା ଭାରି କଷ୍ଟ ଥିଲା । ଗୋଟେ ଆଲୋଚନା ଚାଲିଥିଲା ଯେ ମୋତେ ଏନେସଥେସିଆ ଦେଇ ତାକୁ ତଳକୁ କରିବେ । ଦିନେ ମୁଁ ପଡ଼ିଗଲି । ଏହା ମୃତ୍ୟୁ ସହିତ ମୋର ଦ୍ୱିତୀୟ ରୋମାଞ୍ଚ ଥିଲା । କିନ୍ତୁ ଏହି ପଡ଼ିଯିବାଟା ମୋ ପାଇଁ ପରୋକ୍ଷରେ ଆଶୀର୍ବାଦ ଥିଲା ଏବଂ କୌଣସି

ଆଘାତ ନ ଲାଗିଥିଲେ ମଧ୍ୟ ମୋ ବାମ ଆଣ୍ଠୁ ତଳକୁ ମୁଁ ଭାଙ୍ଗିପାରିଥିଲି । ମୋ ପାଇଁ ଏହା ଗୋଟେ ବଡ଼ ଅଶ୍ୱାସନା ଥିଲା ।

ଏକଥା ମୁଁ ଯେତେବେଳେ ଲେଖୁଛି ମୋର ସବୁ ବଡ଼ ଅପରେସନ ହୋଇ ସାରିଥିଲା । ଚିନ୍ତନ ଏହି କଷ୍ଟକର ସମୟରେ ଦେବଦୂତ ଭଳି ମୋର ଯତ୍ନ ନେଉଥିଲେ । ସେ ଘରକାମ କେତେଗୁଡ଼ିଏ କରିବା ପାଇଁ ମୋର ଘରୋଇ କାର୍ଯ୍ୟ ଭାବରେ ମୋତେ ସଅଁପିଥିଲେ । ସେ ମୋତେ ଆତ୍ମବିଶ୍ୱାସୀ ହେବା ଚାହୁଁଥିଲେ । ସେହିପରି ଭାବରେ ମୁଁ ମଧ୍ୟ କିଛି ରୋଷେଇ କରିବାକୁ ଆରମ୍ଭ କଲି । ସେ ମୋତେ ଆଶ୍ୱାସନା ଦେଇ କହୁଥିଲେ, "ଯେମିତି ହୋଇଥାଉ ମୁଁ ଖାଇବି" ଏବଂ ସେ ସତରେ ଏହା କରୁଥିଲେ ଯଦିଓ ଖାଦ୍ୟ ଏତେ ସୁସ୍ୱାଦୁ ନ ଥିଲା ଏପରିକି ମାନ ମଧ୍ୟ ଠିକ୍ ନ ଥିଲା । ସେ କେବେବି ଅସନ୍ତୁଷ୍ଟ ନଥିଲେ । ତେଣୁ ସେ ନୈତିକ ସ୍ତରରେ ମୋତେ ପୁଷ୍ଟ କରି ଚାଲିଥିଲେ । ପ୍ରଥମେ ପ୍ରଥମେ ମୁଁ କୌଣସି ଖାଦ୍ୟ ତିଆରି କରିବା ପାଇଁ ଗ୍ୟାସ୍ ଷ୍ଟୋଭ୍‌କୁ ଲଗାଇ ପାରୁ ନ ଥିଲି । ସେ ମୋତେ ଶିଖେଇଲେ ମୁଁ ଜୀବନରେ ଗତିହୀନ ହେବା ବା ସ୍ଥିର ହୋଇଯିବା ଉଚିତ ନୁହେଁ ।

ଡାକ୍ତର ଚିନ୍ତିନଙ୍କର ମୋ ଜୀବନରେ ପ୍ରବେଶ ବିଶେଷ ଗୁରୁତ୍ୱ ରଖିଥିଲା ସତେବା ଗୋଟେ ତୁଫାନ ଝଡ଼ ପଶି ଆସିଥିଲା । ତାଙ୍କର ଏକ୍ସରସାଇଜ୍ ସେ ଯାହା ମୋତେ କରାଉଥିଲେ ମୋର ନିଃଶ୍ୱାସ ସତେ ଯେମିତି ବନ୍ଦ ହୋଇ ଯାଉଥିଲା । କିନ୍ତୁ ବଞ୍ଚିଯିବା ନିମନ୍ତେ ସତେ ଯେମିତି ମୋତେ ଗୋଟେ ଅଧିକ ନିଃଶ୍ୱାସ ସେ ଯୋଗେଇ ଦେଉଥିଲେ । ପ୍ରକୃତରେ ସକାରାତ୍ମକ ପରିବର୍ତ୍ତନ ଆଣିବା ନିମନ୍ତେ ସେ ଖୁବ୍ ଉର୍ଜାଶୀଳ ଥିଲେ ଏବଂ କୁଶଳୀ ଥିଲେ । ଅନେକ ସମୟରେ ସେ ନିଜ ମତରେ ଦୃଢ଼ ରହୁଥିଲେ ଏବଂ କେତେବେଳେ ମୋତେ ଶାନ୍ତ ଭାବରେ ଏକ୍ସରସାଇଜ କରେଇବା ପାଇଁ ବୁଝାଇ ଦେଉଥିଲେ । ମୋର ବିଶ୍ୱାସ ଯେହେତୁ କମ୍ ଥିଲା ତେଣୁ ଓଏସିସ୍‌କୁ ମୁଁ ମରିଚିକା ବୋଲି ମନେ କରୁଥିଲି । ସେଇ ନକରାତ୍ମକ ଚିନ୍ତାଧାରା ଭିତରେ ସେ କାମ କରୁଥିଲେ ମଧ୍ୟ ସକାରାତ୍ମକ ସ୍ପନ୍ଦନ ଆଣି ପାରୁଥିଲେ । ସେଥିପାଇଁ ସେ କଠୋରରୁ କଠୋରତମ ପରିଶ୍ରମ କରୁଥିଲେ । ତାଙ୍କର ନାମ ସହିତ କାମ ଏବଂ ସେହିପରି ଚିନ୍ତା ମଧ୍ୟ ଥିଲା । ସେହି ଗୁଣ ଯୋଗୁଁ ସେ ସବୁବେଳେ ତାଙ୍କର ଆଶାନୁରୂପ ଫଳ ପାଇ ପାରୁ ଥିଲେ । ତାଙ୍କର ବ୍ୟଙ୍ଗାତ୍ମକ ହାସ୍ୟ ମଧ୍ୟ ସ୍ମରଣୀୟ । ମୋର ବୁଡି ଯାଉଥିବା ଜୀବନ ପୋତକୁ ତାଙ୍କପରି ଗୋଟେ ଜାହାଜ ଅନେକ ଥର ରକ୍ଷା କରିଦେଲା ।

ମୁଁ ମୋର ଆଙ୍ଗୁଳି ଚାଳନା କରିପାରୁ ନ ଥିଲି । ସେଇ ଅବସ୍ଥାରୁ ସେ ମୋତେ ଚଲେଇବା ପର୍ଯ୍ୟନ୍ତ ଆଣିପାରିଥିଲେ । ସେ ଗୋଟେ ଦେବଦୂତ ପରି ମୋ ପାଇଁ ଆସିଥିଲେ ।

ମୋର ଆତ୍ମୀୟମାନେ ମଧ୍ୟ ସେଇଆ ହିଁ ଭାବୁଥିଲେ। ଯଦିଓ ଆମେ ଡାକ୍ତର ଏବଂ ରୋଗୀ ଭାବରେ ସମ୍ପର୍କୀତ, ଶିକ୍ଷକ ଏବଂ ଛାତ୍ର, ମାଉସୀ ଏବଂ ପୁତୁରା ଏବଂ ମା' ଏବଂ ପୁଅ ଭାବରେ ବନ୍ଧନ ଭିତରେ ଥିଲୁ। ଜୀବନ ଆଉ ଗୋଟିଏ ସମ୍ପର୍କରେ ଆମକୁ ବାନ୍ଧିଦେଲା ମାନବତ୍ୱ ଏବଂ ମାନବତ୍ୱ। ଗୋଟିଏ ବିଶାଳ ହିମଖଣ୍ଡ ପରି ମୋର ଅପାରଗତାକୁ ସେ ମୋ କଷ୍ଟ ପାଇଁ ତରଳେଇ ଦେଇଥିଲେ।

ମୋର ସମ୍ପୂର୍ଣ୍ଣ ବିଶ୍ୱାସ ଅଛି ଯେ ସେ ମୋତେ ଦିନେ ଦଉଡ଼େଇ ଦେବେ। ଏବେ ମୁଁ ମୋତେ ଦିଆଯାଉଥିବା କାର୍ଯ୍ୟ ଅନଲାଇନ୍‌ରେ ମଧ୍ୟ କରିପାରିବି। ମୁଁ ଚିନ୍ତନଙ୍କୁ ଏହି ସକଳ୍ପ ଜଣେଇଦେଲି। ମୁଁ ପୁଣିଥରେ ନୂଆକରି ଜୀବନ ଜିଇଁବାକୁ ଚିନ୍ତା କଲି। ତେଣୁ ସେଇ ଥେରାପି ଏବଂ ଥେରାପିଷ୍ଟ ମୋ ଜୀବନ ଭଗବତ ଗୀତାର ଗୋଟେ ଅଧ୍ୟାୟ ପାଲଟି ଯାଇଥିଲେ। ଦରଦରୁ ଆରମ୍ଭ ହୋଇଥିବା ଯାତ୍ରା ଗୋଟେ ସନ୍ତୁଷ୍ଟି ଏବଂ ଆଶାରେ ଶେଷ ହୋଇଥିଲା। ସେ ମୋର ମୂଳସ୍ରୋତ ପାଲଟି ଯାଇଥିଲେ।

■

ଅଷ୍ଟମ ଅଧ୍ୟାୟ

କଷ୍ଟ ଦଣ୍ଡ - କଲୋଷ୍ଟମି ବ୍ୟାଗ୍

"ଯଦି ଦୁଃଖର ଗୋଟେ ଭାଷା ଥାଏ
ଯଦି ସ୍ୱପ୍ନ ଗୋଟେ ଘାଆ ହୋଇଯାଏ
ଯଦି ସାହସ ନଷ୍ଟ ହେଇଯାଏ
ଯଦି ନିଜେ ମିଛ ଛଳନାରେ ବୁଡ଼ିଯାଏ।"

ଯନ୍ତ୍ରଣାକୁ ପିଇଯାଇ ହଜମ କରିହେବ। ସର୍ବାନ୍ତର୍ଯ୍ୟାମୀ ଭଗବାନ ଏକଥା ଶିକ୍ଷା ଦେଇପାରନ୍ତି। ତେବେ ଯନ୍ତ୍ରଣା ପାଇଁ କୌଣସି ପ୍ରତିଷେଧକ ତ ନିଶ୍ଚୟ ଥିବ। ପ୍ରତ୍ୟୟ ଓ ଧୈର୍ଯ୍ୟ ସହିତ ଆମେ ଯନ୍ତ୍ରଣାକୁ ପ୍ରତିହତ କରିପାରିବା। ଆମେ କେବଳ ଆତ୍ମବିଶ୍ୱାସ ବଳରେ ତାକୁ ସାମ୍ନା କରିପାରିବା।

କିନ୍ତୁ ଦୁଃଖର ସଂଜ୍ଞା କ'ଣ ? ଏହା ନିଜେ ନିଜେ ଦୁଃଖରେ ମଜ୍ଜିଯିବା ଏବଂ ପାଗଳ ପଣରେ ଏହା ପ୍ରକାଶିତ ହେବା। ମୋ ନିଜର ଉଦାହରଣ ଦେଇ ମୁଁ କହିପାରେ ଯେ ଭଗବାନ ମଣିଷକୁ ସାହାଯ୍ୟ କରିଥାନ୍ତି ଏବଂ ଯନ୍ତ୍ରଣା ଉପରେ ଗୋଟିଏ ଦୁଃଖୀ ମଣିଷ ଠିଆ ହୋଇଥାଏ ଯାହାର ବିପରୀତରେ ଆକାଶ ବି ଛୋଟ ଲାଗେ, ଦୁଃଖ ଆହୁରି ବଢ଼ି ବଢ଼ି ଚାଲିଥାଏ। ଏହା କଥାରେ ପ୍ରକାଶ କରି ହେବ ନାହିଁ। ସ୍ୱପ୍ନ ସବୁ ଆଖିରୁ କାକଟସ୍ କଣ୍ଟାରେ ରକ୍ତ ଝରୁଥିବା ପରି ଝରୁଥାଏ। ଗଭୀର ଯନ୍ତ୍ରଣା ଓ ଦୁଃଖ କୌଣସି ବି ବୀର ବାହାଦୂର ଲୋକକୁ ମିନିଟକରେ ଭାଙ୍ଗିଦେଇ ପାରିବ। ଏହିପରି ଦୁଃଖଦ ଘଟଣା ମୋ ଜୀବନରେ ଘଟିଗଲା।

ଏହା ଏକ ବ୍ୟକ୍ତିଗତ ଏବଂ ଭୟାନକ ଅନୁଭୂତି ଯାହାକୁ ବୁଝିବା ପାଇଁ ଆପଣମାନଙ୍କୁ ମୋତେ ସହ୍ୟ କରିବାକୁ ପଡ଼ିବ। ମୁଁ ତଥାପି ଅନ୍ଧାରରେ ବାଡ଼ି ବୁଲାଉଛି ମୋର ଦୁଃଖକୁ କହିବାକୁ ଭାଷା ପାଉନାହିଁ। ଆପଣ ନିଜକୁ ଭାଷାରେ ବ୍ୟକ୍ତ କରିପାରିବେ

କିନ୍ତୁ ଅସହ୍ୟ ଯନ୍ତ୍ରଣାକୁ ଭାଷାରେ ବ୍ୟକ୍ତ କରି ହେବ ନାହିଁ। ଶବ୍ଦ ଏହାକୁ ପ୍ରକାଶ କରିବାକୁ ଅକ୍ଷମ ଏବଂ ଛୋଟ।

ଆଗରୁ ଯେପରି କହିଛି, ମୋର ଫେରିବା ଗୋଟେ ଶତ ଛିଦ୍ର ହୋଇଯାଇଥିବା ଦୁର୍ଘଟଣାରୁ ସୃଷ୍ଟ। ଏହା ମଳାଶୟ ବା ବୃହଦନ୍ତ୍ରର ଶେଷ ଆଡ଼କୁ ହୋଇଥିଲା ଯାହା C.T. Scan ରେ ଦେଖାଯାଇ ନ ଥିଲା। ମୋର ଶରୀର ଫୁଲିଯାଇ ବହୁତ ଜ୍ୱର ମଧ୍ୟ ଥିଲା। ଡାକ୍ତରମାନେ ତାହାକୁ ଧରିପାରିଥିଲେ ଏବଂ ମୋର ଅନେକ ଥର ଇନ୍‌ଭେଷ୍ଟିଗେସନ କରବାକୁ ପଡ଼ିଲା। ଶେଷରେ ଜଣାପଡ଼ିଲା ଯେ ଏହା ଏକ ଅନ୍ତନାଳୀ ଛିଦ୍ର। ଏହା ଜଣା ହୋଇଯାଇଥିଲା। ଏହା ବହୁତ ଡେରିରେ ଚିହ୍ନଟ ହେଲା ତେଣୁ ଖୁବ୍ ଡେରି ହୋଇଯାଇଥିଲା। ଏହା ଯେହେତୁ ଗୋଟେ ବିରଳ ଅବସ୍ଥା ଥିଲା ଡାକ୍ତରମାନଙ୍କୁ ଏହାକୁ ସାମ୍ନା କରି ଚିକିତ୍ସା କରିବା ମଧ୍ୟ ଆହ୍ୱାନମୂଳକ ଥିଲା। ମୋ ଶରୀର ସେପ୍‌ଟି-ସେମିଆଁ ରୋଗରେ ଆକ୍ରାନ୍ତ ହୋଇଯାଇଥିଲା। ସବୁ ଗ୍ୟାଷ୍ଟ୍ରୋ ଏଣ୍ଟ୍ରୋଲଜିଷ୍ଟ ବଦୋଦରାର ଏକତ୍ରିତ ହୋଇଯାଇଥିଲେ। ବହୁତ ଗୁଡ଼ିଏ ସେସନର ଆଲୋଚନା ପରେ ସେମାନେ ମୋତେ ୨ଟା ବେଳ O.T. କୁ ନେଲେ। ଅପରେସନ ଆଠଘଣ୍ଟା ଧରି ଚାଲିଲା। ଛିଦ୍ର ହୋଇଥିବା ଯୋଗୁଁ କ୍ଷୁଦ୍ରାନ୍ତ୍ର ଆଂଶିକ କ୍ଷତି ହୋଇଥିଲା। ମଳଦ୍ୱାର ବନ୍ଦ ହୋଇଯାଉଥିଲା। ପାକସ୍ଥଳୀରେ ଦୁଇଟି ସ୍ଥାନରେ ବାନ୍ଧି ସେମାନେ ମୋର କଲୋଷ୍ଟମୀ କଲେ। କିନ୍ତୁ ଦୁର୍ଭାଗ୍ୟବଶତଃ ସେ ଅପରେସନ ଫଳପ୍ରଦ ହେଲାନାହିଁ ଏବଂ ଦ୍ୱିତୀୟ ଅପରେସନ ପୂର୍ବରୁ ମୁଁ ସିରିଅସ୍ ହୋଇଗଲି। ମୋତେ ଭେଣ୍ଟିଲେଟରରେ ରଖାଗଲା।

ମୁଁ ପିଲାବେଳୁ ପରିଷ୍କାର ପରିଚ୍ଛନ୍ନ ଥିଲି। ମୋତେ ବହୁତ ଅସନା ଲାଗୁଥିଲା ସବୁ, କିନ୍ତୁ ସେ ସମୟରେ ମୋର ଚେତା ନ ଥିଲା ସେସବୁ ଚିନ୍ତା କରିବାକୁ। ଯେତେବେଳେ ମୋର ଚେତା ଫେରିଲା ଗୋଟେ କଲୋଷ୍ଟମି ବ୍ୟାଗ୍ ଧରି ମଣିଷ ବୁଲିବା ମୋତେ ନର୍କ-ଯନ୍ତ୍ରଣା ପରି ଲାଗୁଥିଲା। ଏହା ମୋ ପାଇଁ ଗୋଟେ ଆହ୍ୱାନ ଥିଲା। ଏପରି ନର୍କ ଯନ୍ତ୍ରଣା ସହିବାକୁ ମୋତେ କାହିଁକି ବଞ୍ଚେଇ ରଖିଲେ ବୋଲି ମୁଁ ଭଗବାନଙ୍କ ପାଖରେ ଅଭିଯୋଗ କରୁଥିଲି। ମୋ ଉପରେ ସେ କୌଣସି ପ୍ରତିଶୋଧ ନେଉଥିଲେ ନା କ'ଣ ? ମୁଁ ଏହା ସହ୍ୟ କରିବାକୁ ପ୍ରସ୍ତୁତ ନ ଥିଲି। ମୁଁ ସମ୍ପୂର୍ଣ୍ଣ ମାନସିକ ଚାପ ଭିତରକୁ ଯାଉଥିଲି। ମୁଁ ଖୁବ୍ ବିରକ୍ତ ହୋଇଯାଇଥିଲି। କଲୋଷ୍ଟମି ବ୍ୟାଗକୁ ମୁଁ ଆଦୌ ସହ୍ୟ କରିପାରୁ ନ ଥିଲି। ମୁଁ ନିରବଚ୍ଛିନ୍ନ ଭାବରେ ସେଥିପାଇଁ ଅଭିଯୋଗ କରୁଥିଲି : "ମୁଁ ଆଦୌ ସହଜ ଅନୁଭବ କରିପାରୁନି କାରଣ ଏହା ବହୁତ ଅସନା।" Tri colour ଡାକ୍ତରଖାନାର ସମ୍ପୂର୍ଣ୍ଣ ଷ୍ଟାଫ ମୋର କାଉନସେଲିଂ କରୁଥିଲେ। "ଆପଣ ଆମ ପାଇଁ ସ୍ୱତନ୍ତ୍ର ଏବଂ ପ୍ରିୟ ରୋଗୀ। ଆମେ ଆପଣଙ୍କର ଭଲ ଯତ୍ନ ନେବୁ। ଆମେ ପରିଷ୍କାର ପରିଚ୍ଛନ୍ନତା ଏବଂ

ସୁସ୍ଥତା ମଧ୍ୟ ନିଶ୍ଚୟ ଦେଖିବୁ।" ସେକଥା ମଧ୍ୟ ସତ ଥିଲା। ମୁଁ ଯେତେବେଳେ I.C.U ରୁ ୱାର୍ଡ଼କୁ ଆସିଲି ସବୁ ଷ୍ଟାଫ୍ ମୋତେ ଦେଖିବାକୁ ଆସିଥିଲେ।

କଲୋଷ୍ଟମୀ ବ୍ୟାଗ୍ ପ୍ରତି ୩ ଦିନରେ ଥରେ ବଦଳେଇବା କଥା। ତାହା ବହୁତ କଷ୍ଟକର ଏବଂ କଦର୍ଯ୍ୟ ପ୍ରଣାଳୀ। ମୁଁ ତା ସହିତ ଏଗାର ମାସ ରହିଲି। ମୋ ନିଜ ହାତରେ ମୁଁ ତାହା କରୁଥିଲି। ତେଣୁ ଖାଇଲା ବେଳେ ମୁଁ ବାନ୍ତି କରିଦେଉଥିଲି। ଡାକ୍ତରମାନେ ମୋତେ ଇଞ୍ଜେକ୍‌ସନ ଦେଇ ବାନ୍ତି ବନ୍ଦ କରିବାକୁ ଚେଷ୍ଟା କରୁଥିଲେ କିନ୍ତୁ ସବୁ ବିଫଳ ହେଉଥିଲା। ମୋର ନ ଖାଇବା ଯୋଗୁଁ ଅପପୁଷ୍ଟି ମଧ୍ୟ ହେଲା। ତେଣୁ ସେମାନେ ଭିଟାମିନ୍ ଏବଂ ମିନେରାଲ ମୋତେ ଇଞ୍ଜେକ୍‌ସନ୍ ଆକାରରେ ଦେଲେ ବଞ୍ଚେଇ ରଖିବା ପାଇଁ। ମୋ ପରିବାର ମୋର ଏପରି ବ୍ୟବହାର ପାଇଁ ଲଜ୍ଜା ଅନୁଭବ କରୁଥିଲେ। ସେମାନେ ସୁପ୍ କିମ୍ବା ଜୁସ୍ ମୋତେ ଜବରଦସ୍ତ ପିଆଉଥିଲେ। ତଥାପି କଠିନ ଖାଦ୍ୟ ମୋତେ ଖୁଆଇବା ଅସମ୍ଭବ ଥିଲା। ସତେ ଯେମିତି ମୁଁ ଖାଇବା ଭୁଲି ଯାଇଛି। ବାନ୍ତି କରିବା ଗୋଟେ ନିୟମିତ ଅଭ୍ୟାସ ଥିଲା।

ଲୋକେ ସବୁବେଳେ କହୁଥିଲେ ଯେ ମୁଁ ଜଣେ ଉତ୍ତମ ଦୟାଶୀଳ ମହିଳା। ତେଣୁ ମୋର ପ୍ରଶ୍ନ ଥିଲା ଯେ, "ତା ହେଲେ ଏପରି ନର୍କ ଯନ୍ତ୍ରଣାର ଅଭିଶାପ ମୋତେ କାହିଁକି ?"

ପ୍ରକୃତିର ଏ ଚକ୍ରବ୍ୟୁହର ଅର୍ଥ ଅନୁମାନ କରିବା ମୋର ଅକ୍ଷମତା ଥିଲା। ଲୋକମାନେ ମୋତେ ବୁଝାଉଥିଲେ ଯେ ଆମକୁ ଆମର ପୂର୍ବଜନ୍ମର କର୍ମଫଳ ଭୋଗ କରିବାକୁ ପଡ଼ିବ, କିନ୍ତୁ ମୁଁ ବୁଝିପାରୁ ନ ଥିଲି ମୋର କେଉଁ କର୍ମ ପାଇଁ ମୁଁ ଏପରି ଦଣ୍ଡ ଭୋଗ କରୁଛି !

ସହିଯିବା ଛଡ଼ା ଅନ୍ୟ କୌଣସି ଉପାୟ ନ ଥିଲା। ମୋ ଭିତରେ ଗୋଟେ ଜ୍ୱଳନ୍ତ ପ୍ରଶ୍ନ ସବୁବେଳେ ରହିଥିଲା, "ସୃଷ୍ଟିକର୍ତ୍ତାଙ୍କ ସୃଷ୍ଟିରେ ମୁଁ କ'ଣ ସବୁଠାରୁ ଅପବିତ୍ର ଆତ୍ମାଟିଏ ଯିଏ ଏପରି କଷ୍ଟ ଭୋଗ କରୁଛି ?"

ମୋତେ ନିର୍ଦ୍ଦିଷ୍ଟ ଗୋଟିଏ ସ୍ଥାନରେ ସମ୍ପୂର୍ଣ୍ଣ ସନ୍ତୁଷ୍ଟ ହୋଇ ଶୋଇ ରହିବାକୁ ପଡୁଥିଲା। ମୋର ନିତ୍ୟକର୍ମ ବି ସେଠାରେ ସାରିବାକୁ ପଡୁଥିଲା ଏବଂ ଏହି ନର୍କପରି କଲୋଷ୍ଟମୀ ବ୍ୟାଗ୍ ମଧ୍ୟ ପ୍ରତି ଅଧଘଣ୍ଟାରେ ଥରେ ବା ଘଣ୍ଟାରେ ଥରେ ସଫା କରିବାକୁ ପଡୁଥିଲା। ଏଥିପାଇଁ ଜଣେ ମହିଳା ପରିଚାରିକାକୁ ନିଯୁକ୍ତ କରାଯାଇଥିଲା। ମୁଁ ସବୁବେଳେ କଦର୍ଯ୍ୟ ଭାବ ଅନୁଭବ କରୁଥିଲି ଏବଂ ବାନ୍ତି ଆସୁଥିଲା ଏହି ବ୍ୟାଗ୍ ପାଇଁ। ଏଥିପାଇଁ ମୁଁ ଯେହେତୁ କୌଣସି ଖାଦ୍ୟ ଖାଇପାରୁ ନ ଥିଲି ବଞ୍ଚିରହିବା ଗୋଟେ ଅସୁବିଧାଜନକ ସ୍ଥିତିକୁ ଆସିଯାଇଥିଲା। ମୋ ପାକସ୍ଥଳୀ ଜଳିଲା ପରି ଲାଗୁଥିଲା। ବେଳେବେଳେ ସେହି

ବ୍ୟାଗ୍ ଦିନରେ ଦୁଇ ତିନି ଥର ଖୋଲିଯାଏ ଏବଂ ସେଥିପାଇଁ ଗଜ କନା ସବୁବେଳେ ରେଡ଼ିକରି ରଖିବାକୁ ପଡୁଥିଲା । ହାତ ଗ୍ଲୋବ୍‌ସ ସବୁବେଳେ ସଜାଡ଼ି ରଖିବାକୁ ପଡୁଥିଲା ସାନିଟାଇଜ୍ କରି । ଯେତେବେଳେ ଏହି ବ୍ୟାଗ୍ ଖୋଲି ଯାଉଥିଲା ଆମକୁ ପେଟ ଓ ଅଣ୍ଟାରେ ପୂରା ବହୁତଗୁଡ଼ିଏ ଗଜକନା ଘୋଡ଼େଇ ରଖିବାକୁ ହେଉଥିଲା । ଏହା ବିରକ୍ତିକର, ଯନ୍ତ୍ରଣାଦାୟକ ଏବଂ ଦୁଃଖଦାୟକ ମଧ୍ୟ ଥିଲା । ଏପରିକି ମଧ୍ୟରାତ୍ରରେ ମଧ୍ୟ ଏହି ପ୍ରକ୍ରିୟା କରାଯାଉଥିଲା । ଟିକେ ଡେରିକଲେ ମୋ ପାଇଁ ତାହା ଖୁବ୍ ଭୟଙ୍କର ଥିଲା । ଏହା ସାଙ୍ଗେ ସାଙ୍ଗେ କରିବାକୁ ପଡୁଥିଲା । ସେଇଥିପାଇଁ କେବଳ ସବୁଜିନିଷ ସଜାହୋଇ ରଖାଯାଇଥିବା ଗୋଟେ ଟ୍ରଲି ପ୍ରସ୍ତୁତ ହୋଇ ରହିଥିଲା ।

ପ୍ରତ୍ୟେକ ମହିଳାଙ୍କ ପାଇଁ ତାଙ୍କର ପେଟ ପାଖଟା ଗୋଟେ ସମ୍ବେଦନଶୀଳ ଅଂଶ କିନ୍ତୁ ମୋ ପାଇଁ ଏହା କଲୋଷ୍ଟମୀ ବ୍ୟାଗ୍‌ରେ ସଜ୍ଜିତ ହୋଇ ରହିଥିଲା । ମୁଁ ପ୍ରାୟ ଗୋଟେ ଅତି ଯନ୍ତ୍ରଣାଦାୟକ ସମୁଦ୍ରରେ ବୁଡ଼ିଯାଉଥିଲି । ମୋ ନିଜ ଲୋକଙ୍କ ଭିତରେ ବି ମୁଁ ଏକୁଟିଆ ଅନୁଭବ କରୁଥିଲି । ମୁଁ ଆତ୍ମକୈନ୍ଦ୍ରିକ ଯଦିଓ ନ ଥିଲି । ମୁଁ ଦୁଃଖ ସମୁଦ୍ରରେ ଗୋଟେ ପଶୁ ପରି ବଞ୍ଚୁଥିଲି । ମୁଁ ଗୋଟେ ମେଘୁଆ ଅନ୍ଧାର ପରି ସବୁ ଦିଗରୁ ନିରାଶା ଭିତରେ ଘେରି ରହିଥିଲି । ମୋତେ ଲାଗୁଥିଲା ମୁଁ ମସୃଣ କାଠ ଏବଂ ଲୋକମାନେ ମୋତେ ଧାରୁଆ ଲୁହା ଦ୍ୱାରା ଗୁଣ୍ଡ ଗୁଣ୍ଡ କରୁଛନ୍ତି । ଅନ୍ତର ଭିତରୁ ଯେପରି କିଛି ଝଡ଼ିପଡୁଛି, ସେଇଟା କ'ଣ ମୁଁ ଜାଣି ପାରୁନି । ମୋର ଉଠିବା, ଓହ୍ଲେଇବା, ବସିବା ବା ଚାଲିବା ସବୁ କିଛି ସେହି କଦର୍ଯ୍ୟ ବ୍ୟାଗ୍ ଯୋଗୁଁ ବାଧାପ୍ରାପ୍ତ ହେଉଥିଲା ଏବଂ ମୋର ଫ୍ରାକ୍‌ଚର ହୋଇଥିବା ଗୋଡ଼ ପାଇଁ ଫିଜିଓଥେରାପିର ନିତାନ୍ତ ଆବଶ୍ୟକତା ଥିଲା, ଯାହା ବାଧାପ୍ରାପ୍ତ ହେଉଥିଲା । ଏହା ଏକ ମରଣାନ୍ତକ ସମୟ ଯାହାକୁ ମୋତେ ବାଧ୍ୟ ହୋଇଗ୍ରହଣ କରିବାକୁ ପଡୁଥିଲା । ମୋ ହୃଦୟ ଗୋଟେ ଗର୍ଜନ କରୁଥିବା ସମୁଦ୍ର ପରି ଭିତରେ ଗର୍ଜୁଥିଲା । ମୋର ଲୁହ ସେଇ ସମୁଦ୍ରର ପିଟି ହେଉଥିବା ଲହଡ଼ି ପରି ଥିଲା । ମୁଁ ସବୁ କଷ୍ଟ ସହିପାରୁଥିଲି, କିନ୍ତୁ ଅନ୍ତର ଭିତରେ ଯେଉଁ ଦୀର୍ଘଶ୍ୱାସ ବୋହୁଥିଲା ଓ ଅଶ୍ୱସ୍ତି ଲାଗୁଥିଲା ତା ପାଇଁ କ'ଣ ? ଏହା ଏମିତି ଗୋଟେ ସମୟ ଥିଲା ଯେତେବେଳେ ଗୋଟିଏ ଜିନିଷ ଯଦି ଆୟତ୍ତକୁ ଆସୁଥିଲା ଅନ୍ୟ ଅସୁବିଧା ସବୁ ପୂରା ଶକ୍ତି ଲଗେଇ ଆଗକୁ ମାଡ଼ି ଆସୁଥିଲେ । ସେହି ନର୍କଯନ୍ତ୍ରଣା ପରିବେଶ ଭିତରେ ମୁଁ ନିର୍ଜୀବ ପରି ପଡ଼ିରହିଥିଲି । ଯନ୍ତ୍ରଣା ନିରବଚ୍ଛିନ୍ନ ଭାବରେ ମୋତେ ଗୋଡ଼ାଉଥିଲା । ମୁଁ ଯନ୍ତ୍ରଣାର ଅଶ୍ୱସ୍ତିକର ପରିସ୍ଥିତିରେ ଫସି ରହିଥିଲି । ମୁଁ ଭଗବାନଙ୍କୁ ବିଶ୍ୱାସ କରୁଥିଲି, କିନ୍ତୁ ତାଙ୍କ ସହିତ କଥା ହେଉ ନ ଥିଲି । ମୁଁ ନିରୋଳା ରାଜ୍ୟରେ ଏକାକୀ ଘୂରି ବୁଲୁଥିଲି । ବହୁତ ସମୟରେ ମୁଁ ଭଗବାନଙ୍କୁ ପଚାରିବାକୁ ଚାହୁଁଥିଲି, "ବୁଝେଇଦିଅ, ଏପରି ଗୋଟିଏ ଜୀବନ ବଞ୍ଚିବାର ଅର୍ଥ କ'ଣ ?"

ଦଶମାସ ପରେ କଲୋଷ୍ଟମୀ ଅପରେସନ ହେବାକୁ ସ୍ଥିର କରାଗଲା । ତାହା କେବଳ କଷ୍ଟ କମେଇବାକୁ ଘୋଷଣା କରାଗଲା । ଅପରେସନ ପୂର୍ବରୁ ସେମାନେ ଲୋପୋଗ୍ରାମ କଲେ ଯାହା ଅତ୍ୟନ୍ତ ଜଟିଳ ଏବଂ କଷ୍ଟଦାୟକ ପ୍ରଣାଳୀ । ତାହା ଅପରେସନ କରିବା ପୂର୍ବରୁ କରାଯାଏ । ସେହି ପ୍ରଣାଳୀରେ ଦୁଇଟି ଲୁପ ପେଟ ଓ ଅନ୍ୟ ଗୋଟିଏ ସ୍ଥାନରେ ମୋର ବୃହଦାନ୍ତ୍ର ମଧ୍ୟକୁ ଏକଯନ୍ତ୍ର ସାହାଯ୍ୟରେ ଖଞ୍ଜାଗଲା ଜାଣିବା ପାଇଁ ଯେ ମୋର ଛିଦ୍ର ହୋଇଥିବା ବୃହଦାନ୍ତ୍ର ଠିକ୍ ଭାବରେ ଯୋଡ଼ି ହୋଇଛି ନା କିଛି ଲିକେଜ୍ ଅଛି ? ଏହି ଲୁପୋଗ୍ରାମ କଲୋଷ୍ଟମୀ ପାଇଁ ନିର୍ଣ୍ଣୟାତ୍ମକ ଥିଲା । ଅନେକଗୁଡ଼ିଏ ଅପରେସନ ଯୋଗୁଁ ମୁଁ ଖୁବ୍ ଥକିଯାଇଥିଲି । ମୁଁ ଲୁପୋଗ୍ରାମ ପାଇଁ ସେମାନଙ୍କୁ ସହଯୋଗ କରିପାରୁ ନ ଥିଲି । ଠିକ୍ ସେହି ସମୟରେ ଜଣେ ନର୍ସ ଖୁବ୍ ଜୋର୍‌ରେ ପାଟିକଲା, "ମାଡ଼ାମ୍ ! ଆପଣ ଏ ହସ୍‌ପିଟାଲରେ ଗୋଟେ ବଡ଼ ବାଧା ସୃଷ୍ଟି କରୁଛନ୍ତି ।" ସବୁ ମେଡ଼ିକାଲ ଷ୍ଟାଫ୍ ହସି ହସି ଗଡ଼ିଗଲେ । ମୁଁ ମଧ୍ୟ ଟିକେ ହାଲୁକା ଅନୁଭବ କଲି । ଶେଷରେ ତାହା ହିଁ ହେଲା । ସବୁବେଳେ ପରି ଏହା ମୋ ପାଇଁ ଆଦୌ ସହଜ ନ ଥିଲା । ରେଡ଼ିଓଲୋଜିଷ୍ଟ ଡାକ୍ତର ଜିଗ୍‌ନେସ୍ ମୋଦି ମଧ୍ୟ ମୋର ପୁରୁଣା ଛାତ୍ର । ସେ ମୋତେ ବିଶ୍ୱାସ ଦେଲେ, ଆଶ୍ୱାସନା ଦେଲେ ଏବଂ ଶେଷରେ ଲୁପୋଗ୍ରାମ ହେଲା । ମୁଁ ବହୁତ ଦୁଃଖିତ ଥିଲି । ସେଥିପାଇଁ ମୁଁ ସେମାନଙ୍କ ପାଇଁ ଗୋଟେ ଆହ୍ୱାନ ଥିଲି । ସେମାନେ ସେହି ଅପରେସନ ମୋତେ ବେଶୀ କଷ୍ଟ ନ ଦେଇ କିପରି କରିହେବ ତା'ର ଯତ୍ନ ନେଇଥିଲେ । ଅନ୍ୟ ଡାକ୍ତରମାନଙ୍କ ପାଇଁ ଏହା ଏକ ଆଶ୍ଚର୍ଯ୍ୟଜନକ ଘଟଣା ଥିଲା । ତାହାହିଁ ମୁଁ ଡାକ୍ତର ହିତେଶ ଶାହଙ୍କୁ କହିଲି ଯିଏ କଲୋଷ୍ଟମୀର ଅପରେସନ କଲେ ।

ଅପ୍ରତ୍ୟାଶିତ ଭାବରେ ଡାକ୍ତର ହିତେଶ ଶାହାଙ୍କର ବିଶ୍ୱାସ ମୋତେ ଉଦ୍ଧାର କଲା । ତାଙ୍କର ଭଗବାନଙ୍କ ଉପରେ ବିଶ୍ୱାସ ଏବଂ ଭାବାତ୍ମକ ବନ୍ଧନ ମ୍ୟାଜିକ ପରି କାମ କଲା । ତେଣୁ ସବୁଠାରୁ ଜଟିଳ ଅପରେସନ ସଫଳ ହୋଇଥିଲା । ଆମେ ସବୁଥର ପରି ଇନଫେକ୍‌ସନ ହେବ ବୋଲି ଭାବି ନେଇଥିଲୁ । କିନ୍ତୁ ସେପରି କିଛି ବି ହୋଇ ନ ଥିଲା । ବୋଧହୁଏ ଅତିଶୟ କଷ୍ଟ ସମର୍ପିତ ହୋଇସାରିଥିଲା ।

ମୋର ଅନେକ ଅପରେସନ ମୋତେ କେବଳ ଜଟିଳ ଯନ୍ତ୍ରଣା ହିଁ ଦେଇଥିଲା । ଏହି ଅପରେସନ ସଫଳତା ଦେଇଥିଲା । ପ୍ରାୟ ପନ୍ଦର ଦିନ ପରେ ମୋର ଇନ୍‌ଫେକସନ୍ ହେଲା । ମାସେ ପରେ ମୁଁ ପୁଣି ଭଲ ହେଲି ।

ଶେଷରେ ମୁଁ ଏତିକି କହିବି ଯେ ଶେଷ ଅପରେସନ ଯେତେ ଜଟିଳ ଥିଲା, ସବୁ ଅପରେସନ ତୁଳନାରେ ସବୁଠାରୁ କମ୍ କଷ୍ଟଦାୟକ ଥିଲା । ଏହା ଭଲରେ ଶେଷ ହୋଇଥିଲା ।

■

ନବମ ଅଧ୍ୟାୟ

ରକ୍ତସମ୍ପର୍କ ଏବଂ ତା'ଠାରୁ ଅଧିକ

ମୁଁ ମୋ ବାପାଙ୍କର ସବୁଠାରୁ ପ୍ରିୟ ସନ୍ତାନ ଥିଲି ଯାହାକୁ ଭଗବାନ ବି ଈର୍ଷା କରୁଥିଲେ। ସେ ମୋତେ କେବେବି ବୋଝ ବୋଲି ଭାବୁ ନ ଥିଲେ। ସେ ଆମ ତିନିଭଉଣୀଙ୍କ ଉପରେ ସ୍ନେହ ଶ୍ରଦ୍ଧା ଅଜାଡ଼ି ଦେଇଥିଲେ। ତାଙ୍କର ସୁରକ୍ଷିତ ବଳୟ ମଧ୍ୟରେ ଆମେ ରହିଥିଲୁ। ମୁଁ, ମୋର ଦୁଇଭଉଣୀ ଏବଂ ମାଉସୀ ମା'। ଆମେ ଚାରିଜଣ ଆମ ପରିବାରର ଦୃଢ଼ ଖୁଣ୍ଟ ମୋ ବାପାଙ୍କ ପୂର୍ଣ୍ଣ ସହଯୋଗରେ ବଢୁଥିଲୁ। ସବୁ ଖୁଣ୍ଟଗୁଡ଼ିକ ମଜବୁତ ଓ ଗୁରୁତ୍ୱପୂର୍ଣ୍ଣ ଥିଲେ। ତଥାପି ବାପା ସମସ୍ତଙ୍କ ପାଇଁ ଖୁଣ୍ଟଟିଏ ପରି ଥିଲେ। ସେ କେବଳ ଆମ ପାଇଁ ବଞ୍ଚୁଥିଲେ। ଆମେ ଚାରିଜଣ ତାଙ୍କର ପୂରା ସଂସାର ଥିଲୁ। ଆମେ ତାଙ୍କ ଛାୟାରେ ସୁରକ୍ଷିତ ମନେ କରୁଥିଲୁ। ମୁଁ ଯେତେବେଳେ ଆଜମେରରୁ ଭଦୋଦରା ଗଲି, ମୋ ବାପା, ମାଉସୀ ମା' (ନଉସାରୀରୁ), ମୋ ସାନଭଉଣୀ ଏବଂ ତା ସ୍ୱାମୀ (ସୁରଟରୁ) ଏବଂ ସବା ସାନ ଭଉଣୀ ମୁମ୍ବାଇରୁ ଭଦୋଦରାରେ ପୂର୍ବରୁ ପହଞ୍ଚି ଯାଇଥିଲେ। ମୋର ଦୁଇଗୋଡ଼ ଏବଂ ଡାହାଣ ହାତରେ ଫ୍ରାକ୍‌ଚର ହୋଇଥିବାର ନିର୍ଣ୍ଣୟ କରାଯାଇଥିଲା। ମୁଁ ସେକଥାକୁ ଏତେ ଗୁରୁତ୍ୱ ଦେଇ ନ ଥିଲି। ସେମାନେ ମୋତେ ବୁଝାଇଥିଲେ "ତୁ ଯେମିତି ସବୁବେଳେ ବ୍ୟସ୍ତ ହେଇ କାମ କରୁ, ଭଗବାନ ତୋତେ ରେଷ୍ଟ ନେବା ପାଇଁ ସମୟ ଦେଲେ।" ମୋ ସାନଭଉଣୀ ଗୋଟେ ଡାକ୍ତର। ସେ କହିଲା, "ତୋତେ ରେଷ୍ଟ ନେବାପାଇଁ ଗୋଟେ ଭଲ ସମୟ ମିଳିଲା। ଏଇଟା ଗୋଟେ ସୁଯୋଗ ଅବସର ନେବାର, ଏମିତି ଗୋଟେ ସୁବର୍ଣ୍ଣ ସୁଯୋଗ ଆଉ ମିଳିବନି।"

ଏମିତି ହାଲୁକା ଭାବରେ ଦୁଇଦିନ କଟିଗଲା। ମୋର ଅପରେସନ ବି ହେଲା। ମୋ ବାପା ଏବଂ ମାଉସୀ ମା' ନଉସାରୀକୁ ଫେରିଗଲେ। ମୋ ଭଉଣୀମାନେ ତାଙ୍କ ଘରକୁ ଫେରିଗଲେ। ସବୁକିଛି ସାଧାରଣ ଥିଲା।

ମାତ୍ର ଦୁଇଦିନ ପରେ ଜଟିଳତା ଦେଖାଦେଲା ଏବଂ ସବୁକିଛି ଅସ୍ପଷ୍ଟ ଲାଗିଲା। ମୋତେ ଭେଣ୍ଟିଲେଟରରେ ରଖାଗଲା। ମୋ ବାପା ଜିଦ୍ କରୁଥିଲେ ନଉସାରୀରୁ ଭଦୋଦରା ଆସିବା ପାଇଁ। ଜଣେ ସତୁରୀ ବର୍ଷର ବୃଦ୍ଧ ଲୋକଙ୍କ ସହିତ ମୋ ମାଉସୀ ମା'କୁ ଆସିବାକୁ କଷ୍ଟକର ହେଉଥିଲା। ମୋ ସାନ ଭଉଣୀ, ତା ସ୍ୱାମୀ, ମୋ ବାପା ଏବଂ ମାଉସୀମା' ମୋ ପାଖରେ ପହଞ୍ଚି ଗଲେ। ସବା ସାନଭଉଣୀ ଗୋଟେ ଉଡ଼ାଜାହାଜ ଟିକେଟ କରି ତିନିଟା ବେଳେ ମୁମ୍ବାଇରୁ ବାହାରି ଆସି ମଧ୍ୟ ପହଞ୍ଚି ଗଲା। ମୁଁ ଅଣନିଃଶ୍ୱାସୀ ହୋଇ ଯାଉଥିଲି। ସମସ୍ତେ ଖୁବ୍ ଡରିଗଲେ। ମୋତେ ଜନ୍ମ ଦେଇଥିବା ବୃଦ୍ଧ ବାପାଙ୍କୁ କେମିତି ଲାଗୁଥିବ ଏବଂ ସେ ଦେଖୁଛନ୍ତି ଆଖି ଆଗରେ ମୁଁ ମରିବାକୁ ଯାଉଛି ଅସହାୟ ଭାବରେ ? ମୁଁ ତାଙ୍କର ଜୀବନର ରକ୍ତ। ଏହା ତାଙ୍କର ଭାବନା ଉପରେ ଏକ ପ୍ରଚଣ୍ଡ ଆଘାତ ଥିଲା। ମୋ ସାନଭଉଣୀ ଯିଏକି ଅତି କୋମଳ ହୃଦୟର ସେ କିଛି ଚିନ୍ତା କରିପାରୁ ନଥିଲା।

ମୋର ବାହାଦୂର ସବା ସାନଭଉଣୀ ଏକୁଟିଆ ସମସ୍ତଙ୍କୁ ବୁଝାଉଥିଲା। ସେ ମୁମ୍ବାଇର ଏମ୍.ଜି.ଏମ୍. ହସ୍ପିଟାଲରେ ଇଣ୍ଟେନସିଭ୍ କେଆରରେ ଥିଲା। ସତେ ଯେମିତି ତା ମୁଣ୍ଡ ଉପରେ ଆକାଶ ଛିଡ଼ି ପଡ଼ିଥିଲା ! ସେ ମୋର ଯତ୍ନ ନେଉଥିଲା। ସେ ମୋର ଏବଂ ମୋର ମୃତ୍ୟୁ ମଝିରେ ଠିଆ ହୋଇଥିଲା। ସେ ମଧ୍ୟ ମୋର ଦୁଇ ପିଲାଙ୍କୁ ମା'ର ସ୍ନେହ ଦେଉଥିଲା। ମୋ ସ୍ୱାମୀଙ୍କୁ ମଧ୍ୟ ମାନସିକ ସହଯୋଗ ଯୋଗାଉ ଥିଲା ଏବଂ ତାକୁ ମଧ୍ୟ ମୋ ବାପାଙ୍କୁ ଦେଖିବାକୁ ହେଉଥିଲା। ମୋ ବାପା ହସ୍‌ପିଟାଲରେ ଅଧରାତି ପର୍ଯ୍ୟନ୍ତ ବସି ରହୁଥିଲେ। ସେ ତାଙ୍କର ହୋଟେଲ ରୁମ୍‌କୁ ଯିବାକୁ ଚାହୁଁ ନ ଥିଲେ। ସେ ସମ୍ପୂର୍ଣ୍ଣ ଭାଙ୍ଗି ପଡ଼ିଥିଲେ।

ଭେଣ୍ଟିଲେଟର ଭିତରେ ସେହି ବାର ଦିନ ଗୋଟେ ପରୀକ୍ଷାର ଦିନ ଥିଲା। କିଏ କାହାକୁ ପଚାରେ ? ମୋ ବାପାଙ୍କର ଯତ୍ନ ନେବା ମଧ୍ୟ ଗୋଟେ ଗୁରୁତ୍ୱପୂର୍ଣ୍ଣ ବିଷୟ ଥିଲା। ସେ ମୋର ସବୁ ପିଲାଦିନର ସ୍ୱପ୍ନ ପୂରଣ କରିଥିଲେ କିନ୍ତୁ ଏବେ ଗୋଟେ ଅଥଳ ନିରାଶାର ସମୟ ଅନୁଭବ କରୁଛନ୍ତି। ସେ ଭିତରୁ ଭାଙ୍ଗି ପଡୁଥିଲେ। ଦିନରାତି କିପରି କଟୁଥିଲା ଜଣାପଡୁ ନ ଥିଲା। ମୋର ଜଟିଳତା ସେହିପରି ଥିଲା। ମୋ ବାପା ମୋ ମୁହଁକୁ ଖୁବ୍ ଭଲ ପାଉଥିଲେ, କିନ୍ତୁ ଏବେ ତାହା ଭାଙ୍ଗି ଯାଉଛି। ମୋର ଫୁସ୍‌ଫୁସ୍ ନିଃଶ୍ୱାସ ନେଇପାରୁ ନ ଥିଲା। ମୋ ଜୀବନ କେବଳ ଜୀବନ ରକ୍ଷାକାରୀ ମେସିନ ଉପରେ ନିର୍ଭର କରି ରହିଥିଲା। ତାଙ୍କ ପାଇଁ ଏହା କେତେ କଷ୍ଟକର ହୋଇଥିବ !

ମୋ ବାପା ନିରବଚ୍ଛିନ୍ନ ଭାବରେ ଛାଇ ଯାଇଥିବା ଶୀତଳ ପରିବେଶକୁ ସହୁଥିଲେ ଯିଏକି ସବୁବେଳେ ଆନନ୍ଦର ଧାରା ପ୍ରବାହିତ କରି ଦେଉଥିଲେ। ପୂର୍ବରୁ ସ୍ଥିର ହୋଇଥିବା

ପରି ସେ ହୁଏତ ଅନୁଭବ କରୁଥିଲେ । ଆଗରୁ ବାପା ମୋତେ ସବୁବେଳେ କହୁଥିଲେ ତୁ ଏତେ ବେଶୀ କଥା କହନା । ଏବେ ମୁଁ ଯେତେବେଳେ ଆଦୌ କଥା କହୁ ନ ଥିଲି ଏହ ତାଙ୍କୁ କିପରି ଭାବରେ ବିବ୍ରତ କରୁଥିବ ? ସେ ବୋଧହୁଏ ବିଶ୍ୱାସ ତୁଟି ଆସୁଥିବାରୁ ବିଷାଦଗ୍ରସ୍ତ ହୋଇଯାଇଥିଲେ ! ସେ ବୋଧହୁଏ ମୋ ମା'ର ବଙ୍ଗଳାକୁ ଯାଇଥିବେ ଏବଂ ତା ସହିତ କଥା ହୋଇଥିବେ ତା'ର ପ୍ରିୟ ଧଳା ଜାମୁ ଗଛ ସହିତ ମଧ୍ୟ । ସେ ମୋର ପିଲାଦିନକୁ ହୁଏତ ଓଦା ଆଖିରେ ଦେଖୁଥିବେ ଏବଂ ସେ ସେହି ଗଛକୁ ମୋର ଆୟୁଷର ପ୍ରାର୍ଥନା କରିଥିବେ । ବୋଧହୁଏ ସେହି ଧଳା ଜାମୁଗଛରେ ଫୁଟି ଆସୁଥିବା ଫୁଲକୁ ଦେଖି ସାମୟିକ ଖୁସି ଅନୁଭବ କରୁଥିବେ ଏବଂ ନିଜକୁ ଶାନ୍ତ୍ୱନା ମଧ୍ୟ ଦେଉଥିବେ ଯେ ଏହି ଫୁଟି ଆସୁଥିବା କଢ଼ ପରି ହୀନା ବି ପୁଣିଥରେ ପ୍ରସ୍ଫୁଟିତ ହେଇଯାଉ । ସେ ନିଜକୁ ବୁଝେଇବା ବେଳେ ନିଜକୁ ଛୋଟ ମନେ କରୁଥିବେ, କାରଣ ସେ ହିଁ ଅନେକଙ୍କର କାଉନ୍‌ସେଲର ଥିଲେ । ସତରେ ଅବିଶ୍ୱାସଯୋଗ୍ୟ ।

ଗୋଟେ ଅଜଣା ସହରରେ କେତେ ସମୟ ପର୍ଯ୍ୟନ୍ତ ସେ ବଞ୍ଚିପାରିବେ ? ଯେତେବେଳେ ମୁଁ ଟିକେ ସ୍ଥିର ହେଉଥାଏ ସେତେବେଳେ ମୋର ସମ୍ପର୍କୀୟମାନେ ତାଙ୍କର ଘରକୁ ଫେରିଯାଉଥିଲେ । ମୋ ଜୀବନ ନିରନ୍ତର ଭାବରେ ଅଟକି ଯାଇଥିଲା । ମୃତ୍ୟୁର ପଞ୍ଝା ଯେ କୌଣସି ସମୟରେ ମାଡ଼ିବସିପାରେ । ଯଦିଓ ଦୃଷ୍ଟିଶକ୍ତି କମି ଯାଉଥିଲା କାଟାରାକ୍ଟ ପାଇଁ ଏବଂ ବୃଦ୍ଧାବସ୍ଥାର ରୁଗ୍‌ଣ ଦେହ ପାଇଁ, ତଥାପି ବାପା ବାରମ୍ବାର ମୋତେ ଦେଖିବାକୁ ଆସୁଥିଲେ । ମୋ ସାନଭଉଣୀ ଏବଂ ତା'ର ସ୍ୱାମୀ ତାଙ୍କ ସହିତ ଆସୁଥିଲେ । ମୋ ଭଉଣୀ ମୀନୁ ତା'ର ପିଲା ସୃଷ୍ଟି ଏବଂ ମାନ୍ୟାକୁ ତାଙ୍କର ପଡ଼ୋଶୀଙ୍କ ପାଖରେ ଛାଡ଼ି ଆସୁଥିଲେ ଏବଂ ସବା ସାନ ଭଉଣୀ ତା'ର ପୁଅ ଧ୍ୟେୟକୁ ଏକୁଟିଆ ଘରେ ଛାଡ଼ି ଆସୁଥିଲା । ମୋ ଭଉଣୀମାନେ ଏବଂ ମୋ ବାପା ଚିଡ଼୍‌ଚିଡ଼ା ହୋଇ ଯାଉଥିଲେ । କିନ୍ତୁ ମୋର ମାଉସୀମା'ର ଅନେକ ଧୈର୍ଯ୍ୟ । ତା'ର ସବୁକଥା ଏବଂ ଚିନ୍ତାରେ ପୁରା ବିଶ୍ୱାସ ଥିଲା । ଥରେ ସେ ଯାହା କହୁଥିଲା କେହି ତା ସହିତ ଯୁକ୍ତି କରୁ ନ ଥିଲେ । ସମସ୍ତେ ତା ସହିତ ସହମତ ହେଉଥିଲେ । ତା'ର ଭବିଷ୍ୟବାଣୀ ମୋ କେଶ୍‌ରେ ପୁଣି ସତ୍ୟ ହୋଇଥିଲା ମଧ୍ୟ । ସେ ଦମ୍ଭର ସହିତ ଏପରି ଜଟିଳ ଅବସ୍ଥାକୁ ଏବଂ ମୋର ଆତ୍ମୀୟମାନଙ୍କୁ ପୁରାପୁରି ଆୟତ୍ତରେ ରଖିଥିଲା । ତା'ର ବିଶ୍ୱାସ ଅନ୍ଧାରରେ ବି ଚମକି ଉଠୁଥିଲା ଧାରେ ଆଲୋକ ପରି, "କିଛି ବି ଅଘଟଣ ଘଟିବ ନାହିଁ । କେହି ଦୁଃଖିତ ହୁଅନାହିଁ । ସବୁ କଥା ସହଜ ହୋଇଯିବ । ଭଗବାନ୍ଙ୍କୁ ପ୍ରାର୍ଥନା କର । ମୋର ମୋ ଦେବଦେବୀଙ୍କ ଉପରେ ପୁରା ଭରସା ଅଛି । ସେ ପୁରା ଠିକ୍ ହେଇଯିବ । ମୁଁ ଗ୍ୟାରେଣ୍ଟି ଦଉଛି ।

ସମସ୍ତେ ତା କଥାରେ ବିଶ୍ୱାସ ରଖୁଥିଲେ । ମୋର ଜଟିଳ ଅବସ୍ଥାରେ ମୁଁ ମୋ ବାପା, ମିନୁ, ଛକା ସମସ୍ତଙ୍କୁ ଭୁଲିଗଲି, କିନ୍ତୁ ମୋର ମନେଥିଲା ଯେ ଆଇ.ସି.ୟୁ.କୁ ମୋ ମାଉସୀମା' ମୋତେ ଦେଖିବାକୁ ଆସିଥିଲା । ସେ ମୋର ମୁଣ୍ଡ ଆଉଁସି ଦେଇଥିଲା ଏବଂ ମୁଁ ଉଶ୍ୱାସ ଅନୁଭବ କରୁଥିଲି । ମୋର ଗୋଡ଼ ବିନ୍ଧା ମଧ୍ୟ ତା'ର ଆଦରରେ ଆଉଁସି ଦେବା ଦ୍ୱାରା କିଛି କମି ଯାଉଥିଲା । ମୁଁ ତାକୁ ଡରି ଡରି ଚାହୁଁଥିଲି ଏବଂ ସେ ମୋର ଅନ୍ତରର କଥା ବୁଝି ପାରୁଥିଲା ।

ମୁଁ ତାକୁ କହିବାକୁ ଚାହୁଁଥିଲି, ମାଉସୀ ତୁ ସବୁକିଛି ତ୍ୟାଗ କରିଦେଇଛୁ ଆମ ମାତୃହୀନ ତିନିଜଣଙ୍କ ପାଇଁ ଏବଂ କହିବାକୁ ଚାହୁଁଥିଲି, "ତୋତେ ଧନ୍ୟବାଦ୍ ।" ଠିକ୍ ସେହିପରି ମୋ ଗଲାପରେ ମୋର ଦୁଇ ପିଲାଙ୍କର ଯତ୍ନ ନେବୁ । ହେମନ୍ତ ଭାଙ୍ଗିପଡ଼ିଥିଲେ ଏବଂ ଦୁର୍ବଳ ହୋଇଯାଉଥିଲେ । ସେ ଜାଣିନଥିଲେ ସଂସାର ଚଳେଇବା, ଦୟାକରି ତାଙ୍କର ବି ଯତ୍ନ ନେବୁ ଏବଂ ସବୁବେଳେ ସେମାନଙ୍କ ପାଖରେ ଠିଆହେବୁ । ମୁଁ ନ ଥିଲାବେଳେ ଦୟାକରି ମୋ ଘର ଚଳେଇନେବୁ । କିନ୍ତୁ ମୁଁ ଗୋଟେ ଶବ୍ଦ ବି କହିପାରୁ ନ ଥିଲି । ଏପରିକି ତାକୁ ହାତ ଠାରି କିଛି କହିବାକୁ ଚାହିଁଲେବି ହାତ ଉଠେଇ ପାରୁ ନ ଥିଲି । ମୁଁ ଭାବୁଥିଲି ଯେ ଜଣେ ଶିକ୍ଷୟିତ୍ରୀ ହୋଇ ସେ ନିଶ୍ଚୟ ମୋ ମନର କଥା ବୁଝିପାରୁଥିବ କିଛି ନ କହିଲେବି । ମୋର ପୂର୍ଣ୍ଣ ବିଶ୍ୱାସ ଥିଲା ଯେ ସେ ମୋ ପରେ ସବୁ ଯତ୍ନନେବ । ଦୁଇ ଭଉଣୀଯାକ ମୋ ପିଲାମାନଙ୍କୁ ସ୍ନେହ ଶ୍ରଦ୍ଧା ଓ ଆଶ୍ୱାସନା ଦେଉଥିଲେ ମା' ପରି । ମୋ ଝିଅ ଥରେ କହିଲା, "ଆମେ ମାଉସୀମାନଙ୍କ ଆଶ୍ରାରେ ବଞ୍ଚିଯାଇ ପାରିବୁ । ଆମେ ତୁମର ପ୍ରତିଛବି ସେମାନଙ୍କ ଭିତରେ ଦେଖୁଛୁ ।"

ଭେଣ୍ଟିଲେଟରରେ ବାରଦିନ ଏବଂ ତା ପରେ ବାଇଶିଦିନ ଖୁବ୍ ଭଲରେ ବିନା ଅସୁବିଧାରେ କଟିଲା, ମୁଁ ଖୁବ୍ ଖୁସିଥିଲି । ଦୁଃଖର ପାହାଡ଼ ସରିଗଲା ବୋଲି ଭାବିଲି । ସମସ୍ତେ ଆଶ୍ୱସ୍ତି ଅନୁଭବ କରୁଥିଲେ ଏବଂ ଖୁସିଥିଲେ । ତଥାପି ଜଟିଳ ସମସ୍ୟାର ଅନ୍ତ ନ ଥିଲା । ତଥାପି ପୂର୍ଣ୍ଣ ଆରୋଗ୍ୟ ଗୋଟେ କାନ୍ଦ କାନ୍ଦ ହେବା ପରି ଶବ୍ଦ ଥିଲା । ମୁଁ ମୋ ମା'କୁ ମୋର ପ୍ରତି ନିଃଶ୍ୱାସରେ ମନେ ପକାଉଥିଲି । ମୁଁ ମୋର ମୃତ ମା' ପାଖରେ ଅଭିଯୋଗ କରୁଥିଲି, ଯିଏ କେବଳ ଗୋଟେ ଜୀବନହୀନ ଫଟୋ ହୋଇ କାନ୍ଥରେ ଝୁଲୁଥିଲା ।

ହସ୍‌ପିଟାଲର ରଙ୍ଗହୀନ କାନ୍ଥ ମୋର ଦୁଃଖ ଏବଂ କଷ୍ଟରେ ଚିତ୍ରିତ ହୋଇଯାଇଥିଲା । ସେଇ ସ୍ମୃତି, ମୋ ମା'ର ସୁବାସିତ ସ୍ମୃତି କିଛି ସମୟ ପାଇଁ ମୋତେ ଆଶ୍ୱସ୍ତ କରୁଥିଲା । ମୁଁ ମୋର ମା'ର ଛବି ଆକାଶୀ ନୀଳ ୟୁନିଫର୍ମ ପିନ୍ଧିଥିବା ଷ୍ଟାଫମାନଙ୍କ ମୁହଁରେ ଦେଖୁଥିଲି । ମୁଁ କହୁଥିଲି, "ମା', ମୋ ପାଇଁ ଏହା ଅସହ୍ୟ । ମୁଁ ଆସନ୍ତା ସମୟକୁ

ଭୟ କରୁଛି । ଦୟାକରି ମୋତେ ତୋ ଆଶ୍ରୟ ଭିତରକୁ ନେଇଯାଅ ଏବଂ ମୋତେ ରକ୍ଷା କର । ମୋ ପିଲାଦିନେ ତୁ ମୋତେ ଡରାଉଥିଲୁ ମୁଁ ଯଦି ଜିଦି କରିବି ଓ କଥା ନ ମାନିବି ମୋତେ ଆସି ରାକ୍ଷସ ନେଇଯିବ । ଆଜି ମୁଁ ସେଇ ରାକ୍ଷସକୁ ଡରୁଛି ମଧ୍ୟ । ଦୟାକରି ମୋ ପାଖରେ ଥା । ମୋତେ ରାକ୍ଷାକର । ମୁଁ ତୋର ବାଧ୍ୟ ଝିଅ । ମୋତେ ଝାଉଁଳିଯିବାକୁ ଶୁଖିଯିବାକୁ ଛାଡ଼ିଯାଅନା ।"

ମୁଁ ଗୋଟେ ଉଜାଣି ବିପରୀତ ସ୍ରୋତର ପ୍ରତିକୂଳତାରେ ଭାସି ଭାସି ଯାଉଥିଲି । ଡାକ୍ତରମାନେ ମୋତେ ଶାନ୍ତ୍ୱନା ଦେଉଥିଲେ । ମୋ ବାପାଙ୍କ ଅପରେସନ ହୋଇଥିବା ହୃଦୟ ପୁଣି ଅତି ଖରାପ ହୋଇଗଲା । ମୋତେ ତଥାପି ଉଠାଣି ଗଡ଼ାଣି ସବୁକୁ ସହିଯିବାକୁ ପଡୁଥିଲା । ମୋର ପ୍ରତ୍ୟେକ ଥର ଅପରେସନ ସମୟରେ ମୋ ବାପା ଏବଂ ମାଉସୀମା' ନିଶ୍ଚିତ ଭାବରେ ଉପସ୍ଥିତ ରହୁଥିଲେ । ଅପରେସନର ୨୪ ଘଣ୍ଟା ପର୍ଯ୍ୟନ୍ତ ମୋତେ ଶୋଷ ଏବଂ ଅସହାୟତା ସହିତ ସଂଘର୍ଷ କରିବାକୁ ପଡୁଥିଲା, ଅସହାୟ ବାପା ମୋର କେବଳ ଜଣେ ନିରବ ସାକ୍ଷୀ ପରି ରହୁଥିଲେ । ସେ ମୋତେ ମିଛରେ ବୁଝାଉଥିଲେ ଯେ ସାଲାଇନ୍ ବୋତଲ ମୋତେ ଡିହାଇଡ୍ରେଟ୍ ହେବାକୁ ଦେବନାହିଁ ।

ମୁଁ କିନ୍ତୁ ତାଙ୍କୁ ବୁଝେଇପାରୁ ନ ଥିଲି ଯେ ମୋର ଶୁଷ୍କ ଓଷ୍ଠ ଶୋଷରେ ଜଳି ଯାଉଥିଲା । ମୋ ବାପା ଅସହାୟ ଭାବରେ ସେ ରୁମ୍ ଛାଡ଼ି ଚାଲି ଯାଉଥିଲେ ।

ଆମର ଆନନ୍ଦ ଅନୁଭବର ମୁହୂର୍ତ୍ତର ପୁରୁଣା ସ୍ମୃତିକୁ ସେ ମନେ ପକାଉଥିଲେ ସେସବୁ ଏବେ ନ ଥିଲା । ସେ ମୋତେ ମଧ୍ୟ ମନେପକେଇ ଦେଉଥିଲେ, "ତୁ ଯେତେବେଳେ ଗୋଟେ ଛୋଟ ପିଲାଥିଲୁ ମୁଁ ତୋତେ ମୋ ସାଇକେଲର ପଛ ସିଟ୍‌ରେ ବସାଇ ମଫସଲ ଗାଁକୁ ବୁଲେଇ ନେଉଥିଲି । ତୁ ନଦୀକୁ ବହୁତ ଭଲ ପାଉଥିଲୁ । ତୁ ଗୋଟେ ନଦୀ ଦେଖିବାକୁ ଜିଦ୍ କରିଥିଲୁ । ତୋ ମା' ଅଫିସରୁ ଡେରିରେ ଫେରୁଥିଲା ଏବଂ ମୁଁ ତୋତେ ସାଇକେଲ ଚଢ଼ା ଶିଖେଇବା ପାଇଁ ଦୂରକୁ ନେଇ ଯାଉଥିଲି । ତେତେ ନଦୀ କୂଳରେ ମୁଁ ଖେଳିବାକୁ ଛାଡ଼ି ଦେଉଥିଲି ଏବଂ ତୁ ବହୁତ ଖୁସି ହେଇଯାଉଥିଲୁ । ତୁ ପକ୍ଷୀମାନଙ୍କର କାକଳି ଓ ଶବ୍ଦ ଅନୁରୂପ ଶବ୍ଦ କରିବାକୁ ଭଲ ପାଉଥିଲୁ । ମୁଁ ବହୁତ ଖୁସି ହୋଇ ଯାଉଥିଲି ଏବଂ ସେ ସବୁକଥା ତୋ ମା' ଆଗରେ ଗପୁଥିଲି, ତୁ ସେତେବେଳେ ବହୁତ ପ୍ରିୟ ଥିଲୁ । ତୁ ଏବେ କାହିଁକି ଆମକୁ ଏତେ ବ୍ୟସ୍ତ କରୁଛୁ ? ସବୁଦିନ ସମାନ ଯାଏ ନାହିଁ । ସୁଖ ଏବଂ ଦୁଃଖ ପ୍ରକୃତି ଚକ୍ରର ଏକ ଅଙ୍ଗ ଅଟେ । ତେଣୁ କାହିଁକି ବ୍ୟସ୍ତ ହେଉଛୁ ? ଏହି ଦିନ ମଧ୍ୟ ଦିନେ ଚାଲିଯିବ ।"

ସତେ ଯେମିତି ମୁଁ ଉତ୍ତର ଦେଉଥିଲି, "ବାପା, ଆସ ସୂର୍ଯ୍ୟକୁ ଅତିକ୍ରମ କରିଯିବା,

ଯୋଉଠି ଆଦୌ ଯନ୍ତ୍ରଣା ନ ଥିବ କୌଣସି ଡାକ୍ତରୀ କଟକଣା ନ ଥିବ, ଯୋଉଠି ଆମେ ତିନିଜଣ କେବଳ ଥିବା ମା, ତମେ ଆଉ ମୁଁ।"

ମୋ ମନୋଭାବକୁ ବଦଦେବା ପାଇଁ ମୋ ବାପା ମୋ ବିଛଣା ଉପରେ ବସୁଥିଲେ, ମୋ'ର ଛାତ୍ର ହିସାବରେ ଉଜ୍ଜ୍ୱଳ କ୍ୟାରିଅର ତା ସହିତ ମୋର ଯାହା ପ୍ରାପ୍ତି ହୋଇଛି ତାକୁ ମଧ୍ୟ ମନେପକେଇ ଦେଉଥିଲେ। ସେ ଗର୍ବର ସହିତ ମୁଁ କିପରି ଭଲ ର୍‍ୟାଙ୍କ୍ ରଖୁଥିଲି ସେ କଥାବି କହୁଥିଲେ। ମୋର ପାଠ ବ୍ୟତୀତ ଅନ୍ୟାନ୍ୟ ଅନେକ କୋ-କରିକୁଲାର କାର୍ଯ୍ୟର ବର୍ଣ୍ଣନା କରୁଥିଲେ, ଜିଲ୍ଲାରେ ଏବଂ କଲେଜରେ ସଫଳତା ଓ ପ୍ରାପ୍ତି ଏବଂ 'ଗରବା' ଖେଳିବାର ମୋର ଅଭ୍ୟାସ ଖୁବ୍ ସହଜ ଓ ସାବଲୀଳ ଥିଲା ବୋଲି କହୁଥିଲେ। ଭାବପ୍ରବଣ ହୋଇ ତାଙ୍କର କଣ୍ଠରୋଧ ହୋଇ ଯାଉଥିଲା। ୧୯୮୪-୮୫ରେ ରିଜରଭେସନ ବ୍ୟବସ୍ଥା ସମୟର ବିରକ୍ତିକର ପରିବେଶକୁ ମଧ୍ୟ ମନେ ପକେଇ ଦେଉଥିଲେ। ସେ ମୋତେ ବିଶ୍ୱାସ ଦେଉଥିଲେ ଯେ ମୁଁ କେବଳ ସବୁଠାରୁ ଭଲ ଛାତ୍ରୀ ଥିଲି। ସେ ମୋତେ କେବେବି ମଝିରୁ ଛାଡ଼ିବୁନି, କହୁଥିଲେ ଜିଦ୍‌କୁ ପ୍ରଶଂସା କରୁଥିଲେ। ମୁଁ ତାଙ୍କର ଉଦ୍ଦେଶ୍ୟ ଭଲ ଭାବରେ ବୁଝିପାରୁଥିଲି। ସେ ମୋତେ ଧରମପୁର-ବଂଶଜ ପରି ରାଜକୀୟ ପରିବାରର ବଂଶଜ ବୋଲି ଗର୍ବ କରିବାକୁ କହୁଥିଲେ। ସେ ମୋତେ ବାରମ୍ବାର ବୁଝାଉଥିଲେ ଯେ 'ହାରିଯିବା' ପରି ଆମ ଡିକ୍ସନାରୀରେ କୌଣସି ଶବ୍ଦ ନାହିଁ। ହୀନା ବିଜୟର ଗୋଟେ ଚିହ୍ନ । ତେଣୁ ମୋତେ ସଂଘର୍ଷ କରିବାକୁ ହେବ ଏବଂ ଯେମିତି ହେଲେ ବି ଜିତିବାକୁ ପଡ଼ିବ।" ମୁଁ ଭିତରେ ଭିତରେ ଉତ୍ତର ଦେଉଥିଲି, "ବାପା ! ଏହା ଗୋଟେ କଲେଜ ବା ପରୀକ୍ଷା-ହଲ୍‌ର ଷ୍ଟେଜ୍ ନୁହେଁ। ଏଠି ମୋ ଦେହ ହିଁ ଯୋଦ୍ଧା ଯିଏ ସବୁ କଦର୍ଯ୍ୟ ଅବସ୍ଥା ସହିତ ଯୁଦ୍ଧ କରୁଛି। ମୁଁ ନିଜେ ହିଁ ନିଜର ପ୍ରତିଦ୍ୱନ୍ଦ୍ୱୀ ଏବଂ ମୋ ନିଜ ବିରୁଦ୍ଧରେ ହିଁ ମୋତେ ଜିତିବାକୁ ପଡ଼ିବ। ତାହାହିଁ ମୋ ପାଇଁ ଅସହ୍ୟ। ଦୟାକରି ଏ ଯନ୍ତ୍ରଣାରୁ ମୋତେ ମୁକ୍ତି ଦିଅ। ମୁଁ ମୋ ମା' ପାଖକୁ ଯିବାକୁ ଚାହୁଁଛି।"

ମୋ ବାମ ପାଦର ଇନ୍‌ଫେକ୍‌ସନ୍ ଗୋଟେ ସ୍ଥିର ଜିଦ୍‌ଖୋର ଘଟଣା ଥିଲା। ଦିନେ ସନ୍ଧ୍ୟାବେଳେ ସ୍ଥିର କରାଗଲା ଯେ ଗୋଡ଼ରୁ ଲୁହା ରଡ୍ ବାହାର କରିଦିଆଯିବ। ମୋ ଦେହ ବାହାର ଜିନିଷ ଗ୍ରହଣ କରୁନାହିଁ। ସତେ ଯେମିତି ମୁଁ ସେମାନଙ୍କ ପାଇଁ ଗୋଟେ ପରୀକ୍ଷାର ପଶୁ। ମୋତେ O.T. କୁ ନିଆଗଲା ଜରୁରୀକାଳିନ ଅବସ୍ଥାରେ। ଦିନ ଦୁଇଟାରେ ଅପରେସନ ସରିଗଲା। କିନ୍ତୁ ଅନ୍ୟ ସବୁ ଅପରେସନ ଠାରୁ ଅତ୍ୟଧିକ ଯନ୍ତ୍ରଣା ହେଉଥିଲା। ମୁଁ ମୋ ଝିଅକୁ କହିଲି, "ମୁଁ ସୁଇସାଇଡ୍ କରିବାକୁ ଚାହେଁ।" ଯଦିଓ ମୁଁ ଖୁବ୍ ସାହସୀ ଥିଲି କିନ୍ତୁ ସେଦିନ ସମ୍ପୂର୍ଣ୍ଣ ଭାଙ୍ଗିପଡ଼ିଥିଲି। ଏବେବି ମୋ ଛାତିରେ ସେହି ଯନ୍ତ୍ରଣାର ଚାପ ଅନୁଭବ କରୁଥିଲି। କାନୁ ଆଶ୍ୱାସନା ଦେଇ କହୁଥିଲା, "ଶାନ୍ତ ହୁଅ।

ଭଗବାନ ଅଛନ୍ତି । ତୁମେ ଠିକ୍ ହେଇଯିବ । ଭଗବାନଙ୍କୁ ଡାକ ।" କିନ୍ତୁ ତାଙ୍କୁ ମନେପକେଇବା ଅବସ୍ଥାରେ ମୁଁ ନ ଥିଲି । ମୋ ମା'ର ପ୍ରିୟ ସ୍ମୃତି ସବୁ ମନକୁ ଆସୁଥିଲା କିନ୍ତୁ ମୁଁ ତା ଉପରେ ରାଗି ଯାଉଥିଲି । ମୁଁ ନିଜେ ନିଜକୁ କହୁଥିଲି, "ମା' ତୁ ସବୁବେଳେ ମୋତେ ମୋ ବାଟରେ ଛାଡ଼ି ପଳେଇ ଯାଉ । ମୁଁ ଯେତେବେଳେ ଛୋଟ ଥିଲି ତୁ ତୋର ଚାକିରିରେ ବ୍ୟସ୍ତ ଥିଲୁ ଆଉ ମୁଁ ଯେତେବେଳେ ବଡ଼ ହେଲି ତୁ ତୋର ସ୍ୱର୍ଗକୁ ଯାତ୍ରା କଲୁ । ତୁ କେବେ ମୋ କଥା ଭାବିଲୁନି । ମୁଁ ତୋତେ ଜମା ଭଲପାଏନି ।" ତଥାପି ମୁଁ ସବୁବେଳେ ଅନୁଭବ କରୁଥିଲି ଯେ ସେ ମୋ ପାଇଁ ପ୍ରାର୍ଥନା କରୁଥିଲା ।

ମୋର ମାଉସୀମା' ଏବଂ ବାପା ସବୁ ତୀର୍ଥ ଯାଇ ପ୍ରାର୍ଥନା କରୁଥିଲେ । ମୋ ବାପା ସବୁ ବିଶ୍ୱାସର ସୀମା ପାରି ହୋଇଯାଇଥିଲେ ।

ସେ ସବୁବେଳେ ପ୍ରାର୍ଥନା କରୁଥିଲେ, "ମୋ ଝିଅକୁ ଅବଶିଷ୍ଟ ଜୀବନ ଫେରେଇ ଦିଅ ଭଗବାନ । ମୋତେ ତା'ର କଷ୍ଟ ଦେଇଦିଅ ।"

ଧାର୍ମିକ ଏବଂ ଦାର୍ଶନିକ ପିତା ତାଙ୍କ ନିଜ ଉପରୁ ଆସ୍ଥା ହରାଉଥିଲେ । ସେ ଭୁଲିଯାଉଥିଲେ ଯେ ମୋତେ ମୋର କର୍ମଫଳ ଭୋଗିବାକୁ ପଡ଼ିବ । ମୁଁ ଅନୁଭବ କରି ପାରୁଥିଲି ଗୋଟେ ବାପା ପିଲାର କଷ୍ଟ ଦେଖିପାରନ୍ତି ନାହିଁ ଭାଙ୍ଗିପଡ଼ନ୍ତି ।

ବାପା ଏବଂ ମାଉସୀମା' ଅବସରପ୍ରାପ୍ତ ଶିକ୍ଷକ । ଚିନ୍ତାଧାରା ଆଧୁନିକ, ଧାର୍ମିକ ଏବଂ ବିଜ୍ଞାନ ସମ୍ମତ, ସଂକୀର୍ଣ୍ଣ ଏବଂ ବିଶ୍ୱାସ ଏବଂ ଅନ୍ଧବିଶ୍ୱାସ ଭିତରେ ଥିବା ସୂକ୍ଷ୍ମ ରେଖାକୁ ବୁଝିପାରନ୍ତି, ତଥାପି ସେମାନେ ଯାଦୁଟୋଣା ଆଦି ପାଖକୁ ସକାରାତ୍ମକ ଅବସ୍ଥା ଫେରାଇ ଆଣିବାକୁ ଯାଇଥିଲେ । ଏପରି କିଛି ନାହିଁ ଯାହା ସେମାନେ କରି ନ ଥିଲେ ।

ଜୁଲାଇ ୪ ତାରିଖରେ ମୋତେ ସୁରଟର ରେଲିସ୍ ହସ୍‌ପିଟାଲକୁ ପଠାଗଲା । ମୋ ଝିଅ ମୋ ସାନ ଭଉଣୀକୁ ଖବର ଦେଲା । ମିନୁ ତାକୁ ପଚାରିଲା ମୁଁ କ'ଣ ଖାଇବାକୁ ଭଲପାଏ । କାନୁ ମୋତେ ଚିଡ଼େଇଲା ଦେଖ ମା', ତୁମ ଭଉଣୀ ତୁମପାଇଁ ମିଠା ଧରି ଆସୁଛି । ଆଉ ତୁମ ପାଇଁ କ'ଣ ଅର୍ଡ଼ର ଦେବି ? ମୁଁ ନରମ ସ୍ୱରରେ କହିଲି, "ସେ ଯାହା ଚାହୁଁଛି ଆଣୁ ।" ଏମିତିରେ ବି ମିନୁ ମାଷ୍ଟର ସେଫ୍ ଥିଲା ଆଉ ତା ଡିସ୍ ସବୁ ଆମେ ଚାଖିଥିଲୁ । ମୁଷଳଧାରାରେ ବର୍ଷା ହେଉଥିଲା ବେଳେ ସେ ଗୋଟେ ଟିଫିନ୍ ଧରି ମୋତେ ଦେଖା କରିବାକୁ ଆସିଲା । ଖାଦ୍ୟର ବାସ୍ନା ପବନରେ ଭରିଗଲା । ମୋତେ ଖାଇବାକୁ ଇଚ୍ଛା ହେଲା । ମିନୁ ଟିକେ ଟିକେ କରି ମୋତେ ଖୁଆଇଲା । କିନ୍ତୁ ମୁଁ କେବଳ ବହୁକଷ୍ଟରେ ଦୁଇଥର ଖାଇଲି । ମୁଁ କିନ୍ତୁ ସନ୍ତୁଷ୍ଟ ହେଲି । ମିନୁ ହନୁମାନ ଚାଳିଶା ବୋଲିଥିଲା ତା ଘରେ ମୋ ଭଲ ହେବାପାଇଁ । ମୋ ସବା ସାନଭଉଣୀ ଡାକ୍ତର ଅନଳ କାନୁକୁ ଫୋନ୍ କରୁଥିଲା ମୋ ଜୀବନ ବିଷୟରେ କିଛି ନିର୍ଣ୍ଣୟ ଶୀଘ୍ର ନେବା ଦରକାର ବୋଲି । ନହେଲେ କଠୋର

ଅନୁଶାସିକା ଅନଳ ଭାରି କୋମଳ। ବାରମ୍ବାର ଇନଫେକ୍ସନ ହେଉଥିବା ଯୋଗୁଁ ଏବଂ ଜଟିଳ ସମସ୍ୟା ଉପୁଜୁଥିବାରୁ ସେ ବହୁତ ବିବ୍ରତ ହେଇଯାଉଥିଲା। ସେ ଭଗବାନ ସିଦ୍ଧି ବିନାୟକଙ୍କୁ ସମ୍ପୂର୍ଣ୍ଣ ସମର୍ପଣ କରିଦେଇଥିଲା। ସେ ବାଧ୍ୟ ହୋଇ କହୁଥିଲା "ପ୍ରଭୁ ତୁମେ ବହୁତ ଖରାପ ଭାବରେ ଆମକୁ ପରୀକ୍ଷା କରୁଛ, ଥରେ ସେ ଭଲ ହେଇଯାଉ, ତାପରେ ମୁଁ ତୁମକୁ ଦେଖେଇଦେବି।"

ଆମେ ଦୁହେଁ ଜୀବନସାରା ବ୍ୟସ୍ତ ରହିଲୁ ଆମ ପରିବାର ସାଙ୍ଗରେ ଏବଂ ବୃତ୍ତିଗତ ଜୀବନରେ। ତେଣୁ ଅନ୍ୟମାନଙ୍କ ପରି ବାରମ୍ବାର ଆମେ ଭେଟିପାରିଲୁ ନାହିଁ। କିନ୍ତୁ ଆମେ ନିବିଡ଼ ବନ୍ଧନରେ ବନ୍ଧା। ଆମେ ନିଜ ନିଜର 'ମା' ହୋଇଯାଇଛୁ। ଆମେ ଉଭୟ ଉଭୟଙ୍କୁ କିଛି କଥା ନ କହି ବି ବୁଝି ପାରୁଥିଲୁ।

ମୋ ଶାଶୂ ଘର ଏବଂ ବାପଘର ସମ୍ପର୍କୀୟମାନେ ମୋ ପାଇଁ ବହୁତ ଦୁଃଖ ଅନୁଭବ କରୁଥିଲେ। ମୁଁ ସେମାନଙ୍କର ହୃଦୟରେ ରାଜ୍ କରୁଥିଲି। ଛୋଟ ପିଲାଠାରୁ ବୁଢ଼ାଯାଏ ସମସ୍ତଙ୍କର ମୁଁ ପ୍ରିୟପାତ୍ର ଥିଲି। ମୋ ନଣନ୍ଦଙ୍କର ଝିଅମାନେ ମଧ୍ୟ ମୋ ପାଖକୁ ଦୌଡ଼ି ଆସଥିଲେ ଦେଖିବାକୁ। ମୋ ନଣନ୍ଦ ଇଲାବେନ ଏବଂ ତାଙ୍କର ସ୍ୱାମୀ କମଲ କୁମାର ଭଗବାନଙ୍କ ପାଖରେ ମୋ ପାଇଁ ପ୍ରାର୍ଥନା କରୁଥିଲେ। ସେମାନେ ଆମ ପରିବାର ପାଇଁ ବ୍ୟସ୍ତ ହେଉଥିଲେ। ସମସ୍ତେ ଏଇ ଅଘଟଣ ନିମନ୍ତେ ବୋଧହୁଏ ବେଶୀ ଆଧ୍ୟାତ୍ମିକ ହୋଇଯାଇଥିଲେ। ମୋ ସାନ ଦିଅର ନିଜେ ନ ଖାଇ ନ ପିଇ ଗୋଟେଦିନ ପଡ଼ିରହିଲେ ଲମ୍ବା ହୋଇ ଏବଂ ବହୁତ କାନ୍ଦିଲେ।

ମୋର ସବୁଠାରୁ ବଡ଼ ମାମୁଁ ଏବଂ ତାଙ୍କର ସମ୍ପର୍କୀୟମାନେ ମୋ ସ୍ୱାସ୍ଥ୍ୟ ପାଇଁ ମେହେରବାବାଙ୍କୁ ପ୍ରାର୍ଥନା କରୁଥିଲେ। ମୋ ସାନମାମୁଁ ଗଣେଶ ସ୍ତୁତି ଏବଂ ଅଥର୍ବଶୀର୍ଷ ପାଠ କରୁଥିଲେ ନିୟମିତ ଭାବରେ। ମୋ ମାମୁଁ ଝିଅ ଜୟଶ୍ରୀବେନ ବହୁତ ରାଗୁଥିଲା ଭଗବାନଙ୍କ ଉପରେ। ସେ ଅସହାୟ ଭାବରେ ହସ୍‌ପିଟାଲର ବଡ଼ ଗ୍ଲାସ୍ ଝରକା ଦେଇ ମୋତେ ଦେଖୁଥିଲା। ସେ ହସ୍‌ପିଟାଲରେ ପ୍ରତିଦିନ ୧୧ଟାରୁ ୫ଟା ଯାଏ ରହୁଥିଲା ଯେତେବେଳେ ମୋତେ ଖାଦ୍ୟ ଦିଆଯିବାକୁ କୁହାଗଲା ସେ ମୋତେ ଖୁଆଉଥିଲା। ସେ ଦିନରାତି ମୋ ପାଇଁ ପ୍ରାର୍ଥନା କରୁଥିଲା। ମୋତେ ଲାଗୁଥିଲା ମୋ ମା' ଯେମିତି ମୋ ପାଖରେ ବସି ମୋର ଯତ୍ନ ନେଉଛି। ମୋର ସାହସ ଫେରି ଆସୁଥିଲା। ମୋତେ ଠିକ୍ ହେଉଥିବାର ଦେଖି ମୋର ସବୁ ଆତ୍ମୀୟମାନେ ମୁଣ୍ଡ ନଇଁ ଈଶ୍ୱରଙ୍କୁ ପ୍ରଣାମ କରୁଥିଲେ। ହେମନ୍ତଙ୍କର ସମ୍ପର୍କୀୟମାନେ ମଧ୍ୟ ସେମାନଙ୍କର ଧାର୍ମିକ ପୂଜାପାଠ କରୁଥିଲେ। ସବୁ ଦରଖାସ୍ତ ଏବଂ ପ୍ରାର୍ଥନା ନିଶ୍ଚୟ ଭଗବାନଙ୍କ କୋର୍ଟରେ ପହଞ୍ଚିଥିବ ଏବଂ ଭଗବାନ ମଞ୍ଜୁରୀ ମଧ୍ୟ ଦେଇଛନ୍ତି। ତେଣୁ ମୁଁ ବଞ୍ଚିଯାଇଛି।

କୁହାଯାଏ ଯେ ଦୁର୍ଦ୍ଦିନରେ ହିଁ ବନ୍ଧୁବାନ୍ଧବଙ୍କ ଆନ୍ତରିକତା ପରୀକ୍ଷିତ ହୋଇଯାଏ । ତାହାହିଁ ମୁଁ ସେହି ଜଟିଳ ସମୟରେ ଶିକ୍ଷାକଲି । ମୁଁ ହିଁ ସମସ୍ତଙ୍କର କେନ୍ଦ୍ରବିନ୍ଦୁ ଥିଲି । ସେ ସବୁଗୁଡ଼ିକ ମୋତେ ସହାୟକ ହୋଇଥିଲା ।

ଏଗାର ମାସ ପରେ ମୁଁ ଯେତେବେଳେ ଗୋଟେ ୱାକର ସାହାଯ୍ୟରେ ଠିଆ ହେବାକୁ ଚେଷ୍ଟା କଲି ମୋ ସ୍ୱାମୀ ମୋତେ କହିଲେ, "ଆସ ଆମେ ଟିକେ ବାହାରେ ବୁଲି ଆସିବା । ମୁଁ ଗୋଟେ ମନ୍ଦିରକୁ ଯିବାକୁ ଚାହୁଁଥିଲି ।"

ମୋ ପାଇଁ ମୋ ବାପା ମୋ ଭଗବାନ । ସେ ମୋ ପାଇଁ ସବୁକିଛି । ମୁଁ ମୋ ବାପାଙ୍କୁ ଦେଖା କରିବାକୁ ଯିବାକୁ ଇଚ୍ଛା କରୁଥିଲି । ଏହା ବହୁତ କଷ୍ଟକର ଥିଲା, କିନ୍ତୁ ମୋ ସ୍ୱାମୀ ଚେଷ୍ଟା କରିବାକୁ କହିଲେ । ସେ ମୋତେ କହିଲେ ବାପାଙ୍କୁ ନ ଜଣେଇବା ପାଇଁ ନଉସାରୀକୁ ମୋ ଘରକୁ ଯିବାକଥା । ସେ ବାପାଙ୍କୁ ଆଶ୍ଚର୍ଯ୍ୟ କରିବାକୁ ଚାହୁଁଥିଲେ । ମୁଁ ମଧ୍ୟ ତାଙ୍କ କଥାରେ ସମ୍ମତ ହେଲି ଏବଂ ଶେଷରେ ବାପା ମୋତେ ସ୍ୱାଗତ ମଧ୍ୟ କଲେ । ମୁଁ ମୋ ଘରକୁ ପ୍ରବେଶ କଲି । ଗୋଟେ ଛୋଟ ପିଲାକୁ କୋଳେଇ ନେଲା ପରି ବାପା ମୋତେ ଶୁଆଇ ଦେଲେ । ମୁଁ ୯ ବର୍ଷର ପିଲା ପରି ଅନୁଭବ କଲି । ମୁଁ ମୋ ମା'ର ଫଟୋକୁ ଚାହିଁ ରହିଥିଲି । ସେ ଯେମିତି ମୋତେ କହୁଥିଲା, "ଥକିଗଲୁକି, ମୋ ଛୁଆଟା ? ସବୁକିଛି ଠିକ୍ ହୋଇଯିବ ।" ମୋ ହୃଦୟ କାନ୍ଦି ଉଠିଲା । ତା ପରେ ୱାକର ସାହାଯ୍ୟରେ ସେ ମୋତେ ଘରର ପ୍ରତ୍ୟେକ ସ୍ଥାନ କୋଣ ଅନୁକୋଣ ଦେଖାଇଲେ । ମୁଁ କହିଲି ମୋ ପୁରୁଣା କଣ୍ଢେଇ କାନ୍ଥଘଣ୍ଟା ଭିତରୁ ମୋତେ ଜୁଳୁଜୁଳୁ ଚାହୁଁଛି । ମୋତେ ଅଶ୍ୱସ୍ତି ଲାଗିଲା ଏବଂ ମୁଁ ଅଭିଯୋଗ କଲି, "ବାପା, ମୁଁ ଏବେ ଗୋଟେ ଛୋଟପିଲା ନୁହେଁ, ମୋତେ ପଚଶ ବର୍ଷ ହେଲାଣି ।" ମୋ ବାପା କିନ୍ତୁ ଚୁପ୍ ରହିଲେ । ତାଙ୍କ ମନଶ୍ଚକ୍ଷୁରେ ସେ ମୋ ପିଲାଦିନକୁ ଦେଖୁଥିଲେ । ମାଉସୀମା' ମୋ ଡାଇପର ବଦଳେଇ ଦେଲା । ସତେ ଯେମିତି ମୁଁ ଗୋଟେ ଛୋଟ ପିଲା ।

ସହସ୍ର ଯନ୍ତ୍ରଣାର ଭାରା ସହି ସେହିଦିନ ପ୍ରେମର ମଲମ ବୋଳି ହୋଇ ଏବଂ ଯତ୍ନ ପାଇ ମୁଁ ଟିକେ ସହଜ ହୋଇଯାଇଥିଲି । ମୁଁ ସନ୍ତୁଷ୍ଟ ଥିଲି । ଏହା ଗୋଟେ ନୂତନର ପ୍ରାରମ୍ଭ ଥିଲା, ମୋ ନୂଆ ଜୀବନର ଖୁସିର ଅଧ୍ୟାୟ ।

ଦଶମ ଅଧ୍ୟାୟ

ସାତପିଢ଼ିର ସମ୍ପର୍କ

ବିବାହ ସମୟରେ ଯେତେବେଳେ ଝିଅର ହାତ ଅନ୍ୟର ହାତକୁ ଦିଆଯାଏ ସେତେବେଳେ ପିତାମାତଙ୍କ ଆଖି ସନ୍ଧାନୀ ପରି ହୋଇଯାଇଥାଏ । ଏହିପରି ଉଦାସୀ ଭିତରେ ଜୀବନସାରା ପାଇଁ ସମ୍ପର୍କ ଗଢ଼ିଉଠେ । ଏହି ସମ୍ପର୍କ ଗୋଟେ ଅଙ୍କର ମିଶାଣ ଏବଂ ଗୁଣନ । ଏହି ସମ୍ପର୍କ କୁଙ୍କୁମ ଓ ସିନ୍ଦୂରର ଧର୍ମ ପରାୟଣତା ସହିତ ଜଡ଼ିତ । ଏହା ଏକ ପ୍ରେମ ଏବଂ ବିଶ୍ୱାସ ଏବଂ ସମର୍ପଣର ସମ୍ପର୍କ । ଏହି ପ୍ରକାର ତ୍ୟାଗ ଅନ୍ୟ କୌଣସି ସମ୍ପର୍କରେ ଦେଖାଯାଏ ନାହିଁ । ଦେବାର ଆନନ୍ଦ ନେବାର ଆନନ୍ଦ ଠାରୁ ଯଥେଷ୍ଟ ଅଧିକ । ଶ୍ୱଶୁର ଘର ଆନନ୍ଦର ଠିକଣା । ଏହି ଆନନ୍ଦର ବା ଦୁଃଖର ବନ୍ଧନରେ ଜଣେ ଶ୍ୱଶୁର ଘର ଉପରେ ବିଶ୍ୱାସ କରେ । ଏହିପରି ଶୂନ୍ୟରୁ ଆରମ୍ଭ ହେଉଥିବା ସମ୍ପର୍କ ଲକ୍ଷରୁ କୋଟିରେ ପହଞ୍ଚିଯାଏ ।

ଏପରିକି ପବିତ୍ର ଗ୍ରନ୍ଥସବୁ ଏହି ବନ୍ଧନକୁ ଯୋଡ଼ିବା ପାଇଁ ଯଥେଷ୍ଟ ଯତ୍ନ ଓ ସୁରକ୍ଷା ଅବଲମ୍ବନ କରିଥାନ୍ତି । ତେଣୁ ଆମେ ଭାଗ୍ୟବାନ ଯେ ଶ୍ରୀ ବନ୍ଧନଭାଇ ଶାହା ଏବଂ ମିସେସ୍ ସୀମା ବେନ ଆମର ସମ୍ବନ୍ଧି (ଜ୍ୱାଇଁର ବାପା ମା) । ଏହା ବୋଧହୁଏ ପୂର୍ବଜନ୍ମର ବନ୍ଧନ ଥିଲା । ଆମେ ଭଗବାନଙ୍କୁ ଧନ୍ୟବାଦ ଦେଉ ଏଥିପାଇଁ । ଏହିପରି ଲୋକମାନେ ଖୋଜିଲେ ବି ମିଳିବା କଠିନ । ସେମାନେ ଆମ ଆନନ୍ଦର କାରଣ ।

ଯେତେବେଳେ ବନ୍ଧନଭାଇ ମୋର ଏକ୍ସିଡ଼େଣ୍ଟ କଥା ଶୁଣିଲେ ସେ ସାଙ୍ଗେ ସାଙ୍ଗେ ରାଜସ୍ଥାନ ଚାଲି ଆସିଲେ । ତାଙ୍କର ୧୩ ଘଣ୍ଟାର ଯାତ୍ରା ଭିତରେ ସେ ସବୁବେଳେ ଫୋନ୍‌ରେ ସମ୍ପର୍କ ରଖିଥାନ୍ତି । ମଧ୍ୟ ରାତ୍ରିରେ ସେ ଆମ ପାଖରେ ପହଞ୍ଚିଲେ । ସେ ଡାକ୍ତରଙ୍କୁ ଦେଖାକରି ମୋ କେଶ ବିଷୟରେ ପଚାରିଲେ । ଆମେ ତାଙ୍କ ଉପସ୍ଥିତିରେ ଶାନ୍ତ୍ୱନା ପାଇଲୁ ଏବଂ ଆଶ୍ୱସ୍ତ ହେଲୁ । ସେ ପ୍ରାୟ ତିନି ଘଣ୍ଟା ବିଶ୍ରାମ ନେଇ କେକ୍ରୀ ଅଭିମୁଖେ ବାହାରିଲେ ଯେଉଁଠି ମୋର ଏକ୍ସିଡ଼େଣ୍ଟ ହୋଇଥିଲା । ସେ କେକ୍ରୀ ପୋଲିସ

ଷ୍ଟେସନରେ ଏଫ.ଆଇ.ଆର ଲେଖାଇଲେ। ଆମର ସମ୍ପୂର୍ଣ୍ଣ ଭାଙ୍ଗି ନଷ୍ଟ ହୋଇଯାଇଥିବା ଗାଡ଼ି ବିଷୟରେ ଅଟୋ ମୋବାଇଲ କମ୍ପାନୀ ସାଙ୍ଗରେ କଥା ହେଲେ। ଆହୁରି ମଧ୍ୟ ସେ ଗାଡ଼ିକୁ କିପରି ସୁରଟକୁ ଆଣିହେବ ସେ ବିଷୟରେ କଥାହେଲେ। ସେ ସବୁ ଠିକ୍‌ଠାକ୍ କରି ସେଇ ସନ୍ଧ୍ୟାରେ ଫେରି ହସ୍‌ପିଟାଲରେ ପହଞ୍ଚିଗଲେ। ଆମେ ତାଙ୍କର କାର୍ଯ୍ୟଦକ୍ଷତା ଏବଂ ନିଷ୍ଠା ବିଷୟରେ ପ୍ରଶଂସା କରୁଥିଲୁ। ଆମର ସମ୍ପର୍କ ଅଧିକ ଶକ୍ତ ହେଇଥିଲା। ଅଜଣା ସ୍ଥାନରେ ସେ ଆମର ରକ୍ଷାକର୍ତ୍ତା ଭାବରେ ଠିଆ ହୋଇଥିଲେ। ସୀମାବେନ ଗୋଧ୍ରାରୁ ଫୋନ୍‌ରେ ବାରମ୍ବାର ପଚାରୁଥିଲେ। ସେ ଆମପାଇଁ ଅନ୍‌ଲାଇନ୍ ଥିଲେ। ଆମେ ତାଙ୍କର ଆମପାଇଁ ବ୍ୟସ୍ତତା ଏବଂ ଯତ୍ନ ବିଷୟରେ ଜାଣି ଆଶ୍ୱସ୍ତ ହେଉଥିଲୁ। ସେ ସବୁବେଳେ ଗୋଟେ କଥା ବାରମ୍ବାର କହୁଥିଲେ, "ହୀନାବେନ ! ତୁମେ ଆମକୁ ତୁମର ଝିଅର ଶ୍ୱଶୁରଘର ବୋଲି କେବେବି ପର ଭାବିବନି। ଆମେ ଦୁଇ ଭଉଣୀ। ତୁମ ଝିଅ ମୋର ଝିଅ ଏବଂ ମୋ ପୁଅ ତୁମର ବି ପୁଅ। ତୁମେ ସୁରଟରେ ଏକୁଟିଆ ଅଛ। ତୁମେ ଯଦି ଭଦୋଦରା ଆସିବ ଆମେ ମିଶିକରି ପରିସ୍ଥିତିକୁ ସାମନା କରିବା। ତେଣୁ ତୁମେ ଭଦୋଦରା ଚାଲିଆସ ଦୟାକରି।

ଆମର ଏ ଦୌଡ଼ା ଦୌଡ଼ିର ବ୍ୟସ୍ତତା ଭିତରେ ଆମେ ଟିକେ ଆଶ୍ୱାସନା ପାଇଲୁ। ଆମେ ମଧ୍ୟ ସେ କଥାକୁ ଠିକ୍ ଭାବିଲୁ ଏବଂ ଭଦୋଦରା ଯିବାପାଇଁ ସ୍ଥିର କଲୁ। ସବୁ ଠିକ୍‌ଠାକ୍ ଚାଲିଥିଲା କେବଳ ନୀଳ ଜଟିଳତା ସେଠାରେ ବହୁମାତ୍ରାରେ ରହିଥିଲା। ଭାଗ୍ୟରେ କ'ଣ ଥିଲା କେଜାଣି, ଆମେ ଭଦୋଦରା ବାହାରି ଗଲୁ।

ବନ୍ଦନ ଭାଇ ଏବଂ ସୀମାବେନ ନିୟମିତ ମୋ ବିଷୟରେ ଚିନ୍ତିତ ଥିଲେ। ଆମର ସମ୍ପର୍କ ଧୀରେଧୀରେ ନିକଟତର ଏବଂ ଶକ୍ତ ହେବାକୁ ଯାଉଥିଲା। ସୀମାବେନ ଆମକୁ ସବୁ ଯୋଗେଇ ଦେଇଥିଲେ ଯାହା ଗୋଟେ ଘରେ ଦରକାର। ବନ୍ଦନଭାଇ ମୋତେ ଗୋଟେ ଅର୍ଥପେଡ଼ିକ ହସ୍‌ପିଟାଲରୁ ମଲ୍‌ଟି ସ୍ପେଶିଆଲିଟି ହସ୍‌ପିଟାଲକୁ ନେବା ବିଷୟରେ ସବୁ ସିଦ୍ଧାନ୍ତ ନେଇଥିଲେ। ଅସୁବିଧା ଆମକୁ ବେଶୀ ପାଖକୁ ଆଣି ପାରିଥିଲା। ମୋତେ ଗୋଟେ ଭେଣ୍ଟିଲେଟରରେ ରଖାଗଲା ପରେ ହେମନ୍ତ ବହୁତ ଡରି ଯାଇଥିଲେ, ସେ ପୁରାପୁରି ଭାଙ୍ଗି ପଡ଼ିଥିଲେ। ଏପରି ଏକ ପରୀକ୍ଷା ସମୟରେ ବନ୍ଦନ ଭାଇ ଜଟିଳ ଏବଂ ଗୁରୁତ୍ୱପୂର୍ଣ୍ଣ ନିର୍ଣ୍ଣୟ ନେଉଥିଲେ ଗୋଟେ ଭାଇପରି, ଗୋଟେ ପ୍ରିୟ ବନ୍ଧୁ ପରି ଯେତେବେଳେ ଡାକ୍ତରମାନେ ଅତ୍ୟଧିକ ଖର୍ଚ୍ଚ କଥା କଥା ହେଉଥିଲେ, ସେ ଟଙ୍କା ପଇସା କଥା ବୁଝୁଥିଲେ। ପରିସ୍ଥିତିକୁ ବୁଝି ସୀମାବେନ ମୋ ପିଲାମାନଙ୍କୁ ମା'ପରି ବ୍ୟବହାର କରୁଥିଲେ। ସୀମାବେନ ଏବଂ ବନ୍ଦନ ଭାଇ ହେମନ୍ତଙ୍କୁ ଉଶ୍ୱାସ କରିଦେବା ଲାଗି ସବୁ ଦାୟିତ୍ୱ ନିଜ କାନ୍ଧକୁ ଉଠେଇ ନେଇଥିଲେ। ବନ୍ଦନ ଭାଇ ସବୁବେଳେ ମୋ

ସଠିକ୍ ଚିକିତ୍ସା ବିଷୟରେ ଯେ କୌଣସି ପରିସ୍ଥିତିରେ ବି କରାଯାଉଛିକି ନାହିଁ ଲକ୍ଷ୍ୟ ରଖିଥିଲେ। ତାଙ୍କର ଡାକ୍ତର ସାଙ୍ଗମାନେ ମଧ୍ୟ ବହୁତ ସାହାଯ୍ୟକାରୀ ଥିଲେ। ସେମାନେ ହେମନ୍ତଙ୍କୁ ବିପୁଳ ଖର୍ଚ୍ଚ ବିଷୟରେ ଜଣାଉନଥିଲେ। ସେମାନେ କଥକକୁ ଏମାର୍ଜେନ୍‌ସି ଖର୍ଚ୍ଚ ପାଇଁ ଟଙ୍କା ଦେଉଥିଲେ। ସେମାନେ ଯେପରି ଆମକୁ ସାହାଯ୍ୟ କରୁଥିଲେ କୌଣସି ସମ୍ବନ୍ଧି ଏପରି କରିବେ ନାହିଁ। ସେ ଆମର ଚାହିଦାକୁ ବହୁଗୁଣରେ ଭରି ଦେଉଥିଲେ।

ମୁଁ କିଛିବି କହିପାରୁ ନ ଥିଲି ଏବଂ ଭାବୁଥିଲି ମୁଁ ଚାଲିଯାଉଛି। ମୁଁ ସେମାନଙ୍କୁ କହିବାକୁ ଚାହୁଁଥିଲି, "ଦୟାକରି ମୋ ପିଲାମାନଙ୍କ ଯତ୍ନ ନିଅ ଏବଂ ହେମନ୍ତଙ୍କୁ ସହଯୋଗ କର" ମୁଁ କିନ୍ତୁ କିଛି କହିପାରୁ ନ ଥିଲି। ସେମାନେ ମୋ ମନ କଥା ବୁଝିପାରୁଥିଲେ ଏବଂ ସତେ ଯେପରି ସେମାନେ ମୋତେ ଆଶ୍ୱାସନା ଦେଉଥିଲେ। ମୋତେ ଭଲ ଲାଗୁଥିଲା। ତାଙ୍କ ଘରେ କଥକ ଯେ ସୁରକ୍ଷିତ ମୁଁ ସେକଥା ବୁଝି ପାରୁଥିଲି କିନ୍ତୁ ଯେଉଁ ଭାବରେ ପର୍ଜନ୍ୟକୁ ସେମାନେ ବୁଝାଇଥିଲେ ମୁଁ ସମ୍ପୂର୍ଣ୍ଣ ଆଶ୍ୱାସନା ପାଇଗଲି। ୟାଶ ପବିତ୍ର ଶ୍ଳୋକ ସବୁ ବୋଲୁଥିଲା ମୋ ବିଛଣା ପାଖରେ ବସିକରି। ଆମ ସମ୍ପର୍କ ଯେତେବେଳେ ମଜବୁତ୍ ହେଉଥିଲା ଆମେ ଭାବଗତ ଭାବରେ ମଧ୍ୟ ସମ୍ପର୍କୀତ ହୋଇ ଯାଉଥିଲୁ।

ସୀମାବେନ ଏବଂ ବନ୍ଦନଭାଇ ନିୟମିତ ଭାବରେ ଗୋଧ୍ରା ଏବଂ ଭଦୋଦରା ମଧ୍ୟରେ ସମ୍ପର୍କ ରକ୍ଷା କରୁଥିଲେ। ଅଫିସ କାମ ସରିଲା ପରେ ବନ୍ଦନ ଭାଇ ଭଦୋଦରା ଚାଲି ଆସୁଥିଲେ। ସୀମାବେନ ମଧ୍ୟ ଗୋଧ୍ରାରେ ତାଙ୍କର ଘର ସମ୍ଭାଳୁଥିଲେ ଏବଂ ଭଦୋଦରାରେ ହସ୍‌ପିଟାଲ କାମ ବି ସମ୍ଭାଳୁଥିଲେ। ମୋର ଏକାନ୍ତ ଆତ୍ମୀୟ ପରି ସେ ବହୁତ ଯତ୍ନ ମୋର ନେଉଥିଲେ। ବହୁତ ଛୋଟଛୋଟ ଜିନିଷର ସେ ଯତ୍ନ ନେଉଥିଲେ। ମୋତେ ଶାନ୍ତ୍ୱନା ଦେବାକୁ ବହୁତ କଥା କହୁଥିଲେ। ଯଦିଓ ହସ୍‌ପିଟାଲକୁ କିଛି ଆଣିବାର ଅନୁମତି ନାହିଁ ସେ ହସ୍‌ପିଟାଲ ମ୍ୟାନେଜମେଣ୍ଟରୁ ଅନୁମତି ଆଣି ମୋ ପାଇଁ ସୁପ ଏବଂ ଦଲିଆ କରି ଘରୁ ଆଣୁଥିଲେ। ସେ ଜୈନ ସଂସ୍କୃତି ବିଷୟରେ ମୋତେ କହୁଥିଲେ, ମୋତେ ବହୁତ ଭଲ ଲାଗୁଥିଲା। ସେ ପବିତ୍ର ଗ୍ରନ୍ଥସବୁ ପଢୁଥିଲେ। ସେଗୁଡ଼ିକ ମୋତେ ଆଶ୍ୱାସନା ଦେଉଥିଲା ଯେ ବହୁତ ଶୀଘ୍ର ମୁଁ ଭଲ ହୋଇଯିବି। ମୁଁ ଭଲ ହେଲା ପରେ କୁଆଡ଼େ ବୁଲିଯିବା ସେ ଯୋଜନା ବସି କରୁଥିଲେ। ମୁଁ ଭଲ ହେଲେ ମୋତେ ସେ 'ମହୁଡା ବିଘ୍ନହର' ମନ୍ଦିର ଯିବାକୁ କହୁଥିଲେ। ସେ ମୋ ନାମରେ ଦାନଦକ୍ଷିଣା ମଧ୍ୟ ଦେଉଥିଲେ ମୋ ଭଲ ହେବା ପାଇଁ। ମୋତେ ଭଲ ଲାଗୁ ନ ଥିଲା ଏ ସବୁ।

ମୁଁ କହୁଥିଲି, "ମୁଁ ଗୋଟେ ଝିଅର ମା' ଏବଂ ଗୋଟେ ପୁଅର ମା' ମୋତେ ଏତେ ସାହାଯ୍ୟ କରିବା ଭଲ ଲାଗୁ ନ ଥିଲା।" ସବୁବେଳେ ମୁଁ ଭାବୁଥିଲି ଏହା ଭୁଲ

ଅଟେ। କିନ୍ତୁ ମୁଁ ତାଙ୍କର ସ୍ନେହପୂର୍ଣ୍ଣ ଯତ୍ନକୁ ମନା କରିପାରୁ ନ ଥିଲି। ସତେ ଯେମିତି ଏହା ମୋର ସୌଭାଗ୍ୟ। ସେ କହୁଥିଲେ, ହୀନାବେନ। ପ୍ରକୃତରେ ମୁଁ ଆପଣଙ୍କ ପାଖରେ ଋଣୀ ଯେ ଆପଣ ଆପଣଙ୍କ ଝିଅକୁ ମୋତେ ଦେଇଛନ୍ତି।" ତାଙ୍କର ଏପରି ଚିନ୍ତାଧାରା ଏବଂ ବଡ଼ପଣିଆ ଦେଖି ମୋ ମୁଣ୍ଡ ତାଙ୍କ ପାଖରେ ନୋଇଁ ଯାଉଥିଲା। ମୁଁ ଭାବୁଥିଲି, "ଯଦି ସବୁ ଶାଶୂଘର ଲୋକେ ଏହିପରି ଦୟାଳୁ ଏବଂ ବୁଝିବା ଲୋକ ହୁଅନ୍ତେ କେହି ମା' ଗୋଟେ ଝିଅ ପିଲାକୁ ଗର୍ଭରୁ ମାରିଦିଅନ୍ତା ନାହିଁ।" ପ୍ରକୃତରେ ସୀମାବେନ ଏବଂ ବନ୍ଦନଭାଇ ସମାଜକୁ ଗୋଟେ ଆଦର୍ଶ ଦେଖାଉଥିଲେ। ମୁଁ ସେମାନଙ୍କ ଭଦ୍ର ବ୍ୟବହାରରେ ସମ୍ମୋହିତ ହେଇଯାଇଥିଲି। ଯେତେବେଳେ ବନ୍ଦନ ଭାଇ ମୋ ପାଖକୁ ଆସୁଥିଲେ କହୁଥିଲେ, "ଆଜି ଆପଣ ବହୁତ ସୁସ୍ଥ ଦିଶୁଛନ୍ତି ଏବଂ ଭଲ ଅଛନ୍ତି।" ଏହି ସକାରାତ୍ମକ ବାକ୍ୟ ମୋତେ ଉତ୍ସାହ ଦେଉଥିଲା। ଏହି ସୁନ୍ଦର ଯୋଡ଼ିଙ୍କ ପାଇଁ ମୁଁ ହୃଦୟର ସହିତ ଖୁସି ଅନୁଭବ କରୁଥିଲି।

ତାଙ୍କର ଡାକ୍ତର ବନ୍ଧୁମାନେ ଏବଂ ସମ୍ପର୍କୀୟମାନେ ଗୋଧ୍ରାରୁ ବାରମ୍ବାର ମୋତେ ଦେଖା କରିବାକୁ ଆସୁଥିଲେ। ସେମାନେ ଯେପରି ମୋର କାର୍ଯ୍ୟକ୍ଷମ ହେଉ ନ ଥିବା ଫୁସ୍‌ଫୁସ୍‌କୁ ଅକ୍ସିଜେନ୍ ଯୋଗାଉ ଥିଲେ। ମୋର କଷ୍ଟ, ମୋର ଡର, ମୋର ଯନ୍ତ୍ରଣା ଉଭେଇ ଯାଉଥିଲା କିଛି ସମୟ ପାଇଁ। ଯେତେବେଳେ ବି ମୁଁ କୌଣସି ଜଟିଳତାକୁ ସାମ୍ନା କରେ ଏହି ଦମ୍ପତି ମୋ ପାଖରେ ମାନସିକ ଭାବରେ ସହଯୋଗ କରିବାକୁ ଚେଷ୍ଟା କରୁଥିଲେ। ବନ୍ଦନ ଭାଇଙ୍କ ବଡ଼ ଭାଇ ଯୋଗେଶ ଭାଇ ବାରମ୍ବାର ମୋତେ ଦେଖିବାକୁ ଗୋଧ୍ରା ଆସୁଥିଲେ। ଟେଲିଫୋନ୍‌ରେ ପବିତ୍ର ଶ୍ଳୋକ ଶୁଣିବାକୁ ସେ ମୋତେ ଶିକ୍ଷା ଦେଉଥିଲେ। ଏହିସବୁ ମୋ ଜୀବନ ଦୀପକୁ ଜଳେଇ ରଖିବାକୁ ବାଧ୍ୟ କରୁଥିଲା। ମୁଁ ଶକ୍ତ ଏବଂ ସାମର୍ଥ୍ୟ ଅନୁଭବ କରୁଥିଲି। ବ୍ୟକ୍ତିଗତ ସାଙ୍ଗ ପରି ସେମାନେ ଠିଆ ହେଉଥିଲେ ପାଖରେ। ବହୁ ପୁରୁଣା ଭଜନ 'ବୈଷ୍ଣବ ଜନତୋ ତେନେ ରେ କହିୟେ' ଉଚ୍ଚାରଣ କରୁଥିଲେ। ସତରେ ସମ୍ପୂର୍ଣ୍ଣ ଶାହା ପରିବାର ସେମାନଙ୍କର ସମ୍ପର୍କକୁ ଆମ ଦୁଃସମୟ ସମୟରେ ପାଖରେ ଠିଆ ହୋଇ ନିଭାଉଥିଲେ। ସେମାନେ ଆମର ସମ୍ପୂର୍ଣ୍ଣ ରକ୍ଷାକର୍ତ୍ତା ବନି ଯାଇଥିଲେ।

ଯେତେବେଳେ ଡାକ୍ତରମାନେ ଘୋଷଣା କଲେ ଯେ ବ୍ୟାକ୍ଟେରିଆ ହସ୍‌ପିଟାଲର ବାୟୁମଣ୍ଡଳରେ ଘେରିଥିବା ଯୋଗୁଁ, ଆଣ୍ଟିବାୟୋଟିକ୍ କାମ କରୁନି, ସେତେବେଳେ ସେମାନେ ଭଦୋଦରାର ଗୋଟେ ଫ୍ଲାଟରେ ମୋତେ ରଖେଇବାକୁ ଚାହିଁଲେ ମୋର ସୁରକ୍ଷା ପାଇଁ। କିନ୍ତୁ ତା ପରେ ସ୍ଥିର କରାଗଲା ଯେ ମୋତେ ସୁରଟର ଏଚ୍.ପି. ସିଂଙ୍କ ହସ୍‌ପିଟାଲକୁ ପଠାଯିବ ତା ପରେ ମୋତେ ପୁଣି ରେଲିସ୍ ହସ୍‌ପିଟାଲକୁ ପଠାଗଲା। କିନ୍ତୁ

ମୋର ଆହୁରି ଖରାପ ଆଡ଼କୁ ଯାଉଥିବା ଜଟିଳ ଅବସ୍ଥାକୁ ଦେଖି ଡାକ୍ତର ସିଂ ମୋତେ ତ୍ରିଷ୍ଟାର ମଲ୍‌ଟି ସ୍ପେଶିଆଲିଟି ହସ୍‌ପିଟାଲକୁ ଟ୍ରାନ୍‌ସଫର କରିଦେଲେ। ୨୭ ଏପ୍ରିଲରୁ ୪ ଜୁଲାଇ ପର୍ଯ୍ୟନ୍ତ ବନ୍ଦନ ଭାଇ ଏବଂ ସୀମାବେନ ଅନ୍ତରଙ୍ଗ ଆତ୍ମୀୟ ଭାବରେ ଆମର ଯତ୍ନ ନେଇଥିଲେ। ସେ ଆମକୁ କୃତଜ୍ଞ ହେବାକୁ ବି ସୁଯୋଗ ଦେଇ ନ ଥିଲେ। ଆମର ସମ୍ପର୍କର ମୂଳଦୁଆ ବହୁତ ସୁନ୍ଦର ଭାବରେ ଗଢ଼ିଉଠିଲା। ଆମର ସମ୍ପର୍କ ଭଲପାଇବାର ବନ୍ଧନରେ ବାନ୍ଧିହୋଇ ଯାଇଥିଲା। ମୁଁ ଭାଗ୍ୟବାନ ଯେ ସେମାନେ ଆମର ବନ୍ଧୁ।

ତ୍ରିଷ୍ଟାରରେ ମୋର ଅପରେସନର ଲମ୍ବାଧାଡ଼ି ଲାଗିଗଲା। ମୋ ଦେହ ଭୟଙ୍କର ଭାବରେ ଖରାପ ହେଲା। ଏହିପରି ଏକ ଭୟଙ୍କର ସମୟରେ ସେମାନଙ୍କର ଫୋନ୍ କଲ୍ ମଧ୍ୟ ମୋର ଜୀବନଧାରାକୁ ପ୍ରଭାବିତ କରୁଥିଲା। ସେମାନଙ୍କର ଆସିବା ମଧ୍ୟ ନିୟମିତ ଥିଲା। ଯଦିଓ ତାଙ୍କର 'ଭର୍ଟିଗୋ' ଅସୁବିଧା ଥିଲା ଏବଂ ପୃଷ୍ଠ ଯନ୍ତ୍ରଣା ଥିଲା ସେ ଦୂରକୁ ଆସିବା କଷ୍ଟ ଥିଲା ମୋର ବୁଡ଼ିଯାଉଥିବା ହୃଦୟକୁ ସାହାରା ଦେବାକୁ ସେମାନେ ଆସୁଥିଲେ।

ସେ ମୋ ପାଇଁ ଘର ତିଆରି ଶୁଖିଲା ଜିନିଷ ଖାଇବାକୁ ଆଣୁଥିଲେ। ସାମାଜିକ ଦୃଷ୍ଟିରୁ ତାଙ୍କ ଘରର ଖାଦ୍ୟ ମୋର ଖାଇବା କଥା ନୁହେଁ ଝିଅ ଦେଇଥିବାରୁ, ତେଣୁ ମୁଁ ଖାଇବାକୁ ରାଜି ହେଉ ନ ଥିଲି। ସେ କିନ୍ତୁ ସେସବୁ କଥା ମାନୁ ନ ଥିଲେ। ପ୍ରତି ମୁହୂର୍ତ୍ତରେ ଆମ ସମ୍ପର୍କ ଆହୁରି ଦୃଢ଼ ହୋଇ ଚାଲିଥିଲା। ମୃତ୍ୟୁ ଶୀତଳ ବିଯୁକ୍ତ ତାପମାତ୍ରାରେ ମୋ ନିଃଶ୍ୱାସ ଯେତେବେଳେ ବନ୍ଦ ହୋଇ ଆସୁଥିଲା ସେମାନଙ୍କର ଉଷ୍ମ ସ୍ପର୍ଶ ମୋତେ ଭଲ ଲାଗୁଥିଲା।

କୁହାଯାଏ ଯେ ସମ୍ପର୍କ ସବୁ ସ୍ୱର୍ଗରେ ତିଆରି ହୁଏ ଏବଂ ଆମ ସମ୍ପର୍କ ସେଠାରେ ନିଶ୍ଚୟ ସ୍ଥିର ହୋଇଥିବ, ମୁଁ ସେ ବିଷୟରେ ନିଶ୍ଚିତ।

ସେମାନଙ୍କର ଦୟାର୍ଦ୍ରତା, ସହଯୋଗିତା, ପ୍ରେମପୂର୍ଣ୍ଣ ପ୍ରକୃତି ଏବଂ ସୌହାର୍ଦ୍ଦ୍ୟପୂର୍ଣ୍ଣ ବ୍ୟବହାର ଯୋଗୁଁ ଆମେ ଦୁଇ ପରିବାର ଏପରି ଏକତ୍ରିତ ହୋଇ ଯାଇଥିଲୁ ଯେପରି କେବେବି ଆଉ ଅଲଗା ହେବୁନି। ଆମେ ପ୍ରୀତିପୂର୍ଣ୍ଣ ସମ୍ପର୍କରେ ଆବଦ୍ଧ ହୋଇ ଯାଇଥିଲୁ। ଏହି ସମ୍ପର୍କ ନିମନ୍ତେ ଆମେ ବହୁତ ଗର୍ବିତ ଥିଲୁ। ଆମେ ସେମାନଙ୍କର ନରମ ବ୍ୟବହାରରେ କୃତଜ୍ଞ ହୋଇଯାଇଥିଲୁ। ସଂଘାତ ଓ ସଂଘର୍ଷ ଭିତରେ ସେମାନଙ୍କର ଶୀତଳ ସ୍ନେହ ବର୍ଷା ଆମକୁ ଶୀତଳତା ଦେଉଥିଲା।

■

ଏକାଦଶ ଅଧ୍ୟାୟ

ବନ୍ଧୁମାନଙ୍କର ସୁଗନ୍ଧି

କୁହାଯାଏ ଯେ ଯଦି ଭଗବାନ ଗୋଟେ ଦ୍ୱାର ବନ୍ଦ କରିଦିଅନ୍ତି, ସେ ଆଉଗୋଟେ ଦ୍ୱାର ଖୋଲି ଦିଅନ୍ତି । ମୁଁ ମଧ୍ୟ ସେଇ କଥାକୁ ଅନୁଭବ କରୁଥିଲି । ମୋ ଜୀବନ ରହିବ କି ଯିବ ଏବଂ ମୁଁ ଧାରକରା ନିଃଶ୍ୱାସରେ ବଞ୍ଚୁଥିଲି । ମୋ ଦେହ କେବଳ ବାହ୍ୟ ଯନ୍ତ୍ରପାତି ଯଥା ଫିଲ୍ଟେଟର, ଭେଣ୍ଟିଲେଟର ଏବଂ ଅନ୍ୟ ଉପକରଣ ଦ୍ୱାରା ଚାଲୁଥିଲା । ଏପରି ଗୋଟେ କଦର୍ଯ୍ୟ ସମୟରେ ଭଗବାନ ବହୁତ ସ୍ୱର୍ଗଦୂତ ପରି ବନ୍ଧୁ ପଠେଇଥିଲେ । ମୋ ଦେହ ଚୁରୁଚୁର୍ ହୋଇ ଭାଙ୍ଗି ଯାଉଥିଲା କିନ୍ତୁ ମୋ ବନ୍ଧୁମାନେ ବ୍ୟାକୁଳ ହେଉଥିଲେ ।

ଅସହ୍ୟ ଯନ୍ତ୍ରଣାରେ ମୁଁ ଅସହାୟ ହୋଇଯାଉଥିଲି ଏପରିକି ମୁଁ ନିଜେ କଡ଼େଇ କରି ଶୋଇ ପାରୁ ନ ଥିଲି । ମୁଁ ସିଧା ଭାବରେ ଚିତ୍ କରି ଶୋଇ ରହିଥିଲି ଗୋଟେ ଶବ ପରି ଏବଂ ମେଡ଼ିକାଲ ଚିକିତ୍ସା, ଡାକ୍ତର ଏବଂ ନର୍ସଙ୍କୁ ଅସହାୟ ଭାବରେ ଚାହିଁ ରହିଥିଲି । ପଛ ବେକର ଚର୍ମ ନରମ ହୋଇଯାଇଥିଲା ଶୋଇ ଶୋଇ କରି । ଏହା ମୋତେ ବହୁତ ଯନ୍ତ୍ରଣା ଦେଉଥିଲା । ବାଁ ଗୋଡ଼ ଆଦୌ ଚଳପ୍ରଚଳ କରୁ ନ ଥିଲା । ସେହି ଗୋଡ଼ର ପେଣ୍ଡା ଭୟଙ୍କର ଭାବରେ ବିନ୍ଧା ହେଉଥିଲା । ଏହା ନିଆଁ ପରି ଜଳାପୋଡ଼ା ହେଉଥିଲା । ମୁଁ ବ୍ୟସ୍ତ ବିବ୍ରତ ହୋଇଯାଉଥିଲି । ଜୀବନ ଗୋଟେ ଅଭିଶାପ ପାଲଟି ଯାଇଥିଲା । ମୁଁ ମୋବାଇଲ ଖୋଲି ସମୟ ଗଡ଼ାଉଥିଲି । ବହୁତ ଡେରିରେ ଯେଉଁ ସାଙ୍ଗମାନେ ମୋତେ ଫୋନ୍‌ରେ କଥା ହେଉଥିଲେ ଗାଳି କରୁଥିଲେ, "ଏତେ ରାତି ହେଲାଣି ଶୋଇନୁ, ଯା ଏବେ ଶୋଇଯା ଭଲରେ । ଏହା ତୋତେ ଶୀଘ୍ର ରୋଗମୁକ୍ତ ହେବାରେ ସାହଯ୍ୟ କରିବ ।" ମୋ ପାଇଁ ଶୋଇବା ଗୋଟେ ମରିଚିକା ପରି ଥିଲା । ମୋ ପାଇଁ ଦିନରାତି ସମାନ ହୋଇଯାଇଥିଲା । ଗୋଟେ ଭଲ ନିଦ ଏବଂ ଜୋର୍‌ରେ କାନ୍ଦ ଭିତରେ ଆଉ ତଫାତ୍ ନ ଥିଲା । ଏହିପରି ଦୁର୍ଦ୍ଦଶା ଭିତରେ ମୋ ସାଙ୍ଗମାନେ ମୋତେ ଉଦ୍ଧାର କରୁଥିଲେ । ସେମାନେ

ଡେରି ରାତି ପର୍ଯ୍ୟନ୍ତ ମୋ ସହିତ କଥା ହେଉଥିଲେ। ମୁଁ ବୁଝିପାରୁଥିଲି ଯେ ମୋ ସାଙ୍ଗମାନେ ବୋଧହୁଏ ସାରାଦିନ ବ୍ୟସ୍ତ ରହିଛନ୍ତି ସେମାନଙ୍କ କାମରେ ଏବଂ ମୋ ପାଇଁ ସେମାନେ ତାଙ୍କର ଭଲ ନିଦ ଛାଡ଼ି ମୋ ସହିତ ଯୋଗ ଦେଉଛନ୍ତି।

ଭଗବତ ଗୀତାରେ ଭଗବାନ କୃଷ୍ଣ କହିଛନ୍ତି, "ଯେଉଁମାନଙ୍କର ବନ୍ଧୁ ଅଛନ୍ତି ସେ ହିଁ ସବୁଠାରୁ ଧନୀ ବ୍ୟକ୍ତି"। ତେଣୁ ମୁଁ ମଧ୍ୟ ଧନୀ। ମୋର ଯନ୍ତ୍ରଣା ମୋର ସାଙ୍ଗମାନଙ୍କର ଦୟାଳୁ ଶବ୍ଦ ସବୁ ଉପରେ ନିର୍ଭର କରୁଥିଲା। ମୁଁ ଅନୁଭବ କରୁଥିଲି ମୋର ଦୁଃଖ ତରଳିଯିବାକୁ ଆରମ୍ଭ କରିଛି। ଗୁଜୁରାଟ ସାହିତ୍ୟ ଏକାଡ଼େମୀର ଚେୟାରମ୍ୟାନ ଏବଂ ପଦ୍ମବିଭୂଷଣ ପୁରସ୍କାର ବିଜେତା ମି. ବିଷ୍ଣୁ ପାଣ୍ଡ୍ୟା ମୋତେ ବହୁତ ଆଶ୍ୱାସନା ଓ ସାହସ ଦେଉଥିଲେ। ମୋର ସଠିକ୍ ସ୍ଥିତି ବିଷୟରେ ଅର୍ଥାତ୍ ମୁଁ କ'ଣ ସେ ବିଷୟରେ ମୋତେ ସଚେତନ କରାଉଥିଲେ। ସେ ମୋ ଭିତରେ ସାହସ ଓ ଆତ୍ମବିଶ୍ୱାସ ଭରି ଦେଉଥିଲେ। ସେ ମୋତେ ଦୁଃଖଦ ପରିସ୍ଥିତି ସହିତ ଲଢ଼ିବାକୁ ଶିଖାଉଥିଲେ। ସେ ମଧ୍ୟ ମୋତେ ଅନ୍ତର୍ନିହିତ ସୌନ୍ଦର୍ଯ୍ୟକୁ ଉପଭୋଗ କରିବାକୁ ପ୍ରୋତ୍ସାହନ ଦେଉଥିଲେ। ତାଙ୍କର ଏହି ସୌହାର୍ଦ୍ଦ୍ୟ ମୋତେ ମୁଗ୍ଧ କରିଥିଲା। ସେ ତାଙ୍କର ଲେଖୁଥିବା ସ୍ତମ୍ଭରେ ମୋତେ 'ତସ୍ୱୀର-ଇ-ଗୁଜୁରାଟ' ବୋଲି ଗୋଟେ ନିୟମିତ ସମ୍ବାଦପତ୍ର 'ଗୁଜୁରାଟ ସମାଚ୍ଚର'ରେ ଲେଖିଥିଲେ ଯେଉଁଥିରେ ମୋ ଦୁଃଖର ଗୋପନ କଥା ବ୍ୟକ୍ତ କରିଥିଲେ। ତାଙ୍କର ସରଳତା ଏବଂ ଆତ୍ମାର ପବିତ୍ରତା ମୋ ପାଇଁ ଗୋଟେ ପ୍ରିୟ ସ୍ମୃତି ଥିଲା। ମୋର ଦୁଃଖ ଏବଂ ଯନ୍ତ୍ରଣା କହିଦେବା ଦ୍ୱାରା ମୁଁ ଉଶ୍ୱାସ ଅନୁଭବ କରୁଥିଲି। ସେ ମୋ ପାଇଁ ଗୋଟେ ଖୁସି ପାଇବାର ଠିକଣା ଥିଲେ।

ବିଖ୍ୟାତ ବ୍ୟଙ୍ଗକାର ମି. ସାଇରାମ ଡାଭେ ବହୁତ ହସକଥା କହୁଥିଲେ। ମୁଁ ତାଙ୍କୁ ୟୁ-ଟିଉବ ଚ୍ୟାନେଲରେ ଦେଖୁଥିଲି ଏବଂ ଋପମୁକ୍ତ ହେଉଥିଲି। ତାଙ୍କର ବ୍ୟଙ୍ଗ ମୋ ପାଇଁ ଗୋଟେ ଜୀବନ-ସହାୟତା ବିଷୟ ଥିଲା। ମୁଁ ଏବେବି ମନେରଖିଛି ଥରେ ସେ କ'ଣ କହିଥିଲେ, "ତୁମେ ନିଶ୍ଚୟ ଠିକ୍ ହୋଇଯିବ।" ଏହା ମୋ ପାଇଁ ଅକ୍ସିଜେନ୍ ପରି କାମ ଦେଲା। ତାଙ୍କର ଏହି ଗୋଟିଏ ଲାଇନ୍ ମୋତେ ଶକ୍ତି ଏବଂ ସାହସ ଦେଇଥିଲା। ଏହା ମୋତେ ବଞ୍ଚିବାର ଆଶା ଯୋଗେଇଥିଲା। ସେ ମୋ ସହିତ ଏଇ ଅଙ୍କାବଙ୍କା ଜୀବନ ପଥରେ ବି ଥିଲେ। ତାଙ୍କର ସକାରାତ୍ମକ କଥା ମୋର ନକାରାତ୍ମକ ଭାବକୁ ମାରିଦେଇଥିଲା। ତାଙ୍କର ସେହି ନିର୍ଦ୍ଦିଷ୍ଟ 'ହୋ' ମୋତେ ବହୁତ ଭଲ ଲାଗୁଥିଲା। ମୁଁ ବହୁତ ଗର୍ବ ଅନୁଭବ କରୁଥିଲି ଯେ ଏପରି ଜଣେ ପ୍ରସିଦ୍ଧ ବ୍ୟଙ୍ଗକାର ମୋର ବନ୍ଧୁ ଅଟନ୍ତି। ସେହି ଜଣେ ବ୍ୟକ୍ତି ଯିଏକି ମୋର ଲୁହକୁ ମୋ ହସ ଭିତରେ ଲୁଚେଇ ଦେଉଥିଲେ। ତାଙ୍କର ବଛା ବଛା ଭିଡିଓ ମୋତେ ଉଠିବାକୁ ଆଶ୍ଚର୍ଯ୍ୟ ଭାବରେ ସାହାଯ୍ୟ କରିଥିଲା।

ଦିନେ ସନ୍ଧ୍ୟାରେ କଲୋଷ୍ଟମୀର ବୃହତ୍ ଅପରେସନ ଦିନ ମୋର ଅସହ୍ୟ ପେଟ ଯନ୍ତ୍ରଣା ହେଲା । ସାଙ୍ଗେ ସାଙ୍ଗେ ସାଇରାମଙ୍କୁ ମୁଁ ଗୋଟେ ହ୍ୱାଟସ୍‌ଅପ୍ ବାର୍ତ୍ତା ଲେଖିଲି, 'ସହିପାରୁନି' ।

ସେ ଲେଖିଲେ, "ତୁମକୁ ଠିକ୍ ହେବାକୁ ପଡ଼ିବ' ଏବଂ ଦେଖନ୍ତୁ ! ମୋ କଷ୍ଟ ଧୀରେଧୀରେ ଚାଲିଗଲା । ଦୀପାବଳିରେ ସେ ମୋତେ କହିଲେ, "ଆସନ୍ତାବର୍ଷ ଆମେ ସାଙ୍ଗ ହୋଇ ବାଣ ଫୁଟେଇବା ।" ସେହି ଶବ୍ଦଗୁଡ଼ିକ ମୋତେ ଆଲୋକିତ ଏବଂ ଦୀପ୍ତିମୟ କରିଦେଲା । ମୁଁ କେତେବେଳେ ବି ତାଙ୍କ ସହିତ ଲମ୍ବା କଥାବାର୍ତ୍ତା କରିନାହିଁ । କିନ୍ତୁ ତାଙ୍କର ସେହି ଛୋଟ ବାର୍ତ୍ତା ଏବଂ ବ୍ୟସ୍ତତା ଭିତରେ କଥା, ମୋ ଭିତରେ ସକାରାତ୍ମକ ଭାବନା ଆଣିଥିଲା ।

କିଛିଦିନ ପାଇଁ ମୁଁ ହସ୍ପିଟାଲରୁ ଘରକୁ ଆସିବାର ଅନୁମତି ପାଇଥିଲି । ୨୦୨୦, ୬ ତାରିଖ ଜାନୁଆରୀରେ ମୁଁ ଗୋଟେ ଅଜଣା ନମ୍ବରରୁ ଫୋନ୍ କଲ୍ ପାଇଲି, "ମୁଁ ସାଇରାମର ବନ୍ଧୁ ଏବଂ ମୁଁ ଆପଣଙ୍କୁ ଦେଖା କରିବାକୁ ଚାହୁଁଛି, ଦୟାକରି ଆପଣଙ୍କ ଠିକଣା ପଠାନ୍ତୁ ।" ମୋ ପୁଅ ସେଇଟା ପଠେଇଥିଲା । ସମସ୍ତଙ୍କୁ ଆଶ୍ଚର୍ଯ୍ୟ କରି ସାଇରାମ ଦଶମିନିଟ୍ ପରେ ପହଞ୍ଚିଗଲେ । ମୋ ପୁଅ ମୋତେ ଖବର ଦେଲା ଯେ ସେ ହିଁ ନିଜେ ସାଇରାମ ଯିଏ ଆସିଛନ୍ତି ଘରକୁ । ମୁଁ ତାକୁ ବିଶ୍ୱାସ କରିପାରୁ ନ ଥିଲି । କିନ୍ତୁ ସତକୁ ସତ ସାଇରାମ ମୋ ସାମ୍ନାରେ ଥିଲେ । ତା ପୂର୍ବରୁ ମୁଁ ତାଙ୍କୁ କେବେବି ଭେଟି ନ ଥିଲି । ତାଙ୍କୁ ଦେଖି ମୁଁ ଆନନ୍ଦରେ ବିଭୋର ହେଇଗଲି । ପ୍ରଥମ ଥର ପାଇଁ ମୁଁ ଉଠିପଡ଼ିଲି ଏବଂ ନିଜେ ନିଜେ ବସିପଡ଼ିଲି । ସାଇରାମ ତାଙ୍କର ଅଡ଼ିଓ ସି.ଡି. 'ରଙ୍ଗ କସୁବାଲ' ମୋତେ ଦେଲେ । ସେ ଦଶ ମିନିଟ୍ ପାଇଁ ତାଙ୍କର ଦେବୀଙ୍କୁ ପ୍ରାର୍ଥନା କଲେ ମୋ ପାଇଁ । ତାଙ୍କୁ ମୁଁ ସେମିତି କିଛି ଭଲ ଅଭ୍ୟର୍ଥନା କରି ପାରିଲି ନାହିଁ । ତାଙ୍କର ସରଳତା ଏବଂ ମାନବତା ମୋତେ ଆଶ୍ଚର୍ଯ୍ୟ କରିଦେଲା । ତାଙ୍କର ସକାରାତ୍ମକତା ମୋତେ ଅନେକ ଦିନ ପର୍ଯ୍ୟନ୍ତ ଶକ୍ତି ଯୋଗାଇଥିଲା । ତାଙ୍କର ମୋତେ ଦେଖିବାକୁ ଆସିବା ମୋତେ ଅତ୍ୟନ୍ତ ଆନନ୍ଦିତ କରିଥିଲା । ସେ ମୋତେ ବହୁତ ଖୁସି କରିଦେଇଥିଲେ ।

ଜଣେ ପ୍ରଖ୍ୟାତ ସାହିତ୍ୟିକ ମି. ଭଗବତୀ କୁମାର ଶର୍ମାଙ୍କର ଝିଅ ରୀନା ମୋତେ ଅନେକ ସାହାଯ୍ୟ କରିଥିଲେ । ମୁଁ ମୋ ଜୀବନରେ ଦର୍ଶନତତ୍ତ୍ୱ ଅଭ୍ୟାସ କରିଲି । ତାଙ୍କର ଦାର୍ଶନିକ ଭକ୍ତି ଗୋଟେ ବହୁତ ବଡ଼ ଏବଂ ସକାରାତ୍ମକ ପରିବର୍ତ୍ତନ ମୋ ଭିତରେ ଭରିଦେଲା । ମୋର କଷ୍ଟପ୍ରଦ ପ୍ରକୃତି ଚହଲିବାକୁ ଲାଗିଲା ମୁଁ ଭଗବାନଙ୍କ ପ୍ରତି ଆହୁରି ବେଶୀ ଆକୃଷ୍ଟ ହେଲି ଯାହାକି ମୋତେ ଆରୋଗ୍ୟ ହେବାରେ ଅଧିକ ସାହାଯ୍ୟ କଲା । ମୋର ଅପରେସନ ଦିନ ସେ ଭଗବାନଙ୍କୁ ମୋ ତରଫରୁ ପ୍ରାର୍ଥନା କରିଥିଲେ । ସେ ମୋ

ପାଇଁ ପବିତ୍ର ଶ୍ଳୋକ ଏବଂ ମନ୍ତ୍ର ପାଠ କରୁଥିଲେ । ସେ ମୋତେ ଶୁଭ ବାର୍ତ୍ତା ଦେଉଥିଲେ ଫୋନ୍‌ରେ ମୋତେ ସାହସ ଦେବା ପାଇଁ । ସେ ମୋ ପାଇଁ ବନ୍ଧୁ, ଭଉଣୀ, ଏବଂ ମା' ପାଲଟି ଯାଇଥିଲେ । ମୁଁ ସେପରି ଯନ୍ତ୍ରଣା ଆଉ ପାଇବାକୁ ଚାହୁଁ ନ ଥିଲି । ସେ ମାନସିକ ଭାବରେ ମୋତେ ସୁସ୍ଥ କରିବାକୁ ଚାହୁଁଥିଲେ । ତାଙ୍କର ଭଲପାଇବା ମୋ ହୃଦୟରେ ଆଶାର ଫୁଲ ଫୁଟାଇଥିଲା । ଯଦି ଗୋଟିଏ ପୁନର୍ଜନ୍ମ ଥାଏ, ମୁଁ ନିଶ୍ଚିତ ଯେ ସେ ପୂର୍ବ ଜନ୍ମରେ ମୋର ଅତି ନିକଟତମ ଥିଲେ । ଗୋଟେ ନଷ୍ଟ ହେବାକୁ ଯାଉଥିବା ଙ୍କରାଗଛକୁ ତାଙ୍କର ସ୍ନେହର ଜଳ ସିଞ୍ଚି ବଞ୍ଚେଇ ଦେଇଥିଲେ । ସେ ମୋର ଗୋଟେ ଶକ୍ତି ଥିଲେ । ତାଙ୍କର ସାନ ଦିଅର ପୃଥୁଲ ଯିଏକି ଜଣେ ଜ୍ୟୋତିଷ ଥିଲେ ମୋର ନିଃଶ୍ୱାସ କଷ୍ଟ ଦୂର ହେବାର ଗୋଟେ ଆଶା ସେ ଦେଇଥିଲେ । ମୁଁ ଯେତେବେଳେ ବିପଦରେ ଥିଲି, ସେ ମୋତେ ସେହି ବିପଦରୁ ଟାଣି ଆଣିଥିଲେ । ମୋ ଭିତରେ ଅନେକ ଅସମାହିତ ପ୍ରଶ୍ନ ଉଙ୍କି ମାରୁଥିଲା । ଏହିପରି ପରିସ୍ଥିତିରେ ସେ ମହାଭାରତର ଗୋଟେ କାହାଣୀ ଭୀଷ୍ମଙ୍କ ଦ୍ୱନ୍ଦ୍ୱ ବିଷୟରେ କହିଥିଲେ ଯେତେବେଳେ ସେ ଶରଶଯ୍ୟାରେ ପଡ଼ିଥିଲେ, ଯେ ଯିଏ କେବଳ ଜୀବନସାରା ଅନ୍ୟ ପାଇଁ ବଞ୍ଚିଥିଲେ ତାଙ୍କୁ ଏପରି ଦୁର୍ଗତି ଶେଷରେ ହେଲା କାହିଁକି ?

ଭଗବାନ କୃଷ୍ଣ ତାଙ୍କ ପ୍ରଶ୍ନ ଶୁଣି ଖୁସି ହୋଇଗଲେ ଏବଂ ତାଙ୍କୁ ବୁଝାଇଲେ ଯେ ତାଙ୍କର ପୂର୍ବଜନ୍ମରେ ସେ ଜଣେ ଶିକାରୀ ଥିଲେ ଏବଂ ଥରେ ସେ ଗୋଟେ ଶିକାର ଖୋଜୁଥିଲେ । ସେ ଗୋଟେ ଶର ନିକ୍ଷେପ କଲେ ଯାହାକି ଗୋଟେ ହରିଣର ଦେହରେ ଗଳିଗଲା । ସେ ଦୌଡ଼ି ପଳେଇବାକୁ ଚେଷ୍ଟାକଲା କିନ୍ତୁ ଗୋଟେ କଣ୍ଟାବୁଦା ଭିତରେ ପଡ଼ିଗଲା । ତା'ର ଦେହରେ କଣ୍ଟା ସବୁ ବିନ୍ଧି ହୋଇଗଲା । ସେ ବହୁତ ଯନ୍ତ୍ରଣାରେ ଛଟପଟ ହେଲା । ତେଣୁ ଏହି ଜନ୍ମରେ ତୁମକୁ ସେହି କଷ୍ଟ ଭୋଗିବାକୁ ପଡ଼ିଲା ତୁମର ସେହି ଭୁଲ କାମ ପାଇଁ । ଏହି ଅଧ୍ୟାୟ ମୋର ଧାରଣା ପୁରାପୁରି ବଦଳେଇଦେଲା । ମୁଁ ଗ୍ରହଣ କରିବାକୁ ଚେଷ୍ଟାକଲି ଯେ ଏହା ମୋର ପୂର୍ବଜନ୍ମର କର୍ମର ଫଳ ଅଟେ । ଏହା ମୋର ଦୁଃଖୀ ଆତ୍ମାକୁ ଶୀତଳ ଶାନ୍ତ୍ୱନା ଦେଲା ।

ପଦ୍ମଶ୍ରୀ ପୁରସ୍କାରପ୍ରାପ୍ତ ମି. ୟେଜଦି କରଞ୍ଜିଆଙ୍କର ଦାମ୍ଭିକ କଥାବାର୍ତ୍ତାର ସ୍ୱର ମୋର ଶିରାପ୍ରଶିରାରେ ବନ୍ୟା ଆଣିଦେଲା । ସେ ନିୟମିତ ଭାବରେ ମୋତେ କଲ କରୁଥିଲେ ଏବଂ ମୋ ବିଷୟରେ ପଚାରୁଥିଲେ ଏବଂ ମୋତେ ଶୀଘ୍ର ଭଲ ହୋଇଯାଏ ବୋଲି ଶୁଭାଶୀଷ ଦେଉଥିଲେ ଯାହାଦ୍ୱାରାକି ସେ ରାତ୍ରିଭୋଜନ ପାଇଁ ମୋ ଘରକୁ ଆସିପାରିବେ, ତାଙ୍କ କଥାରେ ମୁଁ ସକ୍ରିୟ ହୋଇ ଯାଉଥିଲି । ମୁଁ ତାଙ୍କୁ ଉତ୍ତର ଦେଉଥିଲି ଯେ ମୁଁ ତାଙ୍କ ଘରକୁ ତାଙ୍କ ଘରେ ମାଉସୀ (ତାଙ୍କ ସ୍ତ୍ରୀ) ପ୍ରସ୍ତୁତ କରୁଥିବା 'ଧନ-ଶକ' ନିମନ୍ତେ ଯିବି । ଏହିପରି ହାଲୁକା କଥାବାର୍ତ୍ତା ମୋତେ ଦିନସାରା ହାଲୁକା ରଖୁଥିଲା ।

ତାଙ୍କର ଏହି ଉତ୍ସାହପୂର୍ଣ୍ଣ କଥାବାର୍ତ୍ତା ଖୁବ୍ ଆନନ୍ଦ ଦେଉଥିଲା । ସେ ସବୁବେଳେ ମୋତେ ହାଲୁକା କରିଦେଉଥିଲେ । ମୋ ଜୀବନ ଏମିତିରେ ବି ରକ୍ତାକ୍ତ ହୋଇଯାଇଥିଲା । ଏପରି ଦୁଃସମୟରେ କିପରି ହସିବାକୁ ହେବ ତାହା ମୁଁ ତାଙ୍କଠାରୁ ଶିଖିଥିଲି ।

'ପ୍ରେମ ବଞ୍ଚିବା ପାଇଁ ଯଥେଷ୍ଟ' ବାର୍ତ୍ତା ଦେଇଥିଲେ ମୋତେ ସ୍ୱର୍ଗତ ଡ. ଦିଲ୍ଲୀପ ମୋଦୀ ।

ଡ୍ରିମ୍ ପବ୍ଲିକେଶନର ଶ୍ରୀମତୀ ନୀତାବେନ ରାଜକୋଟରୁ ଭଦୋଦରା ମୋତେ ଦେଖିବା ପାଇଁ ମଝିରେ ମଝିରେ ଆସୁଥିଲେ । ସେମାନେ ମୋତେ ବହୁତ ଉତ୍ସାହପ୍ରଦ କଥା କହି ସଞ୍ଚାଳିତ କରୁଥିଲେ । ସେମାନେ ମୋତେ ବହୁତ ଆନନ୍ଦ ଦେଉଥିଲେ । ଲେଖକ ଏବଂ କବିମାନଙ୍କ ଗ୍ରୁପ୍‌ରୁ କେହିବି ଜଣେ ପ୍ରତିଦିନ ବାର୍ତ୍ତା ଦେଉଥିଲେ ଅଥବା ମୋତେ ଫୋନ୍ କରୁଥିଲେ ମୋର ସମୟକୁ ଉତ୍ସାହରେ ଭରିଦେବା ପାଇଁ । ମୋର ଅତି ପରିଚିତ ମି. ପ୍ରିତମ୍ ଲଖଲାନୀ, ୟୁ.ଏସ୍.ଏ.ର ଜଣେ କବି ଯାହାଙ୍କ ସହିତ ମୋର ମାଗାଜିନ୍‌ର ସ୍ତମ୍ଭ ମୁଁ ପଠାଉଥିଲି ମୋତେ ମଝିରେ ମଝିରେ ଫୋନ୍ କରୁଥିଲେ । ତାଙ୍କ ଅନୁଭୂତି ସବୁ ମୋତେ ଆନନ୍ଦ ଦେଉଥିଲା । ସେ ମୋର ଲେଖାଗୁଡ଼ିକ ବିଷୟରେ ଆଲୋଚନା କରୁଥିଲେ, ଔଷଧ ଏବଂ ଚିକିତ୍ସା ବିଷୟରେ ମଧ୍ୟ ଆଲୋଚନା କରୁଥିଲେ । ସେ ମୋତେ ଏହି ଭାବପ୍ରବଣତା ସବୁକୁ ଲେଖିବାକୁ ପ୍ରୋତ୍ସାହିତ କରୁଥିଲେ । ଏହିସବୁ ନିମନ୍ତେ ମୁଁ ତାଙ୍କୁ ମୋର ଗଡ଼ଫାଦର ଡାକୁଥିଲି ଏବଂ ସେ ପ୍ରେମପୂର୍ଣ୍ଣ ଭାବରେ ମୋତେ ବୁଝାଇଥିଲେ କେମିତି ଜୀବନରେ ନିର୍ଦ୍ଦିଷ୍ଟ ଗତିପଥରେ ସ୍ଥିର ରହିବାକୁ ହେବ । ତେଣୁ ସେ ମୋ କେସ୍‌ରେ ତାଙ୍କର ନାମର ସାର୍ଥକତା ପ୍ରତିପାଦିତ କରିଥିଲେ ।

ବିଭିନ୍ନ ପତ୍ରିକାର ସମ୍ପାଦକମାନେ ମୋତେ ଫୋନ୍ କରୁଥିଲେ । ସେମାନଙ୍କର ଭାବପୂର୍ଣ୍ଣ ସଂଯୋଗ ଗୋଟିଏ ଅଭଙ୍ଗା ସମ୍ପର୍କ ତିଆରି କରିଥିଲା । ଅନେକ ସାଙ୍ଗ ଦୂରରୁ ଏବଂ ପାଖରୁ ମୋତେ ମନେପକାଉଥିଲେ । ଅନେକ ପ୍ରିୟ ଲୋକ ଏବଂ ପାଠକ ମଧ୍ୟ ଭଗବାନଙ୍କୁ ପ୍ରାର୍ଥନା କରିଥିଲେ ।

ଧରମପୁର ଏବଂ ସୌରାଷ୍ଟ୍ରରୁ ସାଙ୍ଗମାନେ ମୋତେ ଦେଖିବାକୁ ଆସିଥିଲେ । ସୋମନେ ମୋତେ ଫୋନ୍ ମଧ୍ୟ କରୁଥିଲେ । ସେମାନଙ୍କର ଭଲପାଇବା ମୋତେ ଜୀବନ ପ୍ରତି ଆଗ୍ରହ ବଢ଼ାଇଥିଲା ଏବଂ ବଞ୍ଚିବାର ଆଶା ଯୋଗାଇଥିଲା ।

କେ.ଜି.ଠାରୁ କଲେଜ ପର୍ଯ୍ୟନ୍ତ ଅନେକ ସାଙ୍ଗ ମୋତେ ଦେଖି ଆସୁଥିଲେ ଅଥବା ଫୋନ୍ କରୁଥିଲେ । ମୁଁ ଧୀରେଧୀରେ ଡିପ୍ରେସନର ବାହାରକୁ ଆସୁଥିଲି । ଏପରିକି କିଛି ସାଙ୍ଗଙ୍କର ନାମ ମଧ୍ୟ ମୁଁ ଭୁଲି ଯାଇଥିଲି । କେତେଜଣ ତିନି କିମ୍ବା ଚାରି ଦଶନ୍ଧି ପରେ ମୋ ସହିତ ଯୋଗାଯୋଗ କରୁଥିଲେ । ୟୁ.କେ.ରୁ ମୋର ଜଣେ ସାଙ୍ଗ ମୋତେ ଦୁଇଥର

ଦେଖାକରିବାକୁ ଆସି ମୋତେ ଆଶ୍ଚର୍ଯ୍ୟଚକିତ କରିଦେଇଥିଲେ । ଅଷ୍ଟ୍ରେଲିଆରୁ ମୋର ଜଣେ ବନ୍ଧୁ ଆସିଥିଲେ, ଯାହାକୁ ମୋ ଶିକ୍ଷକ ଆମେ ଯାଆଁଳା ଭଉଣୀ ବୋଲି ସ୍କୁଲ ସମୟରେ କହୁଥିଲେ । ସାଙ୍ଗମାନେ ଘନିଷ୍ଠ ଆତ୍ମୀୟ ପାଲଟି ଯାଇଥିଲେ ।

ଆମର ଜାତିର ସଭାପତି ମି.ଅରବିନ୍ଦ ମେହେଟ୍ଟା ଯଦିଓ ବହୁତ ବୃଦ୍ଧ, ନିଜେ କାର୍ ଚଲେଇ ମୋତେ ଦେଖିବାକୁ ଆସୁଥିଲେ । ମୋତେ ଖରାପ ଲାଗୁଥିଲା । ତାଙ୍କର ଏପରି ବୟସରେ ସେ ଆସୁଥିଲେ, ଆଉ ମୁଁ କହିବାକୁ ଚାହୁଁଥିଲି ଏପରି କଷ୍ଟକରି ଆସନ୍ତୁ ନାହିଁ । କିନ୍ତୁ ଆନ୍ତରିକ ଭାବରେ ସେ ଆସନ୍ତୁ ବୋଲି ଚାହୁଁଥିଲି କାରଣ ସେ ଆସିଲେ ମୋତେ ଉଷ୍ମତା ଏବଂ ଜୀବନକୁ ଗୋଟେ ଶୀତଳ ଛାୟା ମିଳିଯାଉଥିଲା । ତେଣୁ ଅନେକ ଅଜଣା ସାଙ୍ଗ ଏବଂ ପ୍ରିୟଜନ ମୋ ପାଇଁ ପ୍ରାର୍ଥନା କରିଛନ୍ତି ଏବଂ ରେକି କରିଛନ୍ତି । କେହି ଅଜଣା ଶୁଭାକାଂକ୍ଷୀ ମୋତେ ଫୋନ୍ କରି ସୌଭାଗ୍ୟବତୀ ହେବାର ଆଶୀଷ ପ୍ରଦାନ କରିଛନ୍ତି ଯାହାକି ମୋତେ ଅପାର ଆନନ୍ଦ ଦେଇଛି । ସେମାନେ ମୋର ଶୂନ୍ୟ ନିର୍ଜୀବ ଜୀବନାକାଶରେ ଇନ୍ଦ୍ରଧନୁର ରଙ୍ଗ ଭରିଦେଉଥିଲେ ।

ତଳସ୍ତର ଠାରୁ ଅତି ଉଚ୍ଚସ୍ତରର ବ୍ୟକ୍ତିମାନେ ମୋ ପାଖରେ ଠିଆ ହୋଇଥିଲେ ଖୁବ୍ ଜଟିଳ ସମୟରେ । ସମସ୍ତେ ମୋ ପାଇଁ ପ୍ରାର୍ଥନା କରିଥିଲେ । ମୋ ଘରର ପରିଚାରିକା ମଧ୍ୟ ମୁଁ ଭଲ ହୋଇଗଲେ ସେ ସତ୍ୟନାରାୟଣ କଥା କରିବ ବୋଲି ସଂକଳ୍ପ କରିଥିଲା ।

ଯେଉଁମାନେ ସୁରଟରୁ ଆସୁଥିଲେ ସମସ୍ତେ, ସ୍ଥାନୀୟ ଜଳ ମୋ ପାଇଁ ନେଇକରି ଆସୁଥିଲେ । ମୋ ସ୍ୱାମୀଙ୍କର ସାଙ୍ଗମାନଙ୍କର ସହୃଦୟତା ମଧ୍ୟ ମୁଁ ଭୁଲିପାରିବି ନାହିଁ । ତାଙ୍କର ଜଣେ ସାଙ୍ଗର ସ୍ତ୍ରୀ ସ୍ୱାତୀ ତ୍ରିଭେଦୀ ଯାହାଙ୍କୁ ମୁଁ ଆଦୌ ଜାଣି ନ ଥିଲି, ସେ ମୋ ପାଇଁ ସିଦ୍ଧିବିନାୟକ ମନ୍ଦିର ଯାଉଥିଲେ ସବୁ ଗୁରୁବାର ଦିନ । ଯଦିଓ ଫଟୋ ଉଠେଇବା ମନା ସେ ପୁରୋହିତଙ୍କୁ କହି ମନେଇ ଏବଂ ତାଙ୍କ ଅଫିସ୍ ଲୋକଙ୍କୁ ମନେଇ ମୋ ପାଇଁ ଭିଡ଼ିଓଗ୍ରାଫି କରି ଆଣି ଆସୁଥିଲେ । ତାଙ୍କୁ ମୁଁ ଗୋଟେ ଆତ୍ମୀୟ ସେଲ୍ୟୁଟ୍ ଦେବାକୁ ଚାହୁଁଥିଲି । କେତେଜଣ ସାଙ୍ଗ ମୋତେ ଫେଙ୍ଗସୁଇ ଉପହାର ଦେଉଥିଲେ ମୋର ଦେହ ଭଲ ହୋଇଯିବା ପାଇଁ ।

ମୋର ପତିଙ୍କର ଜଣେ ଶୁଭାକାଂକ୍ଷୀ ପାଲ ମି. ଦୀପକ ଦେଶାଇ 'ଅଭିଷେକ' ଯାଚିଥିଲେ ମୋ ସୁସ୍ଥତା ପାଇଁ । ତାଙ୍କ ସାଙ୍ଗମାନେ ଆମକୁ କହୁଥିଲେ ଯେ ଯେକୌଣସି ସମୟରେ ଆମେ ତାଙ୍କୁ ଫୋନ୍ କଲ୍ କରିପାରିବୁ । ମୁଁ ଏହାଦ୍ୱାରା ଅତି ଆନନ୍ଦ ଅନୁଭବ କରୁଥିଲି ।

ମୁଁ ଯେଉଁମାନଙ୍କୁ ଅତି ନିଜର ସାଙ୍ଗ ଭାବୁଥିଲି ସେମାନେ ମୋତେ ଦେଖା କରିବାକୁ ଆସି ନ ଥିଲେ ଥରେ ହେଲେ । ଏପରିକି ସେମାନେ ମୋତେ ଥରେ ବି ଫୋନ୍

କରିନାହାନ୍ତି । ମୁଁ ସେମାନଙ୍କୁ ସବୁବେଳେ ମନେ ପକାଉଥିଲି । ତଥାପି ମୁଁ ନିଜକୁ ବୁଝାଉଥିଲି ଯେ ସେମାନେ ମୋତେ ଏପରି ଦୁଃଖଦ ଅବସ୍ଥାରେ ଦେଖିବାକୁ ହୁଏତ ଚାହୁଁ ନ ଥିଲେ । ମୁଁ ସେମାନଙ୍କୁ ଧନ୍ୟବାଦ ଦେଉଥିଲି ଯେ ସେମାନେ ମୋତେ ଶିଖେଇ ଦେଲେ ଜୀବନ କ'ଣ ଏବଂ କେମିତି । ସବୁ ଲୋକ ସମାନ ନ ଥାନ୍ତି କେବେହେଲେ ।

ମୋର ଜଟିଳତା ଅକ୍ଟୋବର ମାସ ପରେ କମିବାକୁ ଆରମ୍ଭ ହେଲା । ତଥାପି ତିନୋଟି ଗୁରୁତ୍ୱପୂର୍ଣ୍ଣ ଅପରେସନ ଆହୁରି ହେବାକୁ ଥିଲା । ଫିକ୍ସେଟର ଏବଂ କଲେଷ୍ଟମୀ ବ୍ୟାଗ୍ ତଥାପି ମୁଁ ବୋହି ଚାଲୁଥିଲି । ଜୀବନ ଆଉଥରେ ବଞ୍ଚିବାର ସୁଯୋଗ ଦେଉଥିଲା । ମୁଁ କିଛି କରିବାକୁ ଚାହୁଁଥିଲି କିନ୍ତୁ ମୁଁ ଦୈହିକ ଭାବରେ ଅକ୍ଷମ ଥିଲି ।

ପୁସ୍ତକ ପ୍ରତି ମୋର ପ୍ରେମ ଏବଂ ଆକର୍ଷଣ ମୋତେ ଆକର୍ଷିତ କରୁଥିଲା । ଶବ୍ଦ ହିଁ ମୋର ଭଗବାନ । ତାହାହିଁ ମୋର ପୂଜା । ମୁଁ ତାଙ୍କୁ ହିଁ ସମର୍ପିତ ହେବାକୁ ଚାହୁଁଥିଲି । କିନ୍ତୁ ସେକଥା ଅସମ୍ଭବ ଥିଲା । ମୋତେ ସିଧା ଭାବରେ ଶୋଇବାକୁ ହେଉଥିଲା । ମାତ୍ର ପନ୍ଦର ମିନିଟ୍‌ରୁ ଅଧିକ ମୁଁ ବସିପାରୁ ନ ଥିଲି । ମୋର ଏହି ଲୁକ୍କାୟିତ ଇଚ୍ଛା ବିଷୟରେ ମୁଁ କାହାକୁ କହିପାରୁ ନ ଥିଲି । ମୋର ସନ୍ଦେହ ହେଉଥିଲା ଯେ ମୁଁ ଯଦି ସେ କଥା କହେ ତେବେ ଲୋକେ ମୋତେ ହୁଏତ ହସି ଉଡ଼େଇ ଦେବେ । ବହୁତ ବାଧା ଆଗକୁ ଆସୁଥିଲା । ଦିନେ ମୁଁ ସାହସ ସଞ୍ଚୟ କରି ଡ୍ରିମ୍ ପବ୍ଲିକେଶନର ପ୍ରକାଶକ ନୀତାବେନଙ୍କ ସହିତ କଥା ହେଲି । କୌଣସି କଥା ଚିନ୍ତା ନ କରି ସେ ସାଙ୍ଗେ ସାଙ୍ଗେ କହିଲେ, "ତୁମେ ଏଇଆ ହିଁ ପ୍ରକୃତରେ ଲେଖ କାହିଁକି ନୁହେଁ ? ଏହାକୁ କୁହନ୍ତି ଆଗ୍ରହ ଏବଂ ନିଷ୍ଠା । ମୁଁ ଏହି ଦିନକୁ ଅପେକ୍ଷା କରିଥିଲି । ତୁମେ ଏ ବିଷୟରେ ଭାବୁଛ ତେଣୁ ଆମେ ନିଶ୍ଚୟ ସଫଳ ହେବା । ମୁଁ ତୁମ ସହିତ ଅଛି ।" ଏହା ମୋତେ ବହୁତ ବଡ଼ ସୁଯୋଗ ଦେଲା । ମୋ ଚିନ୍ତାଧାରା ରୂପ ନେବାକୁ ଯାଉଥିଲା । ଏବେ ଅସଲ ଯୁଦ୍ଧ ଆରମ୍ଭ ହେଲା । ମୁଁ ମୋର ଲକ୍ଷ୍ୟସ୍ଥଳରେ ପହଞ୍ଚିବାକୁ ଚାହୁଁଥିଲି । ମୋର ପରିଚାରିକାକୁ କହିଲି, "କଳା ସ୍ପାଇରାଲ ଫାଇଲ ମୋ ଲାଇବ୍ରେରୀରୁ ଆଣିଦିଅ । ଆହୁରି ମଧ୍ୟ ନୀଳ ଜିପ୍‌ର ଚେନ୍ ଲାଗିଥିବା ଫାଇଲ ମଧ୍ୟ ଆଣ । ମୋତେ ଗୋଟେ ପୁରା କାଗଜର ନୋଟ୍ ବହି ଦିଅ ।" ସେ ମଧ୍ୟ ବହୁ କଷ୍ଟରେ ମୁଁ ଯାହା ମାଗିଲି ମୋତେ ଆଣିଦେଲା । ତା'ର ନିଜର ମଧ୍ୟ ସୀମା ଥିଲା । ସେ ମାଟ୍ରିକ୍ ପାସ୍ କରିଥିଲା । ସେ ପଢ଼ି ଲେଖି ପାରୁଥିଲା, କିନ୍ତୁ ମୋତେ ବିଶେଷ ସାହାଯ୍ୟ କରିପାରୁ ନ ଥିଲା । ମୁଁ ନୀତା ବେନଙ୍କୁ ଫୋନ୍ କରୁଥିଲି ଏବଂ କହିବାକୁ ଚାହୁଁଥିଲି ଏହା ଏକ କଠିନ ବିଷୟ ଥିଲା । ଏହା ସମ୍ଭବ ହେବ ବୋଲି ମୁଁ ଭାବିପାରୁନି । ନୀତାବେନ୍ ଶାନ୍ତ ଭାବରେ କହିଲେ, "ଧୈର୍ଯ୍ୟଧର ଆମେ କିଛି ବି ବ୍ୟସ୍ତରେ ନାହାନ୍ତି । ଧୀରେଧୀରେ ଗୋଟିଏ ହେଲେବି ଲେଖାଯାଉ । ଆମେ ନିଶ୍ଚୟ କରିପାରିବା ।" ଏହାହିଁ ମୋର ଆଗ୍ରହକୁ ଶକ୍ତି

ଯୋଗେଇଲା । ମୁଁ ପ୍ରତ୍ୟେକ କଥା ଶୋଇ ଶୋଇ କରୁଥିଲି । ଓଜନିଆ ଫାଇଲଗୁଡ଼ିକୁ ଉଠାଇବା ଏବଂ ଘୁଞ୍ଚେଇବା ମୋ ପାଇଁ କଷ୍ଟକର ଥିଲା ଏବଂ ମୋ ହାତକୁ କଷ୍ଟ ଲାଗୁଥିଲା । ଆଖି ପଡ଼ିଯାଉଥିଲା ଏବଂ ବେକ କାନ୍ଧ ବିନ୍ଧା ଆରମ୍ଭ ହେଲା । ମୋ ଫିଜିଓଥେରାପିଷ୍ଟ ଚାହୁଁଥିଲେ, "ଏଇ ସବୁ କରିବା କିଛି ସମୟ ପାଇଁ ବନ୍ଦ କର । ପ୍ରଥମେ ଚାଲିବାକୁ ଚେଷ୍ଟା କର । କଷ୍ଟ ଆପେ ଆପେ ଦୌଡ଼ି ପଳେଇବ ।" କଷ୍ଟ ହେଉଥିବାରୁ ମୁଁ ମଧ୍ୟ ସେ ଚେଷ୍ଟାରୁ ବିରତ ହେଲି । ମୁଁ କେବେବି ସାଧାରଣ ଅବସ୍ଥାକୁ ଆସି ପାରିବି ନାହିଁ ଏଇ ଚିନ୍ତା ବାରମ୍ବାର ମୋତେ ବ୍ୟଥିତ କରିପକାଉଥିଲା । ମୋର ପୁଣି ଡିପ୍ରେସନ ଆସିଲା । ମୁଁ କିଛିଦିନ ପାଇଁ ପୁଣି ରହିଗଲି ତା ପରେ ପୁଣି ଚେଷ୍ଟାରେ ଲାଗିଲି । ଅନେକ ଦିନ ପରେ ମୁଁ ବିଷୟଗୁଡ଼ିକ ସଂଗ୍ରହ କରିପାରିଲି ଯାହାଦ୍ୱାରାକି ମୁଁ ଗୋଟେ ବହି ଛପେଇ ପାରିବି । ଏବେ ନୀତାବେନଙ୍କ ସହିତ ଆଲୋଚନା କରିବା ଆବଶ୍ୟକ ଥିଲା ।

ମୋ ଦିନଗୁଡ଼ିକ ଅତ୍ୟନ୍ତ ବିପଦଶଙ୍କୁଳ ଥିଲା ଗୋଟେ ଭୂମିକମ୍ପ ପରି । କାରଣ ଦିନରେ ଦୁଇଟି ଫିଜିଓ ସେସନ, ଡ୍ରେସିଂ, କଲୋଷ୍ଟମୀ ବ୍ୟାଗ ସଫା କରିବା ଏମିତି ଅନେକ । ତିନିଟାଯାକ ମେଡ଼ିକାଲର ଚିକିତ୍ସା ପରର ଆଘାତ ମଧ୍ୟ ମୋତେ ସହିବାକୁ ହେଉଥିଲା । ଏହା ନିୟମିତ ଚାଲିଥିଲା । ଏହା ବ୍ୟତୀତ ମୋ ପରିଚାରିକାର ପୁରା ଭଲ୍ୟୁମରେ ଟି.ଭି. ଦେଖା ମଧ୍ୟ ଗୋଟେ ନିୟମିତ ଅସହ୍ୟତା ଯାହା ମୋତେ ସହିବାକୁ ପଡୁଥିଲା । ମଧ୍ୟରାତ୍ରି ପରେ ଯେତେବେଳେ ସମସ୍ତେ ଶୋଇ ଯାଆନ୍ତି ମୁଁ ନୀତାବେନଙ୍କ ସହିତ ମୋ ବହି ବିଷୟରେ ଆଲୋଚନା କରେ । କୌଣସି ବିରକ୍ତି ଭାବ ନ ଆଣି ନୀତାବେନ ସେହି ଡେରି ରାତିରେ ମଧ୍ୟ ମୋ ସହିତ କଥା ହୁଅନ୍ତି । ସେ ମୋତେ ପୁରା ସହଯୋଗ କରୁଥାନ୍ତି । ମୁଁ ମୋବାଇଲରେ ଟାଇପ୍ କରୁଥିଲି । ଶେଷରେ ଗୋଟିଏ ବହି ପ୍ରସ୍ତୁତ ହୋଇଗଲା ଯାହାର ଶୀର୍ଷକ ଥିଲା 'EK KATKO COLLAGE NO'. ମୁଁ ବହୁତ ଖୁସି ହୋଇଗଲି ମୋର ମସ୍ତକ-ଜାତସନ୍ତାନକୁ ଦେଖି । ମୋର ସବୁ ଯନ୍ତ୍ରଣା ମୁଁ ଭୁଲିଗଲି । ମୋର ସବୁ ପ୍ରିୟସାଙ୍ଗ ଏବଂ ନୀତା ବେନଙ୍କ ପାଇଁ ମୋର ଏହା ଏକ ସଂକଳ୍ପ ବସ୍ତୁ ଥିଲା ।

ମୁଁ କଷ୍ଟ ସହୁଥିଲି କାରଣ ମୋ ଭାଗ୍ୟରେ ତାହାହିଁ ଲେଖା ହୋଇଥିଲା । ସେହି ସମୟରେ ଅନେକଥର ମୁଁ ଧର୍ମ ଉପରେ ବିଶ୍ୱାସ ହରାଇଥିଲି । ମୁଁ ବିରକ୍ତ ହୋଇଯାଇଥିଲି । ମୁଁ ଭଗବାନଙ୍କ ଅସ୍ତିତ୍ୱ ଉପରେ ପ୍ରଶ୍ନ ଉଠାଇଥିଲି । ମୋ କର୍ମର ଲେଖକଙ୍କୁ ମୁଁ ବହୁତ ଗାଳି କରୁଥିଲି । ମୁଁ ଯଦି ତାଙ୍କର ଠିକଣା ପାଆନ୍ତି ତେବେ ତାଙ୍କ ପାଖକୁ ଯାଇ ପଚାରନ୍ତି ମୋର ଭବିଷ୍ୟତରେ ଆଉ କ'ଣ ଅଛି, ଏପରି ଗୋଟେ ଚିନ୍ତା ମଧ୍ୟ ମୋ ମନକୁ ଆସୁଥିଲା । କିନ୍ତୁ ମୋ ସାଙ୍ଗମାନେ ଭଗବାନଙ୍କ ଉପରେ ମୋର ପୁନଃବିଶ୍ୱାସ ସ୍ଥାପନ କରିଥିଲେ । ମୁଁ

ତାଙ୍କୁ ହିଁ ଧନ୍ୟବାଦ ଦେଉଥିଲି ଯେ ସେ ମୋତେ ଏପରି ପ୍ରେମଶୀଳ, ବିଶ୍ୱାସୀ ବନ୍ଧୁ ଦେଇଛନ୍ତି । ମୁଁ ଯେତେବେଳେ ବି ତାଙ୍କ ସାହାଯ୍ୟ ଚାହିଁଛି ସେତେବେଳେ ମୁଁ ତାଙ୍କୁ ମୋ ପାଖରେ ପାଉଛି । ମୋ ଭଗବାନ ମୋତେ ଏହି ବିଷୟରେ ବହୁତ ସାହାଯ୍ୟ କରିଛନ୍ତି । ମୋ ବନ୍ଧୁମାନେ ମୋର ଆଲୋକ-ବର୍ତ୍ତିକା ପରି ଥିଲେ ।

ଭଗବାନ ବି ମୋ ସହିତ ଛଳନା କରିପାରନ୍ତି କିନ୍ତୁ ମୋ ବନ୍ଧୁମାନେ ନୁହଁନ୍ତି । ମୋର ସବୁ ଛୋଟଛୋଟ ସମୟରେ ମଧ୍ୟ ମୋ ବନ୍ଧୁମାନେ ମୋ ସହିତ ଥା'ନ୍ତି । ଗୋଟେ ଛାଇ ମୋ ଆଖିରେ ଧୂଳି ଦେଇପାରେ କିନ୍ତୁ ପ୍ରକୃତବନ୍ଧୁ କେବେ ଛାଡ଼ିଯାଆନ୍ତିନି । ମୁଁ ଏହାହିଁ ଅନୁଭବ କଲି ।

ବନ୍ଧୁମାନେ ମୋର ଜୀବନ ଦାନକାରୀ ଶ୍ୱାସପ୍ରଶ୍ୱାସ । ସେମାନେ ମୋ ସୁରକ୍ଷିତ ଆବାସ । ସେମାନେ ସବୁ ଋତୁର ବନ୍ଧୁ । ସେମାନେ ମୋ ପାଇଁ ସ୍ୱର୍ଗୀୟ ଉପାଦାନ । ସେମାନେ ମୋର ସମସ୍ତ ପ୍ରଶ୍ନର ଉତ୍ତର । ସେମାନେ ମୋର ଲକ୍ଷ୍ୟ । ସେମାନେ ମୋ ପାଇଁ ସବୁ କିଛି ।

ମୋ ବନ୍ଧୁମାନେ ଏହିପରି ଯେଉଁମାନେ କି ମୋତେ ମୋର ଅନ୍ତରର ଈଶ୍ୱରଙ୍କୁ ଦେଖାଇଥିଲେ ।

■

ଦ୍ୱାଦଶ ଅଧ୍ୟାୟ

ଅସମର୍ଥିତ ଭିତର କାନ୍ଥ

ପୂର୍ବରୁ ମୋ ଜୀବନ ଗୋଟିଏ ପୂର୍ଣ୍ଣିମା ରାତ୍ରି ପରି ସୁନ୍ଦର ଥିଲା ଏବଂ ମୁଁ ସୌନ୍ଦର୍ଯ୍ୟକୁ ଜୀବନସାରା ଭଲ ପାଇଆସିଥିଲି । ପ୍ରକୃତି ନାରୀମାନଙ୍କୁ ସୁନ୍ଦର କରି ସଜେଇଛି । ଏହା ମୋ ପାଇଁ ପ୍ରକୃତିର ଆଶୀର୍ବାଦ । ପ୍ରକୃତି ନିଜେ ଗୋଟେ ନାରୀ ପରି ତେଣୁ ସେ ନାରୀର ଅନ୍ତର୍ନିହିତ ଭାବକୁ ବୁଝିପାରେ । ମୋ ନକ୍ଷତ୍ରଗୁଡ଼ିକ ବହୁତ ଶକ୍ତିଶାଳୀ ତେଣୁ ମୋ ପ୍ରକୃତି ବହୁତ ସକାରାତ୍ମକ ଥିଲା ।

କିନ୍ତୁ ପ୍ରକୃତି ସବୁବେଳେ କାହାରି ସୁଖ ସହିପାରେ ନାହିଁ । ମୁଁ ଅସଜଡ଼ା ରହିବାକୁ ଭଲ ପାଏନି । ମୁଁ ସବୁବେଳେ ଭଲ ଡ୍ରେସ୍ ପିନ୍ଧିଥାଏ ପାଦରୁ ମୁଣ୍ଡ ପର୍ଯ୍ୟନ୍ତ । ପୋଷାକପତ୍ରର ସଠିକ୍ ଚୟନ ମ୍ୟାଚିଂ ଉପରେ ମୁଁ ବିଶ୍ୱାସ କରେ, ଗହଣା ଏବଂ ଅନ୍ୟାନ୍ୟ ସାଜସଜ୍ଜା ସାମଗ୍ରୀ ମଧ୍ୟ । ମୁଁ ସେଇ ଅନୁସାରେ ନିଜକୁ ସଜେଇଥାଏ । ଏଇଥିପାଇଁ ସେ ମୋତେ ସହଜରେ ଭାଙ୍ଗି ଦେଲା । ମୁଁ ତା'ର ଶରବ୍ୟ ହେଲି । ମୋର ବନ୍ଧୁବାନ୍ଧବମାନେ ତାହାହିଁ ବିଶ୍ୱାସ କରନ୍ତି । ତା'ର ଦୟାହୀନତାର ମୁହିଁ ଶିକାର ହେଲି ।

ମୁଁ ମଧ୍ୟ ଜଣେ ନାରୀ । ମୁଁ ମଧ୍ୟ ନିଜକୁ ଠିକ୍ ଭାବରେ ସଜେଇ ହେବାକୁ ଚାହେଁ । ମୁଁ ପାର୍ଲୋରମାନଙ୍କୁ ଯାଇ ସୌନ୍ଦର୍ଯ୍ୟ ଚିକିତ୍ସା କରିବାକୁ ଭଲପାଏ । କିନ୍ତୁ ମୁଁ ଭାବୁଛି ମୁଁ ନିଜ ପ୍ରତି ହିଂସା କଲି ଏବଂ ମୋର ସବୁ ମେକଅପ୍ (ସାଜସଜ୍ଜା) ଯନ୍ତ୍ରଣାଦାୟକ ଭାବରେ ମେଡ଼ିକାଲ୍ ଡ୍ରେସିଂରେ ବଦଳିଗଲା । ମୁଁ ଦଶମାସ ମଧ୍ୟରେ ଷୋହଳଟି ଅପରେସନର ସମ୍ମୁଖୀନ ହେଲି । ମୋ ଦେହରେ କଟାକଟି ଏବଂ ସିଲେଇର ଟାଟୁ କରାଯାଇଥିଲା । ଛାତିଠାରୁ ପାଦ ଗୋଇଠି ଯାଏ ଗୋଟେ ସେଣ୍ଟିମିଟର ସ୍ଥାନ ମଧ୍ୟ ନ ଥିଲା ଯେଉଁଠି ଅପରେସନ ହୋଇ ନ ଥିଲା । ମୋ ଚିକ୍କଣ ଦେହ ଗାତ ଏବଂ ସିଲେଇ ଯୋଗୁଁ ଟାଣ ହୋଇ ଯାଇଥିଲା । ମୋ ଦେହ ଗୋଟେ ଶୁଷ୍କ ସ୍ଥାନ ପରି ହୋଇଯାଇଥିଲା । ସତେ

ଯେପରି ସେହି 'ଲେଡ଼ି ଲକ୍' ମୋତେ ଦେଖି ତାଛଲ୍ୟ କରୁଥିଲା। ସୌନ୍ଦର୍ଯ୍ୟ ଉପରେର ବଦଳିଗଲା ମେଡ଼ିକାଲ ଉପରେରରେ। ମୋ ଦେହରୁ ପ୍ରଚୁର ରକ୍ତକ୍ଷରଣ ହେଉଥିଲା। ମୁଁ ଗଜ୍‌କନାରେ ଘୋଡ଼େଇ ହୋଇ ଶୋଇ ରହିଥିଲି। ମୁଁ ମୋ ସୁଗଠିତ ଦେହକୁ ଡାକ୍ତରମାନଙ୍କୁ ଅସୁନ୍ଦର କରିବାକୁ ଦେଇଥିଲି। ପ୍ରତି ଅପରେସନ ପରେ ମୁଁ ସମ୍ପୂର୍ଣ୍ଣ ଶୂନ୍ୟ ଏବଂ ଶୁଷ୍କ ହୋଇଯାଇଥିଲି।

ମୋର ବହୁତଗୁଡ଼ିଏ ମୁଣ୍ଡ ପିନ୍, କ୍ଲଚର, ଚୁଡ଼ି, ଜୋତା ଥିଲା। ସେଇ ସଂଗ୍ରହ କରାଯାଇଥିବା ଜିନିଷଗୁଡ଼ିକ ମୋତେ ଡାକୁଥିଲେ "ହୀନା, ଆସ ମେଚିଙ୍ଗ୍‌ର ଖେଳ ଖେଳିବା"। ଆଉ ଲାଇନରମାନେ କାନ୍ଦୁଥିଲେ ଲୁହ ଝରେଇ ମୋ ଠାରୁ ଦୂରେଇ ଯାଇଥିଲେ ବୋଲି। ଦାମିକା ନେଲ୍‌ପଲିସ ସବୁ ନିର୍ଜୀବ ହୋଇ ପଡ଼ି ରହିଥିଲେ, ରଙ୍ଗହୀନ ବୋତଲ କେବଳ ଏବେ ମୋ ପାଇଁ। ମୁଁ ମନେପକାଉଥିଲି ମୁଁ ନେଲପଲିସ ଲଗେଇସାରିବା ପରେ ମୋ ଆଙ୍ଗୁଳିଗୁଡ଼ିକୁ ସୁନ୍ଦର ଭାବରେ ପୋଛି ଦେଉଥିଲି। ମୋ ନଖ ସୂର୍ଯ୍ୟକିରଣ ପରି ଚକ୍‌ଚକ୍ କରୁଥିଲା। କିନ୍ତୁ ଏବେ ତାହା ବିକୃତ ନଖ ହୋଇଯାଇଛି। ଚର୍ମରେ ଉଜ୍ଜ୍ୱଳତା ବଢ଼େଇବା ପାଇଁ ଥିବା ଇଞ୍ଜେକସନ ବଦଳରେ ବଞ୍ଚିବା ନିମନ୍ତେ ଔଷଧ ଦିଆଯାଇଥିଲା। ମୋ ମୁହଁରେ ବୟସ୍କ ଗାର ଦେଖାଯାଇ ମଳିନ ଦିଶୁଥିଲା। ବିଭିନ୍ନ ରଙ୍ଗର ରଙ୍ଗୀନ ଲିପଷ୍ଟିକ୍ ଖାଲି ଗୋଟେ ପୁରୁଣା, ଦୁଃଖଦାୟକ ସ୍ମୃତି ମୋ ଶୁଖିଲା ଓଠ ନିମନ୍ତେ। ମୁଁ ମନେ ପକାଉଥିଲି ମୁଁ ମୋର ଘନ ଲମ୍ବା କେଶ ପାଇଁ କେତେ ଯତ୍ନଶୀଳ ଥିଲି। ମୁଁ ମୋ ବାଳ କାଟିବାକୁ ବିଭିନ୍ନ ଷ୍ଟାଇଲରେ କରିବାକୁ ଭଲ ପାଉଥିଲି। ପ୍ରୋଟିନ୍ ପ୍ୟାକ୍, ବିଉଟି ଟ୍ରିଟ୍‌ମେଣ୍ଟ ଏବଂ ଷ୍ଟାଇଲ ମୋ ଶିରାପ୍ରଶିରାରେ ମିଶିଥିଲା। କିନ୍ତୁ ଏବେ ମୁଁ ମୋର ସବୁ ସୁନ୍ଦର ମୂଲ୍ୟବାନ ଜିନିଷ ହରେଇଛି। ମୋର ଉଜ୍ଜ୍ୱଳ ଦେହ କଠିନତା ଭିତରେ ମଳିନ ପଡ଼ିଯାଇଥିଲା। ପଛପଟରୁ ମୋ ମୁଣ୍ଡ ଚନ୍ଦା ହୋଇଯାଇଥିଲା ଆଣ୍ଟିବାୟୋଟିକସ ଯୋଗୁଁ। ମୋର ସମୁଦ୍ରେ ଆଶା ବୁଡ଼ିଯାଇଥିଲା ବହୁତ ଖରାପ ସ୍ଥିତିରେ ଆଶାହୀନତାର ଗଭୀରତା ମଧ୍ୟରେ। ମୋର କାନ୍‌ଭାସ୍ ଉପରେ କୌଣସି ଛବି ନ ଥିଲା କି କୌଣସି ରଙ୍ଗ ନ ଥିଲା। ଏହା ମୋ ଆଖି ଓ ମନ ପରି ଶୂନ୍ୟ ହୋଇଯାଇଥିଲା। ମୋ ଜୀବନ ଅଟକି ସ୍ଥିର ହୋଇଯାଇଥିଲା। ମୁଁ ଅଣନିଃଶ୍ୱାସୀ ଅନୁଭବ କରୁଥିଲି। ମୁଁ ବାହାର ଦୁନିଆକୁ ଦେଖିବାକୁ ଚାହୁଁଥିଲି। କିନ୍ତୁ ମୋତେ ବଞ୍ଚିବାକୁ ହେଲେ, ଏଇ ସବୁକୁ ସହ୍ୟ କରିବାକୁ ପଡ଼ିବ। ମୋର ସାମାଜିକ ଗଣମାଧ୍ୟମ ପ୍ରତି କୌଣସି ଭଲପାଇବା ନ ଥିଲା। କିନ୍ତୁ ଏବେ ତାହାହିଁ କେବଳ ଥିଲା ମୋର ସମୟ କଟେଇବାର ମାଧ୍ୟମ। ମୁଁ ଅନୁଭବ କରୁଥିଲି ଯେ ମୁଁ ଜଣେ ରୋଗୀ ନୁହେଁ ବରଂ ଜଣେ ବନ୍ଦିନୀ। ମୋତେ ଏପରି ନିରାଶାଜନକ ଚିନ୍ତାକୁ ନିୟନ୍ତ୍ରଣ କରି ବଞ୍ଚିବାକୁ ହେବ। ମୁଁ ନିଜେ ତିଆରି କରିଥିବା ନୀଡ଼ରେ ମୁଁ ଆଉ ରହିପାରୁ ନ ଥିଲି।

କୌଣସି ପ୍ରକାରେ ମୁଁ କିନ୍ତୁ ମୋର କ୍ଷତାକ୍ତ ସ୍ଥିତିକୁ ଘୋଡ଼ାଘୋଡ଼ି କରି ସନ୍ତୁଷ୍ଟ ହେବାରେ ସଫଳ ହୋଇଥିଲି । ମୁଁ ସେଇ କାନ୍ଥମାନଙ୍କର ସହାୟତା ନେଉଥିଲି । ମୋର ସଜୀବ ଓ ନିର୍ଜୀବ ଇଚ୍ଛାକୁ ସେମାନେ ବୁଝି ପାରୁଥିଲେ । କିନ୍ତୁ ସେଇ କାନ୍ଥଗୁଡ଼ିକ ନିଜେ ହିଁ ଅସହାୟ । ଏହା କେବଳ ସିଧାରେ ଠିଆହୋଇ ରହିପାରିବେ ।

ମୋ ୱାର୍ଡରୋବରେ ଥିବା ପୋଷାକଗୁଡ଼ିକ ମୋ ଆଡ଼କୁ ଜୁଳୁଜୁଳୁ କରି ଚାହୁଁଥିଲେ ଏବଂ ମାଳମାଳ ଜୋତା ମୋତେ ଆକର୍ଷିତ କରୁଥିଲେ । ପର୍ସ ଏବଂ ହ୍ୟାଣ୍ଡବ୍ୟାଗ୍ ସବୁ ଅବ୍ୟବହୃତ ହୋଇ ପଡ଼ିଥିଲେ । ସେମାନେ ତାଙ୍କ ସାଙ୍ଗରେ ବାହାରକୁ ଯିବାକୁ ମୋତେ ଡାକୁଥିଲେ । କୌଣସି ବିଳାସପୂର୍ଣ୍ଣ ବ୍ରାଣ୍ଡର ଆକର୍ଷଣ ଆଉ ମୋର ନ ଥିଲା କାରଣ ସେସବୁ ମୋ ପାଇଁ ଅନାବଶ୍ୟକ ଥିଲା । ମୁଁ ନିଜ ଗୋଡ଼ରେ ଚାଲିପାରୁ ନ ଥିଲି । ବାଡ଼ି ଏବଂ ୱାକର ଏବେ ମୋର ଅଳଙ୍କାର ଥିଲା । ମୋ ଡାହାଣ ହାତର ବୃଦ୍ଧାଙ୍ଗୁଠି ଥ୍ରୋମ୍ବୋସିସ୍ ହୋଇଯାଇଥିଲା । ମେକ୍‌ଅପ୍-କିଟ୍ ମୋର ସବୁବେଳେ ଥରୁଥିବା ହାତ ପାଇଁ ଅନାବଶ୍ୟକ ଥିଲା । ମୋ ପାଇଁ ସେଗୁଡ଼ିକ ଆଶାତୀତ ଭାବରେ ଅନାବଶ୍ୟକ ହେଇଯାଇଥିଲା ।

ମୁଁ ଭାବିଲି ଏହାହିଁ ଠିକ୍ ସମୟ ଭଗବାନଙ୍କ ପାଖରେ ପହଞ୍ଚିବା ନିମନ୍ତେ । ଜୀବନର ଦର୍ଶନ ବୁଝିବା ପାଇଁ ମୋତେ ସୁଯୋଗ ମିଳିଥିବାରୁ ମୁଁ ନିଜକୁ ଭାଗ୍ୟବତୀ ଭାବୁଥିଲି । ମୁଁ ନିଜକୁ ଭାଗ୍ୟବତୀ ଭାବୁଥିଲି ଯେ ମୁଁ ମୋର ସମସ୍ତ ସାଂସାରିକ କାମନା ଛାଡ଼ି ତାଙ୍କରି ଅସ୍ତିତ୍ୱ ଭିତରେ ବିଲୀନ ହୋଇଯିବି ।

ଏହା ଏକ ଆନନ୍ଦଦାୟକ ମୁହୂର୍ତ୍ତ ଏହି ଦର୍ଶନକୁ ବୁଝିବା ନିମନ୍ତେ । ଏହି ସଂସାରଟା କିଛି ନୁହେଁ କେବଳ ଗୋଟେ ଭୂଆଁ ବୁଲାଉଥିବା ଚକ୍ରବ୍ୟୁହ । ବରଂ ସେଥିରୁ ରକ୍ଷାପାଇଯିବା ଭଲ ଏବଂ ଦେହ ଅପେକ୍ଷା ଆତ୍ମାକୁ ସଜେଇବା ଭଲ । ମୋ ଆତ୍ମାକୁ ମୁକ୍ତ କରି, ଏହି ଦୋଷରୁ ମୁଁ ମୋର ଆତ୍ମାକୁ ଭଗବାନଙ୍କୁ ଦେବାକୁ ଚାହେଁ ।

ମୋର ଡରମାଟୋଲୋଜିଷ୍ଟ ଝିଅ କହିଲା, "ମା' ମେଡ଼ିକାଲ ସାଇନସ୍ ପାଖରେ ସବୁ ପ୍ରଶ୍ନର ଉତ୍ତର ଅଛି । ମୁଁ ତୁମର ଚର୍ମ ଟାଇଟ୍, ଆଣ୍ଟି ଏଜିଙ୍ଗ ଏବଂ ପୁନଃଯୌବନ ଥେରାପି ତୁମପାଇଁ କରି ତୁମକୁ ସୁନ୍ଦର କରିଦେବି ।" ସେ ମୋ ବାଳ ଓ ନଖର ଚିକିତ୍ସା ବିଷୟରେ କହିଲା, କିନ୍ତୁ ଏବେ ମୋର ଏହିସବୁ ବାହ୍ୟ ସୌନ୍ଦର୍ଯ୍ୟ ଆଡ଼କୁ ମନ ଯାଉ ନ ଥିଲା । ମୁଁ କେବଳ ମନର ସୌନ୍ଦର୍ଯ୍ୟକୁ ବିଶ୍ୱାସ କରୁଥିଲି । ମୋର ଆତ୍ମାକୁ ସଜାସଜି କରିବାକୁ ଆଗ୍ରହ ଥିଲା । ମୁଁ ବହୁତ ବୁଦ୍ଧିମତୀ ହୋଇଯାଇଥିଲି, ଡ୍ରେସ୍‌ର ଆକର୍ଷଣ ଏବଂ ମେକଅପ୍ ବିଷୟରେ, ବିତସ୍ପୃହ ହୋଇଯାଇଥିଲି । ମୁଁ ଭଗବାନଙ୍କୁ ପାଇବାକୁ ବହୁତ ଅନ୍ତରଙ୍ଗ ଭାବରେ ଚାହୁଁଥିଲି ।

ଜୀବନର ଏ ପରିବର୍ତ୍ତନ ଅନ୍ତର୍ନିହିତ ଆଖି ଏବଂ ଦୂରଦୃଷ୍ଟିକୁ ଖୋଲିଦେଲା । ମୁଁ

ଶିଖିଗଲି ଅନିତ୍ୟ ଜୀବନର ଆକର୍ଷଣରୁ କିପରି ଦୂରେଇ ଯିବାକୁ ହେବ। ଏବେ ମୁଁ ବିସ୍ତୀର୍ଣ୍ଣ ଆକାଶ ତତ୍ତ୍ୱ ଭିତରେ ଉଡ଼ିବାକୁ ଚାହୁଁଥିଲି।

'କେବଳ ଭଗବାନ ହିଁ ସ୍ଥିର' ମୋର ନୂଆକରି ଶିଖିଥିବା ଲକ୍ଷ୍ୟ ଏଇଆ ହିଁ ଥିଲା। ମୁଁ ବିଦେଶ ବୁଲିବା, ମଲ୍, ଥିଏଟର ଯିବା ସବୁକୁ ଗୋଟେ ପାଖରେ ରଖିଥିଲି। ଏବେ ମୁଁ ଖାଲି ମୋର ନିଜର ନିରୀହ, ପବିତ୍ର ପିଲାଟିଏ ପରି ହୋଇଥିବା ଆତ୍ମା ସହିତ ଖେଳୁଥିଲି ପିଲାଟିଏ ପରି। ମୁଁ ମୋର ଅନ୍ତର୍ନିହିତ ଯାତ୍ରାକୁ ପୂର୍ଣ୍ଣଭାବରେ ଆନନ୍ଦରେ ଉପଭୋଗ କରୁଥିଲି। ମୁଁ ବୁଝିପାରିଥିଲି ଯେ ଜୀବନ ଗୋଟେ ସୁଯୋଗ ଦେଲା ମୋତେ ଭଗବାନଙ୍କ ବିଶାଳତା ଦୃଷ୍ଟି ସମ୍ମୁଖକୁ ଆଣିବା ପାଇଁ। ଏହା ଏକ ସ୍ୱର୍ଗୀୟ ଅନୁଭବ।

■

ତ୍ରୟୋଦଶ ଅଧ୍ୟାୟ

ଭଗବାନଙ୍କୁ ଗୋଟେ ଖୋଲା ଚିଠି

ପ୍ରିୟ ଭଗବାନଙ୍କୁ.....
ସ୍ୱର୍ଗର ନିଭୃତ ସ୍ଥାନ,

ପ୍ରିୟ ସର୍ବ ଶକ୍ତିମାନ ! ମୁଁ କେମିତି ତୁମକୁ ଡାକିବି ? ମୁଁ ବିସ୍ମିତ ହୋଇଯାଇଛି । ଏଠି ପୃଥିବୀରେ ଆମେ 'ହାଏ' ! 'ହ୍ୟାଲୋ' କହି ସମ୍ବୋଧନ କରୁଛୁ । ଏଇଟା କିନ୍ତୁ ଆପଣଙ୍କ ପାଇଁ ପ୍ରଯୁଜ୍ୟ ନୁହେଁ । ଆପଣ ମୋ ପାଇଁ ସବୁକିଛି । ଆମର ଗୋଟେ ଚିରନ୍ତନ ବନ୍ଧନ ରହିଛି । ଆମେ ଗୋଟେ ଅଦୃଶ୍ୟ ସୂତ୍ରରେ ବନ୍ଧା ହୋଇଯାଇଛନ୍ତି । ଏହା ଜୀବନ ଗଲାପରେ ମଧ୍ୟ ରହିଥିବ ।

ତେଣୁ ମୁଁ କହିବି- ମୋର ଅତିପ୍ରିୟ ଜଣେ !

ମୁଁ ଆପଣଙ୍କୁ ପୂର୍ଣ୍ଣ ପ୍ରେମ ଏବଂ ସମ୍ମାନ କରୁଛି । ମୋ ଅଙ୍ଗୁଳିର ଅଗ୍ରଭାଗ ଥରିଉଠୁଛି ମୁଁ ଯେତେବେଳେ ଆପଣଙ୍କୁ ଏହା ଲେଖୁଛି । ମୁଁ ସବୁଠାରୁ ଅଧିକ ଆନନ୍ଦ ଅନୁଭବ କରୁଛି । ମୋ ରକ୍ତପ୍ରବାହ ଶିରାପ୍ରଶିରାରେ ତୀବ୍ର ହୋଇଉଠୁଛି । ଆପଣଙ୍କ ନାମ ମୋର ହୃଦ କାନ୍ଥରେ ସ୍ୱର୍ଣ୍ଣାକ୍ଷରରେ ଲେଖା ହୋଇଛି ।

ମୁଁ ସିଧା ସିଧା ପଏଣ୍ଟକୁ ଆସେ ଯାହାଦ୍ୱାରା ଆପଣ ବୁଝିପାରିବେ । ମୁଁ ଆପଣଙ୍କୁ ପ୍ରଶ୍ନ କରିବାକୁ ଚାହୁଁନି କିନ୍ତୁ ମୋର ଦ୍ୱନ୍ଦ୍ୱକୁ ବୁଝିବାକୁ ଚେଷ୍ଟା କରୁଛି । ମୁଁ ଆପଣଙ୍କୁ ପ୍ରଶ୍ନ କରିବାକୁ କିଏ । ତଥାପି ଗୋଟେ ସନ୍ଦେହ ଅଛି । ମୁଁ ଆପଣଙ୍କ ପ୍ରକୃତ ସ୍ୱରୂପକୁ ସନ୍ଦେହ କରୁନି । ଆପଣଙ୍କ ଅଂଶର ଅଭିନୟ କ'ଣ ମୁଁ ଜାଣେ । ମୁଁ ଆପଣଙ୍କୁ ପୁରା ବିଶ୍ୱାସ କରୁଛି । ଏପରିକି ମୋର କାର୍ଯ୍ୟକୁ ମାପିବାକୁ ଚାହୁଁନି । ମୁଁ ମାନୁଛି, ଆପଣ ଯାହା ଆଦେଶ ଦେଉଛନ୍ତି । ତଥାପି ମୁଁ ଆପଣଙ୍କ ମନରେ କ'ଣ ଅଛି ଜାଣିବାକୁ ଚାହେଁ ଏବଂ ଆପଣଙ୍କ ଯୁକ୍ତିସଙ୍ଗତ ସମାଧାନ ମଧ୍ୟ ।

ମୋର ନିରବତା ଆପଣଙ୍କର ଦାନ। ଆଜି କିନ୍ତୁ ମୁଁ ସେଇ ବରଫ ଭାଙ୍ଗିବାକୁ ଚାହୁଁଛି। ମୁଁ ମୋର ମନର କଥା କହିବାକୁ ଚାହୁଁଛି। ମୁଁ ଆପଣଙ୍କୁ ବହୁତ କଥା କହିବାକୁ ଚାହୁଁଛି ଏବଂ ମୁଁ ମଧ୍ୟ ଆପଣଙ୍କଠାରୁ ଶୁଣିବାକୁ ଚାହୁଁଛି।

ମୁଁ ଜାଣେ ଆପଣ ନିଜେହିଁ ବିଶ୍ୱବ୍ରହ୍ମାଣ୍ଡ ଏବଂ ସବୁ ମହାଭୂତ ଆପଣଙ୍କ ଦ୍ୱାରା ସୃଷ୍ଟ। ଆପଣଙ୍କ ନିୟମ ସମସ୍ତେ ମାନିବାକୁ ବାଧ୍ୟ। ଆପଣଙ୍କ ସର୍ବବ୍ୟାପକତ୍ୱ ବିଷୟରେ କେହି ପ୍ରମାଣ ଖୋଜନ୍ତି ନାହିଁ। ମୁଁ କିନ୍ତୁ ଆପଣଙ୍କ ଦ୍ୱାରରେ ଆଘାତ କରୁଛି ମୋର ତୃଷ୍ଣା ମେଣ୍ଟାଇବା ପାଇଁ। ମୁଁ ବୃକ୍ଷଲତାଙ୍କୁ ଏବଂ ପଲ୍ଲବିତ ବନାନୀକୁ ଦେଖିବାକୁ ଭଲପାଏ। କିନ୍ତୁ ମୁଁ ଯେତେବେଳେ ଦେଖିଲି ଆପଣ କୋଣରେ ଥିବା ଗୋଟେ ପତ୍ର ଉପରେ ନୃତ୍ୟ କରୁଛନ୍ତି ମୁଁ ସେତେବେଳେ ଆପଣଙ୍କ ନୃତ୍ୟରତ କାର୍ଯ୍ୟ ଦେଖି ଆଶ୍ଚର୍ଯ୍ୟ ହେଇଗଲି କାରଣ ଆପଣ ସ୍ଥିରତା ରକ୍ଷା କରନ୍ତି। ଆପଣ ଏପରି ସ୍ଥିରତା ମୋଠାରୁ ଆଶା କରନ୍ତି କି ? ଗୋଟିଏ କାକରବିନ୍ଦୁ ମୋ ପରି, ଯିଏ ନିରବରେ ତା'ର ସ୍ଥିତି ସ୍ଥାପକତା କୌଣସି ପ୍ରତିବାଦ ନ କରି ଆପଣଙ୍କୁ ସମର୍ପି ଦେଇଛି ତା'ର ଧୈର୍ଯ୍ୟ ପରୀକ୍ଷା କରନ୍ତିକି ? ଭୁଲିଯାଆନ୍ତୁ ନାହିଁ ଯେ ମୁଁ ଗୋଟେ ସାଧାରଣ ଆତ୍ମା, ଅସାଧାରଣ ନୁହେଁ।

ମୁଁ ଜାଣେ ଆପଣଙ୍କ ଇଚ୍ଛା ବିନା କିଛିବି ହୁଏ ନାହିଁ। ଏହା କ'ଣ ଆପଣଙ୍କ ପାଇଁ ଠିକ୍ ହେଲା କି ମୋର ସାରା ଦେହରେ ଭୂକମ୍ପ ସୃଷ୍ଟି କରିଦେଲେ ? ଏହା ଗୋଟେ ପ୍ରଶ୍ନ ନୁହେଁ କି ମୁଁ ଏଡ଼େଇ ଯିବାକୁ ଚାହୁଁନି ଏବଂ ଆପଣ ଉତ୍ତର ଦେଇ ନ ପାରନ୍ତି ମଧ୍ୟ। ମୁଁ କେବଳ ମୋର ଅନୁଭବକୁ ବଖାଣୁଛି। ମୁଁ କେବଳ ମୋର ଜୀବନର ଦୁଃଖଦ ସ୍ଥିତି ଯାହା ବିଷୟରେ ବର୍ଣ୍ଣନା କରୁଛି।

ଆପଣ ଭଗବତ୍ ଗୀତାରେ କହିଛନ୍ତି ଯେ ନିଜର କର୍ମଫଳ ନିଜକୁ ଭୋଗ କରିବାକୁ ପଡ଼ିବ। କିନ୍ତୁ ମୁଁ ବୁଝିପାରୁନି ଯଦି ଜଣକୁ ନିଜ କର୍ମଫଳ ଭୋଗ କରିବାକୁ ପଡ଼ିବ ତେବେ ଏଇ ଜନ୍ମର କର୍ମ ନା ପୂର୍ବଜନ୍ମର କର୍ମ। ମୁଁ ଆପଣଙ୍କ ନ୍ୟାୟର ପ୍ରତିବାଦ କରିବାକୁ ଚାହୁଁନାହିଁ। ତଥାପି ମୋର ଗୋଟେ ପ୍ରସ୍ତାବ ମୁଁ ଏଠାରେ ରଖୁଛି ଏମିତି କରନ୍ତୁ ଯେ ଜଣେ ନିଜର କର୍ମପାଇଁ ସେଇ ଜନ୍ମରେ ହିଁ ଫଳ ଭୋଗ କରୁ। ଜଣେ କାହିଁକି ପୂର୍ବଜନ୍ମର କର୍ମଫଳ ଏ ଜନ୍ମରେ ଭୋଗ କରିବ ? ଆପଣ ଭାବୁଥିବେ ମୁଁ କାନ୍ଦୁଛି କିନ୍ତୁ ଏହା ମୋର ଆତ୍ମାର ସ୍ୱର। ଆପଣ ଦ୍ରୌପଦୀଙ୍କର ଅଭିଯୋଗ ଏବଂ ଅନୁରୋଧ ଶୁଣି ତାଙ୍କୁ ସାହାଯ୍ୟ କରିବାକୁ ଆଗେଇ ଆସିଲେ, ମୋତେ କାହିଁକି ନୁହେଁ ?

ଆପଣ କେବଳ ମୋର ଏଇ ଜନ୍ମର ଭାଗ୍ୟ ଲେଖିଲେ। ସେଥିପାଇଁ ମୁଁ ଅଭିଯୋଗ କରୁନାହିଁ। ମୋତେ କାହିଁକି ? ଏହା ମଧ୍ୟ ମୋର ପ୍ରଶ୍ନ ନୁହେଁ। ଆପଣ ଯେଉଁ ଭୂମିକା ଦେଇଛନ୍ତି ତାହାକୁ ମୋତେ ଅଭିନୟ କରିବାକୁ ପଡ଼ିବ। ମୁଁ ମୋର କର୍ତ୍ତବ୍ୟ ଅତ୍ୟନ୍ତ

ନିଷ୍ଠାର ସହିତ ପାଳନ କରିଛି । କୋଉଠି ତେବେ ମୁଁ ଭୁଲ୍ କଲି ? ଆପଣ ମୋ ଭାଗ୍ୟରେ ଅନେକ ଦୁଃଖ ଯନ୍ତ୍ରଣା ଲେଖି ଦେଇଛନ୍ତି । ମୁଁ କିନ୍ତୁ ସେସବୁ ହସି ହସି ସହିଯାଇଛି । ମୁଁ ଭାବୁଛି ସେହି ବିଶ୍ୱାସ ଆପଣଙ୍କର ମୋ ଉପରେ ଅଛି ।

ଯଦି ଆପଣ ମୋତେ ଜୀବନ ଦେଇଛନ୍ତି, ତେବେ ତାକୁ କବିତାମୟ କରନ୍ତୁ । ତାକୁ ଠିକ୍ ଭାବରେ ସଜାନ୍ତୁ । ଆପଣ ଯଦି ତାହା କରିବାକୁ ଚାହୁଁନାହାନ୍ତି ତାହା ମଧ୍ୟ ଠିକ୍ ଅଛି । କିନ୍ତୁ ମୋ ବାଟରେ ଏତେ କଣ୍ଟା ବିଛାନ୍ତୁ ନାହିଁ ଅଥବା ମୋ ପିଠି ପଛରେ ଛୁରି ଭୂଷନ୍ତୁ ନାହିଁ । ଆପଣଙ୍କ କାହାଣୀର ମୁଖ୍ୟ ଚରିତ୍ର ମୋତେ କରନ୍ତୁ ନାହିଁ । ଅନ୍ତତଃ ମୁଁ ଯେମିତି ଅଛି ମୋତେ ତଳକୁ ଟାଣନ୍ତୁ ନାହିଁ ।

ଆପଣ ମୋତେ କେବଳ ଜୀବନ ଦେଇନାହାନ୍ତି, କାମନା ମଧ୍ୟ ଦେଇଛନ୍ତି । ମୁଁ ମଧ୍ୟ ସେଗୁଡ଼ିକୁ ଅନ୍ତରର ସହିତ ପୂରଣ କରିବାକୁ ଚାହୁଁଛି । ମୁଁ ମଧ୍ୟ ପ୍ରକୃତିର ବିବିଧ ସୌନ୍ଦର୍ଯ୍ୟକୁ ଉପଭୋଗ କରିବାକୁ ଚାହେଁ । ଏହା ଆପଣଙ୍କର ମଧ୍ୟ ଦାୟିତ୍ୱ ମୋତେ ସେଥିରେ ସାହାଯ୍ୟ କରିବା ପାଇଁ । ମୋ ପିଲାଦିନେ ମୋ ଶିକ୍ଷୟିତ୍ରୀ ନଳିନୀ ମୋତେ ରାଧା ଭୂମିକା କରିବା ପାଇଁ ଦେଇଥିଲେ । ସେହିଦିନଠାରୁ ମୁଁ ଆପଣଙ୍କୁ ବହୁତ ଭଲପାଇ ଆସିଛି । ବୟସ ବଢ଼ିବା ସହିତ ଆପଣଙ୍କ ପାଇଁ ମୋର ଆକର୍ଷଣ ବଢ଼ି ବଢ଼ି ଚାଲିଛି । ମୋର ପ୍ରଥମ ପ୍ରେମ କବିତା ଆପଣଙ୍କ ପାଇଁ ଥିଲା ।

ଆପଣ କେବଳ ଭଗବାନ ନୁହନ୍ତି । ଆପଣ ପ୍ରେମର ଭଗବାନ । ବୟସ ମୋତେ ଆପଣଙ୍କ ନିକଟତର କରିଛି । ମୁଁ ଆପଣଙ୍କୁ ବୁଝିପାରିଛି, କିନ୍ତୁ ଆପଣ ସବୁବେଳେ ମୋତେ ପରୀକ୍ଷା କରୁଛନ୍ତି । ଆପଣ ମୋତେ କେବେ ଭଲ ପାଇଛନ୍ତି କି ? ମୁଁ ଭାବୁଛି ନୁହେଁ । ବହୁତ ଥର ଆପଣ ମୋର ଦାୟିତ୍ୱ ନେଇଯାଇଛନ୍ତି । ମୋ ଜୀବନକୁ ସହଜ କରିଦେଇଛନ୍ତି । ସେଥିପାଇଁ ମୁଁ କୃତଜ୍ଞ । ମୁଁ ଜାଣେ ଆପଣ କାହାରି ଧାରୁଆ ରହନ୍ତି ନାହିଁ । ଆପଣ ଯେତେବେଳେ ରିଟର୍ଣ୍ଣ ଗିଫଟ ଭାବରେ ମୋତେ ବହୁତ କଷ୍ଟ ଦିଅନ୍ତି ମୁଁ ଉଦାସ ହେଇଥାଏ । କିନ୍ତୁ କିଛି ପ୍ରଶ୍ନ କରିପାରେନି । ଯେହେତୁ ଆପଣ ମୋତେ ଅନେକ ଭଲ ଜିନିଷ ସବୁ ଦେଇଛନ୍ତି ମଧ୍ୟ । ମୋର ଶିରାପ୍ରଶିରା କାମ କରୁନାହିଁ, ତଥାପି ମୁଁ ଲେଖୁଛି ତାହା କେବଳ ଆପଣଙ୍କର ଆଶୀର୍ବାଦ । ମୋ ଗୋଡ଼ ଟାଣ ହୋଇଯାଇଛି କିନ୍ତୁ ମୋର ଭାବନା ଚାଲିବା ବନ୍ଦ କରିନି ଆପଣଙ୍କ ଆଶୀର୍ବାଦ ଯୋଗୁଁ । ଆମର ପ୍ରଶ୍ୱାସ ତରଳ ହୋଇ ଗୋଟିଏ ସ୍ଥାନରେ ମିଶିଯାଇଛି । ତାହାବି ଆପଣଙ୍କର ମୋ ପାଇଁ କୃପା ।

ମୁଁ ହୃଦୟର ସହିତ ଆପଣଙ୍କୁ ଆମନ୍ତ୍ରଣ କରୁଛି ମୋ ଘରକୁ ଆସିବାକୁ ଗୋଟେ ଶୁଭ ସକାଳରେ । ମୁଁ ଆଶା କରୁଛି ଆପଣ ଆସିଲେ ଆମେ ଉଭୟଙ୍କୁ ଭଲଭାବରେ ଜାଣିବା । ଆପଣ ନିଶ୍ଚୟ ଆକାଶୀ ରଙ୍ଗର ପଞ୍ଜାବୀ ପିନ୍ଧି ଆସିବେ ଏବଂ ଆପଣ ନିଶ୍ଚୟ

ମୋତେ ଚିହ୍ନି ପାରିବେ ମୋ ଯନ୍ତ୍ରଣାର ରଙ୍ଗ ଦେଖି । ଏବେ ମୁଁ କିଛିବି କଥା ଶୁଣିବି ନାହିଁ ଆପଣଙ୍କର ।

ଯେପରି ମଞ୍ଜି ଭିତରେ ତେଲ ଦେଖାଯାଏ ନାହିଁ ଏବଂ ତୁଳା କନା ଭିତରେ ଦିଶେନାହିଁ, ଆପଣ ମଧ୍ୟ ଦିଶିବେ ନାହିଁ ବୋଧେ, କିନ୍ତୁ ମୁଁ ନିଶ୍ଚିତ ଯେ ଆପଣ ସର୍ବତ୍ର ବିଦ୍ୟମାନ । ତେଣୁ ଏହି ଲୁଚକାଳି ଖେଳ ଛାଡ଼ନ୍ତୁ ଏବଂ ମୋ ସାମ୍ନାକୁ ଆସନ୍ତୁ । ମୁଁ ମୋ ବାଳ ଧୋଇଦେବି ଏବଂ ସେଗୁଡ଼ିକୁ ଏକାଠି କରି ବାନ୍ଧିଦେବି । ମୁଁ ମୋର ମୟୂରକଣ୍ଠୀ ଅତିପ୍ରିୟ ନୀଳଶାଢ଼ୀରେ ସଜେଇହେବି । ଆପଣ ମୋର ଟର୍କିସ କାନଫୁଲ ଏବଂ କଙ୍କଣ ଦେଖି ମୋତେ ଚିହ୍ନିପାରିବେ । ମୁଁ ମୋ ବାରଣ୍ଡାରେ ଆପଣଙ୍କ ସହିତ ବସିବି କାଡ଼ାମନ ବାସ୍ନାର କଫି ସହିତ । ମୁଁ କିଛିବି ପ୍ରଶ୍ନ ପଚାରିବି ନାହିଁ । ଆମେ ଉଭୟ ଉଭୟଙ୍କର ସୌହାର୍ଦ୍ଦ୍ୟ ଅନୁଭବ କରିବା ମୋ ବାରଣ୍ଡାରେ ଲାଗିଥିବା ଦୋଳି ଉପରେ ବସି । ମୁଁ ଆପଣଙ୍କ କାନ୍ଧ ଉପରେ ମୁଣ୍ଡ ରଖିବି । ମୋତେ ଅନୁମତି ଦେବେ ତ ? ମୋତେ ବହୁତ ଥକ୍କା ଲାଗୁଛି । ତେଣୁ ମୁଁ ଟିକେ ଥକ୍କା ମେଣ୍ଟାଇବି । ମୁଁ ଚାହେଁ ଆପଣ ଆପଣଙ୍କ ରୁମାଲରେ ମୋ ଲୁହ ପୋଛି ଦିଅନ୍ତୁ । ଯଦିଓ ମୁଁ ଥକି ଯାଇଛି ତଥାପି ମୁଁ ହାରି ଯାଇନି । ଆପଣ ଦେଇଥିବା ଜୀବନକୁ ମୁଁ ସମ୍ମାନ କରେ । ଆପଣ ମୋତେ ଏପରି ମଣିଷ ଜନ୍ମ ଦେଇଥିବାରୁ ମୁଁ ଆପଣଙ୍କୁ ଭଲପାଇ ପାରୁଛି । ମୁଁ ଜାଣେ ଏହା ବହୁତ ମୂଲ୍ୟବାନ । ମୁଁ ମଧ୍ୟ ଜୀବନକୁ ଭଲପାଏ । କିନ୍ତୁ ଆପଣଙ୍କୁ ମୋତେ ଆଉ ଗୋଟେ ଚାନ୍‌ସ ଦେବାକୁ ପଡ଼ିବ ବଞ୍ଚିବାକୁ ଏବଂ ଉପଭୋଗ କରିବାକୁ । ମୁଁ ଖୁସିରେ ଏବଂ ବ୍ୟସ୍ତତା ଭିତରେ ଶେଷ ନିଃଶ୍ୱାସ ପର୍ଯ୍ୟନ୍ତ ରହିବାକୁ ଚାହେଁ । ଦୟାକରି ଏତିକି କରନ୍ତୁ ଏବଂ କୃତଜ୍ଞ ରହନ୍ତୁ କାରଣ ମୁଁ ତାହା ପାଇବାକୁ ହକ୍‌ଦାର ।

ଆପଣଙ୍କର ସବୁବେଳର ପ୍ରିୟ ବନ୍ଧୁ ।

■

ଚତୁର୍ଦ୍ଦଶ ଅଧ୍ୟାୟ

ହାଏ ! ଜୀବନ

ପ୍ରିୟ ଜୀବନ,

ତମେ ବହୁତ ସୁନ୍ଦର। ତୁମେ ସ୍ୱର୍ଗୀୟ ପଦାର୍ଥର ଉଜ୍ଜ୍ୱଳତା। ତୁମେ ପ୍ରକୃତିର ଉପାଦାନ। ତୁମେ ସୂର୍ଯ୍ୟ, ଚନ୍ଦ୍ର ଏବଂ ତାରକା। ତୁମେ ଚୁପି ଚୁପି କଥା କହୁଥିବା ପବନ ଏବଂ ଗୁଣୁଗୁଣୁ ଗାଉଥିବା ନଦୀ ଏବଂ ଝରଣା। ତୁମେ ମୋର ସ୍ୱପ୍ନ ଏବଂ ତୁମେ ମୋର ବାସ୍ତବତା।

ମୁଁ ତୁମକୁ ଭଲପାଏ ଏବଂ ତୁମେ ମୋତେ। ମୁଁ ଅଳ୍ପ ଖୁସି ମାଗିଥିଲି କିନ୍ତୁ ତୁମେ ଅଜସ୍ର ଅଜାଡ଼ିଦେଲ। ତୁମେ ମୋ ଭିତରେ ଏବଂ ମୁଁ ତୁମ ଭିତରେ। ତୁମେ ମୋତେ ଉଜ୍ଜ୍ୱଳ କରିଦେଲ ଯେତେବେଳେ ତୁମେ ଆନନ୍ଦିତ ହେଲ। ତୁମେ ମୋ ସ୍ୱରରେ ଗୁଞ୍ଜନ କଲ। କିନ୍ତୁ ତୁମେ ଯେତେବେଳେ କ୍ରୋଧିତ ହେଲ, ମୋ ପାଇଁ କଷ୍ଟକର କରିଦେଲ ବଞ୍ଚିବା। ମୁଁ ଅଣନିଃଶ୍ୱାସୀ ହୋଇଗଲି। ମୁଁ ତୁମକୁ ଖୁସି କରିବାକୁ ଚାହିଁଲି କିନ୍ତୁ ତୁମେ ଆହୁରି ରାଗିଗଲ। ତଥାପି ମୁଁ ଚେଷ୍ଟାରୁ ବିରତ ହୋଇନାହିଁ। ମୁଁ ମୋର ଆନନ୍ଦ ଦେଖାଇବାକୁ ଯାଇ ଥକିଗଲି କିନ୍ତୁ ତୁମେ ସେହିପରି କ୍ରୋଧିତ ଥିଲ। ତଥାପି ମୁଁ ତୁମକୁ ଭଲପାଏ। ତମେ ଦୁଃଖ ଏବଂ ସୁଖର ଗୋଟିଏ ମିଶ୍ରିତ ଝୋଲି। ତୁମ କ୍ରୋଧିତ ହେବା ମୋ ଜୀବନକୁ ନର୍କ ବନେଇ ଦେଲା। ତଥାପି ତମେ ମୋ ପାଇଁ ଗୋଟେ ପ୍ରିୟମାତା ପରି। କେତେବେଳେ ତମେ ମୋତେ ଭଲ ପାଉଛ ଏବଂ କେତେବେଳେ ତମେ ମୋତେ ବହୁତ ଗାଳି କରିଛ। ତୁମର ଯତ୍ନଶୀଳ ସ୍ପର୍ଶ ମୋର ଜ୍ୱଳନ୍ତ ଆତ୍ମାପାଇଁ ମଲମଟିଏ ପରି। ତୁମେ ମୋ ପାଇଁ ଶୀତଳ ବର୍ଷା ପରି ବରଷିଯାଅ। ତମେ ମୋ ପାଇଁ ଗୋଟେ ସୁଖଦ ସ୍ୱର୍ଗ ଯାହାର ସୁରକ୍ଷାରେ ମୁଁ ରହିପାରିବି। ତମେ ସବୁ ବିପଦରୁ ମୋତେ ରକ୍ଷା କରିଛ। ପ୍ରିୟ ଜୀବନ, ତୁମର ପ୍ରେମ ସ୍ନେହଶିକ୍ତ କିନ୍ତୁ ତୁମର କ୍ରୋଧ ଅସହ୍ୟ। ତୁମେ ରାଗିଗଲେ ମୋ ଜୀବନରେ

ବହୁତ କଠୋରତା ଭରିଦିଅ । ଯେତେବେଳେ ତୁମେ କୋମଳ ହୋଇଯାଅ, ତମେ ପ୍ରିୟଠାରୁ ପ୍ରିୟ । ତୁମେ ମୋତେ ପ୍ରକୃତିର ପ୍ରତ୍ୟେକ ଉପାଦାନକୁ ଅନୁଭବିବାକୁ ଦିଅ, ମୋର ଲୁହ ପୋଛିଦିଅ ଏବଂ ମୋତେ ହାଲୁକା କରିଦିଅ । ତୁମର ସବୁ ଅତ୍ୟାଚାର ମୋତେ ସହିବାକୁ ପଡ଼େ । ମୋତେ ତୁମେ ଯେତିକି ଭଲପାଅ ତାଠାରୁ ଅଧିକ ମୁଁ ତୁମକୁ ଭଲପାଏ । ମୋର ସ୍ଥିତିକୁ ତୁମେ ଏ ପୃଥିବୀରେ ରଙ୍ଗୀନ କରିଦେଇଛ । ତୁମେ ମୋତେ ଡରୁଆ କରିଛ ପୁଣି ବିପରୀତରେ ସାହସୀ ବି କରିଛ । ତୁମେ ମୋ ପାଇଁ ଗୋଟେ ୟୁନିଭର୍ସିଟି ଯିଏ ମୋତେ ସବୁକିଛି ଶିକ୍ଷା ଦିଏ । ତୁମେ ମଧ୍ୟ ମୋତେ ପରୀକ୍ଷା କରିଛ । ତୁମେ ମୋତେ ମରୀଚିକା ଏବଂ ମରୁଝଡ଼ର ଉଭୟର ଅନୁଭବ ଦେଇଛ ।

ବେଳେବେଳେ ତୁମେ ମୋ ପାଇଁ କିଛିବି ଶୁଣନାହିଁ, ନିର୍ଦ୍ଦୟ ତୁମେ ମୋ ବୁଝିବାର ସୀମା ବାହରେ ଅନିୟନ୍ତ୍ରିତ ରହିଥାଅ । ତୁମେ ନିଜେ ଯନ୍ତ୍ରଣା ଏବଂ ତୁମେ ନିଜେହିଁ ତା'ର ଉପଚାର ।

ଆମର ସମ୍ପର୍କ ବହୁତ ଆଶ୍ଚର୍ଯ୍ୟଜନକ ତଥାପି ଉତ୍ସାହପ୍ରଦ । ତୁମର ନିଆରା ଭାବରେ ମୋତେ ଭଲପାଇବା ବହୁତ ଭଲ ଲାଗେ ।

ପ୍ରିୟ ଜୀବନ ! ମୁଁ ତୁମ ସହିତ ପ୍ରତିଟି ମୁହୂର୍ତ୍ତ ପୂର୍ବପରି ମନେଇବାକୁ ଚାହେଁ । ମୋର ବିଫଳତା ସହିତ ମୁଁ ପ୍ରତ୍ୟେକ ରୋମାଣ୍ଟିକ ସ୍ଥାନକୁ ଯିବାକୁ ଚାହେଁ । ମୁଁ ତୁମ ସହିତ ଗୋଟେ ଛୋଟ ପିଲା ପରି ଖେଳିବାକୁ ଚାହେଁ । ଆମ ପାଖରେ ଥିବା ପ୍ରତ୍ୟେକ ଛୋଟ ଛୋଟ ଖୁସିକୁ ମୁଁ ତୁମ ସହିତ ଉପଭୋଗ କରିବାକୁ ଚାହେଁ ।

ପ୍ରିୟ, ମୁଁ ତୁମଠାରୁ ବହୁତ ଶିଖିଛି । ମୁଁ ଆଉ କଷ୍ଟକୁ ଗୁରୁତ୍ୱ ଦେଉନାହିଁ ଏବଂ ଭାଗ୍ୟକୁ ମଧ୍ୟ । ମୁଁ ତୁମ ପାଦ ସହିତ ପାଦ ମିଳେଇ ଚାଲି ସବୁତକ ଅନୁଭୂତି ଲାଭ କରିବାକୁ ଚାହେଁ । ସେ ଚଲାପଥରେ ଯାହା ଯାହା ଆସିବ ସେ ସବୁକୁ ଗ୍ରହଣ କରିନେବାକୁ ଚାହେଁ । ମୁଁ ଶିଖିଛି ଯେ ସମୟ ଉପରେ ତୁମର ବି କିଛି ନିୟନ୍ତ୍ରଣ ନାହିଁ । ତୁମେ ତୁମ ଇଚ୍ଛା ଅନୁସାରେ ଏବଂ ଯେମିତି ଚାହଁ ସେମିତି ଚଳେଇବ । ପ୍ରିୟ ! ତୁମର ଯତ୍ନଭରା ଆଶ୍ରୟ ଭିତରକୁ ମୋତେ ସବୁଦିନ ପାଇଁ ନେଇଯାଅ । ଅସୁବିଧା ସମୟରେ ମୋତେ ନିୟନ୍ତ୍ରଣ କର ଏବଂ କଷ୍ଟ ସମୁଦ୍ରରେ ପହଁରି ଉଦ୍ଧାର ପାଇବାର ବାଟ ଦେଖାଅ । ମୋତେ ତୁମ ପାଖରୁ କେବେବି ଅଲଗା କରନାହିଁ । ତମେ ଜାଣ ମୁଁ କାତର । ଗୋଟେ ଛୋଟ ଯନ୍ତ୍ରଣାରେ ବି ମୁଁ ଭୟଭୀତ ହେଇଯାଏ ।

ଅନ୍ତତଃପକ୍ଷେ ମୁଁ ପ୍ରାର୍ଥନା କରୁଛି ମୋର 'ଶରଶଯ୍ୟା' ନିକଟରେ ବସି ତାକୁ ଗୋଲାପର ଶଯ୍ୟାରେ ପରିଣତ କରିଦିଅ । ମୁଁ ତୁମକୁ ଭଲପାଏ, ମୋର ପ୍ରିୟ ଜୀବନ ।

■

BLACK EAGLE BOOKS

www.blackeaglebooks.org
info@blackeaglebooks.org

Black Eagle Books, an independent publisher, was founded as a nonprofit organization in April, 2019. It is our mission to connect and engage the Indian diaspora and the world at large with the best of works of world literature published on a collaborative platform, with special emphasis on foregrounding Contemporary Classics and New Writing.